FANTASY

Terry Brooks im Goldmann Verlag:

Das Schwert von Shannara (23828)
Der Sohn von Shannara (23829)
Der Erbe von Shannara (23830)

Die Elfensteine von Shannara (23831)
Der Druide von Shannara (23832)
Die Dämonen von Shannara (23833)

Das Zauberlied von Shannara (23893)
Der König von Shannara (23894)
Die Erlösung von Shannara (23895)

Die Kinder von Shannara (24535)
Das Mädchen von Shannara (24536)
Der Zauber von Shannara (24537)

Die Schatten von Shannara (11584)
Die Elfenkönigin von Shannara (24571)
Die Verfolgten von Shannara (24572)

Die Reiter von Shannara (24588)
Die Talismane von Shannara (24590)
Der Ausgestoßene von Shannara (24717)

Der verschenkte König (24502)
Königreich zu verkaufen (23914)
Das schwarze Einhorn (23935)

Das Zauberlabyrinth (24623)
Hexenzauber (24687)

Hook. Roman zum Film von Steven Spielberg (41326)

FANTASY

TERRY BROOKS

Die Reiter von Shannara

Aus dem Amerikanischen
von Karin König

GOLDMANN

Die Originalausgabe erschien unter dem Titel
»The Talismans of Shannara«, Chapters 1–17,
bei Ballantine Books,
a division of Random House, Inc., New York

Umwelthinweis:
Alle bedruckten Materialien dieses Taschenbuches
sind chlorfrei und umweltschonend.
Das Papier enthält Recycling-Anteile.

Der Goldmann Verlag
ist ein Unternehmen der Verlagsgruppe Bertelsmann

Umschlaggestaltung: Design Team München
Umschlagillustration: Keith Parkinson
Satz: IBV Satz- und Datentechnik GmbH, Berlin
Druck: Elsnerdruck, Berlin
Verlagsnummer: 24588
Redaktion: Antje Hohenstein/VB
Herstellung: Peter Papenbrok
Made in Germany
ISBN 3-442-24588-5

3 5 7 9 10 8 6 4

Für
alle meine Freunde
bei Del Rey Books.
Welch schöne Zeit
wir hin und wieder
hatten!

GEBIET von KERHALT
NORDLAND
SCHÄDELBERG
KENSROWE GEBIRGE
KIERLAK-WÜSTE
MESSERGEBIRGE
SARANDANON
EBENE von STRELEHEIM
INNISBORE
ARBORLON
PARANOR
TAL von RHENN
WESTLAND
KEEP DES DRUIDEN
ROCK SPUR GEBIRGE
TYRSIS
PYKON
MERMIDON
DRACHENZÄHNE
GRIMPEN WARD
KENNON PASS
KERN
WILDERUN
HOLLOWS
VARFLEET
CALLAHORN
CYRSIS
IRRYBIS GEBIRGE
TIRFING
REGENBOGENSEE
BLAUE SPALTE
MYRIANSEE
WALD von DULN
WING HOVE
LEAH
SHADY VALE
SÜDLAND
TIEFLAND VON CLETE

T. Malgsumpf
Charnal Gebirge
Morrowindl
Blaue Spalte
Killeshan
Arborlon
Lethe
Oberer Anar
Jannisson Pass
Ostland
Ebene von Rabb
Rabb
Altmoor
Darklin Reach
Maelmord
Himmels brunnen
Grimpond See
Storlock
Jadepass
Hearth Stone
Graumark
Wolfsktaag Gebirge
Rooker-Station
Noose Pass
Dunn See Aran
Rabenhorn Gebirge
Silberfluss
Culhaven
Cillidellan See
Wald von Anar
Nebelsumpf
Wedge
Capaal
Unterer Anar
Tiefland von Battlemound

1

Die Dämmerung senkte sich über die Vier Länder herab. Das Licht wurde langsam grau und die Schatten allmählich immer länger. Auch die Hitze des Tages begann nachzulassen, als der rote Feuerball der Sonne im Westen versank und die heiße, trockene Luft abkühlte. Die einsetzende Stille brachte die Welt zum Schweigen, und Blätter und Gras zitterten bei Tagesende in der Erwartung der kommenden Nacht.

Dort, wo der Mermidon sich in den Regenbogensee ergoß, erhob sich schwarz, undurchdringlich und stumm die Südwache. Der Wind strich über das Wasser des Sees und des Flusses, blieb aber dem Obelisken fern, als sei er bestrebt, zu einem verlockenderen Ort zu eilen. Die Luft schimmerte um den dunklen Turm, die Hitze strahlte in Wellen von seinem Gestein ab und bildete geisterhafte, umherschnellende und umherfliegende Umrisse. Ein einsamer Jäger am Ufer des Gewässers schaute furchtsam auf, als er vorbeiging, und setzte seinen Weg dann hastig fort.

Im Inneren gingen die Schattenwesen in geisterhafter Stille ihrer Bestimmung nach, mit Kapuzen bedeckt, gesichtslos und von ihrer Aufgabe erfüllt.

Felsen-Dall stand am Fenster, betrachtete das sich verdunkelnde Land und beobachtete, wie die Farbe von der Erde wich, während die Nacht verstohlen aus dem Osten herankroch, um sich in sich selbst zu sammeln.

Die Nacht, unsere Mutter, unser Trost.

Er stand in seinen dunklen Gewändern unbeweglich da, die Hände hinter dem Rücken verschränkt, die Kapuze von seinem grobknochigen, rotbärtigen Gesicht zurückgezogen. Er wirkte hart und gefühllos, und wenn er davon erfahren hätte, wäre er erfreut gewesen. Aber es war schon lange her, daß den Ersten

Sucher seine Erscheinung interessierte – und es war lange her, daß er sich überhaupt die Mühe gemacht hatte, danach zu fragen. Sein Äußeres war unwichtig; er konnte alles sein, wichtig war nur, was in ihm glühte. Das gab ihm Leben.

Seine Augen brannten, während er über das, was war, hinausschaute zu dem, was eines Tages sein würde.

Zu dem, was verheißen war.

Er bewegte sich unmerklich, denn er war in der Stille des Turmes mit seinen Gedanken allein. Die anderen existierten für ihn nicht, sie waren Geister ohne Substanz. Unter sich, tief im Inneren des Turmes, konnte er die Geräusche der tätigen Magie hören, das tiefe Brummen ihres Atems, das Poltern ihres Herzens. Er lauschte darauf, ohne wirklich zu denken, eine Angewohnheit, die seinem unruhigen Geist Sicherheit verlieh. Die Macht war auf Seiten der Magie, aus dem Äther zu Substanz geworden, gestaltet und geformt und zweckgebunden. Das war das Geschenk der Schattenwesen, und es gehörte ihnen allein.

Ungeachtet der Druiden und anderer Wesen.

Er versuchte ein schwaches Lächeln, aber sein Mund weigerte sich zu gehorchen, so daß es in der festen Linie seiner Lippen verschwand. Seine behandschuhte linke Hand wand sich in der Umklammerung der bloßen Finger seiner Rechten. Macht für Macht, Stärke für Stärke. Auf seiner Brust schimmerte das silberne Wolfskopf-Emblem.

Wumm, wumm, erklang das Geräusch der tätigen Magie tief unter ihm.

Felsen-Dall wandte sich wieder der Dunkelheit des Raumes zu – eines Raumes, in dem bis vor kurzem Coll Ohmsford gefangengehalten worden war. Jetzt war der Talbewohner fort – entkommen, wie er glaubte, aber tatsächlich freigelassen und auf andere Art gefangengenommen. Fort, um seinen Bruder zu finden: Par.

Denjenigen mit der wahren Magie.

Denjenigen, der ihm gehören würde.

Der Erste Sucher trat vom Fenster fort und setzte sich an den blanken Holztisch. Das Gewicht seiner großen Gestalt ließ den zerbrechlichen Stuhl knarren, seine Hände falteten sich vor ihm auf dem Tisch, und sein rauhes Gesicht senkte sich.

Alle Ohmsfords waren wieder in den Vier Ländern, alle Nachkommen waren von ihrer Suche zurückgekehrt. Walker Boh war, trotz Pe Ell, von Eldwist zurückgekehrt, der Schwarze Elfenstein war zurückerlangt und seine Magie ergründet worden, Paranor war in die Welt der Menschen zurückgebracht und Walker selbst zum ersten der neuen Druiden geworden. Wren Elessedil war mit Arborlon und den Elfen von Morrowindl zurückgekehrt, hatte die Magie der Elfensteine neu entdeckt, kannte ihre eigene Identität und wußte von ihrem Erbe. Zwei der drei Aufgaben Allanons waren erfüllt worden. Zwei von drei Schritten waren getan.

Pars Aufgabe sollte die letzte sein: Finde das Schwert von Shannara. Finde das Schwert, und es wird die Wahrheit enthüllen.

Spiele, die von alten Männern und Schatten gespielt werden, grübelte Felsen-Dall. Aufgaben und Prüfungen, die Suche nach der Wahrheit. Nun, er kannte die Wahrheit besser als sie, und die Wahrheit war, daß nichts davon wichtig war, weil am Ende die Magie alles war, und die Magie gehörte den Schattenwesen. Es schmerzte ihn, daß sowohl die Elfen als auch Paranor zurückgekehrt waren, obwohl er sich bemüht hatte, dies zu verhindern. Jene, die er ausgesandt hatte, um die Nachkommen von Shannara am Erfolg zu hindern, waren gescheitert. Der Preis ihres Scheiterns war der Tod gewesen, aber das trug wenig dazu bei, seinen Verdruß zu mildern. Vielleicht hätte er verärgert sein sollen, vielleicht sogar ein wenig besorgt. Aber Felsen-Dall vertraute seiner

Macht, war sich seiner Kontrolle über die Ereignisse und die Zeit sicher und überzeugt davon, daß noch immer er es war, der die Zukunft bestimmen würde. Obwohl Teel und Pe Ell ihn enttäuscht hatten, gab es gewiß andere, die dies nicht tun würden.

Wumm, wumm, flüsterte die Magie.

Und so...

Felsen-Dall schürzte die Lippen. Ein wenig Zeit war alles, was er brauchte. Ein wenig Zeit, damit die Ereignisse, die er bereits in Bewegung gesetzt hatte, ihren Lauf nehmen konnten, und dann würde es für die toten Druiden und ihre Pläne zu spät sein. Halte den Dunklen Onkel und das Mädchen voneinander fern. Laß sie nicht ihr Wissen teilen. Laß sie nicht ihre Kräfte vereinen.

Laß sie nicht die Talbewohner finden.

Eine Ablenkung war notwendig, etwas, was sie anderweitig beschäftigt halten würde. Noch besser sogar etwas, was sie vernichten würde. Armeen natürlich, um die Elfen und die Geächteten gleichermaßen zu schinden, Föderationskrieger und Schattenwesenschleicher und wen auch immer sonst er versammeln konnte, um diese Narren aus seinem Leben zu entfernen. Aber etwas Besonderes für die Kinder von Shannara mit all ihren Magien und Druidenzaubern.

Er dachte lange über die Angelegenheit nach, während sich die graue Dämmerung um ihn herum in Nacht verwandelte. Der Mond erhob sich im Osten, eine Sichel vor der Schwärze, und die Sterne erhellten sich zu deutlichen Silbernadelstichen. Ihr Glanz durchdrang die Dunkelheit, in der der Erste Sucher saß. Sein Gesicht verwandelte sich in einen Schädel.

Ja, nickte er schließlich.

Der Dunkle Onkel war besessen von seinem Druidenerbe. Sende ihm etwas, was er gegen diese Schwäche einsetzen kann, etwas, was ihn verwirren und frustrieren würde. Sende ihm die Vier Reiter.

Und das Mädchen. Wren Elessedil hatte ihren Beschützer und Ratgeber verloren. Gib ihr etwas, was diese Leere füllt. Gib ihr jemanden deiner eigenen Wahl, jemanden, der sie beruhigt und tröstet, der ihre Tränen lindert, und dann verrate sie, und nimm ihr alles.

Die anderen waren keine ernsthafte Bedrohung – nicht einmal der Anführer der Geächteten und der Hochländer. Ohne die Ohmsforderben konnten sie nichts erreichen. Wenn der Dunkle Onkel in seinem Keep gefangengenommen werden würde und die kurze Regentschaft der Elfenkönigin enden würde, würden die sorgfältig konstruierten Pläne des Schatten des Druiden um ihn herum zusammenbrechen. Allanon würde mit dem Rest seiner Geistersippe wieder im Hadeshorn versinken, der Vergangenheit übergeben, in die er gehörte.

Ja, die anderen waren unwichtig.

Aber er würde sich dennoch um sie kümmern.

Und selbst wenn alle seine Bemühungen fehlschlügen, selbst wenn er nicht mehr tun konnte als sie zu vernichten, sie zu verfolgen wie ein Hund seine Beute, so würde es dennoch genügen, wenn Par Ohmsfords Seele letztendlich ihm zufiele. Er brauchte nur das, um allen Hoffnungen seiner Feinde ein Ende zu bereiten. Nur das. Es war ein kurzer Weg zum Abgrund, und der Talbewohner bewegte sich bereits darauf zu. Sein Bruder würde der vorausstolzierende Ziegenbock sein, der ihn bringen würde, der ihn anziehen würde wie einen Wolf bei der Jagd. Coll Ohmsford stand bis jetzt tief unter dem Einfluß des Zaubers des Spiegeltuchs. Er war ein Sklave der Magie, aus der der Umhang geformt worden war. Er hatte ihn gestohlen, um sich zu verhüllen, und hatte niemals geahnt, daß Felsen-Dall genau das beabsichtigt hatte, und hatte niemals geargwöhnt, daß es eine tödliche Falle sein könnte, die ihn dem eigenen, schrecklichen Zweck des Ersten Suchers zuführen sollte. Coll Ohmsford würde seinen

Bruder aufspüren und eine Konfrontation herbeiführen, weil der Umhang ihn nichts anderes tun lassen und einen Zorn in ihm verbreiten würde, gegen den nur der Tod seines Bruders Linderung versprechen würde. Par würde gezwungen sein, zu kämpfen. Und weil ihm die Magie des Schwertes von Shannara fehlen würde, weil seine konventionellen Waffen nicht ausreichen würden, um die Schattenwesenart, zu der sein Bruder jetzt gehörte, aufzuhalten, und weil er Angst haben würde, daß dies nur ein weiterer Trick sein könnte, würde er die Magie des Wunschgesangs gebrauchen.

Vielleicht würde er seinen eigenen Bruder töten, und ihn dieses Mal wirklich töten, und dann erkennen – wenn es zu spät war, die Dinge rückgängig zu machen –, was er getan hatte.

Und vielleicht auch nicht. Vielleicht würde er seinen Bruder entkommen lassen – und seinem Untergang zugeführt werden.

Der Erste Sucher zuckte die Achseln. In jedem Falle wäre das Ergebnis dasselbe. In jedem Falle wäre der Talbewohner erledigt. Der Gebrauch der Magie und der Schock, der ihn durch diese Handlungsweise überwältigen mußte, würden ihn aus dem Gleichgewicht bringen. Sie würden die Magie aus seiner Kontrolle befreien, und dann würde er Felsen-Dalls Werkzeug werden. Felsen-Dall war sich dessen sicher. Er konnte es sein, weil er die Elfenmagie, anders als die Nachkommen von Shannara und ihr Mentor, verstand, sie war seine Magie nach Blut und Recht. Er verstand, was sie war und wie sie wirkte. Er wußte, was Par nicht wußte: Was mit dem Wunschgesang geschah, warum er sich so verhielt, wie er es tat, wie er seiner Leine entkommen war, um ein wildes Wesen zu werden, das nach seinem eigenen Gutdünken jagte.

Par war nahe. Er war sehr nahe.

Die Gefahr, mit der Bestie zu kämpfen, liegt darin, daß man zu dieser Bestie werden wird.

Er war fast einer von ihnen.

Bald würde es geschehen.

Es bestand allerdings auch die Möglichkeit, daß der Talbewohner die Wahrheit über das Schwert von Shannara vorher entdeckte. War die Waffe, die er trug, diejenige, die Felsen-Dall so bereitwillig aufgegeben hatte? War sie wirklich der Talisman, wie er annahm, oder eine Fälschung? Par Ohmsford wußte es noch immer nicht. Das Risiko blieb, daß er es herausfinden würde. Aber selbst wenn es ihm gelänge, was würde es ihm nützen? Schwerter hatten zwei Schneiden und konnten in beide Richtungen schneiden. Die Wahrheit würde Par vielleicht mehr schaden als nützen...

Felsen-Dall erhob sich und trat erneut zum Fenster: ein Schatten in der Schwärze der Nacht, gegen das Licht faltig und eingedreht. Die Druiden verstanden nicht; das hatten sie niemals gekonnt. Allanon war schon ein Anachronismus gewesen, bevor er auch nur geworden war, was Bremen aus ihm hatte machen wollen. Druiden – sie benutzten die Magie, wie Narren mit Feuer spielten: verwundert über ihre Möglichkeiten, aber auch erschreckt über ihre Risiken. Kein Wunder, daß die Flammen sie so oft verbrannt hatten. Aber das hinderte sie nicht daran, ihre geheimnisvolle Gabe abzulehnen. Sie urteilten so schnell über andere, die die Macht handhaben zu können suchten – die Schattenwesen allen voran –, sahen sie als ihre Feinde an und vernichteten sie.

Wie sie sich selbst vernichtet hatten.

Aber es lag Ausgewogenheit und Bedeutung in der Lebensauffassung der Schattenwesen, und die Magie war kein Spielzeug, mit dem sie spielten, sondern das Herz dessen, wer und was sie waren, umarmt, beschützt und verehrt. Keine halbherzigen Maßnahmen oder selbstdienliche Vorsichtsmaßregeln, die verkündet wurden, um sicherzustellen, daß niemand an ihrer

Benutzung teilhaben würde. Keine Belehrungen oder Warnungen. Keine Spielerei. Die Schattenwesen waren einfach das, zu was die Magie sie machte, und die Magie würde sie, wenn sie sie so akzeptierten, zu allem machen können.

Die Baumspitzen der Wälder und die Klippen des Runne waren dunkle Höcker vor der flachen, silbern geränderten Oberfläche des Regenbogensees. Felsen-Dall schaute über die Welt hinweg, und er sah, was die Druiden niemals hatten sehen können.

Daß sie jenen gehörte, die stark genug waren, sie zu halten, zu besitzen und zu formen. Daß sie dazu gedacht war, benutzt zu werden.

Seine Augen glühten in der Farbe des Blutes.

Es war reine Ironie, daß die Ohmsfords den Druiden so lange gedient hatten, ihre Aufgaben ausgeführt hatten, ihre Suche auf sich genommen hatten, ihren Visionen zu Wahrheiten gefolgt waren, die niemals welche gewesen waren. Die Geschichten waren Legende. Shea und Flick, Wil, Brin und Jair und jetzt Par. Es war alles umsonst gewesen. Aber hier würde es enden. Denn Par würde den Schattenwesen dienen und damit den Ohmsford-Druiden-Verbindungen für immer ein Ende bereiten.

»Par. Par. Par.«

Felsen-Dall flüsterte der Nacht seinen Namen beruhigend zu. Es war eine Litanei, die seinen Geist mit Visionen der Macht erfüllte, der nichts widerstehen würde.

Lange Zeit stand er am Fenster. Er erlaubte sich, von der Zukunft zu träumen.

Dann wandte er sich plötzlich abrupt um und stieg in die Tiefen des Turmes hinab, um sich zu nähren.

2

Der Keller unter der Kornmühle war erfüllt von Schatten, und die schwachen Lichtbänder, die durch Spalten in den Bodenbrettern drangen, verschwanden schnell im Zwielicht. Nachdem er aus seinem sicheren Versteck durch die leeren Katakomben gejagt worden war und schließlich an der blockierten Falltür, durch die er hatte entkommen wollen, festgehalten wurde, kroch Par Ohmsford wie ein gefangenes Tier umher, hielt das Schwert von Shannara schützend vor sich umklammert, als der Eindringling, der ihn bis hierher verfolgt hatte, abrupt stehenblieb und nach oben griff, um die Kapuze aus seinem Gesicht zu streifen.

»Junge«, flüsterte eine vertraute Stimme. »Ich bin es.«

Die Kapuze des Umhangs lag um die Schultern des anderen, und ein dunkler Kopf war freigegeben. Aber dennoch waren die Schatten zu dicht...

Die Gestalt trat zögernd vor und ließ die Hand mit dem langen Messer sinken. »Par?«

Die Gesichtszüge des Eindringlings wurden im grauen Licht plötzlich sichtbar, und Par atmete hörbar aus.

»Padishar!« rief er erleichtert aus. »Bist du es wirklich?«

Das lange Messer verschwand wieder unter dem Umhang, und tief und unerwartet erklang das Lachen des anderen. »Höchstpersönlich. Schatten, ich dachte, ich würde dich niemals finden! Ich suche dich schon seit Tagen in ganz Tyrsis, von einem Ende zum anderen, in jedem noch so verborgenen Versteck und in jedem Erdloch, und jedes Mal erwarteten mich nur die Sucher der Föderation und die Schattenwesen!«

Er trat zum Fuß der Treppe vor, breit lächelnd und die Arme ausgestreckt. »Komm her, Junge. Laß mich dich ansehen.«

Par senkte das Schwert von Shannara und kam erschöpft und dankbar die Stufen herab. »Ich dachte, du wärst... Ich hatte befürchtet...«

Und dann legte Padishar seine Arme um ihn und drückte ihn an sich, schlug ihm auf den Rücken und hob ihn dann vom Boden hoch, als bestünde er nur aus Sackleinen.

»Par Ohmsford!« grüßte er ihn und ließ den Talbewohner schließlich wieder zu Boden. Seine Hände hielten Pars Schultern umfaßt, während er ihn auf Armeslänge von sich hielt und ihn betrachtete. Das vertraute Lächeln war strahlend und sorglos. Er lachte erneut. »Du siehst wie ein Wrack aus!«

Par zog eine Grimasse. »Du siehst selbst nicht sehr wohl aus.« Im Gesicht und am Hals des großen Mannes waren Narben von Kampfverletzungen zu setzen, die neu hinzugekommen waren, seit sie sich getrennt hatten. Par schüttelte überwältigt den Kopf. »Ich glaubte immer zu wissen, daß du aus der Grube entkommen bist, aber es tut gut, dich zum Beweis hier zu sehen.«

»Ha, seither ist viel geschehen, Talbewohner, das kann ich dir sagen!« Padishars glattes Haar war in Unordnung, und die Haut um seine Augen herum zeigte tiefe Schatten der Müdigkeit. Er schaute sich um. »Bist du allein? Das habe ich nicht erwartet. Wo ist dein Bruder? Wo ist Damson?«

Pars Lächeln verblaßte. »Coll...«, begann er, konnte den Satz aber nicht beenden. »Padishar, ich kann nicht...« Seine Hände verkrampften sich um das Schwert von Shannara, als würde er so den Halt wiederfinden können, den er plötzlich zu brauchen schien. »Damson ist heute morgen hinausgegangen. Sie ist nicht zurückgekommen.«

»Hinausgegangen? Wohin hinausgegangen, Junge?«

»Auf die Suche nach einem Fluchtweg aus der Stadt hinaus. Oder, falls es diesen nicht gibt, nach einem anderen Versteck. Die Föderation hat uns überall gefunden. Aber das weißt du. Du hast sie selbst gesehen. Padishar, wie lange hast du nach uns gesucht? Wie hast du es geschafft, diesen Ort zu finden?«

Die großen Hände sanken herab. »Hauptsächlich mit Glück. Ich habe alle Plätze abgesucht, wo ihr hättet sein können, die neueren und diejenigen, die Damson im vorangegangenen Jahr für uns eingerichtet hatte. Dieses ist ein alter Platz, der vor fünf Jahren eingerichtet und während der letzten drei Jahre nicht benutzt wurde. Ich habe mich erst daran erinnert, nachdem ich alle anderen Möglichkeiten ausgeschlossen hatte.«

Plötzlich richtete er sich auf. »Junge!« rief er aus, und sein Blick fiel auf das Schwert in Pars Händen. »Ist es das? Das Schwert von Shannara? Hast du es also gefunden? Wie hast du es aus der Grube herausbekommen? Wo...?«

Aber plötzlich erklang aus der Dunkelheit hinter ihnen das Schlurfen von Schuhen auf hölzernen Treppenstufen, ein Klirren von Waffen und erhobene Stimmen. Padishar fuhr herum. Die Geräusche waren unmißverständlich. Bewaffnete Männer stiegen die rückwärtige Treppe zu dem Raum hinab, den Par gerade verlassen hatte. Offenbar waren sie durch die gleiche Tür gekommen, die Padishar benutzt hatte. Ohne ihren Schritt zu verlangsamen, drangen sie in die dahinterliegenden Tunnel vor, geführt von Fackeln, die in der Schwärze rauchten und spuckten.

Padishar fuhr erneut herum, ergriff Pars Arm und zog ihn auf die Falltür zu. »Die Föderation. Sie müssen mir gefolgt sein. Oder sie haben die Mühle beobachtet.«

Par stolperte und versuchte Padishar zurückzuziehen. »Padishar, die Tür...«

»Geduld, Junge«, unterbrach ihn der andere und zog ihn entschlossen die Stufen hinauf. »Wir werden draußen sein, bevor sie uns erreichen.«

Er warf sich gegen die Tür und stolperte zurück, einen Ausdruck des Unglaubens auf dem Gesicht.

»Ich habe versucht, dich zu warnen«, stöhnte Par, befreite sich und schaute zu den Verfolgern zurück, das Schwert von Shannara drohend erhoben. »Gibt es noch einen anderen Weg hinaus?«

Padishar antwortete, indem er sich erneut mehrere Male gegen die Falltür warf und all seine Kraft einsetzte, um hindurchzustoßen. Die Tür bewegte sich nicht, und obwohl einige ihrer Bretter unter seinem Aufprall splitterten, wichen sie nicht.

»Schatten!« spie der Anführer der Geächteten aus.

Föderationssoldaten drangen aus dem Gang in den Raum vor. Ein Sucher in schwarzem Umhang führte sie an. Sie erblickten Padishar und Par, die regungslos auf der Treppe zur Falltür standen, und eilten auf sie zu. Das Breitschwert in einer und das lange Messer in der anderen Hand, wirbelte Padishar die Treppe wieder hinunter, um dem Ansturm entgegenzutreten. Die ersten Soldaten, die ihn erreichten, wurden augenblicklich vernichtet. Die restlichen verlangsamten ihren Angriff und wurden wachsamer. Sie versuchten ihn zu täuschen und drangen nur noch vorsichtig vor, um ihn von der Seite her außer Gefecht zu setzen. Par stand hinter ihm und warf jene zurück, die ihn angreifen wollten. Langsam wichen die beiden wieder die Treppe hinauf und außer Reichweite zurück, so daß ihre Angreifer gezwungen waren, auf sie zuzukommen.

Es war ein aussichtsloser Kampf. Zwanzig gegen einen. Ein guter Vorstoß, und alles würde vorbei sein.

Par stieß mit dem Kopf hart gegen die Falltür. Er wandte sich lange genug um, damit er erneut dagegendrücken konnte. Sie war noch immer blockiert. Er spürte eine Woge der Verzweiflung in sich aufkeimen. Sie waren gefangen.

Er wußte, daß er den Wunschgesang würde einsetzen müssen.

Unter ihm warf sich Padishar auf ihre Angreifer und trieb sie ein Dutzend Stufen zurück.

Par berief die Energie herauf und spürte die Melodie in seine Lippen aufsteigen, seltsam düster und von bitterem Geschmack. Es war seit seiner Flucht aus der Grube nicht mehr dasselbe. Nichts war mehr dasselbe. Die Föderationssoldaten sammelten sich zum Gegenangriff, der Padishar erneut die Stufen hinaufzwang. Schweiß schimmerte auf dem Gesicht des Geächteten.

Dann klirrte plötzlich ein Riegel über ihnen, und die Falltür flog auf. Par schrie nach Padishar und sie eilten, ohne noch auf irgend etwas anderes zu achten, die Stufen hinauf, durch die Öffnung hindurch und in die Mühle hinein.

Dort stand Damson Rhee, das rote Haar aus ihrem Umhang herausflatternd, während sie auf einen Spalt in der Mühlenwand zueilte und ihnen zurief, sie sollten ihr folgen. Dunkle Gestalten erschienen plötzlich, versperrten ihr den Weg und riefen weitere herbei. Damson wirbelte schnell wie eine Katze in sie hinein. Feuer entsprang ihrer leeren Hand und zerfiel in Bruchstücke, die ihren Angreifern ins Gesicht flogen. Sie wirbelte durch sie hindurch, und die Straßenmagie schnellte nach rechts und nach links und eröffnete einen Pfad. Par und Padishar beeilten sich, ihr zu folgen, wobei sie wie wahnsinnig heulten. Die Soldaten versuchten vergebens, sich erneut zu formieren. Keiner von ihnen erreichte Par. Wie besessen kämpfend, tötete Padishar sie, wo sie standen.

Dann befanden sie sich draußen auf den Straßen und atmeten die feuchte Nachtluft. Ihre Gesichter waren schweißüberströmt, und ihr Atem zischte wie Dampf. Die Dunkelheit war zu einem zwielichtigen Hauch von Sand und Staub zerfallen, der dicht in den von engen Mauern begrenzten Gängen hing. Leute rannten schreiend davon, als Föderationssoldaten aus allen Richtungen auftauchten, schrien und fluchten und jedermann beiseite stießen, der ihnen im Wege stand.

Schweigend rannte Damson eine Straße hinab und führte

Padishar und Par in einen dunklen Tunnel, der nach Abfall und Exkrementen stank. Sie wurden sofort verfolgt, jetzt allerdings entschieden langsamer. Damson führte sie durch eine Gasse und in den Seiteneingang eines Wirtshauses hinein. Sie eilten durch das schwach beleuchtete Innere, an über Tische gebeugten und auf Stühle gesunkenen Männern vorbei, um Fässer herum, an einer Theke vorbei und dann aus der Vordertür wieder hinaus.

Ein schäbiger Vorbau aus groben Brettern und mit tiefhängendem Dach erstreckte sich zu beiden Seiten. Die Straße war verlassen.

»Damson, was hat dich aufgehalten?« zischte Par ihr zu, während sie liefen. »Diese Falltür…«

»Mein Fehler, Talbewohner«, fauchte sie ärgerlich. »Ich habe die Tür blockiert, um sie zu verbergen. Ich dachte, das wäre sicherer für dich. Ich habe mich offenbar geirrt. Aber ich habe nichts damit zu tun, daß die Soldaten herkamen. Sie müssen den Ort selbst gefunden haben. Oder Padishar gefolgt sein.« Der große Mann wollte zu sprechen beginnen, aber sie unterbrach ihn. »Schnell jetzt. Sie kommen.«

Aus den Schatten vor und hinter ihnen drangen auf einmal die dunklen Gestalten von Föderationssoldaten auf die Straße. Damson fuhr herum, führte sie zu der entgegengesetzten Gebäudereihe zurück und eine Straße hinab, die so schmal war, daß sie nur wie ein enger Gang schien, durch den man gerade eben hindurchgelangen konnte. Wutgeschrei verfolgte sie.

»Wir müssen zur Tyrsian-Allee zurück!« keuchte sie atemlos.

Sie gelangten auf einen Markt, auf dem sie über Nahrungsabfälle rutschten und mit Kisten zu kämpfen hatten. Zwei hohe Türen versperrten ihnen den Weg. Damson versuchte vergeblich, den eingerasteten Riegel zu öffnen, doch schließlich zerschmetterte ihn Padishar mit einem mächtigen Tritt.

Soldaten traten ihnen mit gezogenen Schwertern entgegen, als sie davonstürmten. Padishar rannte in sie hinein und ließ sie auseinanderstieben. Zwei gingen zu Boden und rührten sich nicht mehr. Der Rest zerstreute sich.

Eine plötzliche Bewegung links von Par veranlaßte ihn, sich umzuwenden. Ein Sucher erhob sich aus der Nacht, und sein Wolfskopf glühte auf dem dunklen Umhang. Par sandte die Magie des Wunschgesangs in Form einer schrecklichen Schlange in ihn hinein, und der Sucher taumelte schreiend rückwärts.

Sie liefen die Straße hinab, durch eine Gasse zu einer zweiten Straße und dann zu einer dritten. Pars Ausdauer wurde jetzt auf die Probe gestellt, und seine Atmung kam bald so stoßweise, daß er zu ersticken drohte, und seine Kehle vor Staub und Angst ausgetrocknet war. Er war noch immer geschwächt von seinem Kampf in der Grube und hatte sich noch nicht vollständig von dem Schaden erholt, den der Gebrauch der Magie ihm zugefügt hatte. Er umklammerte schutzsuchend das Schwert von Shannara vor seiner Brust, dessen Gewicht mit jedem Schritt zunahm.

Sie umrundeten eine Ecke, hielten im Schutz eines Stalleingangs inne und lauschten, während der Tumult um sie herum anwuchs.

»Mir hätten sie nicht folgen können!« erklärte Padishar plötzlich und spie Blut durch aufgesprungene Lippen.

Damson schüttelte den Kopf. »Ich verstehe es nicht, Padishar. Sie kannten alle sicheren Verstecke und sind überall gewesen und haben gewartet. Sogar bei diesem.«

In den Augen des Anführers der Geächteten flammte plötzlich ein Funke der Erkenntnis auf. »Es hätte mir schon eher auffallen müssen. Es war dieses Schattenwesen, dasjenige, das Hirehone getötet hat, dasjenige, das vorgegeben hat, der Zwerg zu sein!« Pars Kopf fuhr herum. »Irgendwie hat er unsere sicheren Verstecke entdeckt und sie alle verraten, genau wie den Jut!«

»Warte! Welcher Zwerg?« fragte Par verwirrt.

Aber Damson ging erneut weiter und zog die beiden anderen hinter sich her, eilte einen Gang hinab und über einen Platz, der ein halbes Dutzend Querstraßen miteinander verband. Sie eilten erschöpft weiter durch die Hitze und die Düsterkeit und näherten sich der Tyrian-Allee, der Hauptstraße der Stadt. Pars Geist wurde von Fragen geplagt, während er entschlossen hinter ihr her stolperte. Ein Zwerg hatte sie verraten? Steff oder Teel – oder jemand anderer? Er versuchte die Trockenheit aus seiner Kehle herauszuspeien. Was war am Jut geschehen? Und wo, fragte er sich plötzlich, war Morgan Leah?

Eine Reihe Soldaten erschien plötzlich. Sie versperrten den Weg vor ihnen. Damson schob Padishar und Par schnell in die Schatten des Gebäudes. An die verdunkelte Wand gekauert, zog sie ihre Köpfe nah heran.

»Ich habe den Maulwurf gefunden«, flüsterte sie eilig und schaute nach rechts und nach links, als neuerlich Rufe laut wurden. »Er wartet bei der Lederwerkstatt an der Tyrian-Allee, um uns in die Tunnel hinab und aus der Stadt herauszubringen.«

»Er ist entkommen?« keuchte Par.

»Ich habe euch doch gesagt, daß er einfallsreich ist.« Damson hustete und lächelte dann. »Aber wir müssen zu ihm gelangen, wenn er uns nützen soll – über die Tyrian-Allee und ein kurzes Stück von diesen Soldaten fort. Wenn wir getrennt werden sollten, bleibt nicht stehen. Geht einfach weiter.«

Bevor einer von ihnen widersprechen konnte, ging sie erneut los, eilte aus ihrem Versteck auf eine Straße zwischen verlassenen Läden hinaus. Padishar gelang es, einen schnellen, verärgerten Einwand vorzubringen, aber dann stürzte er doch hinter ihr her. Par folgte. Sie drangen aus dieser Straße in eine nächste und wandten sich dann der Tyrian-Allee zu. Soldaten erschienen vor ihnen und suchten die Nacht ab. Es war nur ein kleiner Trupp, und Padishar flog zornig auf sie zu, das Breitschwert in einem

Schimmern bösartigen silbernen Lichts schwingend. Damson führte Par an den Kämpfern vorbei. Weitere Soldaten erschienen, und plötzlich waren sie überall, wogten in Gruppen aus der Dunkelheit heran und schlugen wild um sich. Der Mond war hinter einer Wolkenbank verschwunden, und die Straßenlampen waren nicht in Betrieb. Es war so dunkel, daß es unmöglich war, Freund von Feind zu unterscheiden. Damson und Par kämpften sich durch das Handgemenge, entwanden sich Händen, die sie ergreifen wollten, schoben Körper beiseite, die ihren Weg versperrten. Sie hörten Padishars Kampfschrei und dann wildes Waffenklingen.

Vor ihnen brach die Nacht plötzlich in einem strahlend orangefarbenen Blitz auf, als etwas mitten auf der Straße explodierte.

»Der Maulwurf!« flüsterte Damson.

Sie stürzte auf das Licht zu, eine Feuersäule, die mit einem *Whoosh* in die Dunkelheit flammte. Unzählige andere eilten vorbei und strebten in alle Richtungen. Par wurde herumgewirbelt, und plötzlich war er von Damson getrennt. Er wandte sich wieder um, um sie zu finden, und ging dann in einem Gewirr von Armen und Beinen zu Boden, als ein fliehender Soldat mit ihm zusammenstieß. Der Talbewohner kämpfte sich hoch und schrie Damsons Namen. Das Schwert von Shannara reflektierte das orangefarbene Feuer, während er sich zuerst in die eine und dann in die andere Richtung wandte und seine Verzweiflung herausrief.

Dann hatte Padishar ihn erreicht, tauchte aus dem Nichts auf, hob ihn hoch, warf ihn sich über eine Schulter und brach in die Sicherheit der verdunkelten Gebäude auf. Schwerter stießen auf sie zu, aber Padishar war schnell und stark, und niemand konnte sich ihm in dieser Nacht entgegenstellen. Der Anführer der Geächteten warf sich durch die letzten der um sich schlagenden Föderationssoldaten und hielt auf den Weg zu, der auf der entgegengesetzten Seite der Straße an den Gebäuden entlang verlief. Er eilte den Weg hinab, sprang über Kisten und Fässer, trat Bänke beiseite und schoß an den Stützpfosten von Überhängen und den Trümmern des Arbeitstages vorbei.

Die Lederwerkstatt lag still und scheinbar verlassen vor ihnen. Padishar erreichte sie im Laufschritt und eilte durch die Tür, als sei sie nicht vorhanden. Er hielt die plumpe Schulter gesenkt, um das Portal vollständig aus den Angeln zu schlagen.

In dem Gebäude setzte er Par ab und fuhr wütend herum.

Von Damson war keine Spur zu sehen.

»Damson!« heulte er.

Föderationssoldaten schlossen die Lederwerkstatt von allen Seiten ein.

Padishars Gesicht war von Blut und Staub rot und schwarz gestreift. »Maulwurf!« rief er voller Verzweiflung.

Ein pelziges Gesicht tauchte aus den Schatten an der Rückseite der Werkstatt auf. »Hier drüben«, wies sie der Maulwurf mit ruhiger Stimme an. »Bitte schnell.«

Par zögerte und hielt noch immer Ausschau nach Damson, aber Padishar ergriff seine Tunika und zog ihn fort. »Keine Zeit, Junge!«

Die hellen Augen des Maulwurfs schimmerten, als sie ihn erreichten, das wißbegierige Gesicht erwartungsvoll emporgehoben. »Liebliche Damson…?« begann er, aber Padishar schüttelte schnell den Kopf. Der Maulwurf blinzelte und wandte sich dann wortlos um. Er brachte sie durch eine Tür, die zu einer Reihe von Lagerräumen führte, und dann eine Treppe zu einem Keller hinab. An einer Wand, die fugenlos glatt zu sein schien, fand er ein Paneel, das bei Berührung nachgab und ohne sich noch einmal umzuschauen, führte er sie hindurch.

Sie fanden sich auf einem Podest wieder, von dem eine Treppe in die Abwasserkanäle der Stadt hinabführte. Der Maulwurf war hier zu Hause. Er stieg in die dumpfigen, kühlen Katakomben hinab, wo das Licht so schwach war, daß Padishar und Par ihm kaum folgen konnten. Am Fuße der Treppe gab er dem Anführer der Geächteten eine rußige, geschwärzte Fackel, woraufhin sich dieser schweigend hinkniete, um sie zu entzünden.

»Wir hätten zurückgehen sollen, um sie zu suchen!« zischte Par zornig Padishar zu.

Das von Kampfnarben gezeichnete Gesicht des anderen erhob sich aus den Schatten. Es wirkte wie aus Stein gemeißelt. Er warf Par einen furchterregenden Blick zu. »Sei ruhig, Talbewohner, bevor ich vergesse, wer du bist.«

Er schlug auf einen Feuerstein, brachte damit an der pechbestrichenen Spitze der Fackel eine kleine Flamme hervor, und dann begannen die drei, in die Abwassertunnel hinabzusteigen. Der Maulwurf eilte durch die rauchige Dämmerung stetig voran, wählte seinen Weg mit geübtem Schritt und führte sie tiefer unter die Stadt und von ihren Mauern fort. Die Rufe der Verfolger waren gänzlich erstorben. Par war sich sicher, daß die Föderationssoldaten sich, selbst wenn sie den verborgenen Eingang finden würden, schnell in den Tunneln verlaufen mußten. Er erkannte plötzlich, daß er noch immer das Schwert von Shannara in Händen hielt und ließ es nach kurzem Überlegen vorsichtig in seine Scheide zurückgleiten.

Die Minuten vergingen, und mit jedem Schritt, den sie taten, verlor Par ein wenig mehr die Hoffnung, Damson Rhee jemals wiederzusehen. Er wollte ihr so gerne helfen, aber der Ausdruck auf Padishars Gesicht hatte ihn davon überzeugt, daß er zumindest für den Moment schweigen mußte. Sicherlich sorgte sich Padishar genauso um sie wie er.

Sie überquerten einen Steinpfad, der einen trägen Strom überspannte, und betraten einen Tunnel, dessen Decke so niedrig war, daß sie fast auf Händen und Knien kriechen mußten. An seinem Ende wölbte sich die Decke wieder empor, und sie liefen durch ein Gewirr von Tunneln zu einer Tür. Der Maulwurf berührte sie, worauf ein schweres Schloß sichtbar wurde, und die Tür öffnete sich, um sie hindurchzulassen.

Innen fanden sie eine Ansammlung alter Möbel und alter Einrichtungsgegenstände, die sicherlich Duplikate waren, wenn nicht sogar diejenigen, die der Maulwurf bei seiner Flucht vor der Föderation vor einer Woche beinahe verloren hätte. Die ausgestopften Tiere saßen ordentlich aufgereiht auf einer alten Ledercouch, und die Knopfaugen schauten ihnen unvermittelt entgegen, als sie eintraten.

Der Maulwurf trat sofort hinüber und gurrte sanft: »Tapferer Chalt, süße Everlind, meine Westra und kleine Lida.« Andere Namen wurden gemurmelt, zu leise, um sie zu verstehen. »Hallo, meine Kinder. Geht es euch gut?« Er küßte sie, eines nach dem anderen, und setzte sie vorsichtig wieder zurecht. »Nein, nein, die dunklen Wesen werden euch hier nicht finden, das verspreche ich euch.«

Padishar reichte die Fackel, die er trug, an Par weiter, ging zu einem Becken hinüber und begann kaltes Wasser in sein schweißüberkrustetes Gesicht zu spritzen. Als er fertig war, blieb er dort stehen. Er stützte sich auf dem Tisch ab, der das Becken hielt, und sein Kopf hing müde hinab.

»Maulwurf, wir müssen herausfinden, was mit Damson geschehen ist.«

Der Maulwurf wandte sich um. »Mit der lieblichen Damson?«

»Sie war unmittelbar neben mir«, versuchte Par zu erklären, »und dann drängten sich die Soldaten zwischen uns...«

»Ich weiß«, unterbrach Padishar ihn und schaute auf. »Es war nicht dein Fehler. Es war niemandes Fehler. Vielleicht ist sie auch entkommen, aber es waren so viele...« Er stöhnte heftig auf. »Maulwurf, wir müssen wissen, ob sie sie haben.«

Der Maulwurf blinzelte träge, und seine scharfen Augen funkelten. »Diese Tunnel reichen bis unter die Gefängnisse der Föderation. Einige führen sogar bis in die Mauern hinein. Ich kann nachsehen. Und horchen.«

Padishar sah ihn offen an. »Sieh dir auch das Wachhaus zur Grube an, Maulwurf.«

Ein langes Schweigen folgte. Par begann über und über zu frieren. Dort durfte Damson nicht sein! Nicht dort!

»Ich möchte mit ihm gehen«, bot er leise an.

»Nein.« Padishar schüttelte nachdrücklich den Kopf. »Der Maulwurf wird schneller und leiser vorankommen.« Sein Blick war voller Verzweiflung, als er Par ansah. »Ich möchte genauso gern mitgehen wie du, Junge. Sie ist…«

Er zögerte, fortzufahren, und Par nickte. »Sie hat es mir gesagt.«

Sie sahen einander schweigend an.

Der Maulwurf durchquerte auf leisen Sohlen den Raum und blinzelte dann in den Lichtschein der Fackel, die Par noch immer festhielt. »Wartet hier, bis ich zurückkomme«, wies er sie an.

Und dann war er fort.

3

Es war eine lange und mühsame Reise gewesen, die Par Ohmsford von seinem so lange zurückliegenden Treffen mit dem Schatten Allanons am Hadeshorn zu diesem Ort und in diese Zeit gebracht hatte, und als er in dem unterirdischen Lager des Maulwurfs stand und die Ruinen und die Überbleibsel aus anderer Leute Leben betrachtete, konnte er nicht umhin, sich zu fragen, inwieweit dies sein eigenes Leben widerspiegelte.

Damson.

Er preßte die Augen zusammen, um die emporquellenden Tränen zurückzuhalten. Er konnte sich nicht eingestehen, was ihr Verlust bedeuten würde. Er begann gerade erst zu erkennen, wieviel sie ihm bedeutete.

»Par«, mahnte Padishar ihn sanft. »Komm, wasch dir das Gesicht ab, Junge. Du bist erschöpft.«

Par gab ihm recht. Er war geschlagen: physisch, emotional und geistig. Er war auf jede mögliche Art geschlagen, die Kraft floß aus ihm heraus, und der letzte Rest seiner Hoffnung wurde zerrissen wie Papier unter einem Messer.

Er fand Kerzen und entzündete sie an der Fackel, bevor er diese löschte. Dann trat er an das Becken und begann sich zu waschen. Langsam, wie bei einem Ritual, säuberte er sich von Schmutz und Schweiß, als könne er all die bösen Dinge, die ihm bei seiner Suche nach dem Schwert von Shannara widerfahren waren, mit dieser Handlung auslöschen.

Das Schwert war noch immer auf seinen Rücken gebunden. Er hielt mitten in seiner Waschung inne, nahm es ab und lehnte es gegen eine alte Kommode mit zerbrochenem Spiegel. Er starrte es an, wie er einen Feind anstarren mochte. Das Schwert von Shannara – war es dieses? Er wußte es noch immer nicht. Die Aufgabe, die Allanon ihm übertragen hatte, hatte darin bestanden, das Schwert zu finden, und obwohl er einmal geglaubt hatte, dies sei ihm gelungen, war ihm auf einmal bewußt, daß er vielleicht versagt hatte. Seine Aufgabe war unter den Nachwirkungen von Colls Tod und dem Überlebenskampf in den Katakomben von Tyrsis völlig in Vergessenheit geraten. Er fragte sich, wie viele von Allanons Aufgaben in Vergessenheit geraten oder ignoriert worden waren. Er fragte sich, ob Walker oder Wren ihre Meinung geändert hatten.

Er beendete seine Waschung, trocknete sich ab, wandte sich

um und sah Padishar an einem dreibeinigen Tisch sitzen, dessen fehlendes Bein durch eine umgedrehte Lattenkiste ersetzt worden war. Der Anführer der Geächteten aß Brot und Käse und trank Bier. Er winkte Par zu einem Platz, der für ihn gedeckt worden war, zu einem Teller mit Essen, und der Talbewohner ging schweigend hinüber, setzte sich und begann zu speisen.

Er war hungriger, als er gedacht hatte, und verschlang das Mahl in wenigen Minuten. Rund um ihn herum spuckten und flackerten die Kerzen in der Dunkelheit wie Leuchtkäfer in einer mondlosen Nacht. Das Schweigen wurde nur von dem fernen Geräusch tropfenden Wassers unterbrochen.

»Seit wann kennst du den Maulwurf?« fragte er Padishar, denn er mochte das leere Gefühl nicht, das das Schweigen in ihm hervorrief.

Padishar schürzte die Lippen. Sein Gesicht war so zerkratzt und zerschnitten, daß es wie ein schlecht zusammengesetztes Mosaik aussah. »Seit ungefähr einem Jahr. Damson hat mich eines Tages nach Einbruch der Dunkelheit in den Park zu einem Treffen mit ihm mitgenommen. Ich weiß nicht, woher sie ihn kannte.« Er schaute zu den ausgestopften Tieren hinüber. »Ein merkwürdiger Bursche, aber ihrer Meinung nach ausreichend sicher.«

Par nickte schweigend.

Padishar lehnte sich auf seinem knarrenden Stuhl zurück. »Erzähle mir von dem Schwert, Junge«, drängte er Par, stellte den Bierkrug ab und drehte ihn zwischen den Fingern. »Ist es das echte?«

Par lächelte, obwohl ihm nicht danach zumute war. »Eine gute Frage, Padishar. Ich wünschte, ich wüßte es.«

Dann erzählte er dem Anführer der Geächteten, was ihm widerfahren war, seit sie zusammen darum gekämpft hatten, der Grube zu entkommen: wie Damson die Ohmsfordbrüder im

Volkspark gefunden hatte, wie sie den Maulwurf getroffen hatten, wie sie beschlossen hatten, ein letztes Mal wieder in die Grube hinabzusteigen, um das Schwert zu erlangen, wie sie in dem Gewölbe mit Felsen-Dall zusammengetroffen waren und ohne jeglichen Kampf an sich nehmen konnten, was ein uralter Talisman sein sollte, wie sie Coll verloren hatten und schließlich, wie Damson und er seither durch ganz Tyrsis gelaufen waren und sich überall versteckt hatten.

Was Par Padishar nicht erzählte war, daß Felsen-Dall ihn darauf hingewiesen hatte, daß er, wie der Erste Sucher auch, ein Schattenwesen sei. Denn wenn das die Wahrheit war...

»Ich trage es, Padishar«, endete er, schob seine Grübeleien beiseite und deutete statt dessen auf die staubige Klinge, die an der Kommode lehnte, »weil ich immer noch denke, daß ich früher oder später herausfinden werde, ob es echt ist oder nicht.«

Padishar runzelte düster die Stirn. »Irgend etwas stimmt hier nicht. Felsen-Dall ist niemandes Freund. Entweder ist die Klinge eine Fälschung, oder er hatte guten Grund zu glauben, daß du keinen Nutzen aus ihr ziehen kannst.«

Wenn ich ein Schattenwesen bin...

Par schluckte gegen seine Angst an. »Ich weiß. Und bisher kann ich das auch nicht. Ich habe sie wiederholt ausprobiert und versucht, ihre Magie anzurufen, aber nichts geschieht.« Er hielt inne. »Nur einmal, als ich in der Grube war, nachdem Coll... Ich habe das Schwert von da aufgenommen, wo ich es abgelegt hatte, und seine Berührung verbrannte meine Haut wie glühende Kohlen. Nur einen Augenblick lang.« Er durchforschte seine Erinnerung erneut. »Die Magie des Wunschgesangs war noch lebendig. Ich hielt dieses Feuerschwert noch immer fest. Dann ließ die Magie nach, und das Schwert wurde unter der Berührung wieder kühl.«

Der große Mann nickte. »Dann ist es das Schwert von Shannara, Junge. Etwas, was mit der Magie des Wunschgesangs zusammenhängt, wirkt störend auf den Gebrauch dieses Schwertes ein. Das ergibt einen Sinn, nicht wahr? Warum nicht ein Aufeinandertreffen von zweierlei Magie? Wenn es so ist, konnte Felsen-Dall dir das Schwert bedenkenlos überlassen.«

Par schüttelte den Kopf. »Aber wie sollte er wissen, daß es so funktionieren würde?« Er hielt es auf einmal für wahrscheinlicher, daß der Erste Sucher davon ausgegangen war, daß das Schwert für ein Schattenwesen nutzlos war. »Und was ist mit Allanon? Würde er es nicht auch gewußt haben? Warum hat er mich denn auf die Suche nach dem Schwert geschickt, wenn ich es nicht gebrauchen kann?«

Auch Padishar wußte auf keine dieser Fragen eine Antwort, und daher sahen die beiden sich eine Weile lang einfach nur an. Schließlich sagte der große Mann: »Es tut mir leid wegen deines Bruders.«

Par schaute kurz fort und dann wieder zu ihm hin. »Damson hat mich davon abgehalten...« Er sog heftig den Atem ein. »Sie war diejenige, die mir geholfen hat, den Schmerz zu überwinden, als ich dachte, ich könnte ihn nicht mehr ertragen.« Er lächelte den anderen zaghaft und traurig an. »Ich liebe sie, Padishar. Wir müssen sie zurückholen.«

Padishar nickte. »Wenn sie gefangengenommen wurde, Junge... Wir wissen nichts Genaues.« Seine Stimme klang unsicher, und sein Blick wirkte besorgt und abwesend.

»Ich habe bereits Coll verloren, mehr kann ich nicht ertragen.« Par senkte seinen Blick nicht.

»Ich weiß. Wir werden sie sicher zurückbekommen, das verspreche ich dir.«

Padishar griff nach dem Bierkrug, füllte seinen Becher und goß nach kurzer Überlegung auch Par ein wenig nach. Er trank wohlüberlegt und setzte den Becher dann vorsichtig ab. Par erkannte, daß er zu dieser Angelegenheit alles gesagt hatte, was er sagen wollte.

»Erzähle mir von Morgan«, bat Par ruhig.

»Ah, der Hochländer.« Padishar begann sofort zu strahlen. »Er hat mir in der Grube das Leben gerettet, nachdem ihr beide, du und dein Bruder, entkommen wart. Hat es am Jut erneut gerettet – mit den Leben aller anderen. Böse Angelegenheit das.«

Und er fuhr mit seinem Bericht darüber, was geschehen war, fort – wie das Schwert von Leah bei ihrer Flucht aus der Grube und vor ihren Schattenwesen zerbrochen war, wie die Föderation sie bis zum Jut verfolgt hatte, wie die Kriecher gekommen waren, wie Morgan verkündet hatte, daß Teel ein Schattenwesen sei, wie der Hochländer, Steff und er Teel bis tief in die Höhlen hinter dem Jut verfolgt hatten, wo Morgan Teel allein gegenübergestanden und gerade noch genug der Magie hervorgebracht hatte, um sie vernichten zu können, wie die Geächteten der Falle der Föderation entkommen waren und wie Morgan sie dann verlassen hatte, um nach Culhaven und zu den Zwergen zurückzukehren, damit er das Versprechen halten konnte, das er dem sterbenden Steff gegeben hatte.

»Ich habe ihm versprochen, dich zu suchen«, schloß Padishar. »Aber ich war gezwungen, am Firerim Reach zu rasten, bis mein gebrochener Arm geheilt war. Sechs Wochen lang. Ist noch immer empfindlich, obwohl ich es nicht zeige. Wir sollten Axhind und seine Bergtrolle zwei Wochen zuvor am Jannisson treffen, aber ich schickte ihnen eine Nachricht, daß es acht Wochen werden würden.« Er seufzte. »So viel Zeit verloren und so wenig zu verlieren. Es bedeutete einen Schritt vorwärts und zwei zurück. Wie dem auch sei, schließlich war mein Arm genug ausgeheilt, daß ich meinen Teil des Handels einhalten und dich suchen konnte.« Er lachte verzerrt. »Es war nicht leicht. Wo ich auch nachschaute, überall wartete bereits die Föderation.«

»Teel also, glaubst du?« fragte Par.

Der andere nickte. »Es kann nicht anders sein, Junge. Sie hat Hirehone getötet, nachdem sie seine Identität und seine Geheimnisse gestohlen hatte. Hirehone war vertrauenswürdig. Er kannte die sicheren Verstecke. Teel – das Schattenwesen – muß diese Informationen aus ihm herausbekommen und seinem Geist entzogen haben.« Er spie aus. »Dunkle Wesen! Und Felsen-Dall hat vorgegeben, dein Freund zu sein! Welche Lügen!«

Oder die Wahrheit, dachte Par, sagte es aber nicht. Par fürchtete, daß das, was ihn mit dem Ersten Sucher verband, welcher Natur auch immer es sein mochte, Felsen-Dall die Geheimnisse zutragen würde, die er andernfalls verborgen gehalten hätte – sogar jene, in die er nicht eingeweiht war, jene, die seine Freunde und Gefährten hüteten.

Es war ein verwegener Gedanke. Zu verwegen, als daß man ihn glauben konnte. Aber andererseits war vieles von dem, was er in diesen letzten wenigen Wochen erfahren hatte, gleichermaßen verwegen gewesen, nicht wahr?

Es war leichter, das alles Teel zuzuschreiben, sagte er sich.

»Wie dem auch sei«, sagte Padishar gerade, »ich habe am Reach Wachen aufgestellt, seit wir dort lagern, denn Hirehone wußte auch davon, und das bedeutet, daß die Schattenwesen möglicherweise ebenfalls davon wissen. Aber bisher ist alles ruhig geblieben. In einer Woche werden wir das Treffen mit den Trollen abhalten, und wenn sie sich uns anschließen, haben wir ein Heer, mit dem man rechnen muß, der Anfang eines wahrhaftigen Widerstandes, der Kern eines Feuers, das sich durch die Föderation hindurchbrennen und uns schließlich befreien wird.«

»Immer noch am Jannisson?« fragte Par und dachte an andere Dinge.

»Wir brechen auf, sobald ich mit dir dort eintreffe. Und mit Damson«, fügte er schnell und überzeugt hinzu. »Eine Woche ist

Zeit genug, dies alles zu vollbringen.« Er klang aber nicht vollkommen sicher.

»Aber Morgan ist noch nicht zurückgekommen?« drängte Par.

Padishar schüttelte langsam den Kopf. »Mach dir keine Sorgen um deinen Freund, Junge. Er ist zäh wie Leder und schnell wie das Licht. Und entschlossen. Wo auch immer er ist, was auch immer er tut, es wird ihm gutgehen. Wir werden ihn schon bald sehen.«

So seltsam es auch war, Par neigte dazu, dem zuzustimmen. Wenn es jemals jemanden gegeben hatte, der aus jeder Misere einen Ausweg finden konnte, dann war es Morgan Leah. Er stellte sich die klugen Augen seines Freundes vor, sein bereitwilliges Lächeln und die Spur von Schalkheit in seiner Stimme und stellte fest, daß er ihn sehr vermißte. Ein weiteres Opfer seiner Reise, irgendwo unterwegs verloren. Es fiel von ihm ab wie überflüssiges Gepäck. Nur daß die Analogie nicht stimmte – seine Freunde und sein Bruder hatten für seine Sicherheit ihr Leben gegeben. Sie alle, zu der einen oder der anderen Zeit. Und was hatte er ihnen dafür gegeben? Was hatte er getan, um solche Opfer zu rechtfertigen?

Was hatte er Gutes vollbracht?

Sein Blick fiel einmal mehr auf das Schwert von Shannara. Er fuhr die Linien der hocherhobenen Hand mit ihrer Fackel nach. Die Wahrheit. Das Schwert von Shannara war ein Talisman für die Wahrheit. Und die Wahrheit, die er gerade jetzt am dringendsten brauchte, war die Antwort auf die Frage, ob diese Klinge, die soviel gekostet hatte, echt war.

Wie konnte er dies nur erfahren?

Ihm gegenüber streckte sich Padishar und gähnte. »Es ist Zeit, sich ein wenig auszuruhen, Par Ohmsford«, riet er und erhob sich. »Wir brauchen unsere Kraft für das, was vor uns liegt.«

Er ging zu der Couch hinüber, auf der die ausgestopften Tiere saßen, sammelte sie unbekümmert ein und ließ sie auf den nächsten Stuhl plumpsen. Er wandte sich wieder der Couch zu und machte es sich auf den zerschlissenen Lederkissen gemütlich, wobei er seine Schuhe über ein Ende der Couch herüberragen ließ und den Kopf in einer Armbeuge barg. Kurz darauf begann er zu schnarchen.

Par blieb noch eine Weile wach, um ihn zu beobachten, und ließ zu, daß sich seine dunklen Gedanken in seinem Geist niederließen. So verhinderte er, daß seine Entschlossenheit zerstreut wurde wie Blätter im Wind. Er hatte Angst, aber die Angst war nichts Neues. Daß ihn die Hoffnung langsam verließ, beunruhigte ihn am meisten, der Zerfall seiner Sicherheit, daß er, was auch immer geschehen würde, einen Weg finden würde, damit umzugehen. Er begann sich zu fragen, ob das immer noch so war.

Schließlich erhob er sich und ging zu dem Stuhl hinüber, auf dem Padishar die ausgestopften Tiere abgesetzt hatte. Vorsichtig nahm er sie auf – Chalt, Lida, Westra, Everlind und die anderen – und trug sie zu der Kommode hinüber, an der das Schwert von Shannara lehnte. Eines nach dem anderen ordnete er sie um das Schwert herum an, stellte sie als Wachen auf, als könnte er so erreichen, daß sie ihm vielleicht dabei halfen, die Dämonen von seinem Schlaf fernzuhalten.

Als er fertig war, ging er zum Lager des Maulwurfs hinüber, fand einige ausrangierte Kissen und alte Decken, baute sich in einer Ecke mit einer Sammlung alter Gemälde ein provisorisches Bett und legte sich nieder.

Er lauschte auf das Geräusch tropfenden Wassers, bis er schließlich einschlief.

Als er wieder erwachte, war er allein. Die Couch, auf der Padishar geschlafen hatte, war leer, und die Räume des Maulwurfs waren von Stille erfüllt. Alle Kerzen waren verlöscht, bis auf eine. Par blinzelte gegen die grellen Lichtblitze an, spähte dann an ihnen vorbei in die Dunkelheit und fragte sich, wo Padishar hingegangen sein mochte. Er erhob sich, streckte sich, ging zu der Kerze, benutzte sie, um die anderen wieder anzuzünden und beobachtete, wie die Dunkelheit zu einzelnen Schatten zusammenschmolz.

Er hatte keine Vorstellung davon, wie lange er geschlafen hatte. Die Zeit verlor in diesen Katakomben alle Bedeutung. Er war wieder hungrig und bereitete sich daher aus etwas Brot, Käse, Früchten und Bier eine Mahlzeit, die er an dem dreibeinigen Tisch einnahm. Während er aß, schaute er beständig zu dem Schwert von Shannara hinüber, das inmitten der Kinder des Maulwurfs in der Ecke lehnte.

Sprich mit mir, dachte er. Warum willst du nicht mit mir sprechen?

Er beendete seine Mahlzeit, nachdem er sich die Nahrung in den Mund geschoben hatte, ohne sie zu schmecken und das Bier ohne besonderes Interesse getrunken hatte, und konzentrierte den Blick und den Geist auf das Schwert. Er schob sich vom Tisch hoch, ging zu der Klinge hinüber, hob sie von ihrem Ruheplatz auf und trug sie zurück zu seinem Stuhl. Er balancierte sie einige Zeit auf den Knien und schaute auf sie hinab. Dann zog er sie schließlich aus ihrer Scheide und hielt sie vor sich hin, drehte sie hierhin und dorthin und ließ das Kerzenlicht von ihrer polierten Oberfläche abstrahlen.

Seine Augen funkelten vor Enttäuschung.

Talisman oder Schwindel – was bist du?

Wenn sie sein Talisman war, dann stimmte ganz entschieden etwas nicht. Er war der Nachkomme Shea Ohmsfords, und sein Elfenblut war genauso gut wie das seines berühmten Vorfahren. Er hätte mit Leichtigkeit in der Lage sein müssen, die Macht des

Schwertes anzurufen. Natürlich nur, wenn es wirklich das Schwert war. Sonst... Er schüttelte verärgert den Kopf. Nein, dies war das Schwert von Shannara. Es war es. Er konnte es in seinen Knochen spüren. Alles was er von dem Schwert wußte, alles, was er darüber erfahren hatte, all die Gesänge, die er über die Jahre hinweg darüber gesungen hatte, sagten ihm, daß es dies Schwert war. Felsen-Dall hätte ihm keine Imitation gegeben. Der Erste Sucher war zu sehr bemüht, daß Par in seiner Magie seine Führung akzeptierte, als daß er durch eine Lüge, die vielleicht entdeckt würde, riskiert hätte, ihn gegen sich aufzubringen. Was auch immer Felsen-Dall sonst sein mochte, er war gerissen – viel zu gerissen, um ein derart einfaches Spiel zu spielen...

Par hing diesem Gedanken nicht weiter nach, denn er war sich nicht so sicher, wie er es gern gewesen wäre, daß er recht hatte. Dennoch fühlte es sich richtig an, sagte ihm sein Verstand, sein Sinn für das Gleichgewicht der Dinge. Felsen-Dall wollte, daß er sein Dasein als Schattenwesen akzeptierte. Ein Schattenwesen konnte die Elfenmagie der Klinge nicht gebrauchen, weil...

Warum?

Weil die Wahrheit ihn vielleicht vernichten würde, und seine eigene Magie dies nicht zulassen wollte?

Aber als das Schwert von Shannara ihn in der Grube verbannt hatte, nachdem er Coll und die Schattenwesen mit ihm vernichtet hatte, war es da nicht eher die Magie der *Klinge* gewesen, die auf ihn reagiert hatte, als umgekehrt? Welche Magie widerstand welcher?

Er knirschte mit den Zähnen und krampfte seine Hände fest um das geschnitzte Heft des Schwertes. Die erhobene Hand mit ihrer Fackel drückte gegen seine Handfläche, und die Linien glänzten deutlich und klar. Worin bestand das Problem zwischen ihnen? Warum konnte er die Antwort nicht finden?

Er schob die Klinge wieder in ihre Scheide und saß unbeweglich und nachdenklich in der kerzenerleuchteten Stille. Allanon hatte ihm die Aufgabe übertragen, das Schwert von Shannara zu finden. Ihm, nicht Wren oder Walker, und doch hatten die auch elfisches Shannarablut, nicht wahr? Allanon hatte ihn gesandt. Vertraute Fragen wiederholten sich in seinem Geist. Der Druide hätte es doch sicher gewußt, wenn eine solche Aufgabe sinnlos war? Hätte er nicht auch als Schatten spüren können, daß Pars Magie eine Gefahr war, daß Par selbst der Feind war?

Es sei denn, Felsen-Dall hatte recht damit, daß nicht die Schattenwesen der Feind waren – sondern die Druiden. Oder vielleicht waren sie alle Feinde irgendeiner Art und kämpften um die Kontrolle über die Magie. Vielleicht kämpften Schattenwesen und Druiden beide darum, jene Leere zu erfüllen, die bei Allanons Tod geschaffen worden war, jenes Vakuum, das das Verblassen der letzten wahren Magie zurückgelassen hatte.

War das möglich?

Par furchte die Brauen. Er ließ seine Finger über den Knauf des Schwertes und den Besatz der Scheide gleiten.

Warum war die Wahrheit so schwer zu entdecken?

Er bemerkte, daß er sich fragte, was aus all den anderen geworden war, die sich auf die Reise zum Hadeshorn begeben hatten. Steff und Teel waren tot. Morgan wurde vermißt. Wo war Cogline? Was war nach dem Treffen mit Allanon und der Verteilung der Aufgaben aus ihm geworden? Par merkte, daß er sich plötzlich wünschte, mit dem alten Mann über das Schwert sprechen zu können. Cogline wäre sicher in der Lage, einen Sinn in dem allen zu sehen. Und was war mit Wren und diesem riesigen Fahrenden? Was war mit Walker Boh? Hatten sie ihre Meinung geändert und waren losgezogen, um ihre Aufgaben zu erfüllen, so wie er es getan hatte?

Wie er glaubte, es getan zu haben.

Sein Blick, der in die Leere vor ihm gerichtet war, senkte sich erneut auf das Schwert. Da war noch etwas. Jetzt, wo er die Klinge besaß – vielleicht jedenfalls –, was sollte er mit ihr anfangen? Allanon den Vorteil des Zweifels daran überlassen, wer gut und wer schlecht war, und ob Par das Richtige tat? Welchem Zweck sollte das Schwert von Shannara dienen?

Welche Wahrheit sollte es enthüllen?

Er fühlte sich elend bei diesen vielen Fragen ohne Antworten, bei diesen Geheimnissen, die vor ihm verborgen blieben, bei den Lügen und verdrehten Halbwahrheiten, die ihn wie angriffsbereite Aasfresser umkreisten. Wenn er nur ein einziges Glied dieser Kette der Unsicherheit und Verwirrung, die ihn band, durchbrechen könnte, wenn er nur ein einziges Band durchtrennen könnte...

Die Tür auf der anderen Seite des Raumes glitt auf, und Padishar erschien in der Öffnung. »Da bist du ja«, verkündete er fröhlich. »Ausgeruht, hoffe ich?«

Par nickte. Das Schwert balancierte er noch immer auf den Knien. Padishar schaute darauf herab, während er den Raum durchquerte. Par lockerte seinen Griff. »Wie spät ist es?« fragte er.

»Mittag. Der Maulwurf ist nicht zurückgekommen. Ich bin hinausgegangen, weil ich dachte, ich könnte vielleicht selbst etwas über Damson erfahren. Einige Fragen stellen. Meine Nase in fremde Angelegenheiten stecken.« Er schüttelte den Kopf. »Es war Zeitverschwendung. Wenn die Föderation sie hat, halten sie es geheim.«

Er warf sich auf das Sofa, und auf einmal wirkte er erschöpft und entmutigt. »Wenn er bei Einbruch der Nacht noch nicht zurückgekommen ist, werde ich erneut hinausgehen.«

Par beugte sich vor. »Nicht ohne mich.«

Padishar sah ihn an und grunzte. »Vermutlich nicht. Nun, Talbewohner, vielleicht können wir wenigstens einen weiteren Besuch in der Grube umgehen...«

Er hielt inne, denn er war sich plötzlich der Tatsache bewußt, was dies bedeutete, und schaute dann unbehaglich fort. Par hob das Schwert von Shannara von seinen Knien hoch und legte es neben sich auf den Boden. »Sie hat mir gesagt, du seist ihr Vater, Padishar.«

Der große Mann sah ihn einen Moment lang schweigend an und lächelte dann leicht. »Die Liebe scheint vielerlei Arten närrisches Geschwätz hervorzubringen.«

Er erhob sich und trat zum Tisch. »Ich denke, ich werde jetzt etwas essen.« Plötzlich wirbelte er herum, und seine Stimme war so hart wie Stein. »Wiederhole niemals wieder, was du gerade gesagt hast. Zu niemandem. Niemals.«

Er wartete, bis Par nickte und wandte seine Aufmerksamkeit dann der Zubereitung einer Mahlzeit zu. Er aß von denselben Speiseresten wie der Talbewohner, fügte nur ein wenig getrocknetes Fleisch hinzu, das er von einem Nahrungsverwalter stibitzt hatte. Par sah ihm wortlos zu und wunderte sich dabei, wie lange Vater und Tochter ihr Geheimnis bewahrt hatten, und dachte, wie schwer es für sie beide gewesen sein mußte. Padishars gemeißelte Gesichtszüge senkten sich in den Schatten, während er aß, aber seine Augen glitzerten wie kleine Flammen weißen Feuers.

Als er fertig war, sah er Par erneut an. »Sie hat versprochen – sie hat geschworen –, es niemals jemandem zu sagen.«

Par schaute auf seine ineinander verkrampften Hände hinab. »Sie hat es mir erzählt, weil wir beide einen Grund brauchten, einander vertrauen zu können. Wir teilten Geheimnisse, um dieses Vertrauen zu erringen. Es war solange richtig, bis wir das letzte Mal in die Grube hinabgestiegen waren.«

Padishar seufzte. »Wenn sie herausfinden, wer sie ist...«

»Nein«, unterbrach Par ihn schnell. »Wir werden sie vorher

zurückholen.« Er begegnete dem durchdringenden Blick des anderen. »Das werden wir, Padishar.«

Padishar Creel nickte. »Das werden wir wirklich, Par Ohmsford. Das werden wir wirklich.«

Es vergingen noch viele Stunden, bis der Maulwurf schließlich lautlos durch den Eingang trat, der Dunkelheit entschlüpfte wie einer ihrer Schatten, die Augen gegen das Kerzenlicht anblinzelnd. Sein Fell stand aufrecht, borstig von seiner zerschlissenen Kleidung, und verlieh ihm das Aussehen stacheligen Gestrüpps. Wortlos löschte er einige der Kerzen und ließ den größten Teil des Raums wieder in der Dunkelheit versinken, in der er sich wohlfühlte. Dann hastete er hinüber zu der Stelle, wo seine Kinder zusammengedrängt auf dem Boden saßen, gurrte ihnen einen Moment lang sanft zu, sammelte sie zärtlich auf und trug sie zum Sofa zurück.

Er setzte sie noch immer zurecht, als Padishars Geduld endete.

»Was hast du herausgefunden?« fragte der große Mann hitzig. »Erzähle es uns, wenn du glaubst, daß du dir die Zeit nehmen kannst!«

Der Maulwurf rührte sich, drehte sich aber nicht um. »Sie ist eine Gefangene.«

Par spürte alles Blut aus seinem Gesicht weichen. Er schaute schnell zu Padishar und sah, daß der große Mann, mit ineinander verkrampften Händen, aufgestanden war.

»Wo?« flüsterte Padishar.

Der Maulwurf ließ sich einen Moment Zeit, um Chalt auf einem Kissen zurechtzurücken, und wandte sich dann um. »In den alten Legionsbaracken an der Rückseite der inneren Mauer. Die liebliche Damson wird ganz allein im südlichen Wachturm festgehalten.« Er scharrte mit den Füßen. »Es hat lang gedauert, bis ich sie gefunden habe.«

Padishar trat vor und kniete sich hin, so daß sich ihre Augen auf gleicher Höhe befanden. Die Kratzer auf seinem Gesicht waren so rot wie Feuer. »Haben sie...« Er rang nach Worten. »Geht es ihr gut?«

Der Maulwurf schüttelte den Kopf. »Ich konnte sie nicht erreichen.«

Par trat ebenfalls vor. »Du hast sie nicht gesehen?«

»Nein.« Der Maulwurf blinzelte. »Aber sie ist dort. Ich bin durch die Mauern des Turms geklettert. Sie war genau auf der anderen Seite. Ich konnte sie durch den Stein atmen hören. Sie hat geschlafen.«

Der Talbewohner und der Anführer der Geächteten wechselten einen schnellen Blick. »Wie gut wird sie bewacht?« drängte Padishar.

Der Maulwurf führte seine Hände zu den Augen und rieb sie leicht mit seinen Knöcheln. »Soldaten standen an der Tür Wache, am Fuß der aufwärts führenden Treppe, am hineinführenden Tor. Sie patrouillieren in den Gängen und auf den Wegen. Es sind viele dort.« Er blinzelte. »Und es gibt dort auch Schattenwesen.«

Padishar sackte zusammen. »Sie wissen es«, flüsterte er rauh.

»Nein«, widersprach Par. »Noch nicht.« Er wartete darauf, daß Padishars Blick den seinen erwiderte. »Wenn sie es wüßten, würden sie sie nicht schlafen lassen. Sie sind nicht sicher. Sie werden auf Felsen-Dall warten – genau wie sie es schon zuvor getan haben.«

Padishar sah ihn einen Moment lang schweigend an, und ein Schimmer der Hoffnung zeigte sich auf seinen rauhen Zügen. »Vielleicht hast du recht. Also müssen wir sie herausholen, bevor dies geschieht.«

»Du und ich«, sagte Par leise. »Wir beide gehen.«

Der Anführer der Geächteten nickte, und ein Verständnis verband sie, das tiefer ging als alles, was Worte hätten ausdrücken können. Padishar erhob sich, sie standen sich in der Düsterkeit der schäbigen Räume des Maulwurfs gegenüber, und die Entschlossenheit härtete sie gegen das ab, was mit großer Sicherheit vor ihnen lag. Par schob die unbeantworteten Fragen und die Verwirrung durch das Schwert von Shannara beiseite. Er begrub seine Zweifel über den Gebrauch seiner eigenen Magie. Soweit es Damson betraf, würde er alles tun, was nötig war, um sie zu befreien. Nichts anderes war wichtig.

»Wir werden nah an sie herangelangen müssen«, erklärte Padishar weich und schaute auf den Maulwurf hinab. »So nah wie möglich, ohne gesehen zu werden.«

Der Maulwurf nickte ernst. »Ich kenne einen Weg.«

Der große Mann streckte die Hand aus und berührte seine Schulter. »Du wirst mit uns kommen müssen.«

»Die liebliche Damson ist meine beste Freundin«, sagte der Maulwurf.

Padishar nickte und nahm seine Hand fort. Dann wandte er sich zu Par um.

»Wir werden sie jetzt holen gehen.«

4

Der Mann in der Festung war Walker Boh, und er bewanderte ihre Brustwehren und Zinnen, ihre Türme und Verliese, all die Gänge und Wege, die ihre Grenzen bestimmten, wie der Geist, der er gewesen war, und der Verbannte, als der er sich fühlte. Paranor, die Druidenfestung, war zurückgebracht worden, zurückgekommen in die Welt der Menschen, von Walker und der Magie des Schwarzen Elfensteins wieder zum Leben erweckt. Paranor stand wieder da, wo es schon dreihundert Jahre zuvor gewesen war, erhob sich aus dem dunklen Wald, in dem Wölfe umherstrichen und Dornen von der Größe von Lanzenspitzen abwehrend hervorragten. Es erhob sich aus der Erde, auf einer Klippe gelegen, wo es über das ganze Tal, das es dominierte, hinweg gesehen werden konnte, vom Kennon bis zum Jannisson, von einer Kammlinie der Drachenzähne zur anderen. Türme und Mauern und Tore. So solide wie der Stein, aus dem es vor mehr als tausend Jahren erbaut worden war, war es der Keep der Legenden und Sagen, die noch einmal wahr gemacht wurden.

Aber Schatten, dachte Walker Boh in seiner Verzweiflung, was das gekostet hatte!

»Sie wartete im Brunnen des Turmes auf mich, die Essenz der Druidenmagie, die er als Wächter zurückgelassen hatte«, erklärte Walker Cogline in dieser ersten Nacht, der Nacht, in der er aus dem Keep entkommen war, obwohl Allanon als Geist anwesend war. »All diese Jahre hatte er gewartet, sein Geist oder ein Teil dieses Geistes, eingeschlossen in den sich windenden Nebel, der die Mord Wraiths und ihre Verbündeten vernichtet und Paranor aus dem Land der Menschen vertrieben hatte, um auf den Zeitpunkt zu warten, an dem sie zurückgerufen werden würden. Der Schatten Allanons hat anscheinend auch gewartet, dort in den Wassern des Hadeshorn, wohl wissend, daß sich das Bedürfnis nach dem Keep und seinen Druiden eines Tages als unerbittlich erweisen würde, daß die Magie und das Wissen, die sie handhabten, bereitgehalten werden müßten gegen die Möglichkeit, daß die Entwicklung der Geschichte einen anderen Weg einschlug als den, den er prophezeit hatte.«

Cogline hörte zu und sagte nichts. Er empfand noch immer Ehrfurcht vor dem, was geschehen war, und davor, was Walker Boh geworden war. Er hatte Angst. Weil Walker noch immer

Walker war, aber auch noch etwas mehr. Allanon war dort, war während der Umwandlung von einem Menschen zu einem Druiden ein Teil von ihm geworden, im Ritus des Übergangs, der in dem dunklen Versteck des Keep stattgefunden hatte. Cogline hatte in seiner geistigen Gestalt gerade genug riskiert, um Walker vor dem Wahnsinn zu bewahren, der ihn zu überwältigen drohte, bevor er sich mit der einsehenden Veränderung auseinandersetzen konnte. In jenen wenigen Sekunden hatte Cogline gespürt, wie Walker sich zu verändern begann – und war entsetzt geflohen.

»Der Schwarze Elfenstein zog den Nebel in sich hinein und dadurch in mich«, flüsterte Walker, für den diese Worte inzwischen eine vertraute Wiederholung waren. Als würden sie dadurch, daß er sie aussprach, besser zu verstehen sein. Sein starres Gesicht senkte sich in die Kapuze seines Gewandes. Es war eine Maske, die sich noch immer veränderte. »Dadurch ist Allanon in mich hineingelegt. Es hat alle Druiden hineingelangen lassen – ihre Geschichte und ihr Wissen und ihre Magie, ihre Kenntnis und ihre Geheimnisse, alles, was sie waren. Es ließ sie durch mich hindurchgleiten, wie Fäden durch einen Webstuhl, die ein neues Gewebe bilden, und ich konnte spüren, wie sie in mich eindrangen und konnte es nicht verhindern.«

Das Gesicht in der Kapuze wandte sich ein wenig dem alten Mann zu. »Ich habe sie alle in mir, Cogline. Sie haben sich voller Entschlossenheit, mir ihr Wissen und ihre Macht zukommen zu lassen, in mir niedergelassen, damit ich sie gebrauche, wie sie es getan haben. So lautete Allanons Plan von Anfang an – ein Nachkomme von Brin soll das Geschlecht der Druiden fortführen, einer, der auserwählt werden würde, wenn die Notwendigkeit gegeben wäre, einer, der dienen und gehorchen würde.«

Eisenfinger umfaßten plötzlich Coglines Schulter, so daß er zusammenzuckte. »Gehorche, alter Mann! Das ist es, was sie von mir erwarten, aber es ist nicht das, was sie bekommen werden!« Walker Bohs Worte waren von Bitterkeit durchsetzt. »Ich kann sie in mir arbeiten spüren wie lebende Wesen! Ich kann ihre Gegenwart spüren, wenn sie ihre Worte flüstern und versuchen, mich auf sich aufmerksam zu machen. Aber ich bin stärker als sie. Gerade durch den Prozeß, den sie vollführt haben, um mich zu verändern, bin ich stärker geworden. Ich habe die Prüfung, der sie mich unterzogen haben, überlebt, und ich werde sein, was ich mir erwähle, mögen sie nun in meinem Körper und in meinem Geist leben oder nicht, mögen sie nun Schatten sein oder Erinnerungen aus der Vergangenheit, mögen sie sein, was sie wollen! Wenn ich dieses... dieses *Ding* sein muß, was sie aus mir gemacht haben, werde ich ihm zumindest meine Stimme und mein Herz geben!«

So gingen sie dahin, Cogline so kalt wie der Tod, während er dem gequälten Stöhnen Walker Bohs zuhörte. Walker, so heiß wie die Feuer, die in den Schmelzöfen unter den Steinmauern Paranors erneut zu brennen begonnen hatten, verwandelte seinen Zorn in die Kraft, die ihn gegen das, was geschah, unterstützen konnte.

Denn die Umwandlung schritt auch jetzt voran, während sie durch die Gänge der Festung gingen, der alte Mann und der werdende Druide, überschattet vor ihnen von der stillen Gegenwart Ondits, der Moorkatze, die genauso finster wirkte wie ihr Herr. Die Umwandlung wirbelte durch Walker hindurch wie Rauch im Wind, aufgerührt von den Händen der gewesenen Druiden, die ihre Geister in demjenigen lebendig werden ließen, der es zulassen würde, daß die Magie wieder zum Leben erwachte. Sie kam, während sich das Wissen in kleinen Brocken und Stücken und manchmal auch explosionsartig zeigte, Wissen, das durch die Jahre erworben und bewahrt worden war, alles, was die Druiden entdeckt und auf ihre Art geformt hatten, alles, was sie durch die Zeiten des Warlock Lords und der Schädelträger, durch die Dämonen im Verbotenen, durch den Ildatch und die Mord Wraiths, durch all die Prüfungen dunklen Übels, das die Menschheit bedrohte, hindurchgebracht hatte. Die Magie offenbarte sich nach und nach, spähte aus dem Wirrwarr von Händen und Augen und geflüsterten Worten hervor, die Walker Bohs Geist aufrührten und ihm keine Ruhe ließen.

Er schlief drei Tage lang überhaupt nicht. Er versuchte es, denn er war bis zur Verzweiflung erschöpft, aber als er sich bemühte loszulassen und in den Trost der Ruhe zu entgleiten, die er so dringend brauchte, wurde eine neue Facette der Verwandlung lebendig und ließ ihn hochfahren. Ihre Bedürfnisse, ihre Gegenwart, ihre Entschlossenheit, gehört zu werden, drangen in sein Gedächtnis. Jedes Mal versuchte er dagegen anzukämpfen. Er wollte nicht ihre Existenz verhindern, denn das hatte keinen Sinn, aber er wollte demonstrieren, daß sie nicht fraglos akzeptiert wurde, daß das Wissen begutachtet und erwogen wurde, daß er sein Gesicht zu erkennen suchte und sich dadurch vor blindem Gebrauch schützte. Die Druiden waren nicht sein Schöpfer, erinnerte er sich wieder und wieder. Die Druiden hatten ihm nicht sein Leben geschenkt, und es sollte ihnen nicht erlaubt werden, daß sie sein Schicksal bestimmten. *Er* würde das tun. *Er* würde entscheiden, wie er leben wollte, ob mit der Macht der Magie oder ohne sie, und indem er dies tat, würde er nur sich selbst gegenüber verantwortlich sein.

Cogline und Ondit blieben bei ihm. Sie waren genauso erschöpft wie er, hatten aber Angst um ihn und waren entschlossen, ihn nicht allein dem gegenübertreten zu lassen, was vor ihm lag. Wallner mußt Coglines Stimme hören, hin und wieder als Antwort auf seine eigene hören, als Vorsichtsmaßnahme und Rückversicherung, um seine Wehklagen des Abscheus zu dämpfen. Ondit war die Struppige, düstere Gewißheit, daß sich einige

Dinge niemals ändern würden, eine so solide und verläßliche Gegenwart, wie der Tagesanbruch nach der Nacht, das Versprechen, daß es auch aus den schlimmsten Alpträumen ein Erwachen geben könnte. Zusammen unterstützten sie ihn in einer Weise, die er nicht annähernd beschreiben konnte und die sie umgekehrt auch nicht annähernd verstehen konnten. Es genügte, daß sie wußten, daß dieser Bund bestand.

Drei weitere Tage vergingen, bevor die Veränderung schließlich zum Ende gelangte und die Umwandlung abgeschlossen war. Plötzlich hörten die Hände auf, zu gestalten, die Augen verschwanden und das Flüstern verklang. In Walker Boh wurde plötzlich alles still. Er schlief endlich und träumte nicht, und als er erwachte, wußte er, daß er, obwohl er auf eine Art verwandelt worden war, die er nur annähernd zu begreifen begann, dennoch tief in sich selbst dieselbe Person geblieben war, die er immer gewesen war. Er hatte sich das Herz eines Mannes bewahrt, der den Druiden und ihren Magien mißtraute, und während die Druiden jetzt in ihm lebten und sich zu allem äußerten, wie er sein Leben führte, würden sie trotzdem von einem Glauben regiert werden, der vor ihrer Ankunft dagewesen war und ihren Aufenthalt überleben würde. Walker erhob sich in der Einsamkeit seines Schlafraums. Er war in der Dunkelheit, die der fensterlose Raum schuf, allein und das erste Mal, seit er sich erinnern konnte, in Frieden mit sich selbst. Er hatte die lange furchtbare Reise zur Erledigung der Aufgabe, die ihm übertragen worden war, beendet und schließlich auch die Prüfung der Umwandlung, die ihm auferlegt worden war. Vieles war unerledigt geblieben und ziemlich viel war verloren worden, aber wichtiger als alles andere war, daß er überlebt hatte.

Er ging dann hinaus zu Cogline und sah ihn in der Nähe sitzen. Die Moorkatze lag zusammengerollt zu seinen Füßen. Sorgenlinien waren in das Gesicht des alten Mannes gegraben und Unsicherheit in seinen Augen widergespiegelt. Er trat zu ihm und hob ihn hoch, als sei er ein Kind – durch die Umwandlung war er selbst unglaublich stark geworden, er war von den Händen und den Augen und den Stimmen verändert worden, bis er zehn Männern entsprach. Er legte seinen gesunden Arm um den zerbrechlichen Körper und umfaßte sanft seinen alten Mentor.

»Es geht mir wieder gut«, flüsterte er. »Es ist vorbei, und ich bin sicher.«

Und der alte Mann umfaßte ihn und weinte an seiner Schulter.

Sie sprachen dann miteinander, wie sie es seit jeher getan hatten, zwei Männer, die mehr an Überraschungen im Leben erfahren hatten, als ihr Anteil hätte sein sollen, und die durch den gemeinsamen Bund der Druidenmagie und durch die Schicksale, die sie in diese Zeit und an diesen Ort geführt hatten, vereint waren. Sie sprachen über Walkers Umwandlung, über die Gefühle, die dies hervorgerufen hatte, über das Wissen, das es gebracht hatte, und über die Bedürfnisse, die es vielleicht befriedigen könnte. Sie waren wieder eine Einheit, Menschen aus Fleisch und Blut, und Paranor war zurückgekehrt. Es war der Anfang einer neuen Ära in der Welt der Vier Länder, und sie erlebten vom ersten Augenblick an diese Zeit, in der entschieden werden würde, wie sich diese Ära entwickeln würde. Walker Boh war auch jetzt noch nicht sicher, wie er die Druidenmagie handhaben sollte – oder ob er es überhaupt sollte. Die Bedrohung durch die Schattenwesen mußte bedacht werden, aber die Art und das Ausmaß dieser Bedrohung blieben ein Mysterium. Walker war das Wissen der Druiden überlassen worden, aber nicht das Wissen, was er damit tun sollte – besonders gegen die Schattenwesen.

»Meine Umwandlung hat mir gewisse Einsichten verschafft, die ich vorher nicht hatte«, vertraute Walker Cogline an. »Eine ist die Tatsache, daß sich der Gebrauch der Druidenmagie als notwendig erweisen wird, wenn die Bedrohung durch die Schattenwesen einem Ende zugeführt werden soll. Aber wessen Einsicht ist diese – meine oder Allanons? Kann ich ihr vertrauen, frage ich mich? Ist sie eine Wahrheit oder eine Fiktion?«

Der alte Mann schüttelte den Kopf. »Ich denke, das mußt du selbst herausfinden. Ich glaube, Allanon will es so. Ist es nicht immer den Ohmsfords überlassen geblieben, die Wahrheit der Dinge selbst herauszufinden? Du hast es einmal das Spielen von Spielen genannt. Aber ist es nicht in Wahrheit viel mehr als das? Ist es nicht die Natur des Lebens? Erfahrung erwächst aus dem Handeln, man kann sie nicht weitergeben. Experimente und Entdeckungen. Suchen und finden. Es sind nicht die Machenschaften der Druiden, die uns zu unseren Handlungen zwingen, es ist unser eigenes Bedürfnis, wissen zu wollen. Das ist der eigentliche Weg, auf dem wir lernen. Ich glaube, das muß auch dein Weg sein, Walker.«

Was zuerst getan werden sollte, so beschlossen sie, war herauszufinden, was aus den anderen Nachkommen von Shannara geworden war – aus Par, Coll und Wren. Hatten sie die Aufgaben erfüllt, die ihnen zugeteilt worden waren? Wo waren sie, und welche Geheimnisse hatten sie in den Wochen entdeckt, die seit ihrem Treffen am Hadeshorn vergangen waren?

»Par wird das Schwert von Shannara gefunden haben oder es suchen«, erklärte Walker. Sie saßen im Studierzimmer der Druiden, hatten die Geschichte vor sich ausgebreitet, gingen sie dieses Mal auf die Besonderheiten hin durch, an die Walker sich von seinen vorangegangenen Lesungen her erinnerte, und die er mit dem Wissen, das er durch seine Umwandlung erlangt hatte, jetzt anders verstand. »Par wurde zu seiner Suche regelrecht getrieben. Er war eisenhart und entschlossen. Was auch immer wir anderen zu tun beschlossen haben, er hätte nie aufgegeben.«

»Wren auch nicht, denke ich«, sagte der alte Mann nachdenklich. »Sie war ebenso fest entschlossen, obwohl das nicht so offensichtlich war.« Er begegnete offen Walkers Blick. »Der Schatten Allanons hat gespürt, was jeden von euch antreibt, und ich denke, daß keiner von euch jemals die Chance hatte, fortzugehen.«

Walker lehnte sich auf seinem Stuhl zurück. Sein hageres Gesicht wurde überschattet von dem glatten, dunklen Haar und dem Bart, und seine Augen leuchteten so durchdringend, daß ihnen scheinbar nichts verborgen bleiben konnte. »Seit der Zeit Shea Ohmsfords haben sich die Druiden uns zu eigen gemacht, nicht wahr?« sann er kühl und abweisend. »Sie haben in uns etwas gefunden, das gefesselt werden konnte, und sie haben uns seitdem gefangengehalten. Wir sind Diener ihrer Bedürfnisse – und Paladine für die Rassen.«

Cogline spürte, wie sich die Luft in dem Raum regte, eine greifbare Antwort auf den Fluß der Magie, der Walkers Stimme entstieg. Er hatte es mehr als einmal gespürt, seit Walker aus dem Keep entkommen war. Es war ein Zeichen der ihm gegebenen Macht. Mehr Druide als Mensch, war Walker eine Manifestation der dunklen Künste und des Wissens, das der alte Mann einst, vor langer Zeit, studiert hatte und zugunsten von Formen der altweltlichen Wissenschaften verworfen hatte. Eine verpaßte Gelegenheit, dachte er. Aber der gesunde Verstand hatte sich behauptet. Er fragte sich, ob Walker in seiner Entwicklung Frieden finden würde.

»Wir sind nur Menschen«, sagte er vorsichtig.

Und Walker erwiderte lächelnd: »Wir sind nur Narren.«

Sie sprachen bis spät in die Nacht hinein miteinander, aber Walker blieb unentschlossen, was er als nächstes tun sollte. Die anderen aus seiner Familie suchen, ja – aber wo sollte er beginnen, und wie sollte er es angehen? Der Gebrauch seiner Magie war offensichtlich eine neue Möglichkeit, aber würde ihn dieser

Gebrauch den Schattenwesen verraten? Wußten seine Feinde, was bereits geschehen war: daß er ein Druide geworden war, und daß Paranor zurückgebracht worden war? Wie stark war die Magie der Schattenwesen? Wie weit reichte sie? Er sollte dies nicht so bald ausprobieren, sagte er sich immer wieder. Er mußte erst noch seine eigene Magie kennenlernen. Er erforschte sie noch. Er sollte nicht übereilt entscheiden, was er tun wollte.

Die Diskussion dauerte an, und allmählich begann Walker zu erkennen, daß jetzt etwas anders war zwischen Cogline und ihm. Er dachte zuerst, daß sein Widerwille, einen Kurs für sein Vorgehen zu bestimmen, einfach Unschlüssigkeit war – obwohl ihm dies nicht sehr ähnlich sah. Er erkannte bald, daß etwas gänzlich anderes die Ursache war. Während sie miteinander sprachen, wie sie es seit jeher getan hatten, war eine Distanz zwischen ihnen, die niemals zuvor dagewesen war, nicht einmal, als er auf den alten Mann wütend gewesen war und ihm mißtraut hatte. Die Beziehung zwischen ihnen hatte sich verändert. Walker war kein Schüler mehr und Cogline nicht mehr der Lehrer. Walkers Umwandlung hatte ihn mit einem Wissen und einer Macht ausgestattet, durch die er Cogline weit überlegen war. Walker war nicht mehr der Dunkle Onkel, der sich draußen im Darklin Reach verbarg. Die Zeiten des Lebens abseits der Rassen, wo er sein Geburtsrecht leugnete, waren vorbei. Walker Boh war dem überlassen, was er und wer er geworden war – ein Druide, der einzige Druide, vielleicht das einzige wirklich mächtige lebende Individuum überhaupt. Was er tun würde, konnte das Leben aller beeinflussen. Walker wußte das. Und da er dies wußte, akzeptierte er, daß seine Entscheidungen seine eigenen sein mußten und niemals wieder geteilt werden konnten, weil niemand, nicht einmal Cogline, das Gewicht solch furchtbarer Verantwortung tragen sollte.

Als sie sich schließlich trennten, um schlafen zu gehen, da sie erneut erschöpft waren von ihren Bemühungen, stellte Walker fest, daß er von sehr verschiedenartigen Gefühlen bestürmt wurde. Er war so weit über den Menschen hinausgewachsen, der er gewesen war, daß er auf vielerlei Arten kaum wiederzuerkennen war. Er war sich bewußt, daß der alte Mann hinter ihm hersah, als er sich den Gang hinab zu seinem Schlafraum zurückzog und konnte das Gefühl nicht abschütteln, daß sie sich mit jedem Schritt auch auf andere Weise voneinander entfernten.

Cogline. Der Druide, der niemals einer gewesen war, war zum Begleiter geworden für jenen Druiden, der sein würde – was empfand er wohl?

Walker wußte es nicht. Aber er akzeptierte widerwillig, daß von dieser Nacht an die Dinge zwischen ihnen niemals wieder die gleichen sein würden wie früher.

Dann schlief er ein, und seine Träume waren dürftig und von Gesichtern und Stimmen erfüllt, die er nicht erkennen konnte. Die Dämmerung war schon fast hereingebrochen, als er erwachte und eine Dringlichkeit ihn ergriff und ihm heimtükkisch etwas zuflüsterte. Er wurde aus dem Schlaf getrieben wie ein Schwimmer aus dem Wasser, der die Oberfläche durchstößt und in tiefen Zügen Luft schöpft. Einen Moment lang war er wie gelähmt und vor Unsicherheit wie erstarrt, während sein Herz in seiner Brust pochte und seine Augen und Ohren darum kämpften, die Dunkelheit um ihn herum zu durchdringen. Schließlich konnte er sich bewegen, schwang die Beine vom Bett und fühlte sich beruhigt durch das Gefühl festen Gesteins unter seinen Füßen. Er erhob sich und wurde sich der Tatsache bewußt, daß er noch immer die dunklen Gewänder trug. Er war zu müde gewesen, die Kleidung abzulegen.

Etwas rührte sich unmittelbar vor seiner Tür, ein leises Tappen, ein Reiben an dem alten Holz.

Ondit.

Er ging zur Tür und öffnete sie. Die große Katze stand unmittelbar davor und sah zu ihm auf. Sie beschrieb vorsichtig einen Kreis von ihm fort und kam wieder zurück, wobei sie den großen Kopf mit glühenden Augen schwingen ließ.

Ondit will, daß ich ihm folge, dachte Walker. Etwas stimmt nicht.

Er wickelte sich in einen schweren Umhang und trat aus seinem Schlafraum in die grabähnliche Stille der Festung. Steinmauern dämpften das Geräusch seiner Füße, während er die alten Gänge hinabeilte. Ondit ging in der Dunkelheit voraus. Geschmeidig und finster tappte er lautlos durch die Schatten. Ohne ihre Schritte zu verlangsamen, durchquerten sie jenen Raum, in dem Cogline schlief. Dort lag das Problem offenbar nicht. Die Nacht verblaßte um sie herum, während sie weitergingen, und die Dämmerung erhob sich im Osten als silberner Schimmer, der als frostiges, trübes Licht durch die Fenster der Festung hereinsickerte. Walker bemerkte es kaum, denn sein Blick war auf die Bewegungen der Moorkatze gerichtet, während sie durch die sich überschneidenden Schatten glitt. Seine Ohren bemühten sich, etwas zu hören und vielleicht einen Hinweis darauf zu finden, was sie erwartete. Aber die Stille blieb ungebrochen.

Sie kletterten vom Hauptgang zu den Toren der Festungsmauer hinauf und traten ins Freie. Die Dämmerung war kühl und fühlte sich leer an. Nebel lag über dem ganzen Tal, erklomm die Wand der Drachenzähne im Osten und erstreckte sich westlich bis zum Streleheim als Decke, die alles Dazwischenliegende verbarg. Paranor lag eingewickelt in ihre oberen Falten, seine hohen Türme waren aus einem Nebelmeer herausragende Inseln. Der Nebel wirbelte umher, aufgerührt von den Winden, die von den Bergen herabwehten. Und in dem schwachen Licht der frühen Dämmerung wurden seltsame Umrisse und Formen lebendig.

Ondit tappte den Weg hinab, schnüffelte in die Luft, während er weiterging, und sein Schwanz schlug erregt hin und her. Walker folgte ihm. Sie umrundeten die westliche Brustwehr, ohne ihren Schritt zu verlangsamen. Sie sahen nichts und hörten nichts. Sie überquerten freiliegende Treppen und kamen an Turmeingängen vorbei. Sie bewegten sich wie Geister auf der Jagd.

An der westlichen Festungsmauer verlangsamte Ondit plötzlich seinen Schritt. Die Haare im Nacken der Katze stellten sich aufrecht, und ihre dunkle Schnauze verzog sich zu einem Fauchen. Walker trat neben sie und legte schnell eine beruhigende Hand auf das rauhe Rückenfell. Ondit schaute jetzt hinaus in die Dunkelheit. Sie standen direkt über dem Westtor des Schlosses.

Walker spähte in den Nebel. Jetzt konnte auch er es spüren.

Etwas war dort draußen.

Die Sekunden vergingen, und nichts zeigte sich. Walker begann ungeduldig zu werden. Vielleicht sollte er hinausgehen und nachschauen.

Dann verzog sich der Nebel plötzlich. Er schien sich zurückzuziehen, als würde er abgedrängt, und die Reiter erschienen. Es waren vier, und sie wirkten in dem schwachen Licht unheimlich und geisterhaft. Sie kamen langsam heran, zielbewußt und so grau wie die Düsterkeit, die ihr Herannahen verborgen hatte. Vier Reiter auf ihren Reittieren, aber keiner war menschlich, und die Tiere, die sie ritten, waren widerliche Mißgebilde, ganz Schuppen und Klauen und Zähne. Vier Reiter, jeder deutlich anders als die anderen, jeder mit einem Reittier, das ein Spiegel seiner selbst war.

Walker Boh wußte sofort, daß sie Schattenwesen waren. Er wußte auch, daß sie seinetwegen gekommen waren.

Kühl und leidenschaftslos betrachtete er sie.

Der erste war groß und hager und leichenhaft. Die Knochen drückten durch seine straffgespannte Haut nach außen, der skelettartige Umriß war vornübergebeugt wie eine Katze auf der Jagd. Als Gesicht grinste ihn ein Schädel an, dessen Kinn schlaff herunterhing und dessen Augen herausstarrten. Sie waren zu weit geöffnet und zu leer, um sehen zu können. Er trug keine Kleidung, und sein nackter Körper war weder der eines Mannes, noch der einer Frau, sondern etwas zwischen beidem. Sein Atem bewölkte die Luft vor ihm mit einem scheußlichen, grünen Nebel.

Dem zweiten fehlte jeglicher Anschein einer Identität. Er hatte die Gestalt eines Menschen, aber keine Haut oder Knochen. Er war statt dessen eine wirbelnde Wolke Dunkelheit, die in dieser Gestalt summte und schrie. die Wolke hatte das Aussehen von Fliegen oder Moskitos, die hinter Glas gefangen sind, so dicht versammelt, daß sie das Licht ausschließen. Die häßlichen Töne, die dieser Reiter ausstieß, schienen davor zu warnen, daß er in seiner geisterhaften Form ein Übel verbarg, das zu furchtbar war, als daß man es sich hätte vorstellen können.

Der dritte war deutlicher erkennbar. Von Kopf bis Fuß bewaffnet, drohte er mit Dornen, messerscharfen Kanten und Waffen. Er trug Streitkolben und Messer, Schwerter und Streitäxte mit sich und einen großen Speer, der mit Schädeln und zu einer Kette zusammengefügten Fingerknochen versehen war. Ein Helm verbarg sein Gesicht, aber die durch den Visierschlitz spähenden Augen glühten so rot wie Feuer.

Der letzte Reiter trug einen Umhang mit Kapuze und war so unsichtbar wie die Nacht. Kein Gesicht war unter der tarnenden Kapuze zu erkennen. Keine Hände zeigten sich, die die Zügel seines kräftigen Reittieres hätten halten können. Er ritt vornübergelehnt wie ein sehr alter Mann, ganz gebeugt und knorrig, ein Wesen, das vom Alter und von der Zeit gezeichnet war. Aber es war kein Anzeichen von Schwäche an ihm, nichts, das hätte vermuten lassen, daß er etwas anderes war, als das, was er zu sein schien. Dieser Reiter ritt stetig und sicher voran, und wenn er gezeichnet war, dann nicht vom Alter und von der Zeit, sondern von der Bürde, die er für die von ihm genommenen Leben trug.

Über seinen Rücken war eine Sense geschlungen.

Walker Boh fror, als er sie erkannte. In ganz alten Druidengeschichten aus der alten Welt der Menschen wurden diese Vier erwähnt. Er wußte, wer sie waren und von wem sie geschaffen worden waren. Jetzt hatten Schattenwesen ihre Gestalt angenommen und die Identität der dunklen Wesen von früher vereinnahmt.

Seine Brust verkrampfte sich. Vier Reiter. Die Vier Reiter der Legenden, die Mörder sterblicher Menschen. Sie kamen aus einer so lange zurückliegenden Zeit, daß sie fast vergessen waren. Aber er hatte die Erzählungen gelesen, sagte er sich wiederholt, und er wußte, was die Vier bedeuteten.

Hungersnot. Seuche. Krieg. Tod.

Walker nahm seine Hand von Ondits Fell, und die Katze begann tief in ihrer Brust zu grollen. Schattenwesen, dachte Walker in einer Mischung aus Ehrfurcht und Angst, geschaffen, um etwas zu sein, was niemals war, nur eine Manifestation von Unwirklichem, von den verschiedenen Arten zu töten. Jetzt waren sie gekommen, um ihn zu vernichten.

Er fragte sich erneut, wer und was die Schattenwesen waren, was die Quelle der Macht war, daß sie alles sein konnten, was sie sich erwählten. Seine Umwandlung hatte ihm darein keinen Einblick gewährt. Er wußte jetzt genauso wenig über ihre Ursprünge wie zu Beginn der Entwicklungen. Ja, sie waren so finster, wie der Schatten Allanons warnend vorhergesagt hatte. Ja, sie waren ein Übel, das Magie als Vernichtungswaffe gebrauchte. Aber wer waren sie? Woher waren sie gekommen? Wie konnten sie vernichtet werden?

Wo bloß konnte er Antworten auf seine Fragen finden?

Er beobachtete, wie die Vier Reiter näherkamen, taumelnd und sich auf ihren Reittieren windend, auf Wesen, die vage an Pferde erinnerten, aber als sehr viel mehr gedacht waren. Atem dampfte in der Morgenluft wie giftiger Dunst. Klauen kratzten und knirschten auf dem Fels. Köpfe hoben sich, und Mäuler entblößten sich und gaben gekrümmte, gelbliche Zähne frei. Stetig strebten die Reiter weiter voran.

Als sie die Tore erreicht hatten, hielten sie inne. Sie machten keinerlei Anstalten, hindurchzureiten. Sie zeigten keinerlei Interesse daran, weiter vorzudringen. Sie stellten sich in einer Linie vor dem Tor auf und warteten. Walker wartete mit ihnen. Die Minuten vergingen, und das Licht wurde allmählich heller. Die Düsterkeit nahm Reinheit an, als die Dämmerung näherkam.

Dann überstieg die Sonne schließlich die Berge im Osten. Sie legte ein schwaches Schimmern über die dunklen Felsspitzen, und an den Toren drängte der Reiter Hungersnot plötzlich vorwärts. Als er nahe an das Tor herangekommen war, hob er seine skelettartige Hand und klopfte. Das Geräusch war ein schwach hörbarer, widerhallender, hohler Schlag – das Erschauern, das das Leben verursacht, wenn es den Körper schließlich verläßt. Walker krümmte sich, obwohl er es nicht wollte.

Hungersnot wich dann zurück, und, einer nach dem anderen, wandten sich die Reiter nach rechts und schwärmten in einer schmalen Linie aus, um die Festungsmauern zu umkreisen. Sie ritten darum herum, kamen nacheinander unter Walker vorbei, während er beobachtete, wie sie zurückkehrten und wieder verschwanden, wobei sie sich sorgfältig voneinander entfernt hielten, so daß sich immer einer an jeder Mauer befand, oder immer einer an jeder Ecke des Schlosses.

Es war eine Belagerung, erkannte Walker. Das Anklopfen war eine Drohung gewesen, und wenn er nicht herausging, um darauf zu antworten, würden sie ihn innerhalb der Mauern gefangenhalten. Felsen-Dall und die Schattenwesen hatten entdeckt, daß Paranor zurückgekehrt war und daß Walker die Hülle Allanons angenommen hatte. Als Antwort waren die Reiter gesandt worden.

Walker verschränkte seine Arme in dem Umhang. *Wir werden sehen, wer wen gefangenhält*, dachte er finster.

Er stand noch eine Weile länger da, sah auf die Gestalten hinab und ging dann davon, um Cogline zu wecken.

5

Die Abwasserkanäle unter Tyrsis waren feucht und kalt und lagen in einer zwielichtigen Dunkelheit, die an Rinnen entlang und Gitter hinabsickerte wie verschüttete Tinte. Das Tageslicht war im Westen versunken, und die Nacht kauerte in den Schatten, die sich von Gebäuden und Mauern erstreckten wie ein lebendig gewordener Geist. Schritte und Stimmen entschwanden heimwärts, und die Müdigkeit des Tagesendes war wie ein Seufzen, das von dem heißen Sommerwind aufgenommen wurde, während er sich in den Höhlungen stiller, erstickender Hitze in den Rinnen der Straßen und Wege der Stadt niederließ, eine windstille Decke, die über die darunterliegenden Katakomben ausgebreitet worden war.

Padishar Creel, Par Ohmsford und der Maulwurf ertasteten sich langsam ihren Weg durch diese Katakomben, drei der Schatten, die aus der herannahenden Nacht erwuchsen. Sie waren so leise wie der Staub, der von den Schuhen auf der Straße aufgewirbelt wurde. Sie atmeten durch den Mund, denn die Gerüche der Abwasserkanäle waren beklemmend und schwer in den gewundenen Röhren. Die Abwässer der Stadt waren ein träger Fluß, der ihre Füße umspülte. Manchmal erklommen sie Eisenleitern und Steinstufen, manchmal krochen sie durch enge Tunnel, als sie sich stetig ihren Weg vom Zentrum der Stadt auf die Mauern und die Vorderseite der Klippe zu bahnten, auf den Wachturm zu, in dem Damson Rhee gefangengehalten wurde, und auf die Auseinandersetzung zu, die sie erwartete.

»Wir werden nicht ohne sie zurückkehren«, hatte Padishar erklärt. »Was auch immer notwendig sein wird, um sie zu befreien, wir werden es tun. Und wenn wir sie erst einmal befreit haben, werden wir sie nicht wieder aufgeben.«

»Maulwurf«, hatte er geflüstert und sich vor den seltsamen, kleinen Burschen hingekniet. »Du wirst uns hineinführen und, wenn möglich, auch wieder hinaus. Aber du wirst nicht kämpfen, verstanden? Halte dich heraus und in Sicherheit. Denn nur du, Maulwurf, wirst wissen, wenn wir Damson befreit haben« – es war kein Hinweis darauf erkennbar, daß sie keinen Erfolg haben könnten –, »wie wir sie wieder in Sicherheit bringen können. Einverstanden?« Und der Maulwurf hatte ernst genickt.

»Par, deine Aufgabe wird noch schwieriger sein«, hatte der Anführer der Geächteten weiter erklärt und sich als nächstes an den Talbewohner gewandt. »Wenn wir den Schattenwesen begegnen, mußt du deine Magie gebrauchen, um sie von uns fernzuhalten. Der Hochländer hat das mit seinem Schwert erreicht, als wir in der Grube gefangen waren. Dieses Mal bleibt es dir überlassen. Mir fehlen die Mittel, uns gegen diese Monster zu verteidigen. Wenn wir ihnen begegnen, Junge, dann zögere nicht.«

Par war bereits zu dem Schluß gekommen, daß der Gebrauch des Wunschgesangs bei ihren Bemühungen unvermeidlich sein würde, so daß er Padishar dies schnell versprach. Was er nicht versprechen konnte – was er dem anderen aber nicht sagte – war, daß er sich nicht mehr sicher war, daß er die Magie würde kontrollieren können. Sie hatte sich bereits als unzuverlässig erwiesen, hatte bereits gezeigt, daß sie ein Eigenleben entwickeln und Macht freisetzen konnte, die ihn vielleicht ohne weiteres verschlingen würde. Aber solche Ängste verblaßten gegenüber seinen Gefühlen für Damson Rhee. Verschüttet durch ihren gemeinsamen Kampf, der Stadt und ihren Jägern zu entkommen, und durch die Tatsache, daß er geglaubt hatte, sie sei bei ihm sicher, waren seine Gefühle bei der Nachricht über ihre Gefangennahme sofort wieder an die Oberfläche gedrungen, und jetzt tobten sie in ihm wie ein unkontrolliertes Feuer. Er liebte sie. Vielleicht hatte er sie von Anfang an geliebt, aber sicher wußte er es, seit sie nach Colls Tod zu ihm gehalten hatte. Sie war so sehr ein Teil von ihm, wie es nur irgend etwas Abgetrenntes sein konnte, und er konnte den Gedanken, sie zu verlieren, nicht ertragen. Er würde alles darum geben, sie in Sicherheit zu wissen. Er würde alles geben. Wenn das bedeutete, den Zorn einer Magie heraufzubeschwören, die ihn unwiderruflich verändern konnte, die ihn vielleicht sogar vernichten würde, dann sollte es so sein. Wenn Felsen-Dall recht hatte mit seiner Behauptung, wer und was er war, dann konnte er ohnehin nichts tun, um sich zu retten. Er würde nicht vor den Gefahren der Magie zurückschrecken, wenn Damsons Sicherheit auf dem Spiel stand. Er würde tun, was er tun mußte.

So waren sie losgezogen, jeder von ihnen überzeugt davon, daß Damson es wert war, für sie alles aufzugeben. Jetzt erstreckten sich die Abwasserkanäle in engen, gewundenen Tunneln vor ihnen, und die Dunkelheit schloß sich schnell um das wenige Licht, das noch verblieben war. Bald würden sie gezwungen sein, Fackellicht zu benutzen, um etwas sehen zu können, und das würde besonders gefährlich werden, wenn sie sich den Stadtmauern näherten. Denn dort würden die dunklen Wesen sicherlich sowohl unter der Erde als auch darüber Wache halten, und Fackellicht würden sie schon von weitem sehen können.

Sie eilten weiter, wobei sich die scharfen Augen und Sinne des Maulwurfs unbeirrt ihren Weg suchten, die sicheren Pfade erwählten und jene mieden, die sie vielleicht behindern würden. Während sie vorwärtsgingen, konnten sie die Geräusche der Stadt über ihnen in Bruchstücken eines Lebens herabschweben hören, das so wenig mit dem ihren verbunden war, wie das Leben von Toten. Pars Gedanken glitten davon. Alles fühlte sich so an, als ob sie in dem Gestein der Klippe, auf der Tyr erbaut worden war, verschüttet wären, wie Geister auf der Jagd gerade außerhalb der Sicht der Menschen, die sie einst gewesen waren. Es schien dem Talbewohner nach reiflicher Überlegung, daß er tatsächlich mehr Geist als Mensch war, daß er auf seiner Flucht vor den Schattenwesen und den anderen Gefahren, denen er auf seiner Reise begegnet war, auf eine Weise verwandelt worden war, die er nicht gänzlich verstand, und daß er als Ergebnis seiner Substanz beraubt und vergeistigt zurückgelassen worden war. Er bewegte sich jetzt in einer Schattenexistenz, zunehmend der Freunde und der Familie beraubt, gefangen in einem Gewirr von Magien, die bewirkten, daß er sich aufzulösen begann. Es gab sicher eine Möglichkeit, sich zu retten, das wußte er, aber irgendwie konnte er offenbar nicht erkennen, was es war.

Sie erreichten einen breiten Zusammenfluß von Röhren und verlangsamten auf einen Wink des Maulwurfs hin ihren Schritt. Dicht zusammengedrängt am Grund eines Brunnens, aus dem eine steinerne Treppe hinausführte, berieten sie sich ein letztes Mal.

»Die Treppe führt zu einem Keller in der Innenmauer«, flüsterte der Maulwurf. Seine Nase war feucht und glänzend. »Von dort müssen wir zu einem Gang steigen, ihm bis zu einem Eingang folgen, der wieder hinausführt, dann durch eine weitere Tür wieder hineingehen und einem zweiten Gang zu einem verborgenen Durchgang folgen, der uns durch den Wachturm hinauf dorthin führen wird, wo Damson wartet.«

Er schaute von Padishar zu Par und gespannt wieder zurück.

Der große Mann nickte. »Föderationswächter?«

Der Maulwurf blinzelte. »Überall.«

»Schattenwesen?«

»Irgendwo im Turm.«

Padishar lächelte Par schief an. »Irgendwo. Sehr aufschlußreich.« Er zuckte mit den Achseln. »In Ordnung. Erinnert euch an das, was ich gesagt habe, ihr beide. Erinnert euch daran, was ihr zu tun habt – und nicht zu tun habt.« Er sah Par an. »Wenn ich sterbe, macht ihr weiter – wenn ihr könnt. Wenn nicht, dann flüchtet zum Firerim Reach und holt dort Hilfe. Versprecht es mir.«

Par nickte und dachte dabei, daß dieses Versprechen eine Lüge war, daß er niemals flüchten würde, bevor Damson nicht in Sicherheit war, egal, was geschähe.

Padishar griff über seine Schulter nach hinten, zog die Riemen fest, die das Breitschwert auf seinem Rücken festhielten, und überprüfte dann die langen Messer und das Kurzschwert an seiner Hüfte. Der Griff eines weiteren langen Messers ragte aus einem Schuh hervor. Sie alle waren sorgfältig in die Scheiden gesteckt und in Tuch eingewickelt worden, damit das Metall nicht rasseln oder das Licht reflektieren konnte. Par trug nur das Schwert von Shannara bei sich. Der Maulwurf besaß gar keine Waffen.

Padishar schaute erneut auf. »In Ordnung. Gehen wir hinein.«

In einer Linie erklommen sie die Treppe, kauerten sich eng an den Stein und bahnten sich ihren Weg auf das schwache Licht zu, das über ihnen schien. Ein Gitter kam in Sicht, Eisenstäbe, die ein Netz aus Schatten die Stufen hinunter und über ihre Körper warfen. Über ihnen war Stille, ein leeres, hohles Nichts.

Als sie das Gitter erreicht hatten, blieb der Maulwurf stehen, um zu lauschen, wobei er den Kopf neigte wie ein Tier auf der Jagd – oder in Gefahr –, griff dann aufwärts und schob das Gitter mit überraschender Kraft fast lautlos in die Höhe. Er verließ die Treppe, hielt das Gitter, während die beiden anderen schnell ins Freie stiegen, und legte es dann vorsichtig wieder auf seinen Platz.

Sie standen in einem Keller, der mit mehreren anderen Räumen verbunden war, die alle in beide Richtungen so weit verliefen, wie man sehen konnte. Überall waren Vorräte aufgestapelt, Kisten mit Waffen, Werkzeugen, Kleidung und verschiedenen anderen Gütern, alle sorgfältig beschriftet und an den dicken Steinmauern auf Holzbrettern aufgestapelt. In einem angrenzenden Raum waren Fässer untergebracht, und die verrosteten Rahmen alter Betten bildeten in der Düsterkeit ein kaum wahrnehmbares Labyrinth aus Metallknochen. Hoch oben an den Wänden, direkt unter der Kellerdecke und unmittelbar über dem Erdboden ließ eine Reihe schmaler, vergitterter Fenster dünne Streifen des schwindenden Lichts herein.

Der Maulwurf führte sie durch das Labyrinth von Kellerräumen voran, an den Stapeln von Vorräten vorbei und um das Durcheinander von Kisten herum zu einer Stelle, an der eine zweite Treppe zu einer schweren Holztür hinaufführte. Sie stiegen die Treppe vorsichtig hinauf, und Par spürte, wie sich die Haare auf seinem Rücken und in seinem Nacken bei dem Gedanken an die Möglichkeit, daß unsichtbare Augen vielleicht jede ihrer Bewegungen verfolgten, kribbelnd aufrichteten. Er spähte nach links und nach rechts, über sich und rund um sich herum, aber er sah nichts.

An der Tür blieben sie erneut stehen, während der Maulwurf ein kleines Metallwerkzeug dazu benutzte, das Schloß aufspringen zu lassen. Innerhalb von Sekunden waren sie durch die Tür hindurch und bewegten sich schnell den dahinterliegenden Gang entlang. Sie befanden sich jetzt in der Innenmauer der Zitadelle, der zweiten Verteidigungslinie der Stadt, die gleichzeitig Standort der Baracken war, die die meisten Föderationsgarnisonen beherbergten. Der Gang war gerade und schmal und von Türen und Fenstern unterbrochen, die sie jedermann verraten konnten. Aber niemand erschien während der Augenblicke, die sie brauchten, um den Eingang zu erreichen, den der Maulwurf suchte, und sie waren bereits durch eine weitere Tür gelangt, bevor Par auch nur Zeit hatte, beruhigt aufzuatmen.

Jetzt standen sie in einem schattigen Windfang, der auf einen Hof hinausführte, der zwischen den inneren und den äußeren Mauern der Stadt lag. Föderationssoldaten standen an den Toren und auf den Festungsmauern Wache. Sie waren nur noch als verschwommene Umrisse in der zunehmenden Dunkelheit erkennbar. Lichter flackerten durch die Fenster der Schlafquartiere und Wachhäuser und auch von den Festungsmauern und den Toren herüber. Beschuhte Füße schabten in der Stille. Stimmen erhoben sich zu leisem Murmeln. Irgendwo schärfte ein Schleifstein Metall. Par spürte, wie sich sein Magen verkrampfte. Die Geräusche geschäftigen Tuns erklangen überall um sie herum.

Sie schmiegten sich noch viele weitere Minuten lang in die Schatten des Windfangs, lauschten und beobachteten, warteten, bevor sie weiterzugehen versuchten. Par konnte Padishars Atem hören, als sich der alte Mann neben ihn an die Wand kauerte. Sein eigener Atem verriet den schnellen Schlag seines Herzens. Bewegungen der Magie des Wunschgesangs waren tief in seiner Brust zu spüren, ganz tief innen, wo die Gefühle ihren Ursprung hatten, und er kämpfte darum, sie unter Kontrolle zu halten. Er stellte fest, daß er erneut darüber nachdachte, was geschehen würde, wenn er die Magie einzusetzen versuchte. Sie war da, und er würde sie gebrauchen – dessen war er sich sicher. Aber ob sie ihm gehorchen würde, war eine vollkommen andere Sache, und es schien ihm plötzlich, daß, wenn sie ihn tatsächlich überwältigen würde und zu dem werden ließ, was er nach Felsen-Dalls Warnung werden mußte, nichts ihn daran hindern konnte, seine Freunde anzugreifen.

Damson, sagte er sich, Damson und das, was sie ihm bedeutete, würden die Magie unter Kontrolle halten.

Schließlich ging der Maulwurf weiter, glitt von dem schattigen Eingang fort und an dem groben Stein der großen Mauer entlang. Padishar folgte ihm sofort, und Par stellte, fast bevor er wußte, was er tat, fest, daß er sich beeilte, Schritt zu halten. Sie eilten vorsichtig durch die Dunkelheit und versuchten, wenn das Licht der Fackeln ihren Weg in sanften Teichen erhellte, mit dem Stein zu verschmelzen, und stellten sich vor, unsichtbar zu sein, damit sie es tatsächlich würden. Föderationssoldaten bewegten sich weiterhin rund um sie herum, unglaublich laut, unbehaglich nah, und es schien Par sicher, daß sie jeden Augenblick entdeckt werden mußten.

Aber bereits Sekunden später standen sie vor einer weiteren Tür, die unverschlossen war, und traten dann hindurch in das dahinterliegende Licht...

Ein verblüffter Föderationssoldat stand vor ihnen. Den Speer hielt er nachlässig in der Hand, während er sich darauf vorbereitete, seinen Wachposten einzunehmen. Sein Kinn sank herab, und eine Sekunde lang stand er da wie festgefroren. Sein Zögern kostete ihn das Leben. Padishar war sofort über ihm. Eine Hand legte sich blitzschnell auf seinen Mund, und die Klinge eines langen Messers blitzte in der anderen auf und verschwand dann. Par sah, wie sich die Augen des Soldaten überrascht weiteten. Er sah den Schmerz und dann die Leere. Der Soldat sackte in Padishars Armen zusammen wie eine Stoffpuppe. Der Speer fiel herab, und die schnellen Hände des Maulwurfs fingen ihn auf, bevor er auf dem Boden auftreffen konnte. In einem Gang aus Stein und altem Holz, der von Feuer beleuchtet wurde, das an den grob verputzten Wänden an pechgetränkten Fackeln flackerte, standen die Eindringlinge atemlos und regungslos da, hielten den toten Soldat zwischen sich und lauschten auf die Stille.

Dann hob Padishar den Körper hoch, trug ihn zurück in die Schatten einer Nische, wo er nicht mehr zu sehen war. Par sah ihm zu, als sei er irgendwie weit von dem Geschehen entfernt, und er fühlte sich so kalt wie der Stein um ihn herum. Er versuchte, nicht hinzusehen. Er hörte noch immer den Laut, den der Soldat von sich gegeben hatte, als er starb. Er sah noch immer den Ausdruck in seinen Augen vor sich.

Sie eilten schnell den Gang hinab und achteten darauf, ob Soldaten auftauchten, lauschten darauf, ob die Stille gestört würde. Aber sie trafen niemanden mehr, und bevor Par es richtig erkannte, waren sie durch eine kleine, eisenbeschlagene Tür getreten, die selbst in der schattigen Nische, in die sie eingesetzt war, kaum zu erkennen war.

Die Tür schloß sich hinter ihnen, und sie standen in einer Dunkelheit, die so vollständig war wie die einer mondlosen Nacht. Par konnte Holz und Staub riechen und die Rauheit von Brettern unter seinen Füßen spüren. Sie hielten einen Moment lang inne, während der Maulwurf den Raum durchstöberte. Dann wurde ein Feuerstein angeschlagen – einmal, zweimal –, und die kleine Flamme einer Kerze warf ihren schwachen Schein. Sie befanden sich in einer kaum sechs Fuß im Quadrat großen Kammer, die mit seltsamen Gegenständen und Schutt angefüllt war. Der Maulwurf schob die Gegenstände vorsichtig beiseite und legte damit an der Rückseite des Raums eine Stelle frei und drückte dann gegen die Wand. Ein Abschnitt dieser Wand gab plötzlich nach und gab eine Tür frei, die für das bloße Auge unsichtbar gewesen war und jetzt einwärts schwang.

Schnell traten sie hindurch. Ein schmaler Zwischenraum eröffnete sich zwischen den Steinmauern und den hölzernen Stützbalken, mit so niedriger Decke, daß Padishar gezwungen war, zu kriechen, damit er sich nicht den Kopf stieß. Als er seine große Hand hob und Vorsicht gebot, sah Par Blut an der Hand und spürte plötzlich die Nähe seines eigenen Todes, als sei dies etwas, was die toten Augen des Soldaten vorhergesagt hatten.

Der Maulwurf glitt an ihm vorbei und begann sie durch die Mauern hinabzuführen, wobei er sie an Steinvorsprüngen, Eisennägeln und gezackten Holzsplittern vorbeimanövrierte. Spinnweben strichen über ihre Gesichter, und kleine Nagetiere rannten quiekend durch die Dunkelheit vor ihnen. Die Flamme der Kerze war nur ein schwacher Schein vor der Schwärze.

Sie begannen schließlich aufwärts zu steigen, wobei sie in die Stützbalken gehauene Sprossen und in den Fels geschlagene Stufen fanden, eine Mischung aus Leitern und Rampen, die sich durch die Mauern aufwärts wanden. Sie befanden sich jetzt in dem Turm und bahnten sich ihren Weg auf seine Spitze und auf Damsons Gefängnis zu. Von Zeit zu Zeit hörten sie Stimmen, doch die klangen gedämpft und schwach. Es wurde beständig wärmer und stickiger, und Par begann zu schwitzen. Der Gang wurde schmaler und bereitete ihnen immer größere Schwierigkeiten. Padishar hatte Probleme, sich hindurchzuzwängen.

Dann blieb der Maulwurf plötzlich abrupt stehen und gefror an seinem Platz. Der Anführer der Geächteten und der Talbewohner blieben stehen und lauschten in die Dunkelheit geduckt. Nur die Stille war zu hören, aber Par spürte dennoch etwas – das Gefühl von etwas, das lebte und sich bewegte, unmittelbar durch diese Mauern hindurch, genau auf der anderen Seite. In ihm rührte sich die Magie des Wunschgesangs wie eine hungrige Katze, und ihr Feuer knisterte eifrig. Par schloß die Augen und konzentrierte sich darauf, ihren Klang verstummen zu lassen.

Was er jenseits der Mauer erspürte, war ein Schattenwesen.

Er spürte, wie sich sein Atem in seiner Kehle verfing, während sich in seinem Geist ein Bild von dem schwarzen Wesen formte und die Vision durch seine Magie lebendig wurde. Es stahl sich einen Gang in dem Turm entlang, mit Kapuze und Umhang bekleidet und mit den Fingern auf der Jagd nach Beute wie mit Tentakeln die Luft prüfend. Konnte es sie ebenfalls spüren? Wußte es, daß sie da waren? Die Magie rasselte wie eine Schlange in Par Ohmsford, wand sich, spannte sich an und sammelte Kraft. Par brachte sie zum Schweigen, denn er wollte ihr nicht nachgeben. Zu früh! Es war zu früh!

Die Luft flüsterte in seinen Ohren, als sei sie lebendig. Er biß die Zähne zusammen und hielt stand.

Dann war das Schattenwesen fort. Es verblaßte wie der Gedanke eines Augenblicks, dunkel und böse und voller Haß. Die Magie des Wunschgesangs kühlte sich ab und beruhigte sich wieder. Par spürte einen Teil der Anspannung abfallen, und die Muskeln in seinem Bauch und in seiner Brust lockerten sich. Er war sich bewußt, daß Padishar ihn beobachtete, war sich des Unbehagens bewußt, das das Gesicht des anderen widerspiegelte. Padishar griff nach hinten, um fragend seine Schulter zu umfassen. Par spürte die Härte in den Fingern des anderen und stahl etwas von seiner Kraft. Schließlich gelang ihm auch ein schnelles, versicherndes Nicken.

Sie gingen weiter, stiegen noch immer aufwärts und drangen durch die Dunkelheit vorwärts. Überall war es still. Die leisen Geräusche von Föderiertenstimmen und der Klang ihrer Schritte waren vollständig verklungen. Die Nacht hatte eine Decke der Stille über sie geworfen, in der alles Lebende scheinbar in den

Schlaf entglitten war. Wie sehr es täuscht, dachte Par, während er sich weitermühte. Wie gefährlich das ist.

Kurz darauf blieben sie erneut stehen, dieses Mal an einem Stück mit Mörtel bearbeitetem Felsquader, der von schweren Holzpfählen eingerahmt waren, die wiederum die Decke über ihnen abstützten. Der Maulwurf gab die Kerze an Padishar weiter und begann den Stein mit den Fingern zu erforschen. Irgend etwas klickte unter seiner vorsichtigen Berührung, und ein Abschnitt der Wand gab nach. Schwach und dunstig wurde ein schmaler Lichtstrahl sichtbar.

Der Maulwurf wandte sich wieder Padishar zu. Aus seiner Stimme klang Unruhe. »Sie halten sie irgendwo durch die zweite Tür hindurch und dann etwas weiter hinab gefangen.« Er zögerte. »Ich könnte es euch zeigen.«

»Nein«, sagte Padishar sofort. »Warte hier. Warte, bis wir zurückkommen.«

Der Maulwurf betrachtete ihn einen Moment lang und nickte dann widerwillig. »Die zweite Tür«, wiederholte er.

Mit beiden Händen stieß er die Tür in der Wand ganz auf. Padishar und Par Ohmsford traten vorsichtig hindurch.

Sie standen auf dem Podest einer Treppe, deren Stufen sowohl aufwärts als auch abwärts führten. Ihnen gegenüber war eine Tür geschlossen und verriegelt. Das Metall war voller Rost. Fackeln ruhten in in den Stein geschlagenen Halterungen, ihr Schein leuchtete die Reihe der ausgetretenen Stufen aus und ihr beißender Rauch erhob sich in die Dunkelheit des Turms.

Alles war ruhig.

Hinter ihnen schwang die verborgene Tür wieder zu.

Par sah Padishar an. Der große Mann schaute sich wachsam um. Neuerliches Unbehagen zeigte sich in seinem Blick. Er schüttelte über irgend etwas Unsichtbares den Kopf.

Sie begannen den Abstieg mit dem Rücken an der Wand und

lauschten angestrengt auf drohende Geräusche. Die Treppe wand sich schlangenförmig an der Wand entlang, und die Lichtflecke der Fackeln berührten sich an den Biegungen kaum. Eine Andeutung von Nachthimmel wurde hin und wieder durch die Ritzen in den Steinen sichtbar, hoch oben und von ihnen aus jenseits aller Reichweite. Pars Magen krampfte sich zusammen. Er glaubte auf den Stufen über ihnen etwas zu hören, ein leises Schaben von Schuhen, ein Rascheln von Kleidung. Er blinzelte und wischte sich den Schweiß vom Gesicht. Da war nur Stille.

Sie erreichten das nächste Podest. Es gab eine einzige Tür, und sie war unbewacht und unverschlossen. Sie öffneten sie und gingen einfach hindurch. Par gefiel das nicht. Wenn dies der Ort war, an dem Damson gefangengehalten wurde, wären Wächter zu erwarten gewesen. Er schaute erneut zu Padishar, aber der große Mann schaute einen schwach beleuchteten Gang hinab, der zu der genannten zweiten Tür führte. Sie bewegten sich schnell darauf zu, und dabei spürte Par auf einmal, wie die Magie des Wunschgesangs plötzlich erneut zum Leben erwachte. Er wurde fast überwältigt von der Hitze, die sie erzeugte.

Etwas stimmte nicht.

Er berührte Padishar am Arm. Der große Mann wandte sich erschreckt um, und auch Par fuhr wieder herum. Er spürte eine Bewegung hinter sich, eine dunkle Gegenwart... Die Schattenwesen! Sie waren...

Und die Tür hinter ihnen flog krachend auf. Drei Sucher in schwarzen Umhängen drangen herein, Schattenwesengestalten, die sich in ihre Gewänder duckten und krümmten. Waffen schimmerten im Fackellicht. Padishars Breitschwert wurde mit schabendem Geräusch aus der Scheide gezogen. Par griff auf seinem Rücken nach dem Schwert von Shannara, riß seine Hände aber dann von ihm fort wie von glühenden Kohlen. Er würde sich verbrennen, wenn er es berührte! Verbrennen, das wußte er!

»Padishar!« stöhnte er.

Der große Mann stürmte auf die Tür hinter ihnen zu, aber auch sie schwang weit auf, und zwei weitere Monster in schwarzen Umhängen erschienen. Beide Seiten des Ganges waren jetzt blockiert, und Par Ohmsford und Padishar Creel waren gefangen.

»Der Maulwurf!« fluchte Padishar, der sich sicher war, daß sie verraten worden waren.

Aber Par hörte ihn nicht. Die Sucher eilten herbei, um sie zu ergreifen, und die Magie des Wunschgesangs brach im Klang seines Warnrufs auf, der den Turm mit Zorn erfüllte. Sie hüllte ihn ein wie ein Wirbelwind und preßte ihn rücklings gegen einen erstaunten Padishar. Er kämpfte darum, sie unter Kontrolle zu behalten, aber sie überwältigte ihn mühelos. Dann riß sie sich in Bruchstücken weißheißen Feuers von ihm los, die auf die Schattenwesen zuflogen. Die schwarzen Gestalten warfen ihre Arme hoch, aber die Magie des Wunschgesangs schoß durch sie hindurch und verbrannte sie zu Asche. Par schrie, da er nicht anders konnte, und der Wunschgesang brach durch die Mauern hindurch wie ein Fluß durch einen Damm, durchschlug die mit Mörtel verkleideten Spalten und sprengte Löcher in den Stein. Padishar schreckte zurück, ergriff dann voller Verzweiflung Par, zog ihn hastig durch die zweite Tür und schlug sie schnell hinter ihnen zu.

Par fiel auf die Knie, und der Wunschgesang ebbte wieder ab.

»Ich... ich kann nicht atmen«, keuchte er.

Padishar riß ihn auf die Füße. »Par! Schatten, Junge! Was geschieht mit dir? Was stimmt nicht?«

Par schüttelte verzweifelt den Kopf. Die Magie entfaltete sich unkontrolliert in ihm. Sie hatte sich erneut verselbständigt und war nicht nur gedacht. Brins Magie, nicht Jairs. Ein Feuer, das er nicht kontrollieren konnte, schwelend, wartend...

Er umklammerte die Arme des anderen, und sein Atem kehrte zurück und breitete eine Kühle in ihm aus, die den Wahnsinn dämpfte. »Finde Damson!« zischte er. »Vielleicht ist sie hier, Padishar! Finde sie!«

Schreie erklangen überall um sie herum, die Schreie von Föderationssoldaten, die die Brustwehren entlangkamen und in den Wachturm eilten. Padishar ergriff Pars Tunika und zog den Talbewohner hinter sich her, während er einen Gang entlangeilte, der von schweren Holztüren gesäumt war, die alle verschlossen und verriegelt waren.

»Damson!« rief der große Mann außer sich.

Hinter ihnen, jenseits der Tür, durch die sie geflohen waren, glaubte Par das Rascheln der Gewänder von Schattenwesen zu hören.

»Sie kommen!« warnte er und spürte, wie sich die Hitze der Magie des Wunschgesangs erneut in ihm ausbreitete.

»Damson!« heulte Padishar Creel.

Eine gedämpfte Antwort erklang hinter einer der Türen. Der Anführer der Geächteten ließ Par los und eilte weiter, wobei er wieder und wieder den Namen seiner Tochter rief. Die Antwort erklang erneut, und er kam rutschend zum Halten. Wie wild hackte Padishar auf eine der Türen ein. Rufe erschollen von einer Treppe am anderen Ende des Ganges her. Wieder hämmerte er mit mehreren krachenden Schlägen auf die Tür ein und warf sich dann mit gesenkter Schulter gegen das, was von ihr noch übriggeblieben war. Die Tür flog aus den Angeln, und Padishar verschwand hinter ihr.

Par eilte zu der Öffnung und blieb stehen. Padishar stand dort blutig und benommen, und Damson Rhee umarmte ihn. Ihr rotes Haar war staubig und wirr und ihr bleiches Gesicht von Schmutz bedeckt. Ihre Augen brannten, als sie den Blick hob, um den Talbewohner anzusehen.

»Par«, flüsterte sie leise und eilte zu ihm, um auch ihn zu umarmen.

Der Durchgang hinter ihnen war von den Geräuschen bewaffneter Männer erfüllt. Par wandte sich um und wollte dem Angriff begegnen, aber Padishar Creel war sofort an ihm vorbei und in den Gang hinausgeeilt. Ein erschreckendes Klirren von Waffen erklang.

»Par!« rief der große Mann. »Nimm sie und lauf!«

Ohne nachzudenken, ergriff Par Damsons Arm und zog sie hinter sich her durch die Tür. Padishar stand einem Haufen Föderationssoldaten Auge in Auge gegenüber. Weitere erschienen hinter ihnen auf der Treppe. Der Anführer der Geächteten drängte die meisten durch pure Kraft zurück und wirbelte zornig umher.

»Teufel, Junge – lauf! Jetzt! Erinnere dich an unsere Vereinbarung!«

Dann griffen ihn die Soldaten erneut an, und er kämpfte um sein Leben. Zwei gingen zu Boden, dann ein weiterer, aber es kamen immer mehr, die ihre Plätze einnehmen konnten. Zu viele, dachte Par. Zu viele, als daß Padishar ihnen hätte standhalten können. Par spürte, wie sich seine Brust verkrampfte. Er mußte seinem Freund helfen. Aber das würde bedeuten, daß er die Magie des Wunschgesangs einsetzen mußte, das Feuer, das er nicht kontrollieren konnte. Es würde bedeuten, daß er zusehen mußte, wie jene Männer in Stücke gerissen wurden. Es würde bedeuten, daß vielleicht auch Padishar in Stücke gerissen wurde.

Und er hatte dem großen Mann sein Versprechen gegeben.

»Padishar«, hörte er Damson in sein Ohr flüstern, und er spürte, wie sie auf den großen Mann zueilen wollte.

Entschlossen ergriff er sie und zog sie den Weg zurück, den sie gekommen waren. Fort von dem Kampf. Er hatte seine Wahl getroffen. »Par!« schrie sie verärgert, aber er schüttelte abwehrend den Kopf. Sie erreichten die geschlossene Tür. Befanden sich hinter ihr die Schattenwesen? Par konnte nichts hören, aber er konnte über die Kampfgeräusche hinter ihm hinweg ohnehin nichts hören.

»Wir können ihn nicht zurücklassen!« schrie Damson.

Er zog sie nahe an sich heran. »Wir müssen es.« Vor ihm ragte die hölzerne Tür auf und verbarg drohend und schweigend was dahinterlag. Er stützte sich ab und beschwor die Magie des Wunschgesangs herauf, denn dieses Mal hatte er keine Wahl. Die Magie regte sich eifrig.

Bitte, dachte er, *nur dieses eine Mal möchte ich sie kontrollieren können!*

Er riß die Tür auf und war bereit, die Magie weißheiß und tödlich den dahinterliegenden Gang hinabschießen zu lassen. Aber Stille empfing ihn, und Mondlicht floß durch Risse in dem zerschmetterten Stein herab. Schutt bedeckte den Boden. Der Gang war leer.

Er warf einen letzten Blick zu Padishar Creel zurück, der durch seinen erbitterten Kampf eine einsame Barriere gegen den Fluß von Föderationssoldaten errichtete, die durchzubrechen versuchten. Es gab keine Hoffnung für Padishar, das wußte er. Es war von Anfang an eine Falle gewesen. Und die Falle begann sich bereits zu schließen.

Es war jedoch immer noch Zeit, Damson zu retten.

Und sie hatten vereinbart, das zu tun, was auch immer es kosten würde.

Mit Damson, die noch immer an seinen Arm geklammert war, eilte er in den leeren Gang vor ihnen und ließ Padishar Creel zurück.

6

Innerhalb von Sekunden waren sie durch die Tür zur Treppe und auf das Podest hinausgelangt. Eine Welle aus Geräuschen und Wut erhob sich aus dem Gang hinter ihnen, in dem Padishar die Föderationssoldaten in Schach hielt.

Par wirbelte herum und trat die Turmtür zu.

Wo entlang?

Von unten konnte er das Poltern von Stiefeln und die Rufe von Männern hören, die die Treppe erklommen. Hinabsteigen konnten sie nicht mehr.

»Laß mich los!« schrie Damson wütend und riß sich von ihm los. Ihre grünen Augen glänzten vor Tränen und Zorn. »Du hast ihn im Stich gelassen!«

Par hörte kaum zu. Sie mußten aufwärts gehen, den Weg zurück, den sie gekommen waren, dorthin zurück, wo der Maulwurf wartete. Es sei denn, Padishar hatte recht gehabt, und der Maulwurf hatte sie tatsächlich verraten. Denkbar war es. Der Maulwurf war vielleicht vor Tagen, als die Föderation sie zuerst in seinem Lager gefunden hatte, gefangengenommen worden. Aber, nein, wenn er da gefangengenommen worden wäre, hätte er ihnen sicherlich nicht zur Flucht aus der Kornmühle verholfen. Er hätte zugelassen, daß die Föderation sie erwischt und es damit gutsein lassen. Aber was war, wenn er gefangengenommen worden war, als er dieses letzte Mal auf die Suche nach Damson gegangen war – gefangengenommen und bekehrt und in ein Schattenwesen verwandelt?

Damson zog an seinem Arm. »Wir müssen zurückgehen, Par! Er braucht uns! Er ist mein Vater!« Sie knirschte mit den Zähnen. »Er ist auch zu dir zurückgekommen!«

Par wirbelte zu ihr herum, packte ihre Arme und zog sie so nah an sich heran, daß er die Hitze ihres Atems auf seinem Gesicht spüren konnte. »Ich werde dies nur einmal sagen. Ich habe ihm mein Versprechen gegeben. Was auch immer geschehen würde, du solltest in Sicherheit gebracht werden. Er hat sich für dich aufgegeben, Damson, und das darf nicht umsonst gewesen sein! Jetzt lauf!«

Er wandte sie abrupt um und schob sie auf die Treppe zu. Sie rannten die Stufen hinauf und hörten, wie die Geräusche der Verfolger näherkamen. Pars Gesicht zeigte grimmige Entschlossenheit. Wenn der Maulwurf sie verraten hatte, waren sie erledigt, egal, wohin sie liefen. Wenn er es nicht getan hatte, bestand ihre einzige Chance darin, ihn zu finden.

Sie erreichten den nächsten Treppenabsatz, und Par hielt vergebens nach der verborgenen Tür Ausschau. Er konnte sich nicht daran erinnern, wo sie war, denn er hatte nicht gut genug aufgepaßt, als sie hindurchgegangen waren. Jetzt sah alles gleich aus.

»Maulwurf!« rief er verzweifelt.

Sofort teilte sich die Wand zu seiner Linken, und das pelzige Gesicht des Maulwurfs spähte daraus hervor. »Hier! Hier, liebliche Damson!« rief er aufgeregt.

Sie eilten durch die Öffnung hindurch, und der Maulwurf schob die Wand hinter ihnen zu. »Padishar?« fragte er ängstlich, und durch die Art, wie er dies sagte, und durch den Ausdruck, der in seine feuchten Augen trat, gelangte Par zu der Überzeugung, daß kein Verrat stattgefunden hatte, selbst wenn er es niemals würde erklären können.

»Sie haben ihn«, antwortete der Talbewohner und zwang sich, Damson direkt anzusehen. Sie wandte sich sofort ab.

»Dann kommt fort von hier«, drängte der Maulwurf. Mit der Kerze in der Hand eilte er ihnen voraus. »Beeilt euch.«

Sie kehrten in die Mauern des Turms zurück und bahnten sich ihren gewundenen Weg durch die Dunkelheit. Nur noch undeutlich konnten sie die Schreie der Soldaten hören, die in einer gedämpften Kakophonie durch den Stein drangen. Sie erreichten die Kammer und durchquerten sie eilig, um zu dem dahinterliegenden Gang zu gelangen. Draußen liefen Soldaten an den Barackenfenstern vorbei und eilten zu dem Wachturm und den Toren. Fackellicht spuckte und flackerte, als es gegen die Dunkelheit eingesetzt wurde, und der Lärm von Pfeilen, die abgeschossen wurden, und metallenen Riegeln, die hart einrasteten, war ohrenbetäubend. In einem Teich der Dunkelheit an die Mauer gepreßt, hielt der Maulwurf einen Moment lang inne und winkte sie dann erneut weiter. Sie rannten geduckt durch den leeren Gang zu der Tür, durch die sie hereingekommen waren, und hasteten durch den äußeren Hof.

Die Dunkelheit war hereingebrochen, und der Mond und die Sterne waren hinter tiefhängenden und düsteren Wolken über der Klippe verborgen. Feuer warf sein rauchiges Licht wirkungslos durch die Dunkelheit. Gestalten eilten überall umher, aber es war unmöglich, ihre Gesichter zu erkennen.

»Hier entlang!« flüsterte der Maulwurf rauh.

Sie drückten sich an der Mauer entlang und bewegten sich schnell, weil jedermann sonst sich ebenfalls hastig bewegte. Sie glitten durch die Dunkelheit und waren einfach drei weitere Körper in der allgemeinen Verwirrung.

Sie hatten die Tür fast erreicht, die wieder in den Untergrund der Stadt hinabführte, als sie bedroht wurden. Ein Ruf erklang, und eine dunkle Gestalt kam aus der Dunkelheit auf sie zu. Einen Moment lang dachte Par, Padishar sei wundersamerweise entkommen, aber dann sah er die Abzeichen eines Föderationshauptmanns auf dunkler Uniform. Alle drei gefroren bei seinem Herannahen an ihrem Platz und wußten nicht, was sie tun sollten. Der Hauptmann erreichte sie schließlich, und sein dunkles, bärtiges Gesicht kam ins Licht.

Da trat Damson auf einmal vor, weich und entspannt, und lächelte ihn an. Ein Ausdruck der Verwirrung erschien auf seinem Gesicht. Sie gab ihm noch einen Augenblick und schlug ihm dann mit der Handkante dreimal ins Gesicht. Ihre Schläge waren so schnell, daß Par sie kaum sehen konnte. Sie trat dicht an ihn heran, zog sich seine Arme über die Schultern und warf ihn zu Boden. Er keuchte und versuchte zu schreien, aber ein letzter Schlag auf seine Kehle brachte ihn für immer zum Schweigen.

Damson erhob sich und drängte an Par vorbei zu der Tür, durch die der Maulwurf bereits verschwand. Par erinnerte sich daran, wie leicht sie ihn in jener Nacht im Volkspark überwältigt hatte, als er geglaubt hatte, sie sei für die Falle der Föderation verantwortlich gewesen, die Padishar und die anderen erwischt hatte. Sie hätte dies in dem Wachturm erneut tun können, erkannte er. Sie hätte ihn zwingen können, zurückzugehen, wenn sie es gewollt hätte. Warum hatte sie es dann nicht getan?

Sie befanden sich jetzt erneut in der Innenmauer und eilten wieder zu den Kellern hinab, durch die sie gekommen waren. Die Geräusche von außen verklangen jetzt und drangen immer seltener durch die Schichten von Steinblöcken. Sie erreichten die Falltür und kletterten hindurch und stiegen die Stufen zu den darunterliegenden Tunneln hinab. Von dort eilten sie schnell durch die Dunkelheit, fort von den Stadtmauern und zurück zum Zentrum der Stadt. Bald befanden sie sich tief in den Abwässerkanälen, und alles war ruhig.

»Wir sollten... wir sollten uns einfach einen Moment ausruhen«, schlug Par schließlich vor. Er war außer Atem vom Laufen, und zudem brauchte er Zeit zum Nachdenken, Zeit, zu entscheiden, was als nächstes zu tun sei.

»Hier«, sagte der Maulwurf und führte sie zu einer Plattform, die einer über ein Gewirr von Tunneln und Röhren hinwegführenden Leiter als Fundament diente. Über ihnen schien trübes

Licht durch ein Gitter. Die Straßen waren ruhig und ohne Leben. »Ich werde zurückgehen und sicherstellen, daß wir nicht verfolgt werden.«

Er verschwand in die Dunkelheit und ließ die Kerze bei ihnen zurück. Der Talbewohner und das Mädchen beobachteten seinen Weggang und machten es sich dann bequem. Sie saßen mit dem Rücken an der Wand Seite an Seite nebeneinander und hatten die Kerze vor sich. Par fühlte sich ausgelaugt. Er schaute in die Dunkelheit jenseits der Kerzenflamme, und Erschöpfung breitete sich in ihm aus. Er konnte Damson atmen hören und die Hitze ihres Körpers spüren.

»Du weißt, was sie ihm antun werden«, sagte sie schließlich. Er antwortete nicht und schaute unbeirrt geradeaus. »Sie werden ihn zu einem der ihren machen. Sie werden ihn benutzen.«

Wenn es ihnen gelingt, ihn lebend zu bekommen, dachte Par. Und vielleicht nicht einmal dann. Felsen-Dall ist unberechenbar.

»Warum hast du mich nicht gezwungen, zu ihm zurückzugehen?« fragte er sie.

Es entstand ein langes Schweigen, bevor sie sprach. »Das würde ich dir niemals antun.«

Er sagte einen Moment lang nichts und ließ ihre Worte in sich nachklingen. »Es tut mir leid wegen Padishar«, sagte er schließlich. »Ich wollte ihn auch nicht zurücklassen.«

»Das weiß ich«, sagte sie leise.

Sie sagte es so entschieden, daß er zu ihr hinübersah, um sicherzugehen, daß er sie richtig verstanden hatte. Ihr Blick begegnete dem seinen. »Ich weiß«, wiederholte sie. Der Schmerz in ihrer Stimme war spürbar. »Es war nicht dein Fehler. Padishar hat dir das Versprechen abgenommen, mich zuerst zu retten. Er hätte es auch mich versprechen lassen, wenn die Situation umgekehrt gewesen wäre.« Sie schaute wieder fort. »Ich war nur ärgerlich, als ich sah...« Sie schüttelte den Kopf.

»Bist du in Ordnung?«

Sie nickte schweigend, und ihre Augen schlossen sich.

»Wissen sie, wer du bist?«

Sie schaute erneut zu ihm herüber. »Nein. Warum sollten sie?«

Er atmete tief durch. »Der Maulwurf. Das da hinten war eine Falle, Damson. Sie haben auf uns gewartet. Sie hatten irgendeinen Grund für die Vermutung, daß wir dich holen würden. Welchen besseren Grund gibt es als den, daß sie wußten, daß du Padishar Creels Tochter bist? Padishar glaubt, daß der Maulwurf uns verraten hat.«

Wieder wurde Verärgerung in ihren Augen sichtbar. »Par, der Maulwurf hat uns gerettet! Dich ohnehin. Ich hatte nur Pech. Die Föderation hat mich von den Auseinandersetzungen in den Straßen her erkannt, und sie wußten, daß ich dir geholfen hatte, aus der Kornmühle zu entkommen.« Sie zögerte. »Das war auch eine Falle, nicht wahr? Sie wußten...« Sie hielt inne. Offensichtlich war sie unsicher, wo dies hinführen würde.

»Es hätte der Maulwurf sein können«, wiederholte Par hartnäckig. Vielleicht ist er gefangengenommen worden, als er kam, um nach dir zu suchen. Oder irgendwann davor.«

»Und er soll uns dennoch zur Flucht verholfen haben?« fragte sie ungläubig. »Warum? Welchen Sinn hätte das? Die Föderation hätte uns alle gefangengenommen, wenn er uns nicht aus dem Wachturm fortgebracht hätte.«

»Ich weiß. Das habe ich auch gedacht.« Er schüttelte den Kopf. »Aber sie finden uns immer wieder, Damson. Wie kann ihnen das gelingen? Die Schattenwesen scheinen ein Ohr an jeder Mauer zu haben. Das ist heimtückisch. Manchmal scheint es, als könnte man niemandem mehr trauen.«

Sie lächelte bitter. »Das kann man auch nicht mehr, Par. Hast du das denn noch nicht bemerkt? Es gibt nur noch dich und mich. Und können wir einander überhaupt trauen?«

Er sah sie entsetzt an. Traurigkeit trat in ihre Augen, und sie streckte schnell die Arme aus, legte sie um ihn und zog ihn nah an sich heran.

»Es tut mir leid«, sagte sie und er konnte spüren, daß sie weinte.

»Ich dachte, ich hätte dich für immer verloren«, flüsterte er in ihr Haar. Er spürte, wie sie leicht nickte. »Ich habe das alles so satt. Ich will nur, daß es aufhört.«

Sie hielten einander schweigend umschlungen, und Par ließ sich mit seinen Gefühlen für sie treiben, schloß die Augen und ließ die Müdigkeit in sich einsickern. Er wünschte plötzlich, sie wären wieder im Tal, wieder nach Hause zurückgekehrt zu seiner Familie und seinem alten Leben, er wünschte, daß Coll noch lebte und nichts von diesem allen jemals geschehen wäre. Er wünschte, er könnte dies alles noch einmal tun. Er würde nicht mehr so stark bestrebt sein, Allanon zu suchen. Er würde nicht mehr so überstürzt seine Suche nach dem Schwert von Shannara aufnehmen.

Und er würde nicht wieder den Fehler machen zu glauben, daß seine Magie eine Gabe sei.

Dann dachte er daran, wie sehr der Wunschgesang einst ein Teil von ihm selbst gewesen war und wie fremd er ihm jetzt schien. Er hatte sich wieder aus seiner Kontrolle befreit, als er ihn im Wachturm heraufbeschworen hatte. Trotz seiner Vorbereitungen, trotz seiner Bemühungen. Konnte er jemals wirklich sagen, daß er ihn heraufbeschworen hatte? Oder war er einfach von allein gekommen, als er jene Schattenwesen gespürt hatte? Sicherlich hatte er in jedem Fall das getan, was er sich erwählt hatte, und war wie ein Messer hervorgeschnellt, um seine Gegner zu vernichten. Par spürte, wie er bei der Erinnerung erschauerte. Er hatte sich das selbst wahrhaftig niemals gewünscht. Die Magie hatte die dunklen Wesen vernichtet, ohne einmal nachzudenken und ohne Gewissensbisse. Seine Brauen furchten sich. Nein, nicht die Magie. Er. Er hatte sie vernichtet. Er hatte es vielleicht nicht gewollt, aber er hatte es trotzdem getan. Par gefiel nicht, was das bedeutete. Die Schattenwesen waren, was sie waren, und vielleicht stimmte es, daß sie keinen Atemzug lang zögern würden, ihn zu töten. Aber das änderte nichts daran, wer und was *er* war. Er konnte noch immer die Augen jenes Soldaten sehen, den Padishar getötet hatte. Er sah wieder und wieder das Leben aus ihnen entweichen. Er hatte das Gefühl, endlos weinen zu müssen. Er haßte die Tatsache, daß es notwendig gewesen und er ein Teil davon gewesen war. Daß er die Gründe dafür verstand, machte es nicht annehmbarer. Und doch, was für ein Heuchler war er, daß er in einem Moment wegen eines einzigen Lebens verzweifelte und im nächsten ein halbes Dutzend beendete?

Er wollte die Antwort auf diese Frage gar nicht erfahren. Was er erkannte war, daß sich die Magie des Wunschgesangs in ihm seltsam verändert hatte und, indem sie sich verwandelte, auch ihn verändert hatte. Das ließ ihn intensiver an Felsen-Dalls Behauptung denken, daß auch er ein Schattenwesen sei. Nach alledem, worin bestand der Unterschied zwischen ihnen?

»Damson?«

Die zaghafte Stimme des Maulwurfs flüsterte aus der Dunkelheit und trennte sie von ihm, als sie aufschaute. Seltsam, dachte er, daß der Maulwurf nur mit ihr spricht.

Der kleine Bursche glitt blinzelnd und zwinkernd ins Licht. »Sie folgen uns nicht. Die Tunnel sind leer.«

Damson schaute zurück zu Par. »Was tun wir jetzt, Elfenjunge?« flüsterte sie und streckte die Hand aus, um seine Haare zurückzustreichen. »Wohin gehen wir?«

Par lächelte und nahm ihre Hand in die seine. »Ich liebe dich, Damson Rhee«, sagte er ruhig zu ihr. Seine Worte waren so leise, daß sie im Rascheln seiner Kleidung untergingen.

Er erhob sich. »Wir verlassen die Stadt. Wir werden versuchen, Hilfe zu finden. Von Morgan oder den Geächteten oder von sonst jemandem. Wir können nicht allein weitermachen.« Er schaute auf die zusammengekauerte Gestalt des Maulwurfs hinab. »Maulwurf, kannst du uns aus der Stadt heraushelfen?«

Der Maulwurf sah Damson an. »Es gibt Tunnel unter der Stadt, die euch zu der Ebene bringen werden. Ich kann sie euch zeigen.«

Par wandte sich wieder Damson zu. Einen Moment lang sagte sie nichts. Ihre grünen Augen waren von unausgesprochenen Gedanken erfüllt. »In Ordnung, Par, ich werde mitgehen«, sagte sie schließlich. »Ich weiß, daß wir nicht bleiben können. Zeit und Glück gehen für uns hier in Tyrsis dem Ende entgegen.« Sie trat nahe an ihn heran. »Aber jetzt mußt du mir dein Versprechen geben – genauso wie du es Padishar gegeben hast. Versprich mir, daß wir zu ihm zurückkehren werden – daß wir ihn nicht dem Tod überlassen werden.«

Sie denkt keinen Augenblick lang an die Möglichkeit, daß er bereits tot sein könnte. Sie glaubt, daß er stärker ist. Und das denke ich vermutlich auch.

»Ich verspreche es«, flüsterte er.

Sie lehnte sich dicht an ihn und küßte ihn fest auf den Mund. »Ich liebe dich auch, Par Ohmsford«, sagte sie. »Ich liebe dich bis zum Ende.«

Sie brauchten die ganze Nacht, um das Labyrinth der Tunnel, die unter Tyrsis lagen, und die alten Gänge, die lange genug als Schlupfwinkel für die Verteidiger der Stadt gedient hatten und jetzt ihr Fluchtweg waren, zu durchqueren. Die Tunnel kreuzten sich wieder und wieder, manchmal breit und hoch genug, daß Wagen hätten hindurchgelangen können, manchmal kaum weit genug für den Maulwurf und seine Gefährten. An manchen Stellen war der Fels trocken und staubig und roch nach alter Erde, und es gab keinerlei Spuren, daß er benutzt wurde, und manchmal war er feucht und kalt und roch nach Abwässern. Ratten quiekten bei ihrem Herannahen und verschwanden in den Mauern. Insekten krochen davon wie trockene Blätter, die über Fels geweht werden. Das Geräusch ihrer Stiefel und ihres Atems hallte hohl durch die Gänge, und es schien, als würden sie die Stadt wahrscheinlich nicht unentdeckt verlassen können. Aber der Maulwurf wählte ihren Weg sorgfältig und führte sie sehr häufig von der direkten Route fort, setzte den Weg auf der Grundlage der Dinge fort, die er allein spürte und kannte. Er sprach die Stunden über kein Wort. Er führte sie durch seine schweigende Unterwelt voran wie ein Geist auf der Jagd. Hin und wieder hielt er inne, um zu ihnen zurückzuschauen oder etwas zu betrachten, was er auf dem Tunnelboden gefunden hatte, oder um die Dunkelheit zu prüfen, die rund um sie herum auf sie eindrang. Er wirkte verwirrt und abwesend in seinem Sinnen. Par und Damson blieben jeweils mit ihm stehen. Sie warteten und beobachteten ihn und fragten sich, was er wohl dachte. Sie fragten niemals. Par wollte es, aber wenn Damson es für besser hielt, ruhig zu bleiben, war er überzeugt, daß er es ihr gleichtun mußte. Schließlich erreichten sie eine Stelle, an der die Dunkelheit vor ihnen durch einen flüchtigen Silberschimmer unterbrochen wurde. Sie stolperten durch einen Vorhang alter Spinnweben und Staub darauf zu und kletterten einen Felshang hinauf, der sich nach oben hin verengte, bis sie fast kriechen mußten. Büsche versperrten den Weg vor ihnen. Sie waren so dicht, daß der Maulwurf gezwungen war, mit einem langen Messer, das er irgendwie in seinem Pelz verborgen gehalten hatte, einen Weg für sie zu eröffnen. Sie schoben die abgetrennten Zweige beiseite, krochen durch das letzte Blattwerk, das ihnen den Weg versperrte, und drangen ans Licht.

Sie richteten sich auf und schauten sich um. Die Berge, die die Klippe, auf der Tyrsis sich erhob, abschirmten, ragten hinter ihnen empor, eine gezackte, schwarze Wand vor dem Licht der im Osten aufbrechenden Dämmerung. Der Schatten ihrer Gipfel erstreckte sich im Norden und Westen über die Ebenen wie ein dunkler Fleck, der dann in den Bäumen des dahinterliegenden Waldes verschwand. Die Luft war warm und roch nach Gras, das von der Sommersonne getrocknet wurde. Vogelgesang stieg aus der Verborgenheit des Waldes auf, und Leuchtkäfer schossen über kleine, unkrautbestandene Teiche, die von Rinnsalen gebildet wurden, die aus den Felsen hinter ihnen herabliefen.

Par schaute zu Damson hinüber und lächelte. »Wir sind draußen«, sagte er weich, und sie lächelte zurück.

Er wandte sich an den Maulwurf, der in dem ungewohnten Licht unsicher blinzelte. Impulsiv griff er hinab. »Danke, Maulwurf«, sagte er. »Danke für alles.«

Das Gesicht des Maulwurfs furchte sich, und das Blinzeln wurde heftiger. Er hob zaghaft eine Hand, berührte Par und zog sie wieder zurück. »Es ist in Ordnung«, war seine sanfte Antwort.

Damson kam herüber, kniete sich vor den Maulwurf hin und legte ihre Arme um ihn. »Auf Wiedersehen für den Augenblick«, flüsterte sie. »Bring dich in Sicherheit, Maulwurf. Halte dich von den dunklen Wesen fern. Halte dich verborgen, bis wir zurückkehren.«

Die Arme des Maulwurfs hoben sich, und seine runzligen Hände strichen über die schmalen Schultern des Mädchens. »Immer, liebliche Damson. Immer, für dich.«

Sie gab ihn dann frei, und die Finger des Maulwurfs streichelten sanft ihr Gesicht. Par glaubte Tränen in den Winkeln seiner hellen Augen zu sehen. Dann wandte sich der Maulwurf von ihnen ab und verschwand wieder in der Dunkelheit.

Sie sahen ihm einen Moment lang nach und schauten dann einander an.

»Wo entlang?« fragte Par.

Sie lachte. »So ist es recht. Du weißt nicht, wo der Firerim Reach ist, nicht wahr? Ich vergesse es manchmal, denn du scheinst so sehr ein Teil der Dinge zu sein.«

Er lächelte. »Es ist schwer, sich daran zu erinnern, da ich eine Zeitlang nicht bei dir war, nicht wahr?«

Sie sah ihn fragend an. »Ich beschwere mich nicht. Und du?«

Er ging zu ihr hinüber und hielt sie einen Moment lang fest. Er sagte nichts, sondern stand einfach nur da, die Arme um sie gelegt, seine Wange an ihrem kastanienbraunen Haar und die Augen geschlossen. Er dachte über all das nach, was sie überstanden hatten, wie viele Male ihr Leben in Gefahr und wie gefährlich ihre Reise gewesen war. Dafür, daß sie so weit gekommen waren, war die Reise kurz gewesen, sann er. So wenig Zeit hatten sie gehabt, um so vieles zu entdecken.

Sie noch immer umfassend, streichelte er ihren Rücken in kleinen Kreisen und flüsterte: »Ich sage dir etwas. Manchmal scheint es, als hätte ich die ganze Zeit Angst. Die ganze Zeit, seit Coll und ich Varfleet zum ersten Mal verlassen haben. All diese vergangenen Wochen lang habe ich Angst gehabt. Alles, was geschieht, scheint etwas zu kosten. Ich habe niemals gewußt, was ich als nächstes verlieren würde, und das hasse ich. Aber was mich am meisten ängstigt, Damson Rhee, ist die Möglichkeit, daß ich dich verlieren könnte.«

Er verstärkte seine Umarmung und preßte sie an sich. »Wie denkst du darüber?« flüsterte er.

Zur Antwort umfaßte sie ihn ebenfalls fester.

Sie wanderten durch den frühen Morgen, ohne danach noch viel zu reden, ließen die Stadt Tyrsis hinter sich und zogen gen Norden über die Ebenen zu der bewaldeten Grenze der Drachenzähne. Der Tag erwärmte sich schnell, die Kristalle des Nachttaus vergingen bei Sonnenaufgang, und die Feuchtigkeit trocknete in Staubwolken ab. Sie sahen lange Zeit niemanden, und dann auch nur Händler und Familien, die von den Bauernhöfen zum Markt in die Stadt zogen. Par stellte fest, daß er wieder an zu Hause dachte, an seine Eltern und Coll, aber dies alles schien vor langer Zeit geschehen zu sein. Er wünschte sich vielleicht, daß die Dinge wieder so wären, wie sie gewesen waren, und hätte gern alles, was seit seiner Begegnung mit Cogline geschehen war, ungeschehen gemacht, aber er wußte auch, daß er sich genauso hätte wünschen können, daß der Tag zur Nacht und die Sonne zum Mond würde. Er sah Damson an, die neben ihm ging, betrachtete die weichen, starken Linien ihres Gesichts und die Bewegungen ihres Körpers, und schob schnell beiseite, was anderes hätte sein können.

Am Mittag überquerten sie den Mermidon und wandten sich den dahinterliegenden Wäldern zu, aber zuvor hielten sie inne, um eine Mahlzeit einzunehmen. Sie versorgten sich mit frischem Wasser, Beeren, Wurzeln und Gemüse. Es war kühl und still am Waldrand, während die Hitze des Tages das umgebende Land unter einer stickigen, versengenden Decke erstickte. Nach dem Essen beschlossen sie, eine Zeitlang zu schlafen, da sie von den Anstrengungen der Nacht müde waren und Nutzen aus ihrem Zufluchtsort ziehen wollten. Bis zum Kennon Paß würden sie nur noch einige Stunden brauchen, erklärte Damson, wo sie dann auch durch die Drachenzähne hindurch in das Tal gelangen würden, das einst Paranors Heimat gewesen war. Von dort würden sie nach Nordosten zum Jannisson Paß und zum Firerim Reach ziehen. In weiteren zwei Tagen, so versprach sie, würden sie dann die Geächteten erreicht haben.

Aber sie schliefen länger, als sie geplant hatten, eingelullt von der Kühle und dem tröstenden Klang des Windes in den Bäumen, und es war schon fast Sonnenuntergang, als sie wieder erwachten. Sie erhoben sich und brachen sofort auf, da sie so viel Zeit gewinnen wollten wie möglich. Wenn der Mond hervorkam, würden sie den Paß bei Nacht überqueren können. Sonst würden sie bis zum Morgen warten müssen. Auf jeden Fall wollten sie den Kennon bei Einbruch der Nacht erreicht haben.

Also reisten sie eilig weiter, ohne durch dichte Gruppen von Gestrüpp oder Gräsern in Wäldern behindert zu werden. Nach ihrem Schlaf fühlten sie sich ausgeruht und tatkräftig. Die Sonne zog gen Westen und versank in den Bäumen, bis sie durch den Schirm der Blätter und Zweige als helles Flackern von Gold und Karmesinrot erschien. Der Mond erschien am Himmel, der noch klar und blau war, und die Tagesvögel begannen vor der herannahenden Nacht still zu werden. Par fühlte sich das erste Mal seit Tagen wohl. Er war in Frieden mit sich selbst, erleichtert, aus Tyrsis herausgelangt zu sein, heraus aus ihren Abwasserkanälen und Kellern, frei von den Beschränkungen ihrer Mauern, sicher vor den Wesen, die ihn dort gejagt hatten. Er schaute oft zu Damson hinüber und lächelte dabei. Er dachte an Padishar und versuchte, nicht traurig zu sein. Seine Gedanken wanderten durch die Bäume und über den Teppich des Erdbodens hinweg wie kleine, spielende Tiere. Er ließ sie frei wandern und war zufrieden, sie ziehen lassen zu können.

Nicht ein einziges Mal kam es ihm in den Sinn, daß es klug sein könnte, ihre Spuren zu verwischen.

Der Sonnenuntergang brannte wie Feuer über den Ebenen unterhalb von Tyrsis, als der Tag der Nacht zustrebte und die Hitze sich aufzulösen begann. Die Schatten verlängerten sich und wuchsen, nahmen seltsame und bedeutungsvolle Formen an und wurden mit der Dunkelheit lebendig. Sie erhoben sich aus den Rinnen und Senken, aus Wäldern und vereinzelten Hainen, erstreckten sich hierhin und dorthin, als wollten sie ihre Beine ausstrecken, nachdem sie aus dem Schlaf erwacht waren, der sie bis zum Aufbruch zur Jagd umfangen gehalten hatte.

Einer dieser Schatten bewegte sich verräterisch bewußt an den leeren Flächen entlang, die sich nördlich zum Mermidon erstreckten, eine schwach sichtbare Dunkelheit, verborgen in den langen Gräsern, durch die sie hindurchstrich. Als das Licht verschwand, wurde der Schatten kühner, richtete sich hin und wieder auf, um die Luft zu erschnuppern, bevor er sich wieder auf die Erde niederließ, um den Geruch nicht zu verlieren, dem er folgte. Er aß beim Weitergehen, ernährte sich von dem, was auch immer er fand, Wurzeln und Beeren, Insekten und kleine Tiere, alles, was ihm begegnete und nicht entkommen konnte. Vor allem aber war seine Aufmerksamkeit auf den Pfad gerichtet, dem er folgte, auf den Geruch desjenigen, den er so emsig jagte, desjenigen, der die Quelle seines Zorns war.

Am Mermidon erhob er sich auf die Hinterfüße, eine gebeugte, gekrümmte Gestalt, die in einen schimmernden, schwarzen Umhang gekleidet war, der dem Staub und Schmutz, der seinen Träger bedeckte, widerstand. Seine Hände waren so schlimm enthäutet und zerkratzt, daß sie bluteten, und waren in den Umhang verkrampft, damit er nicht ausgewaschen werden würde, wenn er diesen Fluß an einer seichten Stelle durchwatete. Den Umhang legte er nicht einen Moment lang ab, denn der Umhang stärkte ihn irgendwie, das wußte er. Der Umhang war es, der ihn beschützte.

Und dennoch schien er auch eine Quelle des Wahnsinns zu sein. Ein Teil seines Geistes flüsterte dem Wesen zu, daß dies so sei. Er flüsterte es dem Wesen als Warnung zu. Wieder und wieder.

Aber das meiste, was in den Gedanken des Wesens arbeitete, versicherte ihm, daß der Umhang gut und zum Überleben notwendig sei, und daß der Wahnsinn statt dessen von demjenigen bewirkt werde, den es verfolgte. Von ihm. *War es sein Bruder?* Der Name wollte nicht erscheinen. Nur das Gesicht. Der Wahnsinn summte in seinem Kopf, durch seine Ohren und aus seinem Mund heraus wie ein Schwarm Mücken, stach und biß und vereinnahmte seinen Verstand, bis es an nichts anderes mehr denken konnte.

Früher an diesem Tag, in den Schatten des späten Nachmittags, draußen in dem verhaßten Licht, in den der Wahnsinn es mit zunehmender Häufigkeit aus seiner Höhle heraustrieb, hatte das Wesen schließlich den Geruch desjenigen, den es jagte, gefunden. (*Sein Name? Wie lautete sein Name?*) Da es das Gebiet am Fuß der Klippe jetzt schon seit über einer Woche Nacht für Nacht durchstreifte, war es immer verzweifelter geworden. Es mußte ihn finden, ihn aufspüren, damit es Erleichterung verspüren konnte, damit der Wahnsinn enden würde.

Aber wie? Wie würde er enden?

Er wußte es nicht. Irgendwie würde es geschehen. Wenn es den Grund fand. Wenn es... ihn verletzte, wie er es verletzte...

Der Gedanke schwebte verschwommen vor seinen Augen. Aber es war Freude in dem Gedanken, darin, wie er schmeckte und sich anfühlte.

Zähne und Augen schimmerten im heller werdenden Mondlicht.

Auf der anderen Seite des Flusses nahm das Wesen seinen Weg leichtfüßig wieder auf und begann der Spur erneut zu folgen. Frisch war sie. So deutlich wie der Geruch von etwas Totem, das zum Verwesen der Sonne überlassen worden war. Nicht weit entfernt war es.

Noch einige Stunden, vielleicht weniger...

Ein Schauder durchlief das Wesen. Vorahnung. Verlangen. Die Samen des Wahnsinns in Blüte.

Coll Ohmsford hielt seine Nase zu Boden gerichtet wie ein Tier, wozu er ja auch geworden war, und verschwand zwischen den Bäumen.

7

Die Dämmerung ging in Nacht über, als Par und Damson den Fuß der Drachenzähne und den Pfad erreichten, der sich durch die Klippen aufwärts zum Kennon wand. Mondlicht floß von Norden herab, und der Himmel voller Sterne war klar und hell. Die Hitze des Tages war abgekühlt, und Wind blies aus den Bergen herab.

Irgendwo in den Bäumen des Waldes hinter ihnen schrie eine Eule und wurde dann still.

Da es ausreichend hell war, den Pfad zu begehen, und sie gut erholt waren, eilten der Talbewohner und das Mädchen weiter. Die Nacht war gut für ihre Reise geeignet, sogar in den Bergen, und sie gewannen viel Zeit, während sie von den unteren Hängen in den Paß hinaufkletterten. Während sie weiterzogen, stieg die Nacht herab, und die Stille vertiefte sich. Der Wald und seine Bewohner blieben in einem Teich der Dunkelheit hinter ihnen zurück, die Felsen schlossen sich um sie herum und wurden zu Silhouetten, die sich gezackt und starr vom Himmel abhoben. Ihre Schuhe schabten und knirschten auf dem losen Gestein, und ihr Atem wurde mühsamer, aber jenseits dieser unmittelbaren Geräusche war die Welt ruhig und leer.

Die Zeit verging, und Mitternacht näherte sich. Sie waren jetzt bereits ein gutes Stück in den Paß hineingelangt und näherten sich seinem Scheitelpunkt, von wo aus der Pfad wieder abwärts in das dahinterliegende Tal führen würde. Das Licht vor ihnen schien heller als das Licht hinter ihnen, was sich weder der Talbewohner noch das Mädchen erklären konnten, und sie wechselten mehrmals fragende Blicke. Erst als sie tief in den Berggipfeln den Scheitelpunkt erreicht hatten und der Weg vor ihnen als langer, breiter Gang durch den Fels verlief, erkannten sie, daß das, was sie sahen, nicht das Licht des Mondes war, sondern der Widerschein von Wachfeuern, die direkt vor ihnen brannten.

Überrascht wechselten sie einen vorsichtigen Blick. Warum brannten hier Wachfeuer? Und wer hatte sie errichtet?

Sie gingen vorsichtiger voran als zuvor, hielten sich tief in den Schatten auf der dunklen Seite des Passes und blieben häufig stehen, um auf das zu lauschen, was vielleicht vor ihnen wartete. Dennoch übersahen sie beinahe die Wächter, die mehrere hundert Meter weiter vor ihnen auf einem Hügel postiert waren, so aufgestellt, daß sie einen guten Blick auf jedermann hatten, der vorbeizuschlüpfen versuchte. Die Wächter waren Soldaten, und sie trugen Föderationsuniformen. Par und Damson verschmolzen sofort mit den Schatten und blieben außer Sicht.

»Was tun sie hier?« flüsterte das Mädchen in Pars Ohr.

Der Talbewohner schüttelte den Kopf. Für ihn war kein Grund ersichtlich, warum sie hier waren. Die Geächteten waren weit weg vom Kennon. Der Firerim Reach lag weit im Osten. Jenseits lag nur das Tal, und in dem Tal war nichts gewesen, seit...

Sein Geist gefror, und seine Augen weiteten sich.

...seit Paranor verschwunden war.

Er atmete tief ein und hielt den Atem an und dachte an die Aufgabe, die Allanon für Walker Boh gehabt hatte. War es möglich, daß Walker Boh es geschafft hatte...?

Er beendete den Gedanken nicht. Er erlaubte es sich nicht. Er wußte, er traf übereilte Schlüsse, wußte, daß die Anwesenheit der Soldaten in dem Paß vielerlei Gründe haben konnte.

Dennoch flüsterte ihm etwas in seinem Innern zu, daß er recht hatte. Die Soldaten waren dort, weil Paranor zurückgebracht worden war.

Er beugte sich hastig zu Damson hinab. Sie sah ihn überrascht an, als sie die Erregung in seinen Augen wahrnahm. »Damson. Wir müssen an diesen Wächtern vorbeigelangen. Oder zumindest...« Seine Gedanken rasten. »Zumindest müssen wir weit genug in die Felsen hineingelangen, um sehen zu können, was dahinter ist, was sich dort unten in dem Tal befindet. Können wir das schaffen? Gibt es einen Weg? Einen anderen Weg?«

Er sprach so schnell, daß sich seine Worte überschlugen. Walker Boh, dachte er. Der Dunkle Onkel. Er hatte Walker fast vergessen, hatte ihn fast aufgegeben, seit sie sich am Hadeshorn getrennt hatten. Aber Walker war unberechenbar. Und Allanon hatte an ihn geglaubt, jedenfalls genug, um zu beschließen, daß er die Aufgabe haben sollte, Paranor zu finden.

Schatten! Sein Herz schlug so schnell, daß es in seiner Brust umherzuspringen schien. Was wäre wenn...?

Damsons Hand auf seinem Arm erschreckte ihn. »Komm mit mir.«

Sie gingen den Weg durch den Paß bis zu einem Einschnitt wieder zurück, von dem aus ein enger Pfad aufwärts führte. Langsam begannen sie zu klettern. Der Pfad drehte und wand sich, führte manchmal zu sich selbst zurück und bildete manchmal so steile Winkel, daß sie gezwungen waren, auf Händen und Knien weiterzukriechen, sich aufwärts zu ziehen, indem sie Felsen und Gestrüppteile ergriffen. Die Minuten vergingen, und sie kletterten noch immer, schwitzten jetzt stark, atmeten durch den Mund, und die Muskeln begannen zu schmerzen. Par fragte nicht, wohin sie strebten. Diese Berge waren jahrelang die Festung der Geächteten gewesen. Niemand kannte sie besser. Damson wußte sicherlich, was sie tat.

Schließlich flachte der Pfad wieder ab und bog nach vorn auf den Widerschein der Wachfeuer zu. Sie befanden sich nahe der Gipfel weit oberhalb des Passes. Der Wind blies hier frostig und scharf, und die Geräusche waren gedämpft. Sie gingen geduckt weiter, als die Felsen auf beiden Seiten des Weges eine schmale Klippe freigaben. Der Wind schlug heftig gegen sie, und das Licht der Feuer breitete sich vor dem Schirm der Nacht aus wie ein umnebelter Sonnenuntergang im Herbst.

Der Pfad endete an einem Hang, der an einer Klippe Hunderte von Fuß tief abfiel. Auf halber Höhe unter ihnen lag der nördliche Eingang zum Kennonpaß. Dort brannten Dutzende von Wachfeuern im Schutz der Felsen. Schlafende Gestalten lagen überall und ihre Pferde waren an einer Pfahlreihe angepflockt. Zahlreiche Wächter patrouillierten um das Lager. Die Föderation hatte den Paß vollständig blockiert.

Mit ein wenig Angst davor, was er finden würde – oder nicht finden würde – hob Par seinen Blick über das Föderationslager hinweg zu dem Tal dahinter. Einen Moment lang konnte er nichts sehen, denn er war von den Feuern, die er betrachtet hatte, noch geblendet und die Dunkelheit, in die er hineinstarrte, war für ihn nur ein schwankender Vorhang, der den gesamten Horizont verbarg. Er wartete darauf, daß sich seine Augen der Dunkelheit anpaßten, und hielt den Blick derweil auf das Tal gerichtet. Langsam begann es Gestalt anzunehmen. In dem sanfteren Licht des Mondes und der Sterne hoben sich die Silhouetten von Bergen und Wäldern vom Horizont ab. Seen und Flüsse schimmerten als undeutliche Silberblitze, und das trübe, tiefe Grau der nächtlichen Wiesen und grasbewachsenen Hügel bildete ein Mosaik aus Licht und Schatten vor der Schwärze.

»Par!« flüsterte Damson plötzlich, und ihre Finger legten sich fester um seinen Arm. Sie lehnte sich erregt gegen ihn und wies mit dem Finger hastig ins Tal.

Und da war Paranor.

Sie hatte es zuerst gesehen – weit draußen im Tal, in Mondlicht gebadet stand es dort auf einem großen Hügel. Par hielt den Atem an und beugte sich vor. Er beugte sich so weit wie er konnte über den Rand des Hanges hinaus, um sich zu vergewissern, daß er sich nicht täuschte, daß er sich nicht irrte...

Nein. Es gab keinen Zweifel. Es war tatsächlich der Druidenkeep, zurückgekehrt aus der Zeit und aus der Geschichte, zurückgekehrt aus Träumen davon, was einst in der Welt der Menschen gewesen sein mochte. Par konnte es noch immer nicht glauben. Kein Lebender hatte Paranor jemals gesehen. Par selbst hatte nur davon gesungen, hatte sich aus den Geschichten, die er davon gehört hatte, eine Vorstellung gemacht, aus den Geschichten von Generationen von Ohmsfords, die jetzt alle schon lange tot waren. Es war all diese Jahre verschwunden gewesen, so lange verschwunden, daß es für die meisten nur eine Legende war, und plötzlich war es hier, zurückgekehrt in die Vier Länder – hier, so real wie das Leben. Mit Mauern und Wallanlagen, Türmen und Brustwehren, die sich mitten in dem Gürtel von Wäldern, die es schützend umgaben, phönixgleich aus der Erde erhoben.

Paranor. Irgendwie hatte Walker Boh einen Weg gefunden, es zurückzubringen.

Pars Lächeln breitete sich von einem Ohr zum anderen aus, während er nach Damson griff und sie umarmte, bis er fürchten mußte, sie könnte zerbrechen. Sie umarmte ihn ebenso fest und lachte dabei weich. Dann trennten sie sich, schauten ein letztes Mal hinab auf die dunkle Masse der Festung und schlichen dann an der Klippe entlang in den Schutz der Felsen zurück.

»Hast du es gesehen?« rief Par aus, als sie wieder in Sicherheit waren. Er umarmte sie erneut. »Walker hat es geschafft! Er hat Paranor zurückgebracht! Damson, es geschieht! Die Aufgaben, die Allanon uns gegeben hat, können erfüllt werden! Wenn ich wirklich das Schwert von Shannara besitze, und wenn Wren die Elfen gefunden hat...!« Er hielt inne. »Ich frage mich, was wohl Wren widerfahren ist? Ich wünschte, ich wüßte ein wenig mehr, verflixt! Und wo ist Walker? Glaubst du, er ist dort unten in der Festung? Hat die Föderation deshalb den Paß gesperrt – um ihn dort zu halten?« Seine Hände tanzten erregt auf ihrem Rücken. »Und was ist mit den Druiden? Was glaubst du, Damson? Hat er sie gefunden?«

Sie schüttelte den Kopf und grinste ihn an. »Das werden wir noch einige Zeit nicht wissen, fürchte ich. Wir hängen noch immer auf der falschen Seite des Passes fest.« Ihr Lächeln verblaßte, und sie löste sich sanft aus seinen Armen. »Wir kommen nicht an den Soldaten vorbei, Par. Es sei denn, du willst deine Magie gebrauchen, um uns zu verbergen. Was meinst du? Willst du das tun? Könntest du es tun?«

Kälte brach in seiner Magengrube aus. Der Wunschgesang wieder. Vor ihm gab es kein Entkommen. Er konnte fühlen, wie sich seine Magie in Erwartung der Möglichkeit bewegte, daß sie vielleicht erneut gebraucht werden würde, daß sie vielleicht erneut freigelassen werden würde...

Damson sah die Veränderung in seinem Gesicht und zog ihn schnell hoch. »Nein, du wirst die Magie nicht gebrauchen. Nicht wenn du es nicht mußt, und du mußt es nicht. Wir können einen anderen Weg einschlagen – östlich unter den Bergen hindurch und dann nach Norden über den Rabb. Eine etwas längere Reise vielleicht, aber genauso sicher.«

Er nickte, und Erleichterung durchdrang ihn. Ihr Gefühl hatte sie nicht getrogen. Er hatte Angst, die Magie zu benutzen. Er traute ihr nicht mehr. »In Ordnung«, stimmte er zu und zwang sich zu einem Lächeln. »So werden wir es machen.«

»Dann komm.« Sie zog an seiner Hand. »Laß uns den Weg zurückgehen, auf dem wir gekommen sind. Wir können einige

Stunden schlafen und dann erneut aufbrechen.« Sie lächelte strahlend. »Denke immer daran, Par. An Paranor!«

Sie gingen den kleinen Pfad entlang zurück, gelangten aus den Felsen auf den Hauptweg und begann dann, gen Süden zu ziehen. Sie eilten voran und bebten noch immer vor Aufregung wegen dem, was sie entdeckt hatten. Sie wollten diese Neuigkeit bald anderen übermitteln. Aber nachdem der erste Ansturm der Euphorie verklungen war, stiegen in Par andere Gedanken hoch. Vielleicht war es verfrüht, die Rückkehr Paranors zu preisen. Der Schatten Allanons hatte niemals erklärt, welcher Zweck erfüllt sein würde, wenn seine Aufgaben ausgeführt wären. Paranor war zurückgekehrt, aber welchen Unterschied machte das aus? Waren auch die Druiden zurückgekehrt? Und wenn, würden sie wirklich bei dem Kampf gegen die Schattenwesen helfen?

Oder würden sie sich, wie Felsen-Dall zu bedenken gegeben hatte, als die wahren Feinde der Rassen erweisen?

Während sie dem dunklen Gürtel der unter ihnen gelegenen Wälder zueilten, verdüsterte sich Pars Stimmung beständig. Walker hatte Allanons Motive mit Vorsicht betrachtet. Er war der erste gewesen, der vor den Druiden gewarnt hatte. Was war wohl geschehen, daß er seine Meinung geändert hatte? Warum hatte er zugestimmt, Paranor zurückzubringen? Par wünschte mit ihm sprechen zu können, und sei es nur einen Moment lang. Er hätte gern mit fast jedem der ursprünglichen Gesellschaft, die mit ihm zum Hadeshorn gekommen war, gesprochen. Er hatte es satt, sich in dieser Angelegenheit allein und verlassen zu fühlen. Er war es leid, Fragen ohne Antworten zu haben.

Zwei Stunden später erreichten sie den Fuß der Drachenzähne und tauchten wieder in den Schutz der Bäume ein. Der Widerschein der Wachfeuer der Föderation war schon lange hinter ihnen hinter den Felsen verblaßt, und die Begeisterung darüber, daß sie Paranor entdeckt hatten, hatte sich in hartnäckigen Zweifel verwandelt. Par behielt seine Gedanken für sich, aber die Blicke, die Damson ihm immer wieder zuwarf, zeigten, daß sie sein Schweigen richtig deutete. Es schien Par, daß sie sich inzwischen so nah waren und sich so genau kannten, daß zwischen ihnen keine Worte nötig waren. Damson konnte seine Gedanken lesen. Sie wußte, was er dachte. Er konnte es in ihren Augen sehen.

Als sie den Wald betraten, übernahm sie wieder die Führung, ging gen Osten am Fuß der Berge entlang voraus, führte sie über schwierigeren Untergrund an einen Platz, wo die Bäume weiter auseinanderstanden und grasbewachsene Lichtungen und kleine Flüsse freigaben und wo man ein Lager errichten konnte. Die Nacht war von leisen, zarten Geräuschen erfüllt, kleinen Lauten der Zufriedenheit, die durch keinen Eindringling gestört wurden. Der Wind hatte aufgehört, und die Luft vor ihnen machte ihren Atem sichtbar, während sie weitergingen. Der Mond war unter den Horizont verschwunden, und nur das Sternenlicht zeigte ihnen noch den Weg.

Sie gingen nicht mehr weit, nicht weiter als eine Meile, bevor sich Damson auf einer Lichtung neben einer kleinen Quelle niederließ. Für einige Stunden würde das ihr Ruheplatz sein, meinte sie. Sie müßten vor Tagesanbruch erneut aufbrechen. Sie wickelten sich in Decken, die der Maulwurf ihnen aus einem seiner unterirdischen Lager mitgegeben hatte, legten sich nah aneinander in die Dunkelheit und schauten in die Bäume hinauf. Par barg das Schwert von Shannara in einer Armbeuge, so daß es der Länge nach an seinem Körper anlag, und fragte sich erneut, welchem Zweck sein Talisman wohl diente und wie er dies jemals herausfinden sollte.

Und fragte sich immer noch, ganz tief im Innern, ob es wirklich das war, wofür er es hielt.

»Ich denke, es ist in Ordnung«, flüsterte Damson unmittelbar bevor er einschlief. »Ich glaube nicht, daß du dir Sorgen machen mußt.«

Er verstand nicht genau, was sie sagte, und obwohl er versucht war, es zu tun, fragte er sie nicht.

Er erwachte, als es noch dunkel war. Der Sonnenaufgang warf einen schwachen Silberschimmer kaum sichtbar durch die Baumwipfel. Die Stille hatte ihn geweckt, die plötzliche Abwesenheit aller Geräusche – die Vögel und Insekten waren ruhig geworden, die Tiere waren wie zu Eis erstarrt und die Welt unmittelbar um ihn herum schien leer und tot zu sein. Er setzte sich abrupt auf, als erwache er aus einem bösen Traum. Aber es war die Stille, die seinen Schlummer unterbrochen hatte, und der Gedanke, daß kein Traum jemals so erschreckend sein konnte, überwältigte ihn.

Schatten umhüllten die Lichtung und tiefe, zerfließende Teiche von Feuchtigkeit. Dunkelheit hing in der Luft wie Rauch, und ein schwacher Hauch von Nebel war durch die Bäume zu sehen. Pars Hände lagen auf dem Schwert von Shannara, und er hielt das Heft vor sich umklammert, als wollte er seine Angst abwehren. Er schaute sich hastig um, sah nichts, schaute sich weiterhin um und sprang dann wachsam auf. Damson war jetzt auch wach. Sie erhob sich mit verschlafenem Blick aus ihrer Decke und unterdrückte ein Gähnen.

Still wie der Tod, dachte Par. Er sah sich ängstlich um.

Was stimmte nicht? Warum war es so still?

Dann bewegte sich in den tiefsten Schatten der Lichtung etwas, da war ein für das bloße Auge kaum wahrnehmbares Verschieben der Dunkelheit, die Art Bewegung, die entsteht, wenn Wolken über die Vorderseite des Mondes ziehen. Nur daß keine Wolken und kein Mond da waren, nichts als der Nachthimmel und die verblassenden Sterne.

Damson setzte sich neben ihm auf. »Par?« flüsterte sie fragend.

Er wandte seinen Blick nicht von der Bewegung ab. Sie begann Gestalt anzunehmen, die Schatten verschmolzen allmählich zu Umrissen von dem, was Momente zuvor nichts als Nacht gewesen war.

Eine Gestalt erschien, verkrümmt und geduckt, ganz schwarz und gesichtslos unter dem Umhang und der Kapuze, die sie einhüllten.

Par erstarrte. Es war etwas Vertrautes an diesem Eindringling, etwas, das er fast benennen konnte. Es war die Art, wie er sich bewegte oder sich hielt oder atmete. Aber wie konnte das sein?

Die Gestalt kam näher. Sie ging nicht wie ein Mensch oder ein Tier gehen würde, sondern bewegte sich wie etwas, was weder eins von beiden und doch auch gleichzeitig beides war. Sie bahnte sich geduckt ihren Weg aus der tiefen Dunkelheit heraus und kam auf sie zu. Das Geräusch ihres Atems wurde plötzlich hörbar. *Kch, kch*, ein kratzendes Husten, ein Zischen. In schwarzem Umhang und mit Kapuze stand sie in dem seidigen Schutz der Nacht verborgen da, bis sie ganz plötzlich den Kopf hob und das Licht den schwachen Schimmer ihrer roten Augen auffing.

Par spürte, wie sich Damsons Finger um seinen Arm schlossen.

Es war ein Schattenwesen.

Eine qualvolle Einsicht überkam den Talbewohner, als er seinen Feind erkannte. Er mußte nach allem erneut kämpfen. Er mußte den Wunschgesang erneut anrufen. Es war kein Ende abzusehen, dachte er betrübt. Wo auch immer er hinging, sie fanden ihn. Jedes Mal, wenn er geglaubt hatte, er habe die Magie das letzte Mal gebraucht, wurde er gezwungen, sie noch einmal einzusetzen. Und noch einmal danach. Immer wieder.

Das Schattenwesen trat weiter vor. Es war nur ein Klumpen

aus schwarzem Stoff und sich dahinschleppenden Gliedern. Das Wesen schien sich kaum fortbewegen zu können, und es klammerte sich an seinen Umhang, als könnte es es nicht ertragen, ihn loszulassen. Der Umhang war ebenfalls ein seltsames Ding – glänzend schwarz und so sauber wie neuer Stoff. Trotz der abgerissenen, verdreckten Erscheinung des Wesens, das ihn trug. Par spürte, wie sich die Magie des Wunschgesangs in ihm aufbaute und sich ungebeten von selbst erhob. Er war wie der Kern eines Feuers, das nicht unterdrückt bleiben würde. Er ließ sie kommen, wohl um die Nutzlosigkeit wissend, sie aufhalten zu wollen, wohl erkennend, daß er keine andere Wahl hatte. Er versuchte nicht einmal, nach einem Fluchtweg zu suchen. Fortzulaufen war nach alledem sinnlos. Das Schattenwesen würde sie einfach wieder aufspüren. Es würde immer wieder kommen, bis es endgültig aufgehalten würde.

Bis er es töten würde.

Er zuckte bei diesen Worten zusammen und dachte: *Nicht schon wieder* – und sah das Gesicht des Soldaten in dem Wachturm vor sich, sah alle ihre Gesichter, all die Toten in all diesen Begegnungen...

Das Wesen blieb stehen. In seinem Umhang schüttelte es heftig den Kopf, als sei es von Dämonen besessen, die niemand anders sehen konnte. Es machte ein Geräusch, das auch ein Weinen sein konnte.

Dann hob sich sein Gesicht ins Licht, und Par Ohmsford spürte, wie die Welt unter ihm versank.

Er sah auf Coll.

Entstellt, verzerrt, verletzt und beschmutzt, war das Gesicht vor ihm immer noch das von Coll.

Einen Moment lang glaubte er, wahnsinnig zu werden. Er hörte Damsons ungläubiges Keuchen, spürte, wie er unfreiwillig einen Schritt zurückwich, und beobachtete, wie sich die Lippen seines Bruders, in dem verzerrten Versuch, Worte hervorzubringen, teilten.

»Par?« hörte er.

Er stieß einen leisen, verzweifelten Schrei aus, brach sofort ab und zwang sich selbst mit äußerster Anstrengung zur Ruhe. Nein. Nein, das war schon einmal versucht worden. Und mißlungen. Dies war nicht Coll. Dies war nur ein Schattenwesen, das vorgab, sein Bruder zu sein, ein Trick, um ihn zu täuschen...

Warum?

Er suchte nach einer Antwort. Um ihn in den Wahnsinn zu treiben. Natürlich. Um ihn zu dem zu machen... um ihn zu zwingen, zu...

Er biß die Zähne zusammen. Coll war tot! Er hatte ihn sterben sehen, vernichtet im Feuer der Magie des Wunschgesangs – Coll! Er war doch einer von ihnen geworden, ein Schattenwesen wie dieses...

Etwas flüsterte ganz tief in ihm, eine Warnung, die keine erkennbare Gestalt annahm, Worte, die ihn warnten, ohne daß er ihre Bedeutung verstand. *Vorsicht, Talbewohner! Paß auf!*

Seine Hände umklammerten noch immer das Schwert von Shannara. Ohne nachzudenken, noch immer in Entsetzen verloren, hielt er die Klinge und die Scheide vor sich wie einen Schild.

Sofort war das Schattenwesen über ihm. Er überwand die Entfernung zwischen ihnen im Handumdrehen und bewegte sich weitaus schneller, als es für einen so verkrüppelten Körper hätte möglich sein sollen. Es sprang ihn an, stieß einen ärgerlichen Schrei aus, und Colls Gesicht hob sich plötzlich groß und furchteinflößend vor ihm, bis es sich unmittelbar vor seinem eigenen befand und er seinen üblen Geruch wahrnehmen konnte. Verkrümmte Hände schlossen sich um den Griff des Schwertes von Shannara und versuchten es fortzuziehen. In einem Gewirr von Armen und Beinen gingen der Talbewohner und das Schattenwesen zu Boden. Par hörte Damson aufschreien, und dann rollte er von ihr fort und kämpfte um den Besitz des Schwertes. Seine Hände klammerten sich verzweifelt um das Heft und versuchten vergeblich, die Überhand zu gewinnen und die Klinge freizuwinden. Er befand sich seinem Gegner während des Kampfes von Angesicht zu Angesicht gegenüber. Er konnte in die Tiefen der Augen seines Bruders sehen...

Nein. Nein, es war nicht möglich!

Sie taumelten in die Bäume, in Gräser, die sie peitschten und ihre Hände und Gesichter zerschnitten. Die Scheide gab das Schwert frei, und jetzt war nur noch das rasiermesserscharfe Metall der Klinge zwischen ihnen und wurde durch den Kampf vor- und zurückgerissen wie ein tödliches Pendel. Par verfing sich in den Falten des seltsamen, glänzenden Umhangs. Der Stoff fühlte sich auf seiner Haut abstoßend an, wie die Berührung von etwas Lebendem. Wild um sich schlagend stieß er den Stoff von sich. Er trat aus, und das Schattenwesen grunzte, als Pars Knie in seinen Körper prallte. Aber es wollte nicht loslassen und ließ die Hände mit tödlichem Griff um die Klinge geklammert. Par war zornig. Das Schattenwesen schien keine andere Absicht zu haben, als sich an dieses Schwert zu klammern. Sein Blick war auf die Klinge fixiert und sein Gesicht war schlaff und leer. Pars Hände packten fester zu und gerieten mit den Fingern seines Gegners in Berührung. Er spürte rauhe, schwitzende Haut. Ihre Finger verflochten sich ineinander, während jeder von ihnen versuchte, den Griff des anderen zu lösen, während ihre Körper sich hin- und herwarfen und sich wanden.

Par keuchte. Ein prickelndes Gefühl bemächtigte sich seiner Finger und breitete sich in seinen Armen aus. Er schreckte überrascht zurück – und spürte, wie das Schattenwesen ebenfalls zurückschreckte. Ein Glühen durchdrang ihn, eine seltsame Hitze, die von seinen Handflächen ausströmte.

Sein Blick fiel nach unten.

Die Klinge des Schwertes von Shannara hatte sich verändert und strahlte ein schwaches, blaues Glühen aus.

Pars Augen weiteten sich. Was ging hier vor? Schatten! War es die Magie? Die Magie des Schwertes von...

Der Talisman flackerte heftig, und das blaue Licht verwandelte sich in weißes Feuer, das so heiß brannte wie die Mittagssonne. In ihrem erschreckenden Glühen sah er, wie sich das Gesicht des Schattenwesens wandelte und alle Schlaffheit verschwand, während sich die Gesichtszüge erschreckt festigten. Par zog wild an der Klinge, aber das Schattenwesen hielt sie noch immer fest.

Aus scheinbar sehr weiter Entfernung hörte er Damson einmal seinen Namen rufen.

Dann durchdrang ihn das Licht des Schwertes, das weiße Feuer flammte kühl, aber eindringlich wie Blut durch die Glieder seines Körpers, während es Besitz von ihm ergriff. Es umrundete ihn und zog ihn dann fort, aus sich selbst heraus in die Klinge und dann in den Körper des Schattenwesens. Er kämpfte darum, der Entführung zu entkommen, stellte aber fest, daß er dagegen machtlos war. Er betrat die Gestalt in dem dunklen Umhang und spürte, wie der andere bei seinem Eindringen erschauerte. Par versuchte aufzuschreien, aber er konnte es nicht. Er versuchte freizukommen, aber er scheiterte. Zornig und verzweifelt zugleich drang er in das Schattenwesen hinab. Das Schattenwesen war überall um ihn herum, war vor ihm, die Augen und den Mund ungläubig geöffnet, die Gesichtszüge zu etwas verzerrt...

...zu jemandem...

Coll! Oh, es war Coll!

Vielleicht hatte er die Worte geflüstert. Vielleicht hatte er sie laut herausgeschrien. Er wußte es nicht. In der dunklen Mitte der Seele seines Gegners fielen die Lügen vor der Macht des Schwertes von Shannara ab und wurden zu Wahrheit. Das war kein Schattenwesen, das er bekämpfte, kein dunkler Dämon mit dem Gesicht seines Bruders, sondern tatsächlich sein Bruder selbst. Coll, zurückgekehrt von den Toten, zurückgekehrt ins Leben, so real wie der Talisman, den sie beide umklammert hielten. Par sah, daß der andere dieselbe Erkenntnis hatte wie er und erschauerte, und er erkannte im nächsten Moment, daß es die Erkenntnis dessen war, zu was er geworden war. Er sah die Tränen seines Bruders, hörte sein verzweifeltes Klagen und sah, wie er sich zusammenkrümmte, als sei er vergiftet worden. Der Geist seines Bruders verschloß sich. Er war von der Erkenntnis über sich selbst zu niedergeschmettert, als daß er noch etwas anderes registrieren konnte. Aber Par sah auch alles übrige, alles, was sein Bruder nicht sehen konnte. Er sah die Wahrheit über den Umhang, der Coll umhüllte, jenen Gegenstand, der das Spiegeltuch genannt wurde. Von Schattenwesen gemacht war er von seinem Bruder gestohlen worden, damit er seiner Gefangenschaft in der Südwache entkommen konnte. Er sah Felsen-Dall unheilvoll lächeln und aus einem Strudel von Bildern über ihnen beiden aufragen. Aber als das Schrecklichste von allem sah er den Wahnsinn, der seinen Bruder gefangenhielt, der ihn auf die Suche nach Par getrieben hatte, auf die Suche nach dem spürbaren Grund für seinen Schmerz. Und er sah auch Colls Entschlossenheit, beidem ein Ende zu setzen...

Dann schlug Coll unkontrolliert um sich und riß sich los. Als sich seine Hände vom Heft des Schwerts von Shannara lösten, verschwanden die Bilder sofort, und das weiße Feuer erstarb. Par stolperte rückwärts, und sein Kopf traf mit voller Wucht auf dem Fuß eines Baumes auf. Durch einen wirbelnden, düsteren Dunst beobachtete er, wie sich sein Bruder, von Schattenwesen vereinnahmt, noch immer in den verhaßten Umhang gehüllt, wie ein Geist der Unterwelt erhob. Einen Moment lang kauerte er da, die

Hände gegen seinen von der Kapuze verhüllten Kopf gepreßt, als wolle er die noch immer darin verschlossenen Bilder zerschmettern. Er schrie gegen seinen Wahnsinn an, und im nächsten Moment war er fort, in die Bäume geflohen. Er schrie, während er lief, bis die Schreie nur noch ein Echo in dem entsetzten Geist seines Bruders waren.

Und dann war Damson da, half Par auf und hielt ihn fest, bis sie sicher war, daß er allein stehen konnte. Ihre Augen drückten Bemühen und Angst aus, und er nahm wahr, wie sie ihren Körper bewegte, um ihn zu schützen. Sanfte Strahlen des Morgenlichts sprenkelten ihre Gesichter, während sie sich aneinander klammerten. Zusammen schauten sie hinaus in die Dunkelheit des Waldes, als könnten sie dort noch einen letzten Blick auf das Wesen erhaschen, das vor ihnen floh.

»Es war Coll.« Par hauchte die Worte, als wären sie ein Fluch. »Damson, es war Coll!«

Sie starrte ihn ungläubig an und wagte nichts zu erwidern.

»Und dies!« Er hielt das Schwert von Shannara hoch, das er noch immer mit seinen zerkratzten, wunden Händen umklammert hielt. »Dies *ist* das Schwert!«

»Ich weiß«, flüsterte sie, denn sie war sich dieser zweiten Behauptung weitaus sicherer. »Ich habe es gesehen.«

Er schüttelte verwirrt den Kopf und versuchte noch immer zu verstehen. »Ich weiß nicht, was geschehen ist. Etwas hat die Magie ausgelöst. Ich weiß nicht, was es war. Aber es war da, in dem Schwert verborgen.« Er wirbelte herum, um sie anzusehen. »Ich konnte es nicht allein hervorbringen, aber als wir beide während des Kampfes die Klinge berührten ...« Seine Finger legten sich fest um ihren Arm. »Ich habe ihn gesehen, Damson – so deutlich, wie ich dich sehe. Es war Coll.«

Damson versteifte sich. »Par, Coll ist tot.«

»Nein.« Der Talbewohner schüttelte nachdrücklich den Kopf. »Nein, er ist nicht tot. Ich sollte das nur denken. Aber es war nicht Coll, den ich in der Grube getötet habe. Es war jemand oder etwas anderes. Das« – er deutete auf die Bäume – »war Coll. Das Schwert hat es mir gezeigt, Damson. Das Schwert hat mir die Wahrheit gezeigt. Coll war in der Südwache gefangen und ist entkommen. Aber er ist durch diesen schwarzen Umhang, den er trägt, verwandelt worden. Darin ist eine Art feindselige Magie, etwas, das jeden zerstört, der ihn trägt. Es ist Coll, aber er verwandelt sich in ein Schattenwesen!«

»Par, ich habe sein Gesicht auch gesehen. Und es sah ein wenig wie Coll aus, aber nicht so sehr, daß...«

»Du hast nicht alles gesehen«, unterbrach er sie. »Ich aber wohl, weil ich das Schwert gehalten habe, und das Schwert von Shannara enthüllt die Wahrheit! Erinnerst du dich an die Legenden?« Er war so erregt, daß er schrie. »Damson, dies ist das Schwert von Shannara! Es ist es! Und das war Coll!«

»Bestimmt. Ja.« Sie nickte schnell und versuchte, ihn zu beruhigen. »Es war Coll. Aber warum hat er uns gejagt? Warum hat er dich angegriffen? Was hat er vorgehabt?«

Par kniff die Lippen zusammen. »Ich weiß es nicht. Ich hatte nicht genug Zeit, es herauszufinden. Und Coll weiß auch nicht, was vorgeht. Ich konnte einen Moment lang sehen, was er dachte – als wäre ich in seinem Geist gewesen. Er hat erkannt, was ihm angetan wurde, aber er wußte nicht, was er dagegen tun kann. Darum ist er davongelaufen, Damson. Er war entsetzt über das, was aus ihm geworden war.«

Sie sah ihn an. »Wußte er, wer du warst?«

»Ich weiß es nicht.«

»Oder wie er sich selbst helfen kann? Wußte er genug, um den Umhang abzulegen?«

Par atmete tief durch. »Das glaube ich nicht. Ich bin nicht einmal sicher, daß er es kann.« Sein Gesicht zeigte Betroffenheit. »Er wirkte so verloren, Damson.«

Sie legte dann ihre Arme um ihn, und er hielt sie, als sei sie ein Felsen, ohne den ihn das Meer seiner Unsicherheit fortschwemmen würde. Der Sonnenaufgang erhellte den Himmel im Osten. Vögel erwachten mit freudigen Rufen, und ein dünner Film von Feuchtigkeit glitzerte auf dem Gras.

»Ich muß ihm nachgehen«, sagte Par an ihrer Schulter, obwohl er spürte, wie sie sich bei diesen Worten versteifte. »Ich muß versuchen, ihm zu helfen.« Er schüttelte verzweifelt den Kopf. »Ich weiß, damit werde ich mein Versprechen, Padishar zurückzuholen, brechen. Aber Coll ist mein Bruder.«

Sie änderte ihre Haltung, um in sein Gesicht zu sehen. Ihr Blick suchte den seinen und wich nicht aus. »Du hast dich bereits entschieden, nicht wahr?« Sie wirkte erschreckt. »Es ist vielleicht eine Falle, meinst du nicht?«

Er lächelte verbittert. »Das weiß ich.«

Sie blinzelte aufgeregt. »Und ich kann nicht mit dir kommen.«

»Auch das weiß ich. Du mußt zum Firerim Reach weiterziehen und Hilfe für deinen Vater holen. Das verstehe ich.«

Tränen traten ihr in die Augen. »Ich möchte dich nicht verlassen.«

»Ich möchte dich auch nicht verlassen.«

»Bist du sicher, daß es Coll war? Absolut sicher?«

»So sehr, wie ich sicher bin, daß ich dich liebe, Damson.«

Sie legte ihre Arme wieder um ihn. Sie sagte nichts, aber sie barg ihr Gesicht an seiner Schulter. Er konnte sie weinen spüren. Er konnte spüren, wie er innerlich zerbrach. Die Begeisterung darüber, daß sie Paranor gefunden hatten, war vergangen, die Entdeckung selbst war fast vergessen. Das Gefühl des Friedens und der Zufriedenheit, das er kurzzeitig erlebt hatte, als er aus Tyrsis freigekommen war, lag in der Vergangenheit vergraben.

Er machte sich erneut frei. »Ich werde zu dir zurückkommen«, sagte er leise. »Wo auch immer du sein wirst, ich werde dich finden.«

Sie biß sich auf die Unterlippe und nickte. Dann durchsuchte sie ihre Kleidung und zog kurz darauf eine dünne, flache Metallscheibe mit einem Loch darin hervor, durch das ein Lederband gezogen war. Sie löste die Scheibe von ihrem Hals, betrachtete sie einen Moment lang und sah ihn dann an.

»Dies hier wird Skree genannt«, sagte sie. »Es ist eine Art Magie, eine Straßenmagie. Sie wurde mir vor langer Zeit gegeben.« Feuer brannte in dem Blick, den sie ihm zuwarf. »Sie kann nur einmal benutzt werden.«

Dann nahm sie die Scheibe in beide Hände und brach sie so leicht entzwei wie einen morschen Stock. Sie gab ihm die abgetrennte Hälfte. »Nimm sie und binde sie dir um den Hals. Lege sie niemals ab. Die Hälften werden einander wiederfinden. Wenn das Metall glüht, will es uns sagen, daß wir einander nahe sind. Je heller es wird, desto näher werden wir uns sein.«

Sie drückte ihm die abgebrochene Hälfte der Scheibe in die Hände. »So werde ich dich wiederfinden, Par. Und ich werde niemals aufhören, dich zu suchen.«

Er schloß seine Finger um die Scheibe. Ihm war, als habe sich eine Grube unter ihm geöffnet und wolle ihn verschlingen. »Es tut mir leid, Damson«, flüsterte er. »Ich will das nicht tun. Ich würde mein Versprechen halten, wenn ich es könnte. Aber Coll lebt, und ich kann nicht…«

»Nein.« Sie legte einen Finger auf seine Lippen, um ihn zum Schweigen zu bringen. »Sage nichts mehr. Ich verstehe es. Ich liebe dich.«

Er küßte sie und preßte sie an sich. Dabei prägte er sich die Berührung und das Gefühl ihres Körpers ein, bis er sicher war, daß ihm die Erinnerung eingebrannt war. Dann ließ er sie los, holte die Schwertscheide, hob seine Decke auf, rollte sie zusammen und schlang sie sich um die Schulter.

»Ich werde zu dir zurückkommen«, wiederholte er. »Ich verspreche es.«

Sie nickte wortlos und konnte ihren Blick nicht abwenden, daher wandte er sich schließlich von ihr ab und eilte durch die Bäume davon.

8

Es war bereits später Nachmittag, als Morgan Leah schließlich in Sichtweite der Grenzstadt Varfleet kam. Der Sommer ging jetzt schon langsam in den Herbst über, und die Tage waren lang und träge und angefüllt von der Hitze, die mit der Sonne aufstieg und noch bis spät nach Einbruch der Dunkelheit anhielt. Der Hochländer stand auf einem Hügel nördlich der Stadt und schaute hinab auf das Gewirr von Gebäuden und gekrümmten Straßen und dachte, daß nichts für ihn jemals wieder dasselbe sein würde.

Es war mehr als zwei Wochen her, seit er die Gesellschaft Walker Bohs geteilt hatte – des Dunklen Onkels, der Paranor suchte, dem der Schwarze Elfenstein ein Schlüssel zu den Toren der Zeit und der Entfernung, die die Druidenfestung eingeschlossen hatten, gewesen war. So lange war es her, seit der Hochländer gekommen war, um nach Padishar Creel und den Ohmsfordbrüdern zu suchen.

Zwei Wochen. Morgan seufzte. Er hätte Varfleet innerhalb von zwei Tagen erreicht haben müssen, sogar zu Fuß. Aber andererseits war in diesen zwei Wochen auch nichts so gewesen, wie er es erwartet hatte.

Er begann mit ironischem Grinsen darüber nachzudenken, was er während der vorangegangenen Wochen alles überstanden hatte. Nachdem er Walker verlassen hatte, war er am westlichen Rand des Rabb den Drachenzähnen entlang nach Süden gezogen. Er hatte den unteren Flußlauf bei Sonnenuntergang des weiten Tages erreicht und in der Nähe gelagert, denn er hatte vorgehabt, ihn bei Sonnenaufgang zu überqueren und seine Reise am nächsten Tag fortzusetzen. Die Ebenen waren heiß und staubig gewesen, und Einschlüsse derselben Krankheit, die die Vier Länder auch anderswo kennzeichnete, waren überall zu sehen gewesen, Schadflecke, wo alles vergiftet war. Er hatte gedacht, daß er diese umgangen hätte und vorbeigelangt wäre, ohne Schaden zu nehmen. Aber als er in der Dämmerung dieses dritten Morgens erwacht war, hatte er sich so heiß und fiebrig und benommen gefühlt, daß er kaum gehen konnte. Er hatte etwas Wasser getrunken und sich erneut hingelegt, weil er hoffte, daß die Krankheit so schnell vergehen würde. Aber zur Mittagszeit war er kaum noch fähig gewesen, sich aufzusetzen. Er hatte sich gezwungen aufzustehen, hatte dann erkannt, wie krank er war, und gewußt, daß er sofort Hilfe finden mußte. Sein Magen hatte sich so stark verkrampft, daß er sich nicht aufrichten konnte, und seine Kehle hatte gebrannt. Er hatte sich nicht kräftig genug gefühlt, den Fluß zu überqueren und war statt dessen flußaufwärts in die Ebenen gewandert. Er hatte Halluzinationen gehabt, als er schließlich in einem schattigen Ulmenhain auf ein Farmhaus gestoßen war. Er war zur Tür gestolpert, kaum mehr fähig, sich zu bewegen oder gar zu sprechen, und war dort zusammengebrochen.

Er hatte sieben Tage lang geschlafen, war zwischendurch gerade lange genug aus der Bewußtlosigkeit erwacht, um die kleinen Portionen Nahrung und Wasser zu sich zu nehmen, die ihm angeboten worden waren. Wer auch immer es gewesen war, der ihn hereingebracht hatte, er hatte von ihm kein Gesicht gesehen, und die Stimmen, die er gehört hatte, waren undeutlich gewesen. Er hatte zeitweise phantasiert, um sich geschlagen und aufgeschrien, hatte noch einmal die Schrecken von Eldwist und Uhl Belk durchlebt, wieder und wieder und wieder das leidgeprüfte Gesicht Quickenings gesehen, als sie im Sterben lag, und erneut den Schmerz gespürt, den er erfahren hatte, als er hilflos dabeistehen mußte. Manchmal hatte er Par und Coll Ohmsford gesehen, wie sie ihm aus großer Entfernung zuriefen, und dann mußte er immer wieder feststellen, daß er sie nicht erreichen konnte, so sehr er es auch versuchte. Es waren auch dunkle Wesen in seinen Träumen gewesen, gesichtslose Schatten, die ihn unerwartet und von hinten angegriffen hatten. Er hatte ihre Gegenwart gespürt, ohne Namen zu kennen, unmißverständlich dennoch, wer und was sie waren. Er war vor ihnen davongerannt, hatte sich vor ihnen verborgen oder verzweifelt versucht, sich gegen sie zu wehren – aber sie waren immer gerade außerhalb seiner Reichweite geblieben, hatten ihn auf Arten bedroht, die er nicht erkennen, sondern sich nur vorstellen konnte.

Sein Fieber war erst gegen Ende der ersten Woche gesunken. Als er schließlich wieder in der Lage gewesen war, die Augen zu öffnen, und sich auf das junge Ehepaar zu konzentrieren, das ihn versorgt hatte, hatte er in ihren Gesichtern so offensichtliche Erleichterung gesehen, daß er erkennen mußte, daß er nah daran gewesen war, überhaupt nicht wieder zu erwachen. Seine Krankheit hatte alle Kraft aus ihm herausgesaugt, und noch einige Tage lang hatte er gefüttert werden müssen. Es war ihm gelungen, für kurze Zeit wach zu bleiben und dann auch ein wenig zu sprechen. Die junge Ehefrau mit dem strohblonden Haar und den hellblauen Augen hatte sich um ihn gekümmert, während ihr Mann auf den Feldern arbeitete, und sie hatte besorgt gelächelt, als sie ihm erzählte, daß seine Träume offensichtlich schlechte

Träume gewesen waren. Sie hatte ihm Suppe und Brot mit Wasser und eine kleine Ration Bier gegeben. Er hatte es dankbar angenommen und ihr wiederholt dafür gedankt, daß sie sich um ihn gekümmert hatte. Manchmal war ihr Mann erschienen, hatte neben ihr gestanden und auf ihn hinabgeschaut, offen und rotgesichtig von der Sonne, mit freundlichen Augen und einem breiten Lächeln. Er hatte einmal erwähnt, daß Morgans Schwert sicher beiseite gelegt worden war, daß es nicht verlorengegangen war. Offensichtlich war auch das ein Teil der Alpträume gewesen.

Am Ende der zweiten Woche hatte Morgan seine Mahlzeiten mit ihnen an ihrem Eßtisch einnehmen können und war jeden Tag kräftiger geworden. Seine Erinnerungen waren jedoch geblieben – das Gefühl von Schmerz und Übelkeit, das Empfinden von Hilflosigkeit und Angst, daß die Krankheit die Tür zu der Dunkelheit war, die am Ende seines Lebens kommen würde. Die Erinnerungen waren geblieben, denn Morgan war in den vergangenen Wochen zu häufig dem Tode nahe gewesen, als daß er sie einfach hätte beiseite schieben können. Er war geprägt von dem, was er erfahren hatte und litt genauso sicher, als wäre er im Kampf verwundet worden, und sogar der Farmer und seine Frau hatten in seinen Augen und in seinem Gesicht sehen können, was ihm angetan worden war. Sie hatten niemals um eine Erklärung gebeten, aber sie hatten es sehen können.

Er hatte angeboten, sie für ihre Fürsorge zu bezahlen, und sie hatten es, wie nicht anderes zu erwarten, abgelehnt. Als er sich nach siebzehn Tagen von ihnen verabschiedet hatte, hatte er die Hälfte des Geldes, das ihm noch verblieben war, der Frau in die Tasche ihrer abgetragenen Schürze gleiten lassen, als sie einmal nicht hingesehen hatte. Sie hatten hinter ihm hergeschaut, wie Eltern hinter einem Kind herschauen, bis es außer Sicht ist.

Und so kam er nicht nur mit erheblicher Verspätung in Varfleet an, um die Suche nach Padishar und Par und Coll aufzunehmen, sondern er war auch mit einem neuerlichen Empfinden für die eigene Sterblichkeit ausgerüstet worden. Morgan Leah war von Eldwist und den Charnals herabgekommen, als er noch immer mit der Erinnerung an Quickenings Tod rang und niedergeschmettert war durch den Verlust, den er nach ihrem Dahinscheiden empfand. Er war voller Ehrfurcht vor ihrer Stärke, den Wunsch ihres Vaters auszuführen und ihr eigenes Leben aufzugeben, damit das Land wiederhergestellt werden könnte. Sie war ein Elementargeist, der weitaus menschlicher geworden war, als ihr Vater angenommen hatte, und blieb trotzdem für Morgan ein Rätsel, für das er wohl niemals eine Lösung finden würde. Mit dieser Erkenntnis verbunden war der unleugbare Stolz und die Kraft, die er bei dem Kampf gegen Uhl Belk und bei der Wiedererlangung der Magie des Schwertes von Leah gefunden hatte. Als das Schwert wieder zu einem Ganzen geworden war, war auch er es geworden. Quickening hatte dies bewirkt. Mit dem Verlust von Quickening hatte er sich selbst gefunden, das erkannte Morgan jetzt. Der Widerspruch zwischen dem, was verloren, und dem, was gewonnen worden war, hatte in ihm gekämpft, während er mit Walker und Horner Dees südwärts gezogen war. Es war ein Konflikt, der niemals gänzlich würde beigelegt werden können, und so hatte sein Wüten auch erst, als die Krankheit ihn überwältigt hatte, dem eher grundsätzlichen Bedürfnis Raum gegeben, einen Weg zum Überleben zu finden.

Während er jetzt auf die Stadt hinabsah, zurückgekehrt aus mehreren Alptraumwelten, aus den Leben, die er in jenen Welten gelebt hatte, so weit entfernt, daß sie von jemand anderem gelebt worden sein konnten, überlegte Morgan, daß er am Anfang eines wiederum neuen Lebens stand. Er stellte fest, daß er sich fragte, ob jene, die ihn in dem alten Leben gekannt hatten, jemals wieder erkennen würden, wer er war.

Er betrat Varfleet wie ein weiterer Reisender, der aus dem Norden herabgekommen war, ein Südländer, verwittert und gereift durch Schwierigkeiten, die seine eigene Angelegenheit waren, und er wurde von den Bewohnern der Stadt, die immerhin ihre eigenen Probleme hatten, um die sie sich kümmern mußten, doch weitgehend ignoriert. Er durchquerte die ärmeren Viertel, wo Familien in Behelfshütten lebten und Kinder auf den Straßen bettelten und wurde sich wieder der Tatsache bewußt, wie wenig das verrufene Föderationsprotektorat getan hatte, den Bewohnern von Callahorn zu helfen. Er gelangte dann in das Zentrum der Stadt, wo sich die Gerüche der Küchen und der Abwässer unangenehm vermischten, die Kaufleute ihre Waren von Karren und Ladenfronten aus mit schriller Stimme feilboten und die Händler die Bedürfnisse all jener befriedigten, die ihre Preise zahlen konnten. Föderationssoldaten patrouillierten in den Straßen. Ihre drohende Gegenwart wirkte, wo auch immer sie hingingen, genauso unbehaglich wie die Leute, die zu überwachen sie die Aufgabe hatten. Wenn man ihnen die Waffen und die Uniformen abnähme, dachte der Hochländer düster, würde es sicherlich schwierig, zu sagen, wer wer war.

Er fand einen Kleiderladen und verwendete den größten Teil seines übriggebliebenen Geldes dazu, sich Hosen, eine Tunika, einen Umhang und neue Schuhe zu kaufen. Seine eigene Kleidung war so ausgefranst und verdreckt und abgetragen, daß sie nicht mehr zu erhalten war, und er ließ alles in dem Laden zurück, als er ging, und nahm nur seine Waffen mit. Er fragte nach dem Weg zum Whistledown, denn er war sich nicht einmal jetzt sicher, was es war, und wurde von dem Ladenbesitzer informiert, daß es ein Wirtshaus sei, das er in der Stadtmitte am Wyvern Split finden werde.

Er bahnte sich seinen Weg durch die Menge und die Mittagshitze und erinnerte sich erneut der Anweisungen, die Padishar

Creel ihm vor Wochen gegeben hatte. Er sollte zum Whistledown gehen und einer Frau namens Matty Roh den Falkenring zeigen. Sie würde wissen, wie Padishar zu finden wäre. Morgan fingerte nach dem Falkenring tief in seiner Tasche, wo er solange sicher verstaut sein würde, bis er ihn brauchte. Er sann darüber nach, wie oft er bezweifelt hatte, daß dies einmal geschehen würde. Der rauhe Umriß des Falkenemblems drückte gegen seine Haut, als er den Ring umdrehte, und brachte die Erinnerung an den Anführer der Geächteten zurück. Er fragte sich, ob Padishar Creel in diesen letzten Wochen genauso häufig wie er gezwungen gewesen war, von den Toten zurückzukehren. Diese Möglichkeit brachte ein bitteres Lächeln auf seine Lippen.

Er fand den Wyvern Split und wandte sich der Längsseite des von Wirtshäusern, Gasthöfen und Freudenhäusern umstandenen Platzes zu. Kein sehr ansehnlicher Teil der Stadt, aber ein geschäftiger. Er rückte das Schwert von Leah zurecht, das über seinen Rücken gebunden war, zog die Riemen fest und fühlte sich traurig und müde und gleichzeitig heiter – eine seltsame Mischung, aber dennoch seltsam angemessen. Krankheit und Verlust hatten ihn mitgenommen, aber daß er beides überlebt hatte, hatte seine Entschlossenheit gestärkt. Es gab nicht vieles dort draußen, wie er glaubte, was er nicht überstehen konnte. Er brauchte diese Überzeugung. Wochenlang hatte er gesehen, wie seine Freunde und Begleiter ihm entglitten, einige hatte er an das Schicksal und einige an die Machenschaften anderer verloren. Er hatte wiederholt gesehen, wie seine alten Pläne sich wandelten, hatte seinen Kurs wieder und wieder ändern müssen, um einem höheren – oder zumindest einem anderen – Zweck zu dienen. Er hatte in jedem Fall getan, was er für richtig gehalten hatte, und er hatte keinen Grund, an sich selbst zu zweifeln. Aber er war es müde, sein Leben immer wieder umstellen zu müssen. Es erinnerte ihn an einen Raum, in dem sich die Möbel jedes Mal, wenn er sich umwandte und schaute, an einem anderen Platz befanden. Er hatte Steffs Wunsch zu sterben gewürdigt und war nach Culhaven zurückgegangen, um Granny Elise und Auntie Jilt zu retten. Dann hatte er sich Quickening und ihrer Reise nach Eldwist verschrieben. Jetzt war es an der Zeit, daß er tat, was er sich selbst versprochen hatte, seit er Tyrsis und der Grube entkommen war. Es war an der Zeit, Par und Coll zu finden, ihnen allen Schutz zu geben, den er ihnen geben konnte, dafür zu sorgen, daß er bei ihnen bleiben konnte, bis...

Er zuckte im Geiste die Achseln. Nun, solange bis sie ihn nicht mehr brauchten, vermutete er – wann auch immer das sein mochte.

Und wo waren sie jetzt, fragte er sich zum sicherlich hundertsten Mal. Was war aus ihnen geworden, seit sie selbst entkommen waren?

An die beiden zu denken bereitete ihm Unbehagen. Das tat es immer. Zuviel Zeit war vergangen, seit er sie verlassen hatte. Die Gefahr durch die Schattenwesen war zu groß, als daß es gut war, daß die Talbewohner allein dort draußen blieben. Er hoffte, daß Padishar sie inzwischen gefunden hatte. Er hoffte, daß sie es leichter gehabt hatten als er.

Aber er hätte nicht gewagt, darauf zu wetten.

Er überquerte den Platz und sah das Whistledown. Ein verwittertes Holzschild, auf dem über dem Namen eine Flöte und ein schäumender Krug eingeschnitzt waren, wies auf das Gasthaus hin. Es war ein Holzhaus wie alle anderen, die eng darum herum standen, teilte eine gemeinsame Wand mit den Gebäuden zur Rechten und zur Linken, ragte drei Stockwerke in den Himmel empor, mit Fenstern mit Vorhängen im zweiten und dritten Stockwerk, wo sich entweder die Wohnräume der Besitzer und ihrer Familien oder Mieträume befanden. Der Platz war voller Menschen, die von diesem Ort zu einem anderen kamen oder gingen. Es gab gar nicht wenige, die von Wirtshaus zu Wirtshaus torkelten, einige so betrunken, daß sie kaum stehen konnten. Morgan umging sie, trat beiseite, um jene, denen er begegnete, vorbeizulassen, roch den Schweiß und den Schmutz ihrer Körper und den Gestank der Straßen. Wyvern Split, so dachte er, war wirklich die Gosse.

Er erreichte die geöffneten Türen des Whistledown, trat ein und war überrascht, als er feststellte, daß das Innere des Bierhauses völlig anders aussah. Obwohl es schlicht und karg möbliert war, waren die Böden sauber geschrubbt, die hölzerne Oberfläche der Theke auf Hochglanz poliert und die Tische und Sessel und Stühle ordentlich aufgestellt. Über allem lag der Geruch von Zedernholz und Firnis. Bierfässer schimmerten in ihren Gestellen an der Wand hinter der Theke, und das Krügeregal aus Metall war mit Glastüren versehen. Zwei schwere Schwingtüren am Ende der Theke waren geschlossen. Ein wuchtiger Steinkamin ragte an der Wand links von der Theke empor, und eine enge Treppe, die zu den oberen Stockwerken führte, nahm den größten Teil der rechten Wand ein. Auf der Theke selbst waren Schüsseln und Geschirrtücher gestapelt.

Aber es war etwas anderes, was Morgans Blick anzog und festhielt, etwas, was so offensichtlich fehl am Platz war, daß er ein zweites Mal hinschauen mußte, um sicher zu sein, daß er sich nicht getäuscht hatte.

Bündel von Wildblumen waren in großen Vasen auf den Regalen neben den Bierfässern und auf den Ständern mit den Krügen angeordnet.

Blumen – hier, ausgerechnet hier! Er schüttelte den Kopf.

Die Schwingtüren öffneten sich, und ein Junge mit einem Besen trat hindurch. Er war groß und hager, hatte kurzgeschorene, schwarze Haare und feine, fast zarte Gesichtszüge. Er bewegte sich mit fließender Anmut, während er entlang der

Theke fegte, fast als tanze er, den Besen gedankenverloren vor sich hin und her schwingend. Er pfiff leise und hatte Morgan offensichtlich noch nicht registriert.

Morgan änderte seine Haltung gerade soweit, daß seine Anwesenheit bemerkt wurde, und der Junge schaute sofort auf.

»Wir haben geschlossen«, sagte er. Kobaltblaue Augen waren auf den Hochländer gerichtet, ein offener, fast herausfordernder Blick begegnete ihm. »Wir öffnen in der Dämmerung.«

Morgan schaute zurück. Das Gesicht des Jungen war glatt und unbehaart, und seine Hände waren lang und dünn. Die Kleidung, die er trug, war locker und formlos und hing an ihm wie an Stöcken. Sie war um seine schmale Taille gegürtet und an den Knöcheln zusammengebunden. Er trug Schuhe anstelle von Stiefeln, tiefgeschnittene, genähte Lederschuhe, die sich seinen Füßen angepaßt hatten.

»Ist dies das Whistledown?« fragte Morgan, der beschlossen hatte, sich dessen besser zu versichern.

Der Junge nickte. »Kommt später zurück. Nehmt zuerst ein Bad.«

Morgan blinzelte. Ein Bad nehmen? »Ich suche jemanden«, sagte er und begann sich unter dem stetigen Blick unbehaglich zu fühlen.

Der Junge zuckte die Achseln. »Ich kann Euch nicht helfen. Außer mir ist niemand hier. Versucht es auf der anderen Seite der Straße.«

»Danke. Aber ich suche nicht einfach nach irgend jemandem...« begann Morgan.

Doch der Junge wandte sich bereits ab, schwenkte den Besen wieder über den Boden und bewegte sich auf die Theke zu. »Wir haben geschlossen«, wiederholte er, als würde das die Angelegenheit klären.

Morgan begann erneut, während sich eine Spur Verwirrung in

seine Stimme einschlich. »Warte einen Moment.« Er griff nach der Schulter des anderen. »Warte einen Augenblick. Sagtest du, wir seien die einzigen...?«

Der Junge fuhr herum, als Morgan ihn berührte, der Besen wurde angehoben, und sein stumpfes Ende stieß dem Hochländer hart unter die Rippen. Morgan wankte zurück, wie betäubt, fiel dann auf ein Knie und keuchte.

Der Junge trat neben ihn und beugte sich herab. »Wir haben geschlossen, das sagte ich Euch doch. Ihr solltet besser aufpassen.« Er half Morgan hoch, überraschend kräftig für seine Hagerkeit, und führte ihn zur Tür. »Kommt später wieder, wenn wir geöffnet haben.«

Und das nächste, was Morgan registrierte war, daß er wieder draußen auf der Straße stand, sich an die hölzerne Außenwand des Gebäudes lehnte und die Arme um seinen Körper geschlungen hielt, als laufe er Gefahr, auseinanderzufallen – was keine unzutreffende Bezeichnung dafür war, wie er sich fühlte. Er atmete mehrere Male tief durch und wartete darauf, daß der Schmerz in seiner Brust nachließ.

Das ist lächerlich, dachte er verärgert. Ein Junge!

Schließlich gelang es ihm, sich aufzurichten. Er befestigte die Schulterriemen seines Schwertes, wo sie sich zu lösen begonnen hatten, und trat erneut durch die Türen des Whistledown.

Der Junge, der jetzt hinter der Theke fegte, wirkte nicht erfreut, als er ihn sah. »Was ist wohl Euer Problem?« fragte er Morgan direkt.

Der Hochländer trat an die Theke heran und schaute. »Was wohl mein Problem ist? Ich hatte kein Problem, bis ich hier hereinkam. Glaubst du nicht, daß du mit diesem Besen ein wenig schnell gehandelt hast?«

Der Junge zuckte die Achseln. »Ich habe Euch gebeten zu gehen, und Ihr habt es nicht getan. Was erwartet Ihr?«

»Wie wäre es mit ein wenig Hilfe? Ich hatte dir doch gesagt, daß ich jemanden suche.«

Der Junge seufzte müde. »Jeder sucht jemanden – besonders die Leute, die hier hereinkommen.« Seine Stimme war leise und weich, eine seltsame Mischung. »Sie kommen hier herein, um zu trinken und sich besser zu fühlen. Sie kommen hier herein, um Gesellschaft zu finden. Gut. Aber sie müssen dies tun, wenn wir geöffnet haben. Und wir haben nicht geöffnet. Ist Euch das jetzt klar?«

Morgan spürte, daß er seine Geduld zu verlieren begann. Er schüttelte den Kopf. »Ich werde dir sagen, was mir jetzt klar ist. Mir ist jetzt klar, daß du keine Manieren hast. Jemand sollte dir den Hintern versohlen.«

Der Junge stellte den Besen ab und legte seine schlanken Hände auf die Theke. »Also, Ihr werdet das sicher nicht tun. Jetzt wendet Euch um und geht durch diese Tür wieder hinaus. Und vergeßt, was ich zuvor gesagt habe. Kommt auch später nicht zurück. Kommt überhaupt nicht wieder zurück.«

Einen Moment lang hatte Morgan Lust, über die Theke hinwegzugreifen, den Jungen am Genick zu packen und ihn herüberzuziehen. Aber die Erinnerung an diesen Besengriff war noch zu frisch, als daß er sich zu voreiligem Handeln ermutigt fühlte, und außerdem schien der Junge kein bißchen Angst vor ihm zu haben.

Morgan unterdrückte seinen Ärger, kreuzte die Arme vor der Brust und blieb stehen. »Ist sonst noch jemand hier, den ich sprechen kann?« fragte er.

Der Junge schüttelte den Kopf.

»Die Inhaberin vielleicht?«

Der Junge schüttelte den Kopf.

»Nein?« Morgan beschloß, es darauf ankommen zu lassen. »Ist der Name der Inhaberin Matty Roh?«

Ein Flackern der Erkenntnis flammte in den kobaltblauen Augen auf, verweilte einen Moment und war dann fort. »Nein.«

Morgan nickte gemächlich. »Aber du weißt, wer Matty Roh ist, nicht wahr?« Er traf damit eine Feststellung.

Der Blick des Jungen blieb fest. »Ich bin es müde, mit Euch zu sprechen.«

Morgan ignorierte ihn. »Matty Roh. Sie ist es, die ich hier finden wollte. Und ich habe einen langen Weg zurückgelegt. Darum brauche ich ein Bad, wie du so direkt erklärt hast. Matty Roh. Nicht irgendeinen namenlosen Begleiter für irgendeinen unwichtigen Zweck.« Seine Stimme wurde schärfer. »Matty Roh. Du kennst den Namen, du weißt, wer sie ist. Wenn du mich also loswerden willst, dann sage mir einfach, wie ich sie finden kann, und ich werde gehen.«

Er wartete, mit verschränkten Armen und fest aufgestellten Füßen. Der Gesichtsausdruck des Jungen blieb unverändert. Sein Blick ließ Morgan niemals los. Aber seine Hände glitten hinter der Theke herab und kamen mit einem Schwert mit dünner Klinge wieder hervor. Die Art, in der er es hielt, verriet eine gewisse Vertrautheit damit.

»Nun, was soll das?« fragte Morgan ruhig. »Bin ich wirklich so unwillkommen?«

Der Junge war so still wie Stein. »Wer seid Ihr? Was wollt Ihr von Matty Roh?«

Morgan schüttelte den Kopf. »Das betrifft nur sie und mich.« Dann fügte er hinzu: »Soviel kann ich dir sagen: Ich bin nicht hier, um Ärger zu bereiten. Ich muß sie einfach sprechen.«

Der Junge betrachtete ihn eine Weile lang. Sein Blick war gerade und fest, und sein Körper völlig ruhig. Er stand hinter der Theke wie eine Statue, und Morgan hatte das unangenehme Gefühl, daß er zwischen der Möglichkeit zu fliehen und der Möglichkeit anzugreifen schwankte. Morgan beobachtete seine

Augen und seine Hände, um einen Hinweis darauf zu finden, welchen Weg der Junge einschlagen würde, aber er rührte sich überhaupt nicht. Von draußen drangen die Geräusche der Straße durch die geöffneten Türen und hingen laut und aufdringlich in der Stille.

»Ich bin Matty Roh«, sagte der Junge.

Morgan Leah starrte ihn an. Fast hätte er laut aufgelacht und etwas darüber gesagt, wie lächerlich das war. Aber etwas in der Stimme des Jungen hielt ihn davon ab. Er betrachtete ihn etwas genauer – die feinen, zarten Gesichtszüge, die schlanken Hände, den hageren Körper, der unter lockerer Kleidung verborgen war, die Art, wie er sich hielt. Er erinnerte sich daran, wie sich der Junge bewegt hatte. Nichts von alledem schien ganz zu einem Jungen zu passen. Aber zu einem Mädchen...

Er nickte bedächtig. »Matty Roh«, sagte er, und seine Überraschung war noch immer offenkundig. »Ich dachte, Ihr wärt ein... daß Ihr ein...«

Das Mädchen nickte. »Das solltet Ihr auch denken.« Ihre Hand bewegte sich nicht von dem Schwert fort. »Was wollt Ihr von mir?«

Einen Moment lang erwiderte Morgan nichts, sondern kämpfte noch immer mit der Erkenntnis, daß er ein Mädchen fälschlicherweise für einen Jungen gehalten hatte. Schlimmer noch, daß er es zugelassen hatte, daß sie ihn dermaßen wie einen Narren hatte aussehen lassen. Aber sicherlich griff man auf die verfügbaren Verteidigungsmöglichkeiten zurück, wenn man an einem Ort wie Wyvern Split lebte. Das Mädchen war schlau. Er mußte zugeben, daß ihre Täuschung gelungen war.

Er griff in die Tasche seiner Tunika, entnahm ihr den Ring mit dem Falkenemblem und hielt ihn ihr hin. »Erkennt Ihr dies?«

Sie warf einen schnellen Blick auf den Ring, und ihre Hand krampfte sich um das Schwert. »Wer seid Ihr?« fragte sie.

»Morgan Leah«, sagte er. »Wir wissen beide, wer mir den Ring gegeben hat. Er hat mir gesagt, ich solle zu Euch gehen, wenn ich ihn finden müßte.«

»Ich weiß, wer Ihr seid«, erklärte sie. Ihr Blick blieb unverändert abschätzend. »Tragt Ihr noch immer ein zerbrochenes Schwert, Morgan Leah?«

Ein Bild von Quickening, wie sie sterbend dalag, flammte in seinem Geist auf. »Nein«, sagte er leise. »Es wurde wieder zu einem Ganzen.« Er schob den Schmerz beiseite, den die Erinnerung gebracht hatte, und zwang sich, über die Schulter zu greifen und das Heft des Schwertes zu berühren. »Wollt Ihr es Euch ansehen?«

Sie schüttelte ablehnend den Kopf. »Es tut mir leid, daß ich es Euch so schwer gemacht habe. Aber es ist schwierig zu wissen, wem man vertrauen kann. Die Föderation hat ihre Spione überall – Sucher häufiger als alles andere.«

Sie nahm ihr eigenes Schwert auf und ließ es wieder unter die Theke gleiten. Einen Moment lang schien sie nicht zu wissen, was sie als nächstes tun sollte. Dann sagte sie: »Möchtet Ihr etwas essen?«

Er sagte, das würde er gern, und sie führte ihn durch die Schwingtüren nach hinten in die Küche, wo sie ihn an einem kleinen Tisch Platz nehmen ließ, etwas Stew aus einem Kessel über dem Herd in eine Schüssel schöpfte, mehrere Stücke Brot abschnitt, Bier in einen Krug goß und alles zu ihm herüberbrachte. Er aß und trank eifrig, denn er hatte seit Tagen kaum etwas gegessen. Wildblumen standen in einer Vase auf dem Tisch, und er berührte sie versuchsweise. Sie beobachtete ihn schweigend, hatte immer noch denselben ernsten Ausdruck auf dem Gesicht und betrachtete ihn mit diesem offenen, neugierigen Blick. Die Küche war überraschend kühl, da eine Brise durch die geöffnete Hintertür hereinblies und den Rauchfang des

Kamins durchlüftete. Geräusche von der Straße schwebten gleichzeitig herein, aber der Hochländer und das Mädchen ignorierten sie.

»Ihr habt lange gebraucht, um hierher zu gelangen«, sagte sie, als er seine Mahlzeit beendet hatte. Sie trug seine Teller zu einem Ausguß. »Er hat Euch früher erwartet.«

»Wo ist er jetzt?« fragte Morgan. Sie vermieden es unter großen Mühen, Padishar Creels Namen zu erwähnen – als ob der Föderationsspione alarmieren könnte.

»Was sagte er, wo er sein würde?« konterte sie.

Sie prüft mich noch immer, dachte Morgan. »Am Firerim Reach. Sagt mir etwas. Ihr seid sehr vorsichtig mit mir. Woher soll ich wissen, daß ich Euch vertrauen kann? Woher soll ich wissen, daß Ihr wirklich Matty Roh seid?«

Sie beendete den Abwasch, stellte die Teller zum Trocknen beiseite und wandte sich zu ihm um. »Das wißt Ihr nicht mit Sicherheit. Aber Ihr habt mich aufgesucht. Ich habe nicht Euch aufgesucht. Also müßt Ihr es riskieren.«

Er erhob sich. »Das ist nicht sehr beruhigend.«

Sie zuckte die Achseln. »Das soll es auch nicht sein. Es ist nicht meine Aufgabe, Euch zu beruhigen. Es ist meine Aufgabe, sicherzustellen, daß Ihr der seid, der zu sein Ihr behauptet.«

»Und seid Ihr jetzt sicher?«

Sie sah ihn an. »Mehr oder weniger.«

Ihr Blick war undurchdringlich. Er schüttelte den Kopf. »Wann werdet Ihr es genau wissen?«

»Bald.«

»Und was ist, wenn Ihr beschließt, daß ich lüge? Was ist, wenn Ihr beschließt, daß ich jemand anderer bin?«

Sie trat vor, bis sie ihm auf der anderen Seite des Tisches direkt gegenüberstand, bis das Blau ihrer Augen so hell war, daß es alles Licht zu verschlingen schien.

»Wir wollen hoffen, daß Ihr die Antwort auf diese Frage nicht herausfinden müßt«, sagte sie. Sie hielt seinen Blick herausfordernd fest. »Das Whistledown bleibt bis Mitternacht geöffnet. Wenn es schließt, werden wir darüber sprechen, was als nächstes geschehen soll.«

Er hätte schwören können, daß sie beinahe lächelte, als sie sich abwandte.

9

Morgan verbrachte den Rest des Tages in der Küche bei einer alten Frau, die hergekommen war, um das Kochen zu übernehmen, aber die meiste Zeit damit verbrachte, Bier aus einer Metallflasche zu trinken und Essen aus den Töpfen zu stehlen. Die alte Frau gönnte ihm kaum einen Blick und auch dann nur lange genug, um etwas Unverständliches über seltsame Männer zu murmeln, so daß er weitgehend sich selbst überlassen war. Er nahm in einem der hinteren Räume in einer alten Wanne ein Bad (weil er es wollte und nicht weil Matty Roh es vorgeschlagen hatte, sagte er sich), nachdem er genug dampfendes Wasser in über dem Feuer erhitzten Eimern herangetragen hatte, um darin untertauchen zu können. Er streckte sich eine Weile lang in der Wanne aus, ließ mehr als nur Schmutz und Staub fortsickern und blieb noch lange, nachdem das Wasser abgekühlt war, darin liegen.

Als das Whistledown geöffnet wurde, verließ er die Küche und ging in den Hauptraum hinaus, um sich umzusehen. Er stand an der Theke und beobachtete, wie die Bewohner Varfleets kamen und gingen. Die Menge war gut angezogen, sowohl Männer als auch Frauen, und es wurde sofort deutlich, daß das Whistledown nicht das Wirtshaus der Arbeiter war. Mehrere der Tische waren von Föderationssoldaten besetzt, einige waren auch mit ihren Ehefrauen oder Gefährtinnen gekommen. Gespräch und Gelächter erklangen gedämpft, und niemand war besonders ungestüm. Ein- oder zweimal hielten Soldaten der Föderationspatrouillen lange genug inne, um einen schnellen Blick in das Wirtshaus zu werfen, gingen dann aber weiter. Ein kräftiger Bursche mit lockigem, dunklem Haar zapfte Bier aus den Fässern, und eine Bedienung trug Tabletts mit dem schäumenden Gebräu zu den Tischen.

Auch Matty Roh arbeitete, obwohl Morgan nicht sofort klar wurde, was ihre Aufgabe war. Manchmal fegte sie den Boden, manchmal räumte sie Tische ab, und gelegentlich ging sie einfach nur umher und rückte Dinge gerade. Er beobachtete sie eine Zeitlang, bis er erkannte, daß sie in Wirklichkeit die Unterhaltungen der Wirtshausgäste belauschte. Sie war immer beschäftigt und schien niemals herumzustehen oder länger als einen Moment an einem Platz zu sein. Ihre Gegenwart war äußerst unauffällig, und Morgan konnte nicht sagen, ob jemand erkannte, daß sie ein Mädchen war oder nicht, aber auf jeden Fall beachteten sie sie kaum.

Nach einiger Zeit trat sie mit einem Tablett voller leerer Gläser an die Theke und stellte sich neben ihn. Während sie nach einem frischen Geschirrtuch griff, sagte sie: »Ihr steht zu auffällig hier herum. Geht zurück in die Küche.« Und dann wandte sie sich wieder dem Gastraum zu.

Obwohl ihn dies verwirrte, tat er dennoch, was sie gesagt hatte.

Um Mitternacht schloß das Whistledown. Morgan half beim Aufräumen, und schließlich sagten die alte Köchin und der Bursche mit dem dunklen Haar gute Nacht und gingen durch die Hintertür hinaus. Matty Roh blies die Lampen im Gastraum aus, überprüfte die Schlösser an den Türen und kam zurück in die Küche. Morgan wartete an dem kleinen Tisch auf sie, und sie kam herüber und setzte sich ihm gegenüber.

»Was habt Ihr also heute abend erfahren?« fragte er, halb im Spaß. »Irgend etwas Nützliches?«

Sie sah ihn kühl an. »Ich habe beschlossen, Euch zu vertrauen«, verkündete sie.

Sein Lächeln verblaßte. »Danke.«

»Denn wenn Ihr nicht der seid, der Ihr zu sein behauptet, dann seid Ihr der schlechteste Föderationsspion, den ich jemals gesehen habe.«

Er kreuzte abwehrend die Arme. »Vergeßt den Dank. Ich nehme ihn zurück.«

»Es gibt ein Gerücht«, sagte sie, »daß die Föderation Padishar in Tyrsis gefangengenommen hat.« Die kobaltblauen Augen ruhten unbewegt auf ihm. »Es hat etwas mit einem Gefängnisausbruch zu tun. Ich habe einen Föderationshauptmann darüber sprechen hören. Sie behaupten, daß sie ihn haben.«

Morgan dachte einen Moment lang darüber nach. »Padishar ist schwer zu fangen. Vielleicht ist es wirklich nur ein Gerücht.«

Sie nickte. »Vielleicht. Es ist noch gar nicht so lange her, daß sie behauptet haben, sie hätten ihn am Jut getötet. Sie sagten, die Bewegung sei erledigt.« Sie hielt inne. »Wir werden die Wahrheit auf jeden Fall am Firerim Reach erfahren.«

»Wir werden hingehen?« fragte Morgan schnell.

»Wir werden hingehen.« Sie erhob sich. »Helft mir, ein wenig Proviant einzupacken. Ich werde uns einige Decken holen. Wir werden hinausschlüpfen, bevor es hell wird. Es ist besser, wenn man uns nicht sieht, wenn wir gehen.«

Er erhob sich und ging mit ihr zur Speisekammer hinüber. »Was ist mit dem Wirtshaus?« fragte er. »Muß sich nicht jemand darum kümmern?«

»Das Wirtshaus wird geschlossen bleiben, bis ich zurückkomme.«

Er schaute von dem Laib Brot, den er gerade in einen Sack stecken wollte, auf. »Ihr habt mich belogen, nicht wahr? Ihr seid die Besitzerin.«

Sie begegnete seinem Blick und hielt ihm stand. »Versucht einmal, nicht so einfältig zu sein, Hochländer. Ich habe Euch nicht belogen. Ich bin die Verwalterin, nicht die Besitzerin. Der Besitzer ist Padishar Creel.«

Sie wurden damit fertig, Vorräte und Ausrüstung zum Schlafen zusammenzupacken, banden sich alles auf den Rücken und traten durch die Hintertür in die Nacht hinaus. Die Luft war warm und von den Gerüchen der Stadt erfüllt, und sie eilten leere Straßen und Gassen hinab und achteten sehr genau auf Föderationspatrouillen. Das Mädchen war so still wie ein Geist, eine messerdünne Gestalt, die weich durch die Gebäudeschatten hindurchschnitt. Morgan stellte fest, daß sie das Schwert trug, das sie unter der Theke verborgen gehalten hatte. Sie hatte die schmale Klinge mit ihrer übrigen Ausrüstung auf den Rücken gebunden. Er fragte sich, ob sie wohl auch ihren Besen mitgenommen hatte. Zumindest hatte sie ihre seltsamen Schuhe zurückgelassen und sie durch brauchbarere Stiefel ersetzt.

Sie entfernten sich schnell von der Stadt und zogen gen Norden zum Mermidon, den sie an einer seichten Stelle überquerten, bevor sie sich ostwärts wandten. Sie folgten dem Grat der Drachenzähne, und bei Tagesanbruch zogen sie bereits wieder nördlich über den Rabb. Sie marschierten bis zum Sonnenuntergang stetig weiter und hielten mittags nur gerade lange genug inne, um etwas zu essen und die schlimmste Mittagshitze zu umgehen. Die Ebenen waren staubig und trocken und bar allen Lebens, und die Reise verlief ereignislos. Das Mädchen sprach wenig, und Morgan war es zufrieden, die Dinge so zu belassen.

Bei Sonnenuntergang errichteten sie ihr Lager in der Nähe der Drachenzähne an einem Nebenfluß des Rabb und ließen sich in einem Eschenhain nieder, der sich die Felsen hinaufzog wie Soldaten auf dem Marsch. Sie aßen ihre Abendmahlzeit, während die Sonne hinter den Bergen verschwand, eine dunstige Mischung aus Rot und Gold über die Ebenen warf und mit dem Himmel verschmolz. Als sie fertig waren, saßen sie da und beobachteten, wie sich die Dunkelheit vertiefte und das Wasser des Flusses im Licht des Mondes und der Sterne silbern schimmerte.

»Padishar hat mir erzählt, daß Ihr ihm das Leben gerettet habt«, sagte das Mädchen nach einiger Zeit.

Sie hatte seit dem Essen kein Wort mehr gesprochen. Überrascht von der Plötzlichkeit ihrer Erklärung schaute Morgan zu ihr hinüber. Sie beobachtete ihn, und ihre seltsamen blauen Augen blieben unergründlich.

»Ich habe dabei auch mein eigenes gerettet«, erwiderte er, »so daß es keine vollständig selbstlose Tat war.«

Sie kreuzte ihre Arme. »Er sagte, ich solle auf Euch aufpassen und gut für Euch sorgen. Er sagte, ich würde Euch erkennen, wenn ich Euch sähe.«

Ihr Gesichtsausdruck änderte sich niemals. Morgan grinste wider Willen. »Nun, er macht Fehler wie jeder andere auch.« Er wartete auf eine Antwort und als keine erfolgte, sagte er ein wenig überheblich: »Ihr glaubt es vielleicht nicht, aber ich kann recht gut auf mich selbst aufpassen.«

Sie schaute fort und nahm eine bequemere Haltung ein. Ihre Augen schimmerten im Sternenlicht. »Wie ist es dort, wo Ihr herkommt?«

Er zögerte verwirrt. »Was meint Ihr?«

»Das Hochland, wie ist es?«

Er glaubte einen Moment lang, daß sie ihn verspotten wolle, entschied dann aber, daß dies nicht der Fall war. Er atmete tief durch, streckte sich aus und erinnerte sich. »Es ist die wunderbarste Landschaft in den Vier Ländern«, sagte er und fuhr damit fort, sie in allen Einzelheiten zu beschreiben – die Hügel mit ihren Teppichen aus blauen, lavendelfarbenen und gelben Gräsern und Blumen, die Ströme, die in der Morgendämmerung eiskalt und in der Abenddämmerung blutrot werden, den Nebel, der mit dem Jahreszeitenwechsel kommt und geht, die Wälder und Wiesen, das Gefühl von Frieden und Zeitlosigkeit. Dem Hochland gehörte sein Herz, fast noch mehr seit seiner Abreise vor einigen Wochen. Das erinnerte ihn wieder daran, wieviel ihm die Heimat bedeutete, obwohl sie es jetzt in Wirklichkeit gar nicht mehr war, nachdem die Föderation sie besetzt hielt – obwohl sie in Wahrheit, so dachte er, dennoch noch immer mehr seine als deren Heimat war, denn er hatte das Gefühl von ihr in seinem Geist bewahrt, und ihre Geschichte lag ihm im Blut, und das würde für sie niemals gelten.

Das Mädchen schwieg einen Moment lang, nachdem er geendet hatte, und sagte dann: »Ich mag es, wie Ihr Eure Heimat beschreibt. Ich mag es, wie Ihr darüber empfindet. Wenn ich dort leben würde, würde ich vermutlich dasselbe empfinden.«

»Das würdet Ihr«, versicherte er ihr und betrachtete das Profil ihres Gesichts, während sie aufgewühlt über den Rabb hinausschaute. »Aber ich denke, daß jedermann so für seine Heimat empfindet.«

»Ich nicht«, sagte sie.

Er richtete sich erneut auf. »Warum nicht?«

Ihre Stirn furchte sich. Dadurch wurde die Weichheit ihrer Gesichtszüge nur geringfügig beeinträchtigt, obwohl es sie völlig anders aussehen ließ, gleichzeitig sowohl nach innen gerichtet als auch weit entfernt. »Ich vermute, das ist so, weil ich keine guten Erinnerungen an meine Heimat habe. Ich wurde auf einer kleinen Farm südlich von Varfleet geboren, in einer von mehreren

Familien, die dort gemeinsam ein Tal bewohnten. Ich lebte dort mit meinen Eltern und meinen Brüdern und einer Schwester. Ich war die Jüngste. Wir zogen Milchkühe und Getreide. Im Sommer waren die Felder so golden wie die Sonne. Im Herbst war die Erde, nachdem sie gepflügt worden war, ganz schwarz.« Sie zuckte die Achseln. »Ich erinnere mich nicht an viel mehr als daran. Nur an die Krankheit. Es scheint lange her zu sein, aber ich vermute, das ist es gar nicht. Zuerst wurde das Land krank, dann das Vieh und schließlich meine Familie. Alles begann zu sterben. Jedermann. Zuerst meine Schwester, dann meine Mutter, meine Brüder und mein Vater. Das gleiche geschah mit den Leuten auf den anderen Farmen. Es geschah ganz plötzlich. Innerhalb weniger Monate waren alle tot. Eine der Frauen von einer anderen Farm fand mich und nahm mich mit nach Varfleet. Ich habe bei ihr gelebt. Wir waren die letzten. Ich war sechs Jahre alt.«

Sie ließ dies alles klingen, als sei es nichts Außergewöhnliches. Es war keinerlei Gefühl in ihrer Stimme. Sie beendete ihren Bericht und schaute fort. »Ich glaube, es wird unterwegs regnen«, sagte sie.

Sie schliefen bis zur Dämmerung, nahmen ein Frühstück aus Brot, Obst und Käse zu sich und brachen wieder gen Norden auf. Der Himmel hatte sich bereits bewölkt, als sie erwachten, und kurz nachdem sie den Rabb überquert hatten, begann es zu regnen. Gewitterwolken bauten sich auf, und Blitze schossen durch die Schwärze. Als der Regen in Strömen herabzustürzen begann, suchten sie an der windgeschützten Seite eines alten Ahorns Schutz, der sich gegen einen Felsenhang lehnte. Während das Wasser von ihren Gesichtern und ihrer Kleidung herablief, setzten sie sich zurück, um den Sturm abzuwarten. Die Luft kühlte leicht ab, und die Ebenen schimmerten vor Feuchtigkeit.

Schulter an Schulter saßen sie mit dem Rücken gegen den

Ahorn da, schauten hinaus in den Dunst und lauschten auf das Geräusch des Regens.

»Wie seid Ihr Padishar begegnet?« fragte Morgan, nachdem sie einige Zeit geschwiegen hatten.

Sie zog ihre Knie hoch und legte die Arme darum. Wasser perlte auf ihrer Haut und glitzerte in ihrem schwarzen Haar. »Ich ging bei Hirehone in die Lehre, als ich alt genug war, um arbeiten zu können. Er hat mich Eisen schmieden und kämpfen gelehrt. Nach einiger Zeit war ich in beidem besser als er. Also hat er mich in die Bewegung eingeführt, und so bin ich Padishar begegnet.«

Erinnerungen an Hirehone bevölkerten Morgans Geist. Er ließ sie einen Moment verweilen und verbannte sie dann. »Wie lange kümmert Ihr Euch schon um das Whistledown?«

»Mehrere Jahre. Es bietet die Gelegenheit, Dinge zu erfahren, die den Freigeborenen helfen können. Es ist ein Ort, an dem man es im Moment gut aushalten kann.«

Er schaute zu ihr hinüber. »Aber es ist nicht der Ort, an dem Ihr sterben wollt, wolltet Ihr das damit sagen?«

Sie lächelte ihn flüchtig an. »Auf die Dauer ist es nichts für mich.«

»Was dann?«

»Ich weiß es noch nicht. Wißt Ihr es?«

Er dachte darüber nach. »Vermutlich nicht. Ich habe mir noch nicht erlaubt, über das hinaus zu denken, was in diesen letzten Wochen geschehen ist. Ich bin so schnell gelaufen, daß ich keine Zeit hatte, stehenzubleiben und nachzudenken.«

Sie lehnte sich zurück. »Ich bin nicht gelaufen. Ich bin an einem Ort geblieben und habe darauf gewartet, daß etwas geschehen würde.«

Er wandte sich zu ihr um. »So war ich auch, bevor ich in den Norden gekommen bin. Ich habe meine ganze Zeit damit verbracht, mir Möglichkeiten auszudenken, wie man das Leben für die Föderationsbesetzer unangenehm werden lassen könnte – für all jene Hauptmänner und Soldaten, die in dem Heim wohnten, das meiner Familie gehört hatte, und so taten, als sei es ihres. Ich dachte, ich würde etwas tun, aber in Wahrheit habe ich nur stillgehalten.«

Sie sah ihn neugierig an. »Und jetzt lauft Ihr statt dessen. Ist das in irgendeiner Weise besser?«

Er lächelte und zuckte die Achseln. »Zumindest sehe ich mehr von dem Land.«

Der Regen nahm ab, der Himmel begann aufzuklaren, und sie nahmen ihre Reise wieder auf. Morgan bemerkte, daß er Matty Roh heimlich beobachtete, ihren Gesichtsausdruck betrachtete, die Linien ihres Körpers und die Art, wie sie sich bewegte. Er hielt sie für interessant, weil so viel mehr in ihr angedeutet war, als sie zu zeigen erlaubte. An der Oberfläche war sie kühl und entschlossen und trug eine sorgfältig aufgetragene Maske, die stärkere und tiefergehende Gefühle unter sich verbarg. Aus Gründen, die er nicht erklären konnte, glaubte er, daß sie zu fast allem fähig war.

Es war fast Mittag, als sie ihn in die Felsen hineinführte und einem Pfad zu folgen begann, der in die Hügel hinaufführte, die den Drachenzähnen gegenüberlagen. Sie betraten eine Wand aus Bäumen, die die Berge vor ihnen und die Ebenen hinter ihnen verbarg, und als sie daraus hervorkamen, befanden sie sich am Fuß der Berge. Der Pfad verschwand mit den Bäumen, und sie erkletterten bald zerklüftete Hänge und bahnten sich ihren Weg über Felsen, so gut sie konnten. Morgan merkte, daß er sich, eher hartherzig, fragte, ob Matty Roh wußte, wohin sie ging. Nach einer Weile erreichten sie einen Paß und folgten ihm durch einen Spalt in den Felsen in eine tiefe Schlucht. Die Klippenwände schlossen sich um sie herum, bis über ihnen nur noch ein schmales Band bewölkten blauen Himmels zu sehen war. Vögel flohen von ihren Felsenplätzen und verschwanden in die Sonne. Wind pfiff in plötzlichen Böen die Länge der Schlucht entlang und verursachte ein schrilles und leeres Geräusch.

Als sie innehielten, um einen Schluck aus dem Wasserschlauch zu nehmen, betrachtete Morgan das Mädchen, um zu sehen, wie sie sich hielt. Ein Schimmer von Schweiß war auf ihrem Glatten Gesicht zu sehen, aber ihr Atem ging ruhig. Sie bemerkte seinen Blick, und er wandte sich schnell ab.

Irgendwo tief in dem Spalt führte Matty Roh sie in eine Ansammlung wuchtiger Felsen hinein, die Teil eines alten Felsrutschs zu sein schienen. Hinter den Felsen fanden sie einen Durchgang, der in die Klippenwand hineinführte. Sie betraten ihn und begannen einen spiralförmigen Gang hinaufzusteigen, der auf einen Sims in halber Höhe hinausführte. Morgan spähte vorsichtig hinab. Es war ein steiler Abhang. Ein schmaler Pfad wand sich von dort, wo sie standen, aufwärts, der Einschnitt von unten nicht sichtbar, und sie folgten dem Pfad zum Gipfel der Klippe und an seinem Rand entlang zu einem weiteren Spalt, der dieses Mal kaum mehr als ein Riß in den Felsen war, so schmal, daß nur ein Mensch auf einmal hindurchgelangen konnte.

Matty Roh blieb am Eingang stehen. »Sie werden uns jeden Moment holen«, verkündete sie, ließ den Wasserschlauch von ihrer Schulter gleiten und gab ihn Morgan, damit er trinken konnte.

Er lehnte das Angebot höflich ab. Wenn sie nicht trinken mußte, dann brauchte er es auch nicht. »Woher werden sie wissen, daß wir hier sind?« fragte er.

Ein flüchtiges Lächeln kam und ging. »Sie haben uns während der letzten Stunde beobachtet. Habt Ihr sie nicht bemerkt?«

Natürlich hatte er das nicht, und sie wußte es, also zuckte er nur unbeteiligt die Achseln.

Kurz darauf drangen zwei Gestalten aus den Schatten des Spalts, bärtige, hartgesichtige Männer mit Langbogen und Messern. Sie grüßten Matty Roh und Morgan flüchtig und bedeuteten ihnen dann, sie sollten ihnen folgen. In einer Reihe betraten sie den Spalt und gingen dann einen Pfad entlang, der sich aufwärts in ein Wirrwarr von Felsen wand, die jegliche Sicht darauf, was vor ihnen lag, verbargen. Morgan kletterte pflichtgemäß weiter und mußte dabei feststellen, daß Matty Roh immer noch wirkte, als befände sie sich auf einem Mittagsspaziergang.

Schließlich erreichten sie ein Plateau, das sich nordwärts, südwärts und westwärts erstreckte und den atemberaubendsten Ausblick auf die Drachenzähne und das dahinterliegende Land bot, den Morgan jemals gesehen hatte. Der Sonnenuntergang näherte sich, und der Himmel verwandelte sich durch die Nebelwand, die um die Bergspitzen hing, zu einem hellen Karmesinrot. Daher der Name Firerim Reach, dachte Morgan. Im Osten wich das Plateau zu einem Grat hin zurück, der dicht mit Fichten und Zedern bewachsen war. Dort hatten die Geächteten ihr Lager. Ihr überdachter Schutzraum schob sich in die Bäume vor, ihre Herdfeuer schwelten in von Steinen gesäumten Gruben. Es gab keine gemauerte Festung wie am Jut, denn das Plateau fiel in ein Gewirr gezackter Risse und tiefer Schluchten ab, und seine bloßen Wände waren nicht erklimmbar für einen Menschen, ganz zu schweigen von irgendeiner Art größerer Streitmacht. Zumindest schien es von der Stelle aus, an der Morgan stand, so zu sein, und er nahm an, daß es auf allen Seiten der Hochebene das gleiche war. Der einzige Weg hierher war offenbar der Weg, auf dem sie gekommen waren. Dennoch kannte der Hochländer Padishar Creel gut genug, um darauf wetten zu können, daß es noch mindestens einen anderen gab.

Er wandte sich um, als eine vertraute, stämmige Gestalt schwerfällig zu ihnen herankam. Chandos war so schwarzbärtig und grimmig wie immer mit seinem fehlenden Auge und Ohr und dem vernarbten Gesicht. Er umarmte Matty Roh herzlich, verschlang sie fast mit seiner Umarmung, und streckte dann die Hand nach Morgan aus.

»Hochländer«, grüßte er ihn, nahm Morgans Hand in seine und quetschte sie. »Es ist gut, dich wieder bei uns zu haben.«

»Es ist gut, wieder bei euch zu sein.« Morgan spreizte schmerzerfüllt seine Hand. »Wie geht es dir, Chandos?«

Der große Mann schüttelte den Kopf. »Recht gut, nach allem, was geschehen ist.« Ein verärgerter, enttäuschter Ausdruck trat in seine dunklen Augen. Entschlossen streckte er das Kinn vor. »Komm mit mir irgendwohin, wo wir reden können.«

Er führte Morgan und Matty Roh vom Rand der Klippen fort. Die Wächter, die sie hereingeführt hatten, verschwanden den Weg entlang, den sie gekommen waren. Chandos bewegte sich bewußt vom Lager und den anderen Geächteten fort. Morgan schaute fragend zu Matty Roh hinüber, aber das Gesicht des Mädchens blieb undurchdringlich.

Als sie mit Sicherheit außer Hörweite waren, sagte sie plötzlich zu Chandos: »Sie haben ihn, nicht wahr?«

»Padishar?« Chandos nickte. »Sie haben ihn vor zwei Nächten in Tyrsis gefangengenommen.« Er wandte sich um und sah Morgan an. »Der Talbewohner war bei ihm, der kleinere, derjenige, den Padishar so sehr mochte – Par Ohmsford. Offensichtlich sind die beiden in die Gefängnisse der Föderation eingedrungen, um Damson Rhee zu retten. Sie haben sie herausgebracht, aber Padishar wurde dabei gefangengenommen. Damson ist jetzt hier. Sie kam gestern an.«

»Was ist mit Par geschehen?« fragte Morgan, der sich gleichzeitig auch fragte, warum Coll nicht erwähnt wurde.

»Damson sagte, daß er auf die Suche nach seinem Bruder gegangen sei – und erzählte etwas von Schattenwesen.« Chandos wischte die Frage beiseite. »Im Moment ist nur Padishar wichtig.« Sein vernarbtes Gesicht furchte sich. »Ich habe es den anderen noch nicht gesagt.« Er schüttelte den Kopf. »Ich weiß nicht, ob ich es tun soll oder nicht. Wir sollen Ende dieser Woche am Jannisson Axhind die Trolle treffen. In fünf Tagen. Wenn wir Padishar nicht bei uns haben, werden sie sich uns nicht anschließen, fürchte ich. Ich denke, sie werden sich umdrehen und einfach den Weg zurückgehen, den sie gekommen sind. Fünftausend Mann!« Sein Gesicht rötete sich. »Wir brauchen sie, wenn wir überhaupt eine Chance gegen die Föderation haben wollen. Besonders nachdem wir den Jut verloren haben.«

Er sah sie hoffnungsvoll an. »Ich war niemals gut im Pläneschmieden. Wenn ihr also eine Idee habt...«

Matty Roh schüttelte den Kopf. »Wenn die Föderation Padishar hat, wird er nicht sehr lange am Leben bleiben.«

Chandos runzelte die Stirn. »Vielleicht länger, als ihm lieb ist, wenn sich die Sucher seiner annehmen.«

Morgan erinnerte sich einen Moment lang an die Grube und ihre Bewohner und verdrängte den Gedanken dann sehr schnell wieder. Etwas an allem diesen ergab keinen Sinn. Padishar war schon vor Wochen auf die Suche nach Par und Coll gegangen. Warum hatte er so lange gebraucht, sie zu finden? Warum waren die Ohmsfordbrüder die ganze Zeit in Tyrsis geblieben? Und als Par und Padishar in die Gefängnisse eingedrungen waren, um Damson zu retten, wo war Coll da gewesen? Hatten die Schattenwesen etwa auch Coll?

Es schien Morgan, daß noch furchtbar vieles ungeklärt war.

»Ich möchte mit Damson Rhee sprechen«, verkündete er plötzlich. Er hatte sich schon zu Anfang über sie gewundert, und plötzlich begann er sich erneut über sie zu wundern.

Chandos zuckte die Achseln. »Sie schläft. Sie ist die ganze Nacht gewandert, um hierher zu gelangen.«

Bilder von Teel tanzten in Morgans Kopf und flüsterten heimtückisch. »Dann sollten wir sie wecken.«

Chandos sah ihn mürrisch an. »In Ordnung, Hochländer. Wenn du glaubst, daß es wichtig ist. Aber du wirst es tun müssen, nicht ich.«

Sie gingen zum Lager hinüber und an den Herdfeuern und den Geächteten vorbei, die darum herum beschäftigt waren. Die Sonne war weiter gen Westen gesunken, und die Essenszeit nahte. Die Mahlzeiten wurden in den Kochkesseln zubereitet, und ihre Düfte wurden von der Sommerluft herangetragen. Morgan bemerkte sie kaum, denn sein Geist beschäftigte sich mit etwas anderem. Schatten krochen aus den Bäumen und verlängerten sich, während die Dunkelheit herannahte. Morgan dachte über Par und Coll nach, die sich nach all dieser Zeit noch immer in Tyrsis befanden. Sie waren der Grube vor Wochen entkommen. Warum waren sie dort geblieben, fragte er sich noch immer. Warum waren sie so lange geblieben?

Während die Fragen auf ihn eindrangen, sah er wieder Teels Gesicht vor sich – und das Schattenwesen, das sich darunter verborgen hatte.

Sie erreichten eine kleine Hütte, die zwischen den Bäumen verborgen lag, und Chandos blieb stehen. »Sie ist dort drinnen. Wecke sie auf, wenn du willst. Kommt und eßt mit mir, wenn ihr fertig seid, ihr beide.«

Morgan nickte. Dann wandte er sich an Matty Roh. »Wollt Ihr mitkommen?«

Sie sah ihn abschätzend an. »Nein. Ich denke, Ihr solltet dies allein tun.«

Es schien einen Moment, als wollte sie vielleicht noch mehr sagen, aber dann wandte sie sich um und ging hinter Chandos her durch die Bäume davon. Sie wußte etwas, was sie nicht sagte, sagte sich Morgan. Er beobachtete ihren Weggang und dachte erneut, daß Matty Roh weitaus komplizierter war, als es ihm anfangs schien.

Er schaute zu der Hütte zurück und war einen Moment lang unentschlossen, wie er Damson Rhee anpacken sollte. Verdächtigungen und Ängste sollten seine Vernunft nicht behindern. Aber er konnte das Bild von Teel als Schattenwesen nicht abschütteln. Es könnte mit diesem Mädchen ohne weiteres das gleiche sein. Das mußte er herausfinden.

Er griff über die Schulter, um sicherzugehen, daß das Schwert von Leah leicht herauszuziehen war, atmete tief durch, ging dann auf die Tür zu und klopfte. Sie öffnete sich fast sofort, und ein Mädchen mit flammend rotem Haar und smaragdgrünen Augen stand darin und sah ihn an. Ihr Gesicht war gerötet, als sei sie gerade eben erwacht, und ihre dunkle Kleidung war in Unordnung. Sie war groß, wenn auch nicht so groß wie Matty, und sehr hübsch.

»Ich bin Morgan Leah«, sagte er.

Sie blinzelte und nickte dann. »Pars Freund, der Hochländer. Ja, hallo. Ich bin Damson Rhee. Es tut mir leid, aber ich habe geschlafen. Wie spät ist es?« Sie spähte durch die Bäume in den Himmel hinauf. »Fast dunkel, nicht wahr? Ich habe zu lange geschlafen.«

Sie trat zurück, als wollte sie hineingehen, blieb dann stehen und wandte sich ihm wieder zu. »Ihr habt von Padishar gehört, vermute ich. Seid Ihr gerade erst hier angekommen?«

Er nickte und beobachtete ihr Gesicht. »Ich wollte von Euch hören, was geschehen ist.«

»In Ordnung.« Sie schien nicht überrascht zu sein. Sie schaute über ihre Schulter und trat dann hinaus ins Licht. »Laßt uns hier draußen sprechen. Ich bin es müde, eingesperrt zu sein. Müde in Räumen ohne Licht zu sein. Was hat Chandos Euch bereits erzählt?«

Sie trat mit sehr entschlossenem Schritt von der Hütte fort zu den Bäumen, und er wurde einfach von ihr überfahren. »Er hat mir erzählt, daß Padishar von der Föderation gefangengenommen worden ist, als er und Par Euch zur Rettung eilten. Er hat gesagt, Par hätte Euch verlassen, um Coll zu suchen – und daß es etwas mit den Schattenwesen zu tun habe.«

»Alles hat etwas mit den Schattenwesen zu tun, nicht wahr?« flüsterte sie, den Kopf müde gesenkt.

Sie trat zum Stumpf eines morschen Baumstamms und setzte sich. Morgan zögerte, noch immer wachsam, und setzte sich schließlich doch zu ihr. Sie wandte sich leicht um, so daß sie ihn ansehen konnte. »Ich muß Euch eine sehr lange Geschichte erzählen, Morgan Leah«, sagte sie.

Sie begann damit, wie sie Par und Coll gefunden hatten, nachdem sie der Grube in Tyrsis entkommen waren. Sie erzählte davon, wie sie beschlossen hatten, noch ein letztes Mal wieder in die Brutstätte der Schattenwesen zurückzukehren, wie sie um die Hilfe des Maulwurfs geworben hatten und ihren Weg durch die Tunnel unter der Stadt hindurch zum alten Palast gefunden hatten. Von dort waren die Brüder auf der Suche nach dem Schwert von Shannara zusammen fortgegangen. Par war allein zurückgekommen. Er hatte jene Klinge bei sich getragen, die er für den Talisman hielt, und sei halb verrückt vor Kummer und Entsetzen gewesen, weil er seinen Bruder getötet habe. Sie hatte ihn in dem unterirdischen Heim des Maulwurfs wochenlang gepflegt, ihn langsam wieder zu sich gebracht und ihn vorsichtig aus seinem dunklen Alptraum herausgeführt. Von dort waren sie von einem sicheren Haus zum nächsten geflohen, das Schwert von Shannara im Schlepptau, und hatten sich vor den Suchern und der Föderation verborgen und einen Fluchtweg aus der Stadt heraus gesucht. Schließlich hatte Padishar sie gefunden, aber während ihrer Flucht vor der Föderation war Damson selbst gefangengenommen worden. Padishar und Par waren zurückgekommen, um sie zu retten, und das hatte dann zu Padishars Gefangennahme geführt. Nachdem sie der Stadt schließlich zu zweit entkommen waren, weil es schließlich dafür einen Weg gegeben hatte und weil sie ohne Hilfe nichts für Padishar hatten tun können, waren sie durch den Kennon nach Norden gekommen.

Sie berührte impulsiv seinen Arm. »Und was wir gesehen haben, Morgan Leah, von hoch oben in dem Paß, in weiter Ferne hinter den Wachfeuern der Föderation, aber so deutlich, wie ich Euch sehe, war Paranor. Er ist zurück, Hochländer, aus der Vergangenheit zurückgekehrt. Par war sich dessen sicher. Er sagte, es bedeute, daß Walker Boh Erfolg gehabt hat!«

Dann beschrieb sie, jetzt wieder gedämpft, wie sie aus dem Paß heraus weitergereist waren, berichtete von ihrer schicksalhaften Begegnung mit Coll – oder dem Wesen, zu dem Coll geworden war, eingehüllt in diesen seltsamen, glänzenden Umhang, gebeugt und verzerrt, als wären seine Knochen neu angeordnet worden. In dem folgenden Kampf war plötzlich die Macht des Schwertes von Shannara heraufbeschworen worden und hatte enthüllt, was Par jetzt für die Wahrheit über seinen totgeglaubten Bruder hielt.

»Er ist natürlich hinter Coll hergegangen«, schloß sie. »Was sonst hätte er tun können? Ich wollte nicht, daß er ging, daß er ohne mich ging – aber ich hatte nicht das Recht, ihn aufzuhalten.« Sie suchte Morgans Blick. »Ich bin nicht so sicher wie er, daß es Coll ist, dem er folgt, aber ich verstehe, daß er auf die eine oder andere Weise herausfinden muß, ob er jemals Frieden finden kann.«

Morgan nickte. Er dachte daran, wieviel Damson Rhee von sich selbst aufgegeben hatte, um Par Ohmsford zu helfen, daß sie mehr riskiert hatte, als er von jemand anderem außer sich selbst und Coll erwartet hätte. Er dachte auch, daß die Geschichte, die sie ihm erzählt hatte, wahr klang, daß sie in ausgewogenem Gleichgewicht stand. Die Zweifel, die er mit hergebracht hatte, begannen zu schwinden. Sicherlich war Pars Beharrlichkeit, das Schwert von Shannara zu suchen, eine Charaktersache, wie auch diese neuerliche Suche nach seinem Bruder. Das Problem war jetzt, daß Par noch mehr allein war denn je, und Morgan wurde erneut an sein Versagen erinnert. Er selbst hätte auf seinen Freund aufpassen sollen.

Er bemerkte, daß Damson ihn beobachtete. Es war ein fester, prüfender Blick, und ohne Vorwarnung flammte sein Mißtrauen erneut auf. Damson Rhee – war sie der Freund, für den Par sie gehalten hatte, oder der Feind, dem er so verzweifelt zu entkommen suchte? Sicherlich hätte sie auch der Grund dafür sein können, daß er häufig nur sehr knapp entkommen war, der Grund dafür, daß die Schattenwesen ihn so häufig fast erwischt hatten. Aber andererseits, war sie nicht auch der Grund dafür, daß er entkommen war?

»Ihr seid Euch nicht sicher, was mit mir ist, nicht wahr?« fragte sie ruhig.

»Nein«, gab er zu. »Das bin ich nicht.«

Sie nickte. »Ich weiß nicht, was ich tun kann, um Euch zu überzeugen, Morgan. Ich weiß nicht, ob ich es überhaupt versuchen will. Ich muß alle mir noch verbliebene Energie dafür aufsparen, einen Weg für Padishars Befreiung zu finden. Und danach werde ich Par suchen.«

Sein Blick schweifte in die Räume ab, und er dachte an das düstere Mißtrauen, das die Schattenwesen in ihnen allen hervorriefen und wünschte, es könnte anders sein. »Als ich mit Padishar am Jut war«, sagte er, »war ich gezwungen, ein Mädchen zu töten, das in Wirklichkeit ein Schattenwesen war.« Er schaute wieder zu ihr hinüber. »Ihr Name war Teel. Mein Freund Steff liebte sie, und das kostete ihn das Leben.«

Er erzählte ihr dann von Teels wiederholtem Verrat und der Konfrontation tief in den Katakomben der Berge hinter dem Jut, wo er das Schattenwesen getötet, das Teel gewesen war, und Padishars Leben gerettet hatte.

»Was mir angst macht«, sagte er, »ist die Tatsache, daß Ihr eine weitere Teel sein könntet, so daß Par wie Steff enden würde.«

Sie antwortete nicht. Ihr Blick war abwesend und verloren, und sie schien durch ihn hindurchzusehen. Tränen traten in ihre Augen.

Er griff plötzlich nach hinten und zog das Schwert von Leah hervor. Damson beobachtete ihn regungslos. Ihre grünen Augen blieben auf die schimmernde Klinge gerichtet, während er sie mit der Spitze nach unten in die Erde steckte. Die Hände ließ er um den Knauf geschlossen.

»Legt Eure Hände auf die flache Seite der Klinge, Damson«, sagte er weich.

Sie sah ihn schweigend an und bewegte sich lange Zeit nicht. Er wartete, lauschte auf die entfernten Geräusche der Geächteten, die sich zum Essen versammelten, und versuchte die Stille um sie herum zu durchdringen. Das Licht schwand jetzt schnell, und Schatten waren überall. Er fühlte sich seltsam entrückt von allem um ihn herum, als sei er mit Damson Rhee in der Zeit festgefroren.

Nicht dieses Mädchen, hörte er sich im stillen beten. *Nicht noch einmal.*

Schließlich streckte sie die Hände aus und berührte das Schwert von Leah, legte ihre Handflächen fest gegen das Metall. Dann schloß sie freiwillig ihre Finger um die Schneide. Morgan beobachtete entsetzt, wie die Klinge tief in ihre Haut einschnitt und ihr Blut daran hinabzulaufen begann.

»Ein Schattenwesen könnte das nicht tun, nicht wahr?« flüsterte sie.

Er griff schnell hinab und zog ihre Finger fort. »Nein«, sagte er. »Es würde die Magie auslösen.« Er legte den Talisman beiseite, riß mehrere Streifen Stoff von seinem Umhang ab und begann ihre Hände zu verbinden. »Das hättet Ihr nicht tun müssen«, warf er ihr vor.

Ihr Lächeln war schwach und sehnsuchtsvoll. »Nein? Wäret Ihr Euch sonst meinetwegen sicher gewesen, Morgan Leah? Das glaube ich nicht. Und wenn Ihr Euch meinetwegen nicht sicher seid, wie können wir einander dann helfen? Es muß Vertrauen zwischen uns bestehen.« Sie sah ihn mit ihren sanften Augen an. »Besteht es jetzt?«

Er nickte schnell. »Ja. Es tut mir leid, Damson.«

Ihre verbundenen Hände griffen aufwärts, um seine zu umfassen. »Ich möchte Euch etwas sagen.« Wieder traten Tränen in ihre Augen. »Ihr habt gesagt, daß Euer Freund Steff Teel geliebt hat? Nun, Hochländer, ich liebe Par Ohmsford.«

Dann erkannte er dies alles selbst. Warum sie bei Par geblieben war, sich ihm so vollständig ergeben hatte, ihm sogar in die Grube gefolgt war, auf ihn aufgepaßt hatte, ihn beschützt hatte. Es war das, was er für Quickening getan hätte – zu tun versucht hatte. Damson Rhee hatte eine Verpflichtung übernommen, von der sie nur der Tod würde entbinden können.

»Es tut mir leid«, sagte er erneut und dachte, wie unangemessen das doch klang.

Ihre Hände ergriffen seine fester und ließen nicht los. In der Dämmerung sahen sie einander lange Zeit schweigend an. Während er ihre Hände hielt, wurde Morgan an Quickening erinnert, an die Art, wie sie sich angefühlt hatte, an die Gefühle, die sie in ihm hervorgerufen hatte. Er stellte fest, daß er sie verzweifelt vermißte und alles gegeben hätte, sie zurückzubekommen.

»Genug geprüft«, flüsterte Damson. »Laßt uns statt dessen sprechen. Ich werde Euch alles erzählen, was mir widerfahren ist. Ihr werdet dasselbe von Euch erzählen. Par und Padishar brauchen uns. Vielleicht können wir zusammen einen Weg finden, ihnen zu helfen.«

Sie drückte seine Hände, als würden die ihren nicht schmerzen, und lächelte ihm ermutigend zu. Er beugte sich hinab, um das Schwert von Leah wieder aufzunehmen, und ging dann mit ihr durch die Bäume auf den Widerschein der Herdfeuer zu. Sein Geist arbeitete, durchdachte das, was sie ihm erzählt hatte, trennte Eindrücke von Tatsachen und versuchte, etwas Nützliches herauszufiltern. Damson hatte recht. Der Talbewohner und der Anführer der Geächteten brauchten sie. Morgan war entschlossen, keinen von beiden im Stich zu lassen.

Aber was konnte er tun?

Der Duft von Essen von den Herdfeuern drang verlockend bis zu ihm herüber. Das erste Mal, seit er angekommen war, war er hungrig.

Par und Padishar.

Padishar zuerst, dachte er.

Chandos hatte von fünf Tagen gesprochen.

Wenn die Sucher ihn nicht zuerst erwischten...

Es drang ganz plötzlich auf ihn ein. Das Bild in seinem Geist war so klar, daß er fast aufschrie. Er griff impulsiv hinüber und legte seinen Arm um Damsons Schultern.

»Ich glaube, ich weiß, wie wir Padishar befreien können«, sagte er.

10

Fünf Tage lang umkreisten die Vier Reiter die Mauern Paranors, und fünf Tage lang stand Walker Boh auf den Festungsmauern und beobachtete sie. In der Dämmerung versammelten sie sich jeweils an den Westtoren, Schatten, die aus der Dunkelheit und der vergangenen Nacht gekommen waren. Einer näherte sich, jedes Mal ein anderer, und hämmerte einmal herausfordernd gegen die Tore. Wenn Walker nicht erschien, nahmen sie ihre verbissene Wache wieder auf, verteilten sich, so daß sich an jedem Punkt der Mauer einer befand, einer an jeder der Hauptmauern, wo sie in langsamer, unaufhörlicher Kadenz umherritten. Ihr Kreisen erinnerte an Raubvögel. Sie ritten Tag und Nacht, Geister aus grauem Nebel und düsteren Einbildungen, still wie Gedanken und so sicher wie die Zeit.

»Inkarnationen der schlimmsten Feinde des Menschen«, grübelte Cogline, als er sie zum ersten Mal sah. »Manifestationen unserer schlimmsten Ängste, die Mörder so vieler, denen Gestalt und Form gegeben wurde und gesandt sind, um uns zu vernichten.« Er schüttelte den Kopf. »Kann es sein, daß Felsen-Dall Humor hat?«

Walker glaubte das nicht. Er fand nichts von alledem amüsant. Die Schattenwesen schienen grenzenlose, reine Kraft zu besitzen, die Art von Kraft, durch die sie zu allem werden konnten, was sie wollten. Sie war weder geheimnisvoll noch kompliziert. Sie war so direkt und schonungslos wie ein Fluß. Sie schien in der Lage zu sein, sich auf sich selbst aufzubauen und alles beiseite zu fegen, was sich ihr in den Weg stellte. Walker wußte nicht, wie mächtig die Reiter waren, aber er war bereit zu wetten, daß sie ihm mehr als gewachsen waren. Felsen-Dall hätte nichts Geringeres gesandt, sich um einen Druiden zu kümmern – selbst wenn es sich um einen Druiden handelte, der gerade erst einer geworden war, der sich seiner eigenen Kräfte noch unsicher war und das Ausmaß seiner Magie und der Arten, in denen sie ihm dienlich gemacht werden konnte, nicht kannte. Zumindest war eine von Allanons Aufgaben für die Ohmsfords ausgeführt worden, und das bedeutete eine Bedrohung, die die Schattenwesen nicht ignorieren konnten.

Dennoch blieb der Auftrag der Abgesandten ein Rätsel, das Walker nicht lösen konnte. Während er auf den Mauern Paranors stand und die Vier Reiter unter sich kreisen sah, sann er endlos darüber nach, warum sie wohl gesandt worden waren. Was sollte das Schwert von Shannara vollbringen? Welchem Zweck würde es dienen, daß die Elfen in die Welt der Menschen zurückgebracht wurden? Was war der Grund dafür, daß Paranor und die Druiden zurückgeholt worden waren? Oder zumindest einer der Druiden, sann er düster. Ein Druide, geschaffen aus einzelnen Teilen anderer. Er war ein Gemisch aus jenen, die gekommen und gegangen waren, aus ihren Erinnerungen, ihren Stärken und Schwächen, aus ihrem Wissen und ihrer Geschichte, aus ihren Geheimnissen der Magie. Er war in seinem Leben als Druide noch ein Kind, und er wußte nicht, wie er handeln sollte. Jeden Tag öffnete er neue Türen zu dem, was andere von ihm gewußt und weitergegeben hatten, Wissen, das sich in unerwarteten Einblicken offenbarte, Licht, das aus dunklen Winkeln seines Geistes hervorkam, als sei es durch Fenster hereingelassen worden, die lange verriegelt waren und sich jetzt weit geöffnet hatten. Er verstand es überhaupt nicht, bezweifelte es manchmal, stellte seinen Wert häufig in Frage. Aber der Fluß kam unaufhörlich, und er war gezwungen, jede neue Offenbarung zu messen und zu wiegen, wohl wissend, daß sie einst Wert gehabt haben mußte, und akzeptierend, daß sie diesen zurückgewinnen könnte.

Aber welche Rolle sollte er in dem Kampf spielen, den Schattenwesen ein Ende zu bereiten? Er war zu einem Druiden geworden, wie Allanon es gewollt hatte, und er hatte sich selbst zum Herrn von Paranor gemacht. Und dennoch, was sollte er damit anfangen? Sicherlich besaß er jetzt Magie, die gegen die Schattenwesen eingesetzt werden konnte – genau wie die Druiden zuvor Magie benutzt hatten, um den Rassen zu helfen. Er besaß auch Wissen, vielleicht mehr Wissen als jeder andere lebende Mensch, und die Druiden hatten auch dies als Waffe benutzt. Aber es schien Walker, als ob dieser neuerworbenen Macht jegliche erkennbare Einstellung fehlte, und als müsse er erst die Natur seines Feindes begreifen, bevor er einen Weg ersinnen würde, ihn zu schlagen.

Inzwischen war er hier innerhalb der Festungsmauern gefangen, wo er niemandem helfen konnte.

»Sie versuchen ja gar nicht, hineinzugelangen«, stellte Cogline irgendwann nach drei Tagen des Wachehaltens auf den Festungsmauern fest. »Warum, glaubst du, ist das so?«

Walker schüttelte den Kopf. »Vielleicht brauchen sie es nicht. Solange wir darinnen eingeschlossen bleiben, dient das ihrem Zweck.«

Der alte Mann rieb sein bärtiges Kinn. Er war seit seiner Erlösung aus dem halben Leben, an das die Magie der Druidengeschichten ihn übergeben hatte, älter geworden. Er zeigte frische Falten und Runzeln, war gebeugter als zuvor, langsamer in Schritt und Sprache, zerbrechlicher, als sein Alter hätte vermuten lassen. Walker gefiel nicht, was er sah, aber er sagte nichts. Der alte Mann hatte viel für ihn geopfert, und was er gegeben hatte, hatte sichtlich seinen Tribut gefordert. Aber er beschwerte sich nicht und wollte auch nicht darüber sprechen, so daß es für Walker ebenfalls keinen Grund gab, damit anzufangen.

»Vielleicht haben sie Angst vor der Druidenmagie«, fuhr Walker kurz darauf fort und legte seine gesunde Hand auf das Gestein der Festungsmauer. »Paranor ist immer vor jenen beschützt gewesen, die uneingeladen eintreten wollten. Die Schattenwesen wissen vielleicht davon und ziehen es deshalb vor, draußen zu bleiben.«

»Oder vielleicht warten sie, bis sie die Natur und das Ausmaß jener Magie geprüft haben«, sagte Cogline leise. »Sie warten ab und versuchen herauszufinden, wie gefährlich du bist.« Er schaute Walker an, ohne ihn zu sehen, den Blick auf irgend etwas jenseits von ihm gerichtet. »Oder bis sie ganz einfach des Wartens müde werden«, flüsterte er.

Walker überlegte sich Möglichkeiten, wie er diese Schattenwesen schlagen könnte, wandte sie in seinem Geist um und um wie Gegenstände, die einen Schlüssel zur Vergangenheit in sich bergen. Der Schwarze Elfenstein war offensichtlich eine Chance. Er war jetzt in einem Gewölbe tief in den Katakomben der Festung verborgen, aber er würde seinen eigenen Preis fordern, wenn man ihn anrief, und es war kein Preis, den Walker bereitwillig zahlen wollte. Es gab keinen Grund zu glauben, daß der Elfenstein nicht gegen die Vier Reiter wirken und ihnen ihre Magie entziehen würde, bis nichts übrigblieb als Asche. Aber die Natur des Elfensteins erforderte, daß die gestohlene Magie in seinen Träger überführt wurde, und Walker wollte nicht, daß die Schattenwesenmagie ein Teil von ihm wurde.

Es gab auch noch den Stiehl, die seltsame, tötende Klinge, die dem Mörder Pe Ell in Eldwist abgenommen worden war, die Waffe, die alles töten konnte. Aber Walker gefiel die Aussicht nicht, die Waffe eines Mörders zu gebrauchen, insbesondere nicht eine mit der Geschichte des Stiehl, und er dachte, daß genügend Waffen zur Hand wären, die gegen die Schattenwesen gebraucht werden konnten, wenn es nötig würde.

Was er am dringendsten brauchte, das war ein Plan. Er hatte

drei Möglichkeiten zur Auswahl. Er konnte innerhalb der Mauern Paranors in Sicherheit bleiben und hoffen, daß die Schattenwesen des Wartens müde wurden, er konnte hinausgehen und ihnen entgegentreten, oder er konnte versuchen, an ihnen vorbeizugelangen, ohne gesehen zu werden. Die erste Möglichkeit bot eine nur sehr schwache Erfolgschance, und zudem war Zeit ohnehin nichts, was er im Überfluß hatte. Die zweite schien unbestreitbar tollkühn.

Blieb nur die dritte.

Fünf Tage, nachdem die Vier Reiter die Belagerung Paranors begonnen hatten, unternahm Walker Boh einen Fluchtversuch.

Unter der Erde.

Beim Abendessen – einer Mahlzeit, die aus einigen wenigen kleinen Resten jener Vorräte bestand, die mit der Festung in der Zeit eingefroren gewesen und jetzt bald aufgebraucht waren, wodurch die Notwendigkeit, die Belagerung zu durchbrechen verstärkt wurde – erzählte Walker Cogline von seinem Plan. Es gab Tunnel unter der Festung, die sich in die dahinterliegenden Wälder öffneten, Verstecke, die nur den früheren Druiden und jetzt ihm bekannt waren. Er wollte in dieser Nacht durch einen solchen Tunnel schlüpfen und hinter dem Gebiet wieder hervorkommen, wo die Reiter an den Mauern entlang patrouillierten. Er würde an ihnen vorbei und fort sein, bevor sie erkannten, daß er entkommen war.

Cogline runzelte die Stirn und schaute zweifelnd drein. Es klang ihm einfach zu leicht. Sicherlich hatten die Schattenwesen an eine solche Möglichkeit gedacht.

Aber Walker hatte seine Entscheidung getroffen. Fünf Tage herumzustehen war lange genug. Er mußte etwas versuchen, und dies war das beste, was ihm eingefallen war. Cogline und Ondit sollten in der Festung bleiben. Wenn die Reiter einen Angriff versuchten, bevor Walker zurückgekehrt war, sollten sie auf dem gleichen Weg hinausschlüpfen wie er. Cogline stimmte widerwillig zu, beunruhigt durch etwas, worüber er nicht sprechen wollte, so erregt, daß Walker nahe daran war, eine Erklärung zu verlangen. Aber es war nichts Neues, daß der alte Mann sich rätselhaft verhielt, so daß Walker die Angelegenheit schließlich fallenließ.

Er wartete bis Mitternacht und beobachtete noch lange die Schattenwesen, um sicherzugehen, daß sie ihre Runden beibehielten. Das taten sie, geisterhafte Umrisse in der Dunkelheit unter ihm. Unaufhörlich umkreisten sie Paranor. Der Nebel, der das Tal während der letzten vier Tage meistenteils bedeckt hatte, hatte sich in der Dämmerung verzogen, und während die Nacht herannahte, sah Walker Boh auf einmal etwas Neues in dem Tal. Weit im Westen, wo sich die Drachenzähne nordwärts in den Streleheim erstreckten, waren am Eingang des Kennon Passes Wachfeuer zu sehen. Ein Heer lagerte dort und blockierte den Durchgang. Die Föderation, dachte Walker, und schaute über die Bäume des Waldes zu seinen Füßen hinweg über die dahinterliegenden Hügel zu dem Licht. Vielleicht hatte ihre Gegenwart in dem Paß nichts mit der der Schattenwesen vor Paranor zu tun, aber das glaubte Walker nicht. Wissentlich oder nicht, die Föderation diente dem Zweck der Schattenwesen – ein Werkzeug für Felsen-Dall und andere in der Hierarchie des Bündniskonzils – und er konnte berechtigt annehmen, daß die Soldaten im Kennon etwas mit den Vier Reitern zu tun hatten.

Nicht daß es wichtig gewesen wäre. Walker Boh befürchtete keinen Moment lang, daß sich die Föderationssoldaten als Hindernis für ihn erweisen würden.

Als es Mitternacht wurde, verließ er die Mauern und stieg durch die Festung hinab. Er trug Kleider, die so schwarz waren wie die Nacht, locker anlagen und zweckdienlich waren, und er trug keine Waffen bei sich. Er verließ Cogline und Ondit, die ihm nachsahen, während er die Feuergrube betrat. Seine Erinnerungen waren die von Allanon und den Druiden vor ihm, und er stellte fest, daß er seinen Weg so gut kannte, als habe er schon immer in der Festung gelebt. Verborgene Türen in den Mauern der Festung öffneten sich auf seine Berührung hin, und die Gänge waren ihm so vertraut wie die Schlupfwinkel von Hearthstone in der Zeit vor den Träumen von Allanon. Er fand die Tunnel, die unter dem Fels verliefen, auf dem Paranor ruhte, und bahnte sich seinen Weg in die Erde hinab. Überall um sich herum konnte er das beständige Geräusch der Feuer, die in den Kesseln unter der Festung brannten, hören. Sie pochten stetig in ihren Felsenkernen unter den Festungsmauern und waren das einzige Geräusch in der Dunkelheit und Stille.

Er brauchte mehr als eine Stunde, um hindurchzugelangen. Es gab zahlreiche Gänge unter der Festung, die alle miteinander verflochten waren und von einer einzigen Tür ausgingen, die nur er öffnen konnte. Er wählte den Weg nach Westen, denn er wollte die Tunnel in den schützenden Bäumen der Wälder verlassen, die zwischen den Reitern und dem Kennon Paß lagen. Dort würde er sicherlich leicht an den Föderationssoldaten vorbeigelangen, wenn er sich erst einmal von den Schattenwesen befreit hatte. Als er die verborgene Öffnung erreicht hatte, hielt er inne, um zu lauschen. Über ihm war kein Geräusch zu hören und keine Bewegung zu spüren. Dennoch fühlte er sich unbehaglich, als ahne er, daß trotz der scheinbaren Stille nichts in Ordnung war.

Er betrat vom Tunnel aus die Dunkelheit des Waldes, erhob sich in einer Deckung aus Gestrüpp und Felsen wie ein Schatten aus der Erde. Durch Lücken in dem Baldachin aus Zweigen über ihm konnte er die Sterne und einen Schimmer des abnehmenden Mondes sehen. Es war still innerhalb der Bäume, als würde dort nichts leben. Er suchte nach einem Hinweis auf die Anwesenheit der grauen Wölfe, fand aber keinen. Er lauschte auf leise Geräusche von Insekten und Vögeln, aber auch die fehlten. Er untersuchte die Luft und roch eine seltsame Schalheit.

Schließlich atmete er tief durch und trat ins Freie hinaus.

Er hörte, mehr als er es sah, das Schwingen der Sense, die einen Bogen auf ihn zu beschrieb, und warf sich, unmittelbar bevor sie ihn traf, zur Seite. Tod grunzte unter der Anstrengung des Schwungs, seine mit einem Umhang bekleidete, schwarze Gestalt erhob sich auf einer Seite. Walker rollte sich herum, und sah, wie sich eine weitere Gestalt zu seiner Rechten materialisierte. Krieg, in voller Rüstung, die Klingenschneiden und Eisenspitzen gefährlich schimmernd, schleuderte einen Knüppel, der gegen den Baum neben ihm prallte und den Stamm spaltete. Walker wirbelte davon und torkelte panikartig an den skelettartigen Armen von Hungersnot vorbei, dessen weiße Knochen sich ausstreckten und ihn greifen wollten. Sie waren alle da, sie alle, erkannte er verzweifelt. Irgendwie hatten sie ihn aufgespürt.

Er schoß davon, hörte das Brummen und Zischen von Seuche, spürte die trockene Hitze und die stinkende Krankheit dicht neben sich. Er übersprang eine schmale Senke, und seine Angst verlieh ihm unerwartete Kräfte. Eine brennende Entschlossenheit baute sich in ihm auf. Die Reiter verfolgten ihn und stiegen jetzt sogar von ihren Reittieren ab, um ihn fangen zu können. Sie waren Teile der Nacht, freigebrochen wie Kanten von einer zerbrochenen Klinge. Er hörte ihre Bewegungen, wie er vielleicht auch das Rascheln von Blättern in einem leichten Wind gehört hätte, und auch ihr leises Flüstern. Da war nichts anderes – keine Schritte, kein Atmen, kein Schaben von Waffen oder Knochen.

Walker lief durch die Bäume. Er wußte nicht mehr, in welche Richtung er lief, sondern war nur bestrebt, seinen Verfolgern zu entkommen. Plötzlich hatte er sich in der Dunkelheit der Waldpfade verirrt, floh nur noch zu dem Zweck, entkommen zu können. Jeder Vorteil der Überraschung war verspielt. Die Schattenwesen kamen näher. Sie waren schnelle und sichere Jäger. Er registrierte ihre Bewegungen aus den Augenwinkeln. Sie waren jetzt auf gleicher Höhe mit ihm und jagten ihn, wie Hunde einen Fuchs jagen würden.

Nein!

Schließlich wirbelte er herum und setzte seine Magie ein. Er warf eine Feuerwand zwischen sich und seinen Verfolgern auf und ließ die Flammen wie weißheiße Dornen in ihre Gesichter fliegen. Krieg und Seuche wichen zurück und verlangsamten ihren Schritt, aber Hungersnot und Tod drangen unbeirrt weiter vor. Natürlich, dachte Walker, während er erneut weiterlief. Hungersnot und Tod. Feuer konnte ihnen nichts anhaben.

Er überquerte einen Wasserlauf und wandte sich dann nach rechts, dem Hügel zu, auf dem Paranor stand, Türme und Mauern vor der Nacht scharf abgegrenzt. Er war diesen Weg entlanggelaufen, ohne sich dessen bewußt zu sein, und sah in ihm jetzt seine einzige Chance zur Flucht. Wenn er die Festung erreichen konnte, bevor sie ihn erwischten...

Cogline! Beobachtete der alte Mann die Szenerie?

Schlangenähnlich und glatt vor Feuchtigkeit erhob sich vor ihm etwas aus der Nacht. Klauen streckten sich nach ihm aus, und Zähne schimmerten. Es war eines der Reittiere der Schattenwesen, dort postiert, um ihm den Weg abzuschneiden. Er glitt unter seinem Zugriff hindurch, wie ein Teil der Nacht, der nicht festgehalten werden konnte, und die Magie ließ ihn so schnell und flüchtig werden wie der Wind. Das schlangenähnliche Wesen zischte und schlug wild zu, so daß Klumpen Erde aufflogen. Walker eilte mit der Schnelligkeit eines Gedankens davon. Vor ihm ragte die Festung der Druiden auf – sein Sanktuarium, seine Zuflucht vor diesen Wesen...

Eine dunkle Bewegung zu seiner Linken ließ ihn zur Seite ausweichen, als Hungersnot mit einem aus Knochen geschnitzten Schwert zuschlug, ein dumpfes, weißes Schimmern, das an den äußeren Kanten seiner Kleidung zerrte. Walker verlor den Halt und fiel, stürzte einen Abhang hinab, durch Gestrüpp und langes Gras und in eine Pfütze stehenden Wassers hinein. Etwas eilte an ihm vorbei und verfehlte ihn mit seinem zuschnappenden Kiefer nur knapp. Ein weiteres der schlangenähnlichen Wesen. Walker sprang auf und sandte in dem verzweifelten Versuch, sich abzuschirmen, Feuer und Geräusche in alle Richtungen. Er hörte befriedigt, daß etwas vor Schmerz aufschrie, daß etwas anderes grunzte, als sei es mit einer Keule geschlagen worden, und dann lief er erneut weiter. Bäume erhoben sich an den Seiten, und er verschwand hinein und suchte die Deckung der tiefen Schatten. Sein Atem kam abgehackt und ungleichmäßig, und sein Körper schmerzte. Erschreckt stellte er fest, daß er sich wieder von der Festung fortbewegte und sich von jenem Ort der Sicherheit abwandte, die er zu erreichen gehofft hatte.

Ein Schatten huschte zu seiner Linken davon, schnell und leise, ein schwarzer Umhang und das Schimmern einer Metallklinge. *Tod.* Walker wurde müde. Er war erschöpft von seiner Flucht und davon, daß er so häufig gezwungen gewesen war, die Richtung zu wechseln. Die Schattenwesen hatten ihn umringt und schlossen langsam den Kreis um ihn. Er glaubte nicht, daß er die Festung erreichen konnte, bevor sie ihn einholten. Er versuchte erneut umzukehren, aber er sah Bewegung zwischen sich und der Festung, und er hörte ein erwartungsvolles Rascheln von Schuppen in Gras und Gestrüpp. Walker konnte sein Entsetzen kaum noch unter Kontrolle halten und spürte es als zunehmende Lähmung in seiner Kehle. Er hatte sich zu früh gefreut, war sich seiner selbst zu sicher gewesen. Er hätte wissen müssen, daß es nicht so leicht werden würde. Er hätte es voraussehen müssen.

Zweige schlugen ihm gegen Gesicht und Arme, als er sich seinen Weg in einen Streifen tiefsten Waldes erzwang. Hinter ihm kam die Schlange heran. Ihm war, als könne er ihren Atem auf seinem Nacken spüren, die Berührung von Klauen und Zähnen auf seinem Körper. Er beschleunigte seinen Schritt, brach aus dem Unterholz zu einer Lichtung durch und fand dort Tod wartend vor, mit Umhang und Kapuze bekleidet, die Sense erhoben. Das Schattenwesen griff ihn an, verfehlte ihn, als er seitwärts auswich, schwang die Sense ein zweites Mal, und diesmal konnte Walker die Sense ergreifen und sie von sich abwenden. Sofort betäubte eine Kälte hohl und markerschütternd seine Hand und seinen Arm, und er schrak vor Schmerz zurück und stieß die Sense und denjenigen, der sie führte, mit der gleichen Bewegung beiseite. Etwas anderes kam von rechts heran, aber er lief erneut los und stürzte, glitt an Reihen dunkler Stämme vorbei, als seien sie substanzlos, während er die Taubheit unaufhörlich tiefer in sich eindringen spürte.

So kalt!

Seine Kräfte ließen jetzt nach, und er war nicht näher an jenem Ort der Sicherheit als zuvor. Denke, mahnte er sich wütend. *Denke!* Schatten bewegten sich überall um ihn herum, der skelettartige Umriß von Hungersnot, das abscheuliche Brummen von Seuche, das Poltern von Krieg in seiner undurchdringlichen Rüstung, das leise Eilen von Tod und bei ihnen waren die Schlangen, die sie befehligten.

Dann stieg plötzlich eine Erinnerung in ihm auf, und Walker Boh ergriff die hauchdünne Hoffnung, die sie bot. Es gab eine verborgene Falltür in der Erde unmittelbar vor ihm, und ein darunterliegender Tunnel führte wieder nach Paranor zurück. Der Gedanke an die Falltür war Allanons Erinnerung, die in dem Entsetzen und der Pein des Augenblicks lebendig geworden war und gerade rechtzeitig aufstieg. *Dort, zur Linken!* Walker wandte sich um, sprang vorwärts, wobei seine Hand und der Arm sich so tot anfühlten wie der, den er bereits verloren hatte. *Denk nicht darüber nach!* Er warf sich in ein Gestrüpp, eilte an laubreichen Hindernissen vorüber, und eine Senke hinab.

Dort!

Seine Hand sank zu Boden und grub mit schwachen Fingern nach der verborgenen Tür. Sie war hier, dachte er, hier in diesem Fleck Erde. Geräusche näherten sich hinter ihm, kamen heran. Er fand einen Eisenring, ergriff ihn und zog ihn hoch. Die Tür gab mit einem dumpfen Schlag nach und fiel zurück. Walker stürzte durch die Öffnung die dahinterliegende Treppe hinab und kam erst dann wieder auf die Füße. Schatten drangen durch den Eingang. Er hob seine verletzte Hand und den Arm, kämpfte sich durch Taubheit und Kälte und beschwor die Magie herauf. Feuer brach oben an der Treppe aus und erfüllte die Öffnung. Die Schatten verschwanden in einer Lichtkugel. Erde und Gestein brachen auf, und der Eingang brach in sich zusammen.

Walker sprang in den Tunnel hinein und würgte und hustete von dem Staub und dem Rauch. Zweimal schaute er zurück, um sicherzugehen, daß nichts ihm folgte.

Aber er war allein.

Er wurde von Zweifeln und Ängsten bedrängt, während er sich seinen Weg durch die Tunnel zurück in die Festung bahnte, bestürmt von Dämonen, die die Gesichter seiner Feinde trugen. Es schien, als könnte er seine Verfolger sogar hier hören, als seien sie in die Erde herabgestiegen, um zu beenden, was sie begonnen hatten. Tod, Krieg, Seuche und Hungersnot – was war Fels und Erde für sie? Konnten sie nicht überall hindurchdringen? Was sollte sie draußen halten?

Aber sie kamen nicht, denn trotz der Gestalten und Identitäten, die sie angenommen hatten, waren sie nicht unbesiegbar und nicht wirklich die Inkarnationen, die zu sein sie vorgaben. Er hatte sie vor Schmerz aufschreien hören, er hatte ihre Substanz gespürt. Die Taubheit in einer Hand und seinem Arm begann zu weichen, und er begrüßte dankbar das Kribbeln und spürte erneut den Schmerz des Verlusts seines anderen Armes, wünschte, er könnte diesen Teil seines Lebens noch einmal durchleben.

Er fragte sich, wieviel mehr er von sich selbst aufzugeben gezwungen sein würde, bevor sein Kampf vorüber war. Hatte er nicht Glück, einfach noch am Leben zu sein? Wie knapp er den Schattenwesen dieses Mal entkommen war!

Und dann kam es ihm plötzlich in den Sinn, daß er vielleicht nicht wirklich irgend etwas entkommen war. Vielleicht hatte man ihm *gestattet* zu entkommen. Vielleicht hatten die Reiter nur mit ihm gespielt. Hatten sie nicht ausreichend Möglichkeiten gehabt, ihn zu töten, wenn sie es gewollt hätten? Es schien, nach einigem Nachdenken, daß sie vielleicht eher versucht hatten, ihm Angst einzujagen, als ihn zu töten, genug Angst in ihm erwecken wollten, daß er zu keiner Handlung mehr fähig wäre, wenn er erst wieder innerhalb der Druidenfestung war.

Aber er nahm fast augenblicklich Abstand von dieser Idee. Es war lächerlich zu glauben, daß sie ihn nicht getötet hätten, wenn sie es gekonnt hätten. Sie hatten es einfach versucht und waren gescheitert. Er hatte genug Können und Magie besessen, um sich sogar in der Verwirrung eines Hinterhalts zu retten, und er würde daraus allen Trost ziehen, der ihm möglich war.

Schmerzgequält und erschöpft betrat er erneut die Mauern Paranors und nahm seinen Weg zurück in die Festung. Cogline wartete gewiß. Er würde dem alten Mann sein Scheitern gestehen müssen. Der Gedanke betrübte ihn, und er war sich der Tatsache bewußt, daß es seine vorgefaßte Meinung über die Unbesiegbarkeit der Druiden war, die ihn daran hinderte, diesen Gedanken zu akzeptieren. Aber er konnte sich Stolz nicht leisten. Er war noch ein Novize. Er begann erst zu lernen.

Langsam fielen die Ängste und Zweifel von ihm ab, und die Dämonen verschwanden. Es würde eine andere Zeit geben, versprach er sich – eine andere Zeit und einen anderen Ort, wo er sich um die Reiter kümmern konnte.

Wenn es soweit wäre, würde er bereit sein.

11

Beim Essen erklärte Morgan Leah Damson Rhee und Chandos seinen Plan, wie sie Padishar Creel retten konnten. Er nahm sie zu einer Stelle beiseite, wo sie nicht gehört werden konnten, saß auf der breiten Klippe essend und trinkend mit ihnen zusammen, lauschte mit ihnen auf die Nachtgeräusche und beobachtete, wie die Sterne am Himmel heller wurden, während sie miteinander sprachen. Er bat zunächst Damson, noch einmal die Einzelheiten ihrer Flucht aus der Stadt zu erzählen, ließ sie die Geschichte so erzählen, wie sie es wollte, schaute zwischen dem Mädchen und dem grimmigen Gesicht des Geächteten hin und her. Als sie ihre Geschichte beendet hatte, stellte er seinen geleerten Teller beiseite – er hatte alles verspeist, während sie gesprochen hatte – und beugte sich eifrig vor.

»Sie werden einen Befreiungsversuch erwarten«, erklärte er leise und sah sie beide abwechselnd an. »Sie wissen, daß wir ihn nicht einfach aufgeben werden. Sie wissen, wie wichtig er uns ist. Aber sie werden nicht erwarten, daß wir wieder auf demselben Weg kommen. Sie erwarten sicher, daß wir uns dieses Mal auf andere Art nähern – eine bedeutendere Bemühung, mit vielleicht einer großen Anzahl von Männern, eine Art Ablenkung, die vielleicht zu einem allumfassenden Angriff führt. Sie werden erwarten, daß wir versuchen, sie in einem Moment der Unaufmerksamkeit zu erwischen. Also müssen wir ihnen, bevor sie erkennen, was sie sehen, etwas anderes geben, als sie erwarten.«

Chandos schnaubte. »Ist das dein Ernst, Hochländer?«

Morgan erlaubte sich ein schnelles Grinsen. »Vor allem müssen wir schnell hinein- und wieder herausgelangen. Je länger es dauert, desto gefährlicher wird es. Vertrau mir, Chandos. Ich möchte nur, daß ihr den Hintergrund für das, was ich vorschlagen möchte, versteht. Wir müssen ihre Gedanken nachvollziehen, um ihren Plan, uns in die Falle zu locken, vorausahnen zu können und dann einen Weg zu finden, ihn zu vereiteln.«

»Du bist also sicher, daß es eine Falle geben wird?« fragte der große Mann und rieb sein bärtiges Kinn. »Warum sollten sie Padishar nicht einfach beseitigen und es damit gut sein lassen? Oder warum sollten sie ihm nicht das antun, was sie Hirehone angetan haben?« Er schaute schnell zu Damson, die die Lippen zusammenpreßte.

Morgan legte eine Hand auf die breite Schulter des anderen. »Ich kann mir in keinem Punkt sicher sein. Aber denke einen Moment darüber nach. Wenn sie Padishar beseitigen, verlieren sie jede Möglichkeit, uns andere zu erwischen. Und sie wollen uns alle, Chandos. Sie wollen alle Geächteten auslöschen.« Er sah Damson an. »Möglicherweise werden sie Padishar auf dieselbe Weise benutzen, wie sie Hirehone benutzt haben. Aber sie werden es nicht sofort tun. Erstens wissen sie, daß wir damit rechnen. Wenn Padishar zurückkommt, was werden wir uns dann als erstes fragen? Ist es wirklich Padishar – oder ist er ein weiteres Schattenwesen? Zweitens wissen sie, daß wir eine Möglichkeit gefunden haben, die Wahrheit über Teel herauszufinden. Und sie wissen, daß wir es bei Padishar vielleicht wieder könnten. Drittens, und das ist der wichtigste Punkt, können wir die Magie gebrauchen, und die wollen sie. Felsen-Dall hat Par Ohmsford von Anfang an gejagt, und das muß etwas mit seiner Magie zu tun haben. Dasselbe gilt für Walker Boh. Und für mich.«

Er beugte sich vor. »Sie werden versuchen, Padishar dazu zu benutzen, uns zu ihnen zu bringen, denn sie wissen, daß wir keinen Befreiungsversuch unternehmen werden, ohne die Magie mit uns zu nehmen, daß wir ihre nicht herausfordern werden, ohne in der Lage zu sein, unsere eigene anzurufen. Sie wollen diese Magie – genau wie sie alle Magie wollen –, und dies ist ihre beste Chance, sie zu bekommen.«

Chandos runzelte die Stirn. »Also glaubst du, daß wir es in Wahrheit mit den Schattenwesen zu tun haben werden?«

Morgan nickte. »Es waren von Anfang an die Schattenwesen. Teel, Hirehone, der Kriecher, Felsen-Dall, der Gnarl, das kleine Mädchen, dem Par am Tofferkamm begegnet ist – überall, wo wir hingegangen sind, haben die Schattenwesen bereits gewartet. Sie kontrollieren die Föderation und auch das Bündniskonzil. Sie müssen das tun. Natürlich sind es die Schattenwesen, mit denen wir es zu tun haben werden.«

»Erklärt uns Euren Plan«, drängte Damson leise.

Morgan lehnte sich erneut zurück und verschränkte bequem seine Arme. »Wir gehen durch die Tunnel zurück nach Tyrsis – auf demselben Weg, auf dem Damson entkommen ist. Wir ziehen Föderationsuniformen an, genau wie Padishar es in der Grube gemacht hat. Wir gehen in die Stadt hinauf, zum Wachturm oder zu den Gefängnissen oder wo immer Padishar gefangengehalten wird. Wir spazieren im hellen Tageslicht hinein und befreien ihn. Wir gehen auf einem Weg hinein und auf einem anderen wieder hinaus. Vor allem aber werden wir das alles innerhalb weniger Minuten tun.«

Chandos und Damson starrten ihn beide an. »Das ist alles? Das ist der ganze Plan?« fragte Chandos.

»Einen Moment«, unterbrach Damson ihn. »Morgan, wie gelangen wir zurück in die Tunnel? Ich kann mir den Weg sicher nicht merken.«

»Nein, das könnt Ihr nicht«, stimmte Morgan zu. »Aber der Maulwurf kann es.« Er atmete tief ein. »Dieser Plan hängt weitgehend von ihm ab. Und davon, daß Ihr ihn dazu überreden könnt, uns zu helfen.« Er hielt inne und sah in ihre grünen Augen. »Ihr werdet in die Stadt zurückgehen und versuchen müssen, ihn zu finden, und dann durch die Katakomben herabkommen müssen, um uns hineinzuführen. Ihr werdet herausfinden müssen, wo Padishar gefangengehalten wird, so daß wir direkt zu ihm gehen können. Der Maulwurf kennt alle geheimen Gänge und alle Tunnel, die unter dem Zentrum von Tyrsis liegen. Er kann einen Weg für uns finden. Wenn wir einfach an ihrer Tür erscheinen, werden sie keine Zeit haben, uns aufzuhalten. Das ist unsere beste Chance – das zu tun, was sie von uns erwarten, aber nicht auf die Art, wie sie es erwarten.«

Chandos schüttelte den Kopf. »Ich weiß nicht, Hochländer. Sie kennen Damson, sie werden nach ihr suchen.«

Morgan nickte. »Aber sie ist die einzige, der der Maulwurf vertrauen wird. Sie muß zuerst hineingehen. Durch die Tore. Ich werde mit ihr gehen.« Er sah sie an. »Was meint Ihr, Damson Rhee?«

»Ich denke, ich kann es tun«, erklärte sie ruhig. »Und der Maulwurf wird uns helfen – wenn sie ihn noch nicht erwischt haben.« Sie runzelte zweifelnd die Stirn. »Sie werden bestimmt dort unten in denselben Tunneln nach ihm suchen, durch die wir eindringen wollen.«

»Aber er kennt sie besser als die Soldaten ihn«, sagte Morgan. »Sie versuchen jetzt schon seit Wochen, ihn zu fangen, und es ist ihnen noch nicht gelungen. Wir brauchen nur einige weitere Tage.« Er sah das Mädchen und den großen Mann abwechselnd an. »Es ist die beste Chance, die wir bekommen werden. Wir müssen es versuchen.«

Chandos schüttelte erneut den Kopf. »Wie viele von uns werden dafür nötig sein?«

»Zwei Dutzend, nicht mehr.«

Chandos sah ihn mit großen Augen an. »Zwei Dutzend! Hochländer, es sind fünftausend Föderationssoldaten in Tyrsis stationiert, und wer weiß, wie viele Schattenwesen dort sind! Zwei Dutzend Männer werden keine Chance haben!«

»So werden wir eine bessere Chance haben als mit zweihundert Männern – oder mit zweitausend, wenn wir so viele auftreiben könnten, was wir ohnehin nicht können, nicht wahr?« Der große Mann preßte abwehrend die Lippen zusammen. »Chandos, je kleiner die Gruppe ist, desto besser können wir uns verbergen. Sie werden nach etwas Größerem Ausschau halten, sie werden es erwarten. Aber zwei Dutzend Männer? Wir können sie angreifen, bevor sie erkennen, wer wir sind. Wir können bedeutend leichter zwei Dutzend Männer unter fünftausend verbergen als zweihundert. Wir brauchen nur zwei Dutzend, wenn wir nur nahe genug herankommen.«

»Er hat recht«, sagte Damson plötzlich. »Eine große Streitmacht muß in den Tunneln gehört werden. Es gibt keine Möglichkeit für sie, sich in der Stadt zu verbergen. Zwei Dutzend können wir hineinschleusen und bis zu dem Befreiungsversuch verstecken.« Sie sah Morgan offen an. »Aber ich weiß nicht, ob zwei Dutzend Männer ausreichen werden, um Padishar zu befreien, wenn es soweit ist.«

Morgan begegnete ihrem Blick. »Wegen der Schattenwesen?«

»Ja, wegen der Schattenwesen. Dieses Mal haben wir Par nicht bei uns, der sie in Schach halten konnte.«

»Nein«, stimmte Morgan zu. »Dafür habt Ihr mich.« Er griff auf seinen Rücken, zog das Schwert von Leah hervor, hielt es vor sich und rammte es dann demonstrativ in die Erde. Dort blieb es stecken, zitterte leicht, und seine polierte Oberfläche glänzte glatt und silbern im Sternenlicht. Er sah sie an. »Und ich habe dies.«

»Dein Talisman«, murmelte Chandos überrascht. »Ich dachte, es sei zerbrochen.«

»Es wurde wieder ein Ganzes, als ich in den Norden zog«, erwiderte Morgan weich, sah Quickenings Gesicht in seinem Geist auftauchen und dann wieder verblassen. »Ich habe die Magie wiedererlangt. Sie wird ausreichen, um den Schattenwesen zu widerstehen.«

Damson schaute verwirrt von einem Gesicht zum anderen. Vielleicht hatte Par ihr nichts von dem Schwert von Leah erzählt. Vielleicht hatte er während ihrer Bemühungen, Tyrsis zu entkommen und die Geächteten zu erreichen, keine Zeit dazu gehabt. Und von Quickening wußte niemand etwas. Außer Walker Boh.

Morgan kam nicht auf den Gedanken, daß er eine Erklärung abgeben mußte und er versuchte es auch nicht. »Kannst du die Männer auswählen?« fragte er Chandos statt dessen.

Die schwarzen Augen fixierten ihn. »Das kann ich, Hochländer. Zwanzigmal für Padishar Creel.« Er hielt inne. »Aber du wirst sie bitten müssen, viel Vertrauen in dich zu setzen.«

Morgan riß sein Schwert aus der Erde und ließ es wieder in die Scheide gleiten. In der Ferne patrouillierten Geächtete in der Dunkelheit am Rande der Klippe entlang. Weit dahinter brannten niedrige Herdfeuer vor den Bäumen, und das Klirren und Klappern von Kochgeschirr begann schwächer zu werden, als die Mahlzeit dem Ende zuging und sich die Gedanken dem Schlaf zuwandten. Pfeifen wurden entzündet und malten kleine

Flecke Licht vor der Dunkelheit wie Glühwürmchen, die in der Verborgenheit der Bäume zitterten. Die Stimmen klangen leise und unbeschwert.

Morgan sah den großen Mann an. »Wenn es eine bessere Möglichkeit gäbe, Chandos, dann würde ich sie dankbar ergreifen.« Er hielt dem düsteren Blick des anderen stand. »Wie wirst du dich entscheiden, dafür oder dagegen?«

Chandos sah Damson an, und sein goldener Ohrring warf ein Glitzern über sie, als er den Kopf wandte. »Was meint Ihr?«

Die Frau strich ihr feuerrotes Haar zurück. Sie hatte einen entschlossenen Ausdruck in den Augen, eine Mischung von aufflammender Verärgerung und Hoffnung. »Ich denke, wir müssen etwas versuchen, oder Padishar ist verloren.« Ihr Gesicht verkrampfte sich. »Wenn wir an seiner Stelle wären, würde er dann nicht auch kommen?«

Chandos rieb die vernarbten Überreste seines Ohrs. »In Eurem Fall hat er das bereits getan, nicht wahr?« Er schüttelte den Kopf. »Narren bis zum Ende sind wir«, murmelte er, an niemanden im besonderen gewandt. »Wir alle.« Er sah wieder Morgan an. »In Ordnung, Hochländer. Zwei Dutzend Männer, mich selbst eingeschlossen. Ich werde sie heute nacht auswählen.«

Er erhob sich abrupt. »Du wirst sofort aufbrechen wollen, vermute ich. Beim ersten Licht oder so bald danach, wie wir Vorräte für die Reise zusammenstellen können.« Er sah Morgan verzerrt an. »Wir müssen das Land auf keinen Fall verlassen, nicht wahr, Hochländer?«

Morgan und Damson erhoben sich mit ihm. Morgan streckte dem Geächteten seine Hand hin. »Ich danke dir, Chandos.«

Der große Mann lachte. »Wofür? Dafür, daß ich dem Plan eines Wahnsinnigen zugestimmt habe?« Er ergriff Morgans Hand dennoch. »Ich sage dir etwas. Wenn das funktioniert, dann werde ich es sein, der dir ein Dutzend Male dankt.«

Brummend schlenderte er zu den Herdfeuern hinüber, trug seinen leeren Teller mit sich, den struppigen Kopf auf die wuchtige Brust gesenkt. Morgan sah ihm nach. Einen Moment dachte er an vergangene Zeiten und an die Orte und Gefährten, die er zurückgelassen hatte. Die Gedanken waren quälend und erfüllt von Bedauern wegen dem, was hätte sein können, und ließen ihn mit einem leeren Gefühl zurück.

Er spürte, wie Damsons Schulter seinen Arm streifte und wandte sich zu ihr um. Die smaragdgrünen Augen zeigten einen nachdenklichen Ausdruck. »Vielleicht hat er mit seiner Bemerkung über Euch recht«, bemerkte sie leise. »Vielleicht seid Ihr wirklich ein Wahnsinniger.«

Morgan zuckte die Achseln. »Ihr habt mich unterstützt.«

»Ich möchte, daß Padishar freikommt. Ihr scheint der einzige zu sein, der einen Plan hat.« Sie zog eine Augenbraue hoch. »Sagt mir die Wahrheit – ist an diesem Plan mehr, als Ihr gesagt habt?«

Er lächelte. »Nicht viel mehr. Ich hoffe, daß es mir gelingt, zu improvisieren, während ich vorangehe.«

Sie sagte nichts, betrachtete ihn nur einen Moment lang, nahm dann seinen Arm und dirigierte ihn am Rand der Klippe entlang. Sie gingen lange Zeit schweigend weiter, kreuzten vom Rand der Bäume zu den Klippen und wieder zurück und atmeten den Duft der Wildblumen und Gräser in dem Wind, der von den Graten und Berggipfeln dahinter herabfegte. Der Wind war warm und tröstlich und streichelte wie Seide über Morgans Haut. Er hob ihm sein Gesicht entgegen. Er hatte das Bedürfnis, die Augen zu schließen und in ihn hinein zu verschwinden.

»Erzählt mir von Eurem Schwert«, sagte sie plötzlich. Ihre Stimme war sehr ruhig. Ihr Blick blieb fest, obwohl er seinen Blick abrupt von ihr abgewandt hatte. »Erzählt mir, wie es wieder zu einem Ganzen wurde – und warum Ihr so sehr leidet, Morgan. Denn das tut Ihr auf irgendeine Weise, nicht wahr? Ich kann es in Euren Augen sehen. Erzählt es mir. Ich möchte es hören.«

Er glaubte ihr, und er entdeckte plötzlich, daß er darüber sprechen wollte. Er ließ sich von ihr auf einen Fels mit flacher Oberfläche herabziehen. Während sie beide von den Klippen hinausschauten, begann er neben ihr in der Dunkelheit zu sprechen.

»Es gab ein Mädchen namens Quickening«, sagte er, und die Worte kamen mühsam und unbeholfen, als er sie aussprach. Er hielt inne und atmete tief durch, um sich zu beruhigen. »Ich habe sie sehr geliebt.«

Er hoffte, daß sie die Tränen nicht sah, die ihm in die Augen traten.

Er verbrachte die Nacht in eine Decke eingerollt am Rande der Bäume, den Körper zwischen die Wurzeln einer uralten Ulme gezwängt, den Kopf auf seinen zusammengerollten Reiseumhang gebettet. Sein Behelfsbett erwies sich als wenig zufriedenstellend, und er erwachte steif und wund. Während er die Blätter und den Staub aus seinem Umhang herausschüttelte, fiel ihm auf, daß er Matty Roh seit der vergangenen Nacht nicht mehr gesehen hatte, daß er sie tatsächlich nicht einmal beim Essen gesehen hatte. Allerdings war er zu dem Zeitpunkt bereits ziemlich mit seinem Plan zur Befreiung von Padishar beschäftigt gewesen – seinem großen und wundervollen Plan, der ihm nach einigem Nachdenken im schwachen ersten Licht der Dämmerung recht behelfsmäßig und entschieden unvernünftig vorkam. In der letzten Nacht hatte er ziemlich gut geklungen, heute morgen dagegen erschien er wenig vertrauenerweckend zu sein.

Aber er war jetzt daran gebunden. Chandos hatte sicher bereits mit den Vorbereitungen für die Rückreise nach Tyrsis begonnen. Es war nichts dabei zu gewinnen, wenn er weitere Überlegungen anstellte.

Er streckte sich und eilte auf den kleinen Wasserlauf zu, der in einiger Entfernung unter den Bäumen hinter ihm aus den Felsen herablief. Das kalte Wasser würde ihm helfen, sein Gehirn zu befreien und den Schlaf aus seinen Augen zu vertreiben. Er hatte bis weit nach Mitternacht mit Damson Rhee gesprochen. Er hatte ihr alles über Quickening und die Reise nach Norden, nach Eldwist, erzählt. Sie hatte zugehört, ohne viel dazu zu sagen, und irgendwie hatte sie das einander nähergebracht. Er stellte fest, daß er sie jetzt mehr mochte und ihr vertraute. Das Mißtrauen, das zuvor dagewesen war, war verflogen. Er begann zu verstehen, warum Par Ohmsford und Padishar Creel zu ihr zurückgekehrt waren, nachdem die Föderation sie gefangengenommen hatte. Er dachte, daß er dasselbe getan hätte.

Dennoch gab es etwas in der Beziehung zu dem Talbewohner und dem Anführer der Geächteten, was sie ihm nicht erzählt hatte. Es war keine Täuschung und auch keine Lüge, es war einfach ein Versäumnis. Sie hatte ziemlich schnell eingestanden, daß sie Par liebte, aber da war noch etwas anderes, etwas, was ihren Gefühlen für den Talbewohner vorangegangen war, was den Hintergrund für all das bildete, was dazu geführt hatte, daß sie sich an dem Versuch, das Schwert von Shannara aus der Grube zurückzuerlangen, beteiligt hatte. Morgan war nicht sicher, was es war, aber es war in dem Gewebe ihrer Erzählung vorhanden, in der Art, wie sie von den beiden Männern sprach, in der Kraft ihrer Überzeugung, ihnen helfen zu müssen. Ein- oder zweimal glaubte Morgan fast erkennen zu können, was es war, was sie für sich behielt, aber jedes Mal war die Wahrheit ihm wieder entglitten.

Auf jeden Fall fühlte er sich besser, nachdem er jetzt jemandem von Quickening erzählt hatte, nachdem er die Gefühle, die er seit seiner Rückkehr in sich verschlossen gehalten hatte, ein wenig freigelassen hatte. Er hatte danach gut geschlafen, denn eine traumlose Ruhe hatte ihn erfüllt, und er hatte sich in der Krümmung jenes alten Baumes geborgen gefühlt und war in der Lage gewesen, ein wenig von jenem Schmerz loszulassen, der ihn so viele Wochen lang verfolgt hatte.

Er hörte das Geräusch des Wasserlaufs vor sich. Ein leises Wogen vor der Stille. Er überquerte eine Lichtung, drang durch eine Wand aus Gestrüpp hindurch und sah plötzlich auf Matty Roh hinab.

Sie saß ihm gegenüber am Ufer des Wasserlaufs, ihre Hosen hochgerollt und die bloßen Füße im Wasser baumelnd. Im selben Moment, in dem er erschien, schrak sie zurück und griff nach ihren Stiefeln. Ihre Füße kamen wie ein Blitz weißer Haut aus dem Wasser hervor und verschwanden fast augenblicklich im Schatten ihres Körpers. Aber einen kleinen Moment lang hatte er sie deutlich gesehen. Sie waren schrecklich vernarbt, und die Zehen fehlten oder waren so stark verunstaltet, daß sie fast nicht zu erkennen waren. Ihr schwarzes Haar erschauerte durch die Heftigkeit ihrer Bewegungen im Licht, als sie ihr Gesicht von ihm abwandte.

»Seht mich nicht an«, flüsterte sie barsch.

Verlegen wandte er sich sofort ab. »Es tut mir leid«, entschuldigte er sich. »Ich wußte nicht, daß Ihr hier seid.«

Er zögerte, ging dann fort und folgte dem Wasserlauf auf die Felsen zu. Das Bild ihrer Füße blieb ihm unbehaglich klar im Geist.

»Ihr müßt nicht fortgehen«, rief sie ihm nach, und er blieb stehen. »Ich... ich brauche nur eine Minute.«

Er wartete, schaute hinaus in die Bäume, hörte jetzt Stimmen hinter sich erschallen, ein kurzes Auflachen hier, ein schnelles Murmeln dort.

»In Ordnung«, sagte sie, und er wandte sich wieder um. Sie stand an dem Wasserlauf, die Hosen hinuntergerollt und die Stiefel angezogen. »Es tut mir leid, daß ich Euch so angefahren habe.«

Er zuckte die Achseln und ging zu ihr hinüber. »Entschuldigt, wollte Euch nicht überraschen. Ich bin noch immer nicht ganz wach, vermute ich.«

»Es war nicht Euer Fehler.« Sie wirkte ebenfalls verlegen.

Er kniete sich neben dem Wasserlauf hin, spritzte sich Wasser auf Gesicht und Hände, benutzte Seife, um sich zu waschen und trocknete sich dann mit einem weichen Tuch ab. Er hätte ein Bad gebrauchen können, aber er wollte sich die Zeit nicht nehmen. Er war sich bewußt, daß das Mädchen ihn beobachtete, während er sich wusch. Sie wartete wie ein schweigender Schatten an seiner Seite.

Er beendete seine Waschung und blieb auf den Fersen hocken und atmete tief die Morgenluft ein. Er konnte Wildblumen und Gräser riechen.

»Ihr brecht nach Tyrsis auf, um Padishar zu befreien«, sagte sie plötzlich. »Ich möchte mit Euch gehen.«

Er schaute überrascht zu ihr auf. »Woher wißt Ihr etwas von der Befreiungsaktion?«

Sie zuckte die Achseln. »Dadurch daß ich getan habe, worin ich geübt bin – meine Augen und Ohren offenzuhalten. Kann ich mitkommen?«

Er stand auf und sah sie an. Ihre Augen befanden sich auf gleicher Höhe mit seinen. Er war wieder einmal überrascht, wie groß sie war. »Warum solltet Ihr das tun wollen?«

»Weil ich es leid bin, nur herumzustehen und nichts zu tun, als die Gespräche anderer Leute zu belauschen.« Ihr Blick war fest und entschlossen. »Erinnert Ihr Euch an unsere Unterhaltung auf dem Weg hierher? Ich sagte, ich warte darauf, daß etwas geschieht. Nun, es ist etwas geschehen. Und ich möchte mit Euch gehen.«

Er war nicht sicher, ob er sie verstanden hatte und wußte nicht, was er sagen sollte. Es war schlimm genug, daß Damson Rhee mit ihnen zurückgehen mußte. Aber auch Matty Roh? Auf eine so gefährliche Reise, wie diese zweifellos werden würde?

Sie trat einen Schritt zurück und musterte ihn. »Ich würde es hassen, denken zu müssen, daß Ihr dumm genug seid, Euch um mich Sorgen zu machen«, sagte sie geradeheraus. »Tatsache ist, daß ich weitaus besser auf mich selbst aufpassen kann als Ihr auf Euch. Ich tue das schon seit sehr viel längerer Zeit. Ihr erinnert Euch vielleicht daran, was im Whistledown geschah, als Ihr versucht habt, mich anzufassen.«

»Das zählt nicht!« fauchte er abwehrend. »Ich war nicht vorbereitet...«

»Nein, das wart Ihr nicht«, unterbrach sie ihn. »Und das ist der Unterschied zwischen uns, Hochländer. Ihr seid nicht darin geübt, vorbereitet zu sein, aber ich bin es.« Sie trat wieder nah an ihn heran. »Ich werde Euch noch etwas sagen. Ich bin ein besserer Schwertkämpfer als jeder andere auf der Seite von Padishar Creel – und vielleicht genauso gut wie er. Wenn Ihr mir nicht glaubt, dann fragt Chandos.«

Er sah sie an, schaute in durchdringende, kobaltblaue Augen, betrachtete die dünne Linie ihrer Lippen, die schlanken, eckigen Schultern. Sie hatte ihren Kopf kampflustig vorgereckt, um ihn dazu zu ermutigen, sie herauszufordern.

»Ich glaube Euch«, sagte er und meinte es auch so.

»Außerdem«, sagte sie, wobei sie sich nicht im geringsten entspannte, »braucht Ihr mich, um Euren Plan in die Tat umzusetzen.«

»Woher wißt Ihr von...«

»Ihr seid der Falsche, um mit Damson nach Tyrsis hineinzugehen«, unterbrach sie ihn und ignorierte seine Frage. »Ich sollte das tun.«

»... dem Plan?« beendete er seine Frage und brach dann ab. Er stemmte frustriert die Hände in die Hüften. »Warum solltet Ihr das tun?«

»Weil man mich nicht beachten wird, aber Euch schon. Ihr seid zu auffällig, Hochländer. Ihr seht genau nach dem aus, was Ihr seid! Auf jeden Fall ist Euer Gesicht der Föderation bekannt und meines nicht. Und wenn etwas schiefgeht, kennt Ihr nicht den Weg um Tyrsis herum, aber ich kenne ihn. Und am wichtigsten von allem ist, daß sie nicht nach zwei Frauen Ausschau halten werden. Wir können direkt an ihnen vorbeigehen, und sie werden uns keinen zweiten Blick schenken.«

Sie pflanzte sich erneut vor ihm auf. »Sagt mir, daß ich unrecht habe«, forderte sie ihn heraus.

Er lächelte wider Willen. »Ich schätze, das kann ich nicht.« Er schaute von ihr fort in das Laub der Bäume und hoffte, daß die Antwort auf ihre Forderung dort zu finden wäre. Sie war es nicht. Er sah sie wieder an. »Warum fragt Ihr nicht Chandos? Er regelt das, nicht ich.«

Ihr Gesichtsausdruck änderte sich nicht. »Das glaube ich nicht. Zumindest nicht in diesem Fall.« Sie hielt inne und wartete ab. »Nun? Kann ich mitkommen?«

Er seufzte und fühlte sich plötzlich erschöpft. Vielleicht hatte sie recht. Vielleicht war es eine gute Idee, wenn sie mitkam. Sie hatte sicherlich überzeugende Argumente. Außerdem, hatte er sich nicht selbst gerade erst gesagt, daß für seinen Plan Hilfe notwendig wäre? Vielleicht war Matty Roh ein wenig von dem, was nötig war.

»In Ordnung«, stimmte er zu. »Ihr könnt mitkommen.«

»Danke.« Sie wandte sich ab und ging zurück zum Lager, den Umhang über eine Schulter geschlungen.

»Aber Chandos muß auch zustimmen!« rief er ihr hinterher, noch immer nach einem Ausweg suchend.

»Das hat er bereits!« rief sie als Antwort zurück. »Er sagte, ich sollte Euch fragen.«

Sie lächelte ihm schnell über die Schulter hinweg zu, während sie zwischen den Bäumen verschwand.

Chandos war beim Frühstück kurz angebunden und in sich gekehrt, und Morgan ließ ihn in Ruhe und zog es statt dessen vor, sich zu Damson Rhee zu setzen. Der lange Tisch, den sie besetzt hielten, war stark belagert, und die Männer waren laut, so daß der Hochländer und das Mädchen nicht viel miteinander sprachen, sondern sich auf ihre Mahlzeit und die Gespräche um sie herum konzentrierten. Matty Roh erschien ganz kurz. Sie ging auf ihrem Weg zu einem anderen Platz nah an Morgan vorbei, ohne ihn anzusehen. Nur einen Augenblick hielt sie inne, um Chandos etwas zu sagen, was ihn dazu veranlaßte, mürrisch die Stirn zu runzeln. Morgan hatte nicht gehört, was sie gesagt hatte, aber es fiel ihm nicht schwer, sich vorzustellen, was es gewesen sein konnte.

Als die Mahlzeit beendet war, stand Chandos auf, brüllte jedermann, der noch am Tisch saß an, alle sollten sich zur Arbeit begeben, und rief Damson und Morgan beiseite. Er führte sie aus den Bäumen heraus und erneut auf die weite Klippe hinauf und wartete, bis sie außer Hörweite waren, bevor er sprach. Mit finsterem Gesicht verkündete er ihnen mürrisch, daß über das Netzwerk der Geächteten während der Nacht die Nachricht eingetroffen war, daß die Elfen ins Westland zurückgekehrt wären. Diese Neuigkeit war mehrere Tage alt und nicht absolut zuverlässig, und daher wollte er wissen, wie Morgan und das Mädchen darüber dachten.

»Ich halte es für möglich«, sagte Morgan sofort. »Es war eine der Aufgaben, die den Ohmsfords übertragen worden waren, die Elfen ins Westland zurückzubringen.«

»Wenn Paranor zurückgekehrt ist, könnten auch die Elfen zurückgekehrt sein«, stimmte Damson zu.

»Und das würde bedeuten, daß alle Aufgaben erfüllt worden sind«, fügte Morgan hinzu, dessen Erregung wuchs. »Chandos, wir müssen herausfinden, ob das wahr ist.«

Der große Mann runzelte erneut die Stirn. »Du willst also noch eine weitere Reise unternehmen – als wenn eine nicht genug wäre!« Er seufzte müde. »In Ordnung, ich werde jemanden hinausschicken, um das zu überprüfen, einen Boten, der sie wissen lassen wird, daß sie in Callahorn Freunde haben. Wenn sie dort sind, werden wir sie finden.«

Er fuhr fort, indem er noch hinzufügte, daß er die Männer für die Reise nach Tyrsis ausgewählt hatte, und daß auch die Vorräte und Waffen zusammengestellt seien. Alles werde am frühen Vormittag bereit sein, und dann würden sie aufbrechen können.

Als er sich zum Gehen wandte, fragte Morgan impulsiv: »Chandos, was hältst du von Matty Roh?«

»Was ich von ihr halte?« Der große Mann lachte. »Ich denke, sie bekommt so ziemlich alles, was sie will.« Er ging weiter und rief dann über die Schulter zurück: »Ich glaube, du solltest bei ihr Vorsicht walten lassen, Hochländer.«

Er ging wieder weiter, verschwand zwischen den Bäumen und rief anderen beim Gehen Befehle zu.

Damson sah Morgan an. »Was sollte das alles?«

Morgan erzählte ihr von seinem Treffen mit Matty in Varfleet und von ihrer Reise zum Firerim Reach. Er erzählte ihr von der Beharrlichkeit des Mädchens, an dem Rettungsversuch für Padishar beteiligt zu werden. Er fragte Damson, ob sie etwas über Matty Roh wüßte. Damson wußte nichts. Sie war ihr niemals zuvor begegnet.

»Aber Matty hat recht, wenn sie sagt, daß zwei Frauen weniger Aufmerksamkeit auf sich ziehen«, erklärte sie. »Und wenn es ihr gelungen ist, sowohl Euch als auch Chandos davon zu überzeugen, daß sie uns auf dieser Reise begleitet, dann solltet Ihr beide Euch besser vor ihr in acht nehmen.«

Morgan ging, um seine Sachen für die Reise nach Süden zu packen, band sich seine Waffen um und ging wieder auf die Klippe hinaus. Innerhalb einer Stunde war die von Chandos ausgewählte Gruppe versammelt und startbereit. Es war ein Haufen harter und fähig wirkender Männer, von denen einige am Jut Seite an Seite mit Padishar gegen den Kriecher gekämpft hatten. Einige erkannten Morgan und nickten ihm kameradschaftlich zu. Chandos sandte einen Mann voraus, um eventuelle Schwierigkeiten auszukundschaften, und führte dann den Rest, darunter auch Morgan und Damson und Matty Roh, vom Firerim Reach fort auf die Ebenen zu.

Sie marschierten den ganzen Tag lang, stiegen von den Drachenzähnen zum Rabb hinab, wandten sich dann nach Süden, um den Fluß zu überqueren und auf Varfleet zu weiterzuziehen. Sie gingen schnell voran, marschierten durch die Hitze unter einem Himmel, der klar und wolkenlos war, und die Sonne brannte als beständiges blendendes Licht herab und ließ die Luft über dem staubigen Grasland wie Wasser schimmern. Mittags machten sie Rast und aßen etwas. Sie rasteten erneut am späten Nachmittag, und bei Einbruch der Nacht hatten sie die Ebenen erreicht, die in das Tal von Shale hinaufführten. Eine Wache wurde aufgestellt, sie nahmen eine Mahlzeit und dann zog sich die Gruppe zum Schlafen zurück. Morgan war während des Tages mit Damson zusammen gewandert und errichtete sein Lager in dieser Nacht in ihrer Nähe. Obwohl sie das wahrscheinlich weder brauchte noch wollte, hatte er ihr gegenüber die Rolle des Beschützers angenommen und war entschlossen, wenigstens auf sie aufzupassen, wenn er im Moment schon nichts für Par oder Coll tun konnte.

Matty Roh war den größten Teil des Tages für sich geblieben, war abseits von allen anderen gegangen, hatte allein gegessen, als sie gerastet hatten und hatte es offenbar vorgezogen, sich auf sich selbst zu beschränken. Niemand schien überrascht darüber, daß sie mitging, niemand schien fragen zu wollen, warum sie da war. Mehrere Male überlegte Morgan, ob er sie ansprechen sollte, aber jedesmal, wenn er den Ausdruck auf ihrem Gesicht bemerkte und die Distanz, die sie freiwillig zwischen sich und den anderen geschaffen hatte, beschloß er, es nicht zu tun.

Um Mitternacht wachte er auf, da ihm seine Träume und das Vorgefühl dessen, was sie erwartete, keine Ruhe ließ. Er ging zum Rand des Hains hinab, in dem sie Schutz gesucht hatten, und schaute in den Himmel hinauf und über die Ebenen hinweg. Plötzlich erschien Matty Roh neben ihm. Leise wie ein Geist stand sie neben ihm, als wäre sie schon die ganze Zeit erwartet worden. Zusammen schauten sie über die leere Fläche des Rabb hinweg, betrachteten die Konturen des Landes im fahlen Sternenlicht und atmeten die schwindende Hitze des Tages in der abkühlenden Nacht.

»Das Land, in dem ich geboren wurde, sah aus wie dieses«, sagte sie nach einiger Zeit, und ihre Stimme klang weit entfernt. »Flaches, leeres Grasland. Ein wenig Wasser, viel Hitze. Jahreszeiten, die rauh und gleichzeitig wunderschön sein konnten.« Sie schüttelte den Kopf. »Nicht wie das Hochland, vermute ich.«

Er sagte nichts, sondern nickte nur. Ein flüchtiger Windhauch zerzauste ihr schwarzes Haar. Irgendwo in der Ferne heulte ein Wolf, doch sein Ruf verhallte unbeantwortet in der Stille.

»Ihr wißt nicht, was Ihr von mir halten sollt, nicht wahr?«

Er zuckte die Achseln. »Vermutlich nicht. Ihr seid eine ziemlich verwirrende Person.«

Ihr Antwortlächeln kam und ging in Sekundenschnelle. Ihre feinen Gesichtszüge waren überschattet, was ihr in dem schwachen Licht ein hageres Aussehen verlieh. Sie schien über etwas nachzudenken.

»Als ich fünf Jahre alt war«, sagte sie kurz darauf, »unmittelbar vor meinem sechsten Geburtstag, nicht lange nach dem Tod meiner Schwester, spielte ich mit meinem älteren Bruder draußen auf einem Feld in der Nähe des Hauses. Es war eine Weide, die in diesem Jahr brachgelegen hatte. Auf ihr grasten Milchkühe. Ich erinnere mich, daß ich eine der Kühe wie leblos auf der Seite liegen sah. Es sah irgendwie merkwürdig aus, und ich ging zu ihr, um nachzusehen, was da nicht stimmte. Die Kuh sah mich an, ihre Augen waren weit und starrend, und sie wirkte sehr verängstigt. Sie schien nicht einmal brüllen zu können. Sie lag im Sterben, halbwegs in und halbwegs außerhalb einer schlammigen Senkgrube, wie ich sie niemals zuvor gesehen hatte. Ihr Körper wurde zerfressen.«

Matty kreuzte ihre Arme über der Brust, als friere sie. »Ich weiß nicht, warum ich das tat, aber ich wollte sie näher betrachten. Ich ging direkt zu ihr und blieb nicht stehen, bis ich nur noch wenige Meter von ihr entfernt war. Ich hätte meinen Bruder rufen sollen, aber ich war klein und dachte nicht daran. Ich betrachtete die Kuh und fragte mich, was geschehen war. Und plötzlich spürte ich das Brennen unter meinen Fußsohlen. Ich schaute hinab und sah, daß ich in einer Art Schlamm stand, in den auch die Kuh hineingeraten war. Der Schlamm war mit grünlichen Linien und Blasen durchsetzt. Er hatte sich bereits durch meine Schuhe hindurchgefressen. Ich wandte mich um und rannte davon, jetzt schreiend und um Hilfe rufend. Ich lief so schnell wie ich konnte, aber der Schmerz war schneller. Er zog durch meine Füße. Ich erinnere mich, daß ich hinabschaute und sah, daß einige meiner Zehen fehlten.«

Sie erschauerte bei der Erinnerung. »Meine Mutter wusch mich, so gut es ging, aber es war zu spät. Die Hälfte meiner

Zehen war fort, und meine Füße waren von Narben übersät und brannten, als seien sie angezündet worden. Ich bekam Fieber und blieb zwei Wochen im Bett. Sie dachten, ich würde sterben. Aber das tat ich nicht, ich blieb am Leben. Statt dessen starben sie. Sie alle.«

Ihr Lächeln war verbittert und ironisch. »Ich dachte nur, Ihr solltet das nach heute morgen wissen. Ich mag es nicht, wenn Leute sehen, was mit mir geschehen ist.« Sie sah ihn kurz an und wandte sich dann erneut ab. »Aber ich wollte, daß Ihr es versteht.«

Sie stand noch einen Moment länger bei ihm, sagte dann gute Nacht und verschwand wieder unter den Bäumen. Er sah lange Zeit hinter ihr her und dachte darüber nach, was sie ihm erzählt hatte. Und nachdem er zum Lager zurückgekehrt war und sich in seine Decke gewickelt hatte, konnte er lange nicht schlafen. Er konnte nicht aufhören, über Matty Roh nachzudenken.

In der Dämmerung brachen sie erneut auf. Sie waren nicht mehr als Schatten in dem schwachen grauen Licht, das langsam von Osten herankam. Der Tag war bewölkt, und gegen Mittag begann es zu regnen. Die Gruppe wanderte mühsam durch die bewaldete Hügellandschaft nördlich von Varfleet und dem Mermidon weiter und folgte der Linie der Drachenzähne nach Westen. Zweimal kam der Kundschafter zurück, um vor Föderationspatrouillen zu warnen, und sie waren gezwungen, in Deckung zu gehen, bis die Patrouillen vorbeigegangen waren. Das Land war grau und schimmerte feucht vom Regen, und sie begegneten niemandem. Morgan ging neben Matty Roh, er war ungebeten neben sie getreten und blieb den Tag über bei ihr. Sie versuchte nicht ihn abzuschrecken und verließ ihn auch nicht. Sie sprach wenig, aber sie schien sich in seiner Gegenwart wohlzufühlen. Als sie eine Pause einlegten, um etwas zu essen, teilte sie mit ihm das wenige Obst, das sie bei sich trug.

Bei Einbruch der Nacht hatten sie den Mermidon überquert und waren in Sichtweite von Tyrsis gelangt. Die Stadt leuchtete kalt von den Höhen der Klippe herab, während sie von der anderen Seite der Ebene, die sie umgab, zu ihr hinaufsahen. Es regnete weiterhin stetig und unaufhörlich, wodurch die staubige Erde in Schlamm verwandelt wurde. Damson und Matty Roh wollten erst gegen Morgen, wenn sie sich unter die üblichen Händler mischen konnten, die aus den umliegenden Dörfern den Tag über heraufkamen, versuchen, die Stadt zu betreten. Chandos schickte den Kundschafter voraus, damit er versuchte, etwas Nützliches von den Reisenden zu erfahren, die die Stadt verließen. Die restliche Gruppe lagerte in einem Hain alter Ahornbäume, wobei sie zu ihrem Mißvergnügen feststellen mußten, daß trockene Stellen spärlich und nur tief im Innern des Hains zu finden waren.

Es war fast Mitternacht, als der Kundschafter zurückkehrte. Morgan war noch wach. Er kauerte mit Chandos und Matty Roh zusammen, die zuhörten, wie Damson beschrieb, was sie von den Tunneln unter Tyrsis und den Föderationsgefängnissen wußte. Der Kundschafter beugte sich herab, um Chandos verstohlen und schnell etwas zuzuflüstern. Chandos' Gesicht wurde aschfahl. Er entließ den Kundschafter und wandte sich dem Hochländer und den Mädchen zu.

Die Föderation hatte ihre Absicht verkündet, Padishar Creel zu exekutieren. Die Exekution würde öffentlich erfolgen. Und zwar zur Mittagszeit des übernächsten Tages.

Chandos stand auf und ging kopfschüttelnd davon. Morgan saß mit Damson und Matty Roh in betäubtem Schweigen da. Seine Vermutung war falsch gewesen. Die Föderation hatte beschlossen, sich Padishars ein für allemal zu entledigen. Der Anführer der Geächteten hatte nur noch weniger als zwei Tage zu leben.

Morgans Blick begegnete dem von Damson und Matty. Sie dachten alle dasselbe. Welchen Befreiungsplan auch immer sie durchzuführen versuchten – er sollte ihnen besser gleich beim ersten Mal gelingen.

12

Der Wind blies über Wren Elessedils Gesicht und kühlte es nach der Hitze der Mittagssonne ab. Ihr kurzgeschnittenes Haar schwang von einer Seite zur anderen, während er darüber hinwegstrich, und das pfeifende Rauschen, das in ihren Ohren klang, schloß alle anderen Geräusche aus. Es lag eine Kadenz darin, die trotz ihrer Macht einschläfernd und tröstend wirkte und die sich um sie legte wie ein warmer Umhang in einer kalten Nacht. Sie lächelte, schloß die Augen und überließ sich dieser Umarmung.

Wren saß rittlings auf dem riesigen Rock Spirit, der im Westland noch über die Wälder südlich und östlich von Arborlon flog und sich dem Mermidon näherte, wo er über den weiten Sumpf, den sie Shroudslip nannten, hinwegstrich und dann zu den Ebenen von Tirfing hinabstieß. Tiger Ty saß mit gespreizten Beinen vor ihr, wo der Hals Spirits in die Schultern überging, unmittelbar vor den großen Schwingen. Sowohl der Flugreiter als auch die Elfenkönigin waren fest in die Gurte des Vogels eingebunden und gegen die Möglichkeit eines Falls gesichert. Der Himmel war hell und wolkenlos, und das Licht der Sonne badete das Land von Horizont zu Horizont in geschmolzenes Gold. Unter ihnen, wo sich die Erde in einem Mosaik von Grün und Braun ausbreitete, war es während der langen, trägen Tage des späten Sommers heiß und feucht, und alles Leben schien stillzustehen.

Aber hier, hoch über der Hitze, wo der Wind stetig und kühl blies, schwebte Wren ungehindert durch Raum und Zeit, und in ihr war dieses Gefühl, entkommen zu sein, das ein Flug immer unweigerlich hervorrief.

Ihre Augen öffneten sich, und Bitterkeit lag in ihrem Lächeln. Sie hatte soviel Zeit damit verbracht, ein Entkommen in der einen oder anderen Form zu suchen, daß sie das Gefühl erkannte. Jedenfalls empfand sie das so.

Es war jetzt zehn Tage her, seit sie in die Vier Länder zurückgekehrt war. Der Alptraum von Morrowindl lag hinter ihr und begann in den Tiefen ihrer Erinnerung zu versinken. Ihr Schlaf wurde noch immer von Träumen dessen, was gewesen war, heimgesucht – von Monstern, die die kleine Gesellschaft die aufgebrochenen Berghänge des Killeshan hinab bis zu den Stränden verfolgt hatten, von den Gesichtern jener, die dabei gestorben waren, von der Angst und der Qual, die sie empfunden hatte, und von dem furchtbaren Gefühl des Verlusts, das sie, wie sie glaubte, niemals wieder verlassen würde. Sie erwachte noch immer zitternd und frierend trotz der Sommerhitze aus jenen Träumen und verließ ihr Bett, um allein durch die Gänge des Palastes zu wandern, wie ein umherirrender Geist. Sogar jetzt flüsterte ihr Morrowindl, das in einer lodernden Feuersbrunst wieder ins Meer zurückgekehrt war, aus der Vergangenheit zu, aus seinem Wassergrab, und seine Stimme war eine ständige Erinnerung daran, wie sie hierher gekommen war und was es sie gekostet hatte.

Aber es war wenig Zeit, bei dem zu verweilen, was gewesen war, denn die Anforderungen der Gegenwart überschatteten alles. Sie war Königin der Elfen, und ihr war die Sicherheit und das Wohlergehen ihres Volkes anvertraut. Es war die Aufgabe, die Ellenroh ihr übertragen hatte, es war eine Aufgabe, die sie angenommen hatte. Aber nicht alle jene, für die ihr die Verantwortung auferlegt worden war, glaubten an sie. Es war nicht leicht, die Elfen davon zu überzeugen, daß sie diejenige war, die sie anführen sollte. Nachdem der erste Überschwang der Begeisterung, von Morrowindl freigekommen und wieder ins Westland zurückgebracht worden zu sein, verblaßt war, begannen sie, Fragen zu stellen. Wer war dieses kaum erwachsene Mädchen, das sich zu ihrer Königin erklärt hatte – dieses Mädchen, das nicht einmal eine reinrassige Elfin war, sondern eine Mischung aus Elf und Mensch? Wer hatte entschieden, daß sie sie anführen sollte, sie regieren und Entscheidungen treffen sollte, die ihr Leben betreffen würden? Es wurde behauptet, sie sei die Enkelin von Ellenroh, die Tochter von Alleyne, ein Kind der Elessedils und die letzte dieser Familie, die noch regieren konnte. Aber sie war auch eine Fremde, die aus dem Nirgendwo gekommen und unbekannt und ungeprüft war. Wer war sie, daß sie Königin sein sollte?

Eton Shart und Barsimmon Oridio waren unter jenen, die weiterhin zweifelten – ihr Erster Verwalter und der Befehlshaber ihrer Armeen, Männer, die zu verlieren sie sich nicht leisten konnte. Sie sagten es ihr nicht ins Gesicht, aber ihre Reserviertheit war offensichtlich. Sie hatten Ellenroh lange Zeit treu gedient, und sie hatten nicht erwartet, daß sie sie verlieren würden. Schlimmer noch, sie hatten nicht erwartet, daß plötzlich jemand, den sie kaum kannten, ihren Platz einnehmen würde. Sicherlich nicht eine Außenseiterin, und noch dazu ein Mädchen. Wren verstand ihre Zurückhaltung. Sie erkannte auch, daß sie sie nicht unerwidert bestehen lassen konnte.

Triss und die Bürgerwehr waren ihre wahre Unterstützung. Triss war mit ihr aus Morrowindl herausgelangt, hatte ihren Kampf mit der Macht der Elfensteine miterlebt, mit den Dämonen, die sie verfolgt hatten, und mit der Verantwortung, die ihr übertragen worden war. Er akzeptierte sie als Königin, weil er dort gewesen war, als Ellenroh sie dazu ernannt und sein Treuegelöbnis gefordert hatte. Triss hatte sie dem Hochkonzil, dem Heer und besonders der Bürgerwehr, die mit ihrem Schutz beauftragt war, gegenüber zur Königin erklärt. Die Bürgerwehr hatte sie, anders als die anderen Bereiche des Elfenstaates, sofort und ohne Vorbehalte akzeptiert. Nachdem sie Ellenroh verloren hatten, setzten sie sich jetzt voll und ganz für sie ein. Nichts würde dieser Königin Schaden zufügen können, schworen sie. Diese Königin würde ihren vollen Schutz genießen. Es war die Art Unterstützung, die sie verzweifelt brauchte, und Triss stellte als Hauptmann der Bürgerwehr sicher, daß sie sie hatte.

Dennoch würde die Unterstützung der Bürgerwehr allein auf lange Sicht nicht ausreichen. Sie mußte sowohl das Hohe Konzil als auch die Armee für sich gewinnen, wenn sie als Königin akzeptiert werden wollte. Das bedeutete, daß sie Eton Shart und Barsimmon Oridio für sich gewinnen mußte, und sie wußte nicht, wie sie das bewerkstelligen sollte. Trotz ihrer Bemühungen, sie davon zu überzeugen, welche Vorteile es mit sich brächte, wenn sie sie anerkannten, blieben sie auf Distanz. Die Zeit wurde knapp. Zehn Tage war es her, seit die Elfen ins Westland zurückgekehrt waren, und inzwischen wußten das auch die Föderation und die Schattenwesen. Mehr als ein Jahrhundert lang hatte die Föderation behauptet, die Elfen seien die Ursache für die Krankheit, die das Land befallen hatte, und hier war schließlich die Gelegenheit, die Dinge ins rechte Licht zu rücken. Unabhängig davon, daß es die falsche Gruppe von Elfen war, sann sie. Die Föderation würde sich kaum die Mühe machen, zwischen Gut und Böse zu unterscheiden. Rottet sie alle aus, und das Problem war gelöst.

Und das war der Grund dafür, daß sie mit Tiger Ty Richtung Süden flog. Die Bemühungen, mit dieser Ausrottung zu beginnen, waren bereits im Gange.

Tiger Ty berührte Spirit leicht am Hals, und der Rock reagierte, indem er nach unten auf eine Klippe zu flog, die über den Fluß hinausragte. Der Vogel stieg leicht und anmutig abwärts, und innerhalb weniger Augenblicke waren sie auf einer grasbewachsenen Böschung am Rand eines Waldes mit breitblättrigen Bäumen gelandet. Wren löste sich aus den Gurten, kletterte herab und streckte ihre verkrampften Muskeln. Sie war noch immer nicht daran gewöhnt, auf den riesigen Rocks zu fliegen, obwohl sie dies seit ihrer Rückkehr schon mehrere Male getan hatte. Auch die Flugreiter hatten begonnen, ins Westland zurückzukehren und ließen sich wieder an dem alten Wing Hove südlich des Irrybis nieder. Wren war zu ihnen gegangen, um mit ihnen zu sprechen und sie um ihre Unterstützung zu bitten, indem sie von der Gefahr berichtete, der sie alle gegenüberstanden, wenn die Schattenwesen nicht aufgehalten wurden. Tiger Ty, ein angesehenes Mitglied der Gemeinschaft, hatte für sie gesprochen und seine eigene grobe Einschätzung ihres Charakters hinzugefügt. Ein Mädchen, das mehr Mut hat als ein Dutzend von uns, hatte er gesagt. Ein Mädchen mit scharfen Kanten, aber schnell im Denken und klug. Ein Mädchen, das Magie benutzen kann, sie aber vorsichtig und respektvoll einsetzt. Die Landelfen – und die Flugreiter – könnten Schlimmeres tun.

Sie lächelte bei der Erinnerung. Die Flugreiter hatten zugestimmt, ihr zu helfen. Fast dreißig von ihnen hatten sich bereits in Arborlon niedergelassen und wurden zu einem Teil jener Truppen, die sie persönlich befehligte.

»Möchtet Ihr etwas essen?« fragte Tiger Ty und schlenderte mit seinem typischen, rollenden Gang zu ihr heran. Er war krummbeinig und spindeldürr und dazu so grauhaarig und nußbraun wie eh und je, aber nicht mehr so mürrisch. Wenn er jetzt mit ihr sprach, war etwas Neues in seiner Stimme zu hören – etwas, was fast Achtung vermuten ließ.

Sie nickte und setzte sich dann ihm gegenüber auf das Gras. Sie nahm ein Stück Käse, einen Apfel und einen Becher Bier entgegen, schlug ihre Beine übereinander und biß gerade ein Stück von dem Käse ab, als sie eine Bewegung an ihrer Brust spürte. Ein pelziges Gesicht kam aus ihrer Tunika hervor, und Faun erschien und schnupperte zögernd in die Luft.

»Ha! Dem Baumschreier fehlt es an nichts, nicht wahr?« lachte Tiger Ty, schnitt ein Stück von seinem Käse ab und gab ihn dem kleinen Wesen. Faun nahm es vorsichtig entgegen, schlüpfte ganz aus Wrens Kleidung heraus, plumpste auf das Gras herab und begann zu essen.

»Er mag Euch«, stellte Wren fest.

Tiger Ty schnaubte. »Woran Ihr sehen könnt, daß Baumschreier nicht einmal den Verstand eines Baumstumpfs haben!«

Sie aßen schweigend, beendeten ihre Mahlzeit und setzten sich dann zufrieden zurück und schauten von der Klippe über den Fluß hinaus dorthin, wo sich die Ebenen von Tirfing in einer ungebrochenen Woge staubiger Gräser in die Ferne erstreckten.

»Wie weit noch?« fragte Wren nach kurzer Zeit.

Tiger Ty zuckte die Achseln. »Höchstens noch eine Stunde. Sie sind ziemlich schnell vorangegangen, als ich sie erblickte.«

Eine Föderationsarmee, die von einem patrouillierenden Flugreiter gesichtet worden war, hatte Wren dazu veranlaßt, trotz der Einwände von Triss und der Bürgerwehr, Arborlon zu verlassen. Es war ihrem Empfinden nach notwendig, sich den Feind genau anzusehen, bevor sie dem Hohen Konzil und seinen Skeptikern einen Plan darlegte.

Sie nahm einen letzten Schluck aus ihrem Becher. Wenn die Dinge auch bis jetzt schon schwierig gewesen waren, so hatte sie doch das Gefühl, als wären sie gerade dabei, noch um einiges schwieriger zu werden.

Sie kletterten wieder auf Spirit hinauf, gurteten sich an ihren

Plätzen fest und wurden in das blendende Blau hinaufgehoben. Faun steckte bequem an ihren Körper geschmiegt in ihrer Tunika. Spirit gewann an Höhe und ging dann zu einem flachen Gleitflug über, der sie die Windungen des Mermidon entlang bis zu der Stelle führte, wo er den Shroudslip umging. Dort verließen sie den Fluß und begannen der Linie des Irrybis dort zu folgen, wo er den Tirfing östlich begrenzte. Die Zeit verging schnell, und es schienen nur Momente vergangen zu sein, als Tiger Ty einen Arm hob und gen Süden deutete.

Eine riesige Staubsäule erhob sich in die Schwüle der Sommerhitze, die über den Ebenen hing. Tiger Ty schaute zu ihr zurück, und sie nickte.

Die Föderationsarmee.

Sie flogen genau südlich weiter, folgten einer Linie parallel zu der Armee und hielten sich im Schatten der Klippen. Tiger Ty wollte einen Kreis zurück beschreiben und mit der Sonne im Rücken von hinten an die Armee herankommen. Auf diese Weise würden sie nicht gesehen werden. Bisher wußte niemand etwas von den Flugreitern. Wren hatte entschieden, daß es besser war, wenn es so blieb.

Schnell eilten sie gen Süden, und als die Staubsäule ein gutes Stück hinter ihnen lag, beschrieben sie über die Ebenen hinweg eine Kurve nach links. Sie führten den Kreis weiter, bis sich die Sonne direkt hinter ihnen befand, und schwenkten dann wieder auf die Staubsäule zu. Sie stiegen höher als zuvor und versuchten, so viel blendendes Licht wie möglich hinter sich zu bringen, falls jemand den Himmel absuchen sollte.

Minuten später kam die Föderationsarmee in Sicht.

Sie war ein großer, dunkler Fleck vor dem von der Sonne verbrannten Grasland, drei Einheiten stark, Kolonne um Kolonne schwarz und rot gekleideter Soldaten und Reiter mit großen Eisen- und Holzkriegsgerätschaften, Sturmböcken, Wagen und

Verpflegung. Die Armee schien sich endlos zu erstrecken, und der Staub in ihrem Kielwasser verhüllte meilenweit alles um sie herum. Wren spürte, wie ihr Mut angesichts der Größe des Feindes sank. Die Elfen konnten kaum ein Zehntel der Stärke aufbringen, die die Föderation versammelt hatte, und es wurde berichtet, daß noch weitere fünftausend Soldaten in Tyrsis stationiert seien. Wenn sie gezwungen waren, dieser Armee direkt gegenüberzutreten, würden die Elfen vernichtet werden.

Was natürlich der quälendste Gedanke war, dachte sie unglücklich.

Sie zählte sorgfältig die Linien, Kolonnen und Einheiten, während Tiger Ty Spirit nahe an die letzten Reihen der Armee heranführte und den Rock dann wieder scharf umlenkte, erneut gen Süden, noch immer im beschützenden, blendenden Licht der Sonne. Von unten hatten sie keine Rufe gehört oder Arme deuten sehen. Anscheinend waren sie nicht bemerkt worden.

Sie brauchten den größten Teil des restlichen Tages, um zurückzufliegen, und Wren nutzte die Zeit, um über das nachzudenken, was sie dem Hohen Konzil an diesem Abend sagen wollte. Sie ertappte sich bei dem Gedanken, daß es schön wäre, einfach weiterfliegen und an einen Ort reisen zu können, der so weit entfernt war, daß die Föderation sie niemals finden würde. Aber natürlich gab es keinen solchen Ort. Denn selbst wenn die Föderation sie nicht finden konnte, die Schattenwesen konnten es. Sie hatten es auf Morrowindl bewiesen. Die Schattenwesen verbreiteten ihre Krankheit überall, und niemand würde jemals wieder vor ihr sicher sein, bevor nicht ein Heilmittel gefunden war.

Die Sonne ging schon fast unter, als Arborlon, die Heimatstadt der Elfen, wieder in Sicht kam. Sie war eine Abstufung von Holzfarben, Metallstreben und Flecken hellen Stoffs inmitten des Grün. Spirit flog in weitem Bogen über den Rill Song. Das blaue Wasser des Flusses bekam im schwindenden Licht Diamantspitzen, und schließlich landete der Rock sanft auf den grasbewachsenen Klippen des Carolan. Wren hatte sich kaum aus ihren Gurten gelöst und war zur Erde geglitten, als die Bürgerwehr, Triss allen voran, auch schon von der Stadt herabeilte, um sicherzustellen, daß ihr nichts geschähe. Sie winkte ihnen beruhigend zu, lächelte zur Begrüßung und beugte sich dann schnell zu Tiger Ty hinüber.

»Kein Wort davon, was wir gesehen haben«, flüsterte sie. »Noch nicht.«

Die glühend schwarzen Augen des Flugreiters hielten sie fest. »Bis Ihr Euch mit dem Hohen Konzil trefft?«

Sie nickte. »Bis dann.«

»Es wird ihnen nicht gefallen, was Ihr ihnen zu sagen habt – nicht, daß das etwas Neues wäre. Holzköpfige Maultiere!«

Sie lächelte schnell und verstohlen. »Ihr kennt mich. Ich möchte unnötige Schwierigkeiten immer vermeiden.«

Das rauhe Gesicht verzog sich zu einer Grimasse. »Trefft Ihr sie heute abend?«

»Wahrscheinlich noch in dieser Stunde.«

»Habt Ihr etwas dagegen, wenn ich mich dazusetze? Und ein wenig dabei helfe, Schwierigkeiten zu vermeiden?«

Sie warf ihm einen dankbaren Blick zu. »Danke, Tiger Ty. Die Flugreiter sollten dabei auch vertreten sein. Ihr könnt höchstwahrscheinlich teilnehmen.«

Sie wandte sich dann ab, als Triss und die anderen Mitglieder der Bürgerwehr herankamen. Erleichterung lag auf den harten Gesichtern.

»Mylady, seid Ihr wohlauf?« fragte Triss leise. Das war seine übliche Begrüßung. Er hatte von Morrowindl noch immer Kratzer und Quetschungen von ihrem Kampf mit dem Wisteron. Sein gebrochener linker Arm war geschient worden und ruhte in einer Stoffschlinge. Aber sein hageres Gesicht zeigte wieder Stärke, und Zuversicht und Entschlossenheit spiegelten sich in seinen Augen. Es war ihm besser gelungen als ihr, die Zerreißprobe auf Morrowindl zu verarbeiten.

»Es geht mir gut«, antwortete sie, auch das war ihre übliche Erwiderung. »Ich möchte, daß Ihr die Mitglieder des Hohen Konzils zusammenruft, Triss. Sie alle, noch in dieser Stunde.«

»Ja, Mylady«, bestätigte er, wandte sich ab und verschwand über die Klippe.

Wren winkte kurz Tiger Ty zu und ging dann hinter Triss her. Sie beschrieb einen Bogen auf die Gärten des Lebens und den Elessedilpalast zu. Die Schatten vertieften sich, und die Luft war angefüllt von quälenden Essensgerüchen. Sie griff in ihre Tunika und holte Faun hervor, um ihn auf ihre Schulter zu setzen, während sie weiterging. Sie atmete die Waldluft ein und streckte sich über die Essensgerüche hinweg nach den Baum- und Grasdüften aus, die dahinter lagen. Kühl und tröstlich in der ersterbenden Hitze des Tages wehte eine Brise vom Fluß herauf.

Mitglieder der Bürgerwehr verteilten sich um sie herum. Sie würden jetzt bei ihr bleiben, wo auch immer sie hinging, vollständig verschmolzen mit der Dunkelheit, unsichtbare Beschützer gegen jede Art von Bedrohung. Sie lächelte. Sie sorgten sich so um ihre Sicherheit, und doch war sie eher in der Lage, sich gegen Gefahren zu schützen als sie, besser geübt und besser ausgerüstet. Sie hielten sich für notwendig, und sie tat nichts, um diesen Glauben zu entkräften. Aber sie wußte immer, wo sie waren, und konnte sie immer dort draußen spüren, während sie über sie wachten. Sogar in der tiefsten Nacht. Sie war darin geübt, sich solcher Dinge bewußt zu sein, seit sie ein Kind gewesen war. Dafür hatte sie den besten Lehrer gehabt.

Garth. Die Erinnerungen drangen auf sie ein, und sie verdrängte sie. Garth war tot.

Sie erreichte den Eingang zu den Gärten des Lebens. Die Schwarze Wache stand in Habachtstellung, als sie sich näherte. Sie beschützte den Ellcrys, den Baum des Verbotenen. Ihre Augen folgten ihr, während sie vorbeiging, obwohl sie sie nicht beachtete. Sie betrat die Gärten und lauschte in deren Abgeschiedenheit auf das Zirpen und Klicken erwachender Insekten, roch die Blumen und Gräser hier deutlicher, den reichen Duft der schwarzen Erde und sah die Dunkelheit herabsinken. Sie kletterte den Hügel hinauf zu der Stelle, an der der Ellcrys stand, und blieb davor stehen. Sie tat dies jede Nacht, und es war zu einem Ritual geworden. Manchmal tat sie nichts anderes, als dort zu stehen, zu schauen und nachzudenken. Manchmal streckte sie die Hand aus und berührte den Baum, als wolle sie ihn wissen lassen, daß sie da war. Den Ellcrys zu besuchen, schien ihr neue Kräfte zu verleihen, frische Entschlossenheit, ihr Leben weiterzuführen. Die Verwandtschaft, die sie dem Baum gegenüber empfand, gegenüber der Frau, die er einst gewesen war, gegenüber seiner Kraft, stärkte sie. *Von Fleisch und Blut zu Blättern und Zweigen, von Frau zu Baum, von sterblichem zu ewigem Leben.*

Auf ihrer Schulter rieb sich Faun an ihrem Hals, als wolle er ihr versichern, daß alles in Ordnung sei.

Alle Rassen benötigten ein Heilmittel, sann sie, indem sie das Thema wechselte, wenn nicht sogar die Stimmung, und dachte erneut an die Armee, die sich näherte, an die Bedrohung durch die Schattenwesen, die sie beenden mußte. Dafür mußte sie einen Weg finden. Es würde mehr notwendig sein, als die Elfen bieten konnten, um das zu vollbringen, das wußte sie. Soviel hatte Allanon den Ohmsfords gesagt, als er sie zur Erfüllung ihrer verschiedenen Aufgaben ausgesandt hatte – Par, um das Schwert von Shannara zu finden, Walker Boh, um die Druiden und Paranor zu finden, und Wren, um die Elfen zu finden. Hatten Par und

Walker genauso viel Erfolg gehabt wie sie? Waren jetzt alle Aufgaben erfüllt? Sie wußte, daß sie es herausfinden mußte. Irgendwie mußte sie mit den anderen, die sich am Hadeshorn versammelt hatten, in Verbindung treten. Einerseits mußte sie erfahren, was aus ihnen geworden war, und andererseits mußte sie sie davon in Kenntnis setzen, was ihr widerfahren war. Sie mußte ihnen die Wahrheit über die Schattenwesen sagen, daß die Schattenwesen Elfen waren, die die alte Feenmagie wiederentdeckt hatten und auf die gleiche Weise wie fünfhundert Jahre zuvor der Dämonenlord und seine Schädelträger durch sie vernichtet worden waren. Wie sie diese Magie entdeckt hatten und wie sie sie unterstützte, blieb ein Geheimnis. Aber das Wissen, das sie hatte, mußte an die anderen weitergegeben werden. Sie spürte es instinktiv. Bis das vollbracht war, würde jegliches Heilmittel gegen die Krankheit der Schattenwesen unerreichbar bleiben.

Was aber war zu tun? Einige unter den Elfen waren bereits aus Arborlon hinaus in weiter entfernte Gebiete des Westlands gezogen, um dort neue Heime zu errichten. Farmer hatten begonnen, sich im Sarandanon niederzulassen, in dem fruchtbaren Tal, das dem Elfenvolk jahrhundertelang als Kornkammer gedient hatte. Fallensteller und Jäger hatten begonnen, nördlich zur Breakline und südlich zum Rock Spuren zu ziehen. Handwerker waren bestrebt, neue Märkte für ihre Waren zu eröffnen. Überall drängte man darauf, alte Heimstätten und Städte erneut aufzusuchen. Und am wichtigsten von allem war, daß die Heiler und ihre Gehilfen ausgezogen waren, um jene Stellen aufzusuchen, an denen die Krankheit des Westlands am schlimmsten war und um dort zu versuchen, ihre Verbreitung einzudämmen – womit sie eine Elfentradition fortführten, die bereits seit Anbeginn der Zeit bestand. Denn die Elfen waren schon immer Heiler gewesen, ein Volk, das eins mit der Erde zu sein glaubte, in die es hineingeboren worden war, die Künder jener Philosophie, daß der Welt die sie ernährte, etwas zurückgegeben werden mußte. Wie sich auch die Elfenheiler in Storlock um die Menschen der Erde sorgten, waren die Elfen im Gegenzug der Erde der Menschen verschrieben.

Aber sie und die Farmer, Fallensteller, Jäger, Händler und andere waren im Westland in Gefahr, es sei denn, das Elfenheer beschützte sie vor der von außen aufkommenden Bedrohung. Wenn die Königin der Elfen keinen Weg finden konnte, die Föderation lang genug in Schach zu halten, um den Schattenwesen ein Ende bereiten zu können...

Sie ließ den Gedanken unbeendet und wandte sich angewidert von dem Ellcrys ab. So vieles war notwendig, und sie konnte es, so sehr sie es auch versuchte, sicher nicht allein bewerkstelligen.

Der Himmel über den Bäumen im Westen war scharlachrot gestreift, ein bunter Fleck vor dem gebirgigen Horizont, der blutrot leuchtete. Oder zumindest war das das Bild, das in Wren Elessedils Geist aufflammte.

Deine Erinnerungen werden dich niemals verlassen, dachte sie – selbst jene nicht, von denen du es dir wünschst, selbst jene nicht, von denen du dir wünschen würdest, daß sie nie gewesen wären.

Sie ging aus den Gärten hinaus hinunter, den Blick auf den Boden vor sich gerichtet. Sie fragte sich, was mit Stresa geschehen war. Es war Tage her, seit sie den Stachelkater zuletzt gesehen hatte. Anders als Faun fühlte sich Stresa eher in der Wildnis zu Hause und zog die Wälder der Stadt vor. Er hatte sein Heim irgendwo in der Nähe von Arborlon errichtet und tauchte hin und wieder unerwartet auf, weigerte sich aber beharrlich, im Heim der Elessedilfamilie zu leben. Stresa war zufrieden mit seiner neuen Heimat und glücklich in seinem einsamen Leben, und er hatte mehr als einmal versprochen, daß er dasein würde, wenn sie ihn jemals brauchte. Das Problem war, daß sie ihn mehr brauchte, als sie zugeben mochte. Aber Stresa hatte für sie bereits viel durchgemacht, und er war jetzt glücklich. Sie hatte nicht das Recht, neuerliche Forderungen an ihn zu stellen, nur um ihre eigene Unsicherheit zu lindern.

Dennoch vermißte sie ihn sehr. Stresa, dieses seltsame, geheimnisvolle Wesen aus der Welt, die die Elfen soviel gekostet hatte, würde immer ihr Freund sein.

Es war jetzt dunkel, denn die Sonne war vollständig unter dem westlichen Horizont verschwunden. Die Sterne waren ein Gewirr punktförmiger Lichter, und der Mond östlich über den Baumwipfeln eine fahler werdende Sichel. Die Nachtgeräusche klangen sanft und tröstlich und erfüllt vom Versprechen des Schlafs. Wenn es für sie doch auch so wäre, dachte sie. Der Schlaf würde in dieser Nacht nur schwer kommen, denn sie mußte sich mit dem Hohen Konzil treffen und über das Schicksal der Elfen entscheiden. Und vielleicht auch über ihr eigenes.

Sie entfernte sich von den Gärten, ging erneut an der Schwarzen Wache vorbei, lauschte auf die kaum wahrnehmbaren Geräusche der Bürgerwehr, die ihr wie Schatten folgten. Manchmal stellte sie fest, daß sie sich wünschte, wieder eine Fahrende zu sein und nicht mehr. Daß sie ihr Leben einfach neu beginnen, aller Zwänge ihres Verwalteramtes enthoben sein und neue Freiheit erreicht haben wollte. Sie würde es aufgeben, Königin zu sein. Sie würde die Elfensteine aufgeben, jene drei blauen Talismane, die in dem Lederbeutel an ihrem Hals ruhten, das Symbol der Magie, die ihr von ihrer Mutter hinterlassen worden war, der Macht, die ihr zur Handhabung übergeben worden war. Sie würde ihr Leben verströmen, als wäre es die alt gewordene Hülle einer Jahreszeit, und sie würde zu...

Zu was? Zu was würde sie werden, fragte sie sich?

In Wahrheit wußte sie es nicht mehr – vielleicht, weil es nicht mehr wichtig war.

Als sie kaum eine Viertelstunde später die Räume des Hohen Konzils betrat, warteten diejenigen, die sie berufen hatte, bereits. Sie saßen um den Konziltisch verteilt, an dem die Königin den Vorsitz hatte. Sie trat mit Tiger Ty im Schlepptau ein (er hatte bis dahin draußen gewartet, denn er war unsicher, ob er in ihrer Abwesenheit willkommen sein würde) und ging direkt zu ihrem Platz am Kopf des Tisches. Jedermann erhob sich ehrerbietig, aber sie winkte alle mechanisch wieder auf ihre Plätze.

Der Raum war höhlenartig. Hohe Mauern aus Stein und Holz stützten eine wie ein Stern geformte Decke aus massiven Eichenbalken. Am entgegengesetzten Ende wurde der Raum von einem Podium beherrscht, das den Thron der Elfenkönige und -königinnen trug. Er war mit den Standarten der regierenden Elfenhäuser geschmückt, und in seiner Mitte stand der alte runde Tisch mit den einundzwanzig Plätzen. Bänke, die Sitzplätze für die zuschauende Öffentlichkeit bildeten, wenn das vollständige Konzil tagte, standen entlang jeder Wand.

Heute abend waren außer ihr selbst sechs Mitglieder anwesend, nur der innere Kreis des Konzils. Triss war da, als Hauptmann der Bürgerwehr, Eton Shart als Erster Verwalter, Barsimmon Oridio als Hauptmann der Elfenarmeen, Perek Arundel als Handelsverwalter, Jalen Ruhl als Vertreter der Landesverteidigung und Fruaren Laurel als Vertreterin der heilenden Zunft. Nur Laurel war neu in dem Kreis. Sie war auf Empfehlung des Konzils ernannt worden, nachdem Wren mitgeteilt hatte, daß sie einen Verwalter haben wollte, der für die Heilung des Elfenwestlands verantwortlich zeichnen sollte. Laurel arbeitete hart, eine Frau in mittleren Jahren, mit einer beständigen, liebenswürdigen Art. Aber wie Wren war auch sie unerfahren. Sie nahm in den Augen des restlichen Konzils eine zweitrangige Stellung ein. Wren mochte sie, war sich aber nicht sicher, ob man während eines Kampfes auf sie zählen konnte.

Heute abend würde sie es herausfinden.

Sie stand vor ihrem Stuhl und sah das Hohe Konzil an. »Ich habe den Flugreiter Tiger Ty gebeten, an dieser Sitzung teilzunehmen, da die Angelegenheit seine Leute direkt betrifft.« Sie brachte dies als Feststellung hervor und bat nicht um Zustimmung. Dann winkte sie den knorrigen Flugreiter von seinem Platz an der Tür heran. »Setzt Euch bitte dorthin«, sagte sie und deutete auf einen leeren Platz neben Fruaren Laurel.

Tiger Ty setzte sich. Im Raum wurde es still, während die Versammelten darauf warteten, daß Wren sprach. Die Türen zu dem Raum waren geschlossen, und bis zu dem Zeitpunkt auf Wrens Befehl hin von der Bürgerwehr versiegelt, an dem sie die Erlaubnis erteilen würde, sie wieder zu öffnen. Fackeln brannten in ihren in den Stein eingelassenen Klammern und in freistehenden Pfählen an der Vorder- und Rückseite des Raums. Rauch stieg zur Decke auf und verschwand durch Luftscharten hoch über ihnen. Der Rauch hinterließ einen leicht kupfrigen Geschmack in der Luft des Raums.

Wren streckte sich. Sie hatte sich nicht die Mühe gemacht, ihre Kleidung zu wechseln, denn sie hatte beschlossen, daß sie dem Diktat der Formalitäten keine Zugeständnisse machen wollte. Sie würden sie so akzeptieren müssen, wie sie war. Allerdings hatte sie Faun in ihren Räumen zurückgelassen. Sie wünschte, Cogline oder Walker Boh oder sonst jemand derer, die ihr einst beigestanden hatten und jetzt tot oder verstreut waren, wären bei ihr, aber es war sinnlos, sich Hilfe von irgendeiner Seite zu erhoffen. Wenn sie heute abend mit dem, was sie vorhatte, Erfolg haben wollte, würde sie dies allein bewerkstelligen müssen.

»Verwalter, Mitglieder des Konzils, meine Freunde«, begann sie und sah von einem Gesicht zum anderen. Ihre Stimme war gemessen und ruhig. »Wir sind alle einen sehr langen Weg von dort gekommen, wo wir noch vor wenigen Wochen gewesen sind. Wir haben viele Veränderungen im Leben des Elfenvolks stattfinden sehen. Keiner von uns hatte vorhersehen können, was geschehen würde. Vielleicht wünschen sich einige von uns, daß sich die Dinge anders entwickelt hätten. Aber wir sind hier, und es gibt kein Zurück. Morrowindl liegt für immer hinter uns, und die Vier Länder vor uns. Als wir vereinbart hatten, zurückzukommen, wußten wir, was uns erwarten würde – ein Kampf mit der Föderation, mit den Schattenwesen, mit heimtückisch zerstörender Elfenmagie, mit unserer Vergangenheit, die übertragen wurde, um zu unserer Zukunft zu werden. Wir wußten, was uns erwarten würde, und jetzt müssen wir uns dem stellen.«

Sie hielt inne, aber ihr Blick blieb ruhig. »Gestern haben die Flugreiter eine Föderationsarmee ausgemacht, die aus dem tiefen Südland heraufkommt. Heute bin ich, zusammen mit Tiger Ty, südwärts geflogen, um selbst einen Blick darauf zu werfen. Wir haben die Armee im Tirfing ausgemacht, einen Tagesmarsch über den Myrian hinweg. Die Armee ist zehnmal so groß wie unsere und zieht mit Belagerungs- und Kampfgerätschaften und Proviant für gut einen Monat heran. Sie kommen von Norden und von Westen. Sie suchen uns. Ich würde sagen, daß sie uns spätestens in zehn Tagen erreicht haben werden.«

Sie hielt inne und wartete auf eine Reaktion. Ihre Augen wanderten von einem Gesicht zum anderen.

»Zehnmal so groß wie unsere?« wiederholte Barsimmon Oridio zweifelnd. »Wie genau ist Eure Schätzung, Mylady?«

Wren hatte so etwas erwartet. Sie gab ihm eine Aufzählung, Kolonne für Kolonne, Einheit für Einheit, Fahrzeuge und Wagen, Fußsoldaten und Reiter und ließ nichts aus. Als sie geendet hatte, war der Hauptmann ihrer Armeen blaß geworden.

»Eine Armee dieser Größe wird uns auslöschen«, sagte Eton Shart leise. Er war gelassen wie immer, seine Hände waren vor ihm auf dem Tisch gefaltet und sein Gesichtsausdruck unlesbar.

»Wenn wir uns mit ihr einlassen«, fügte Jalen Ruhl hinzu. Der Vertreter der Landesverteidigung war schmächtig, seine Schultern waren gebeugt und seine Stimme ein tiefes Poltern in seiner schmalen Brust. »Das Westland ist groß.«

»Wollt Ihr vorschlagen, daß wir uns verbergen sollen?« fragte Barsimmon Oridio ungläubig.

»Sich zu verbergen wird nicht funktionieren«, unterbrach Eton Shart scharf. »Wir können die Stadt nicht verlassen, oder wir müssen den Ellcrys aufgeben. Wenn der Ellcrys zerstört wird, kommt das Verbotene zum Zuge. Besser wir gehen alle zugrunde, als daß das geschieht.«

Eine lange Pause entstand, während die Verwalter einander zweifelnd ansahen.

»Vielleicht irgendeine Art von Konzession?« schlug Perek Arundel vor, der von jeher Kompromisse gesucht hatte. Er war auf weiche Art gutaussehend, eher prahlerisch, aber gerissen und vermochte ein Problem schnell zu durchdenken. Er sah sich um. »Es muß einen Weg geben, Frieden mit dem Koalitionskonzil zu schließen.«

Eton Shart schüttelte erneut den Kopf. »Das ist schon zuvor versucht worden. Das Koalitionskonzil ist eine Marionette der Schattenwesen. Jeder Kompromiß wird zur Besetzung des Westlandes führen und zu dem Zugeständnis, der Föderation zu dienen. Ich glaube nicht, daß wir den ganzen Weg von Morrowindl hierher zurückgelegt haben, um uns lebenslänglich das einzuhandeln.«

Er schaute Wren an. »Was denkt Ihr, Mylady? Ich bin sicher, daß Ihr die Lage bereits für Euch selbst abgeschätzt habt.«

Wieder war sie vorbereitet. »Es scheint, als hätten wir folgende Auswahlmöglichkeiten: Entweder befestigen wir Arborlon und erwarten die Föderationsarmee hier, oder wir ziehen mit unserer Armee hinaus, um ihnen draußen entgegenzutreten.«

»Hinausziehen, um ihnen draußen entgegenzutreten?« fragte Barsimmon Oridio entsetzt. Sein schwerer Körper rührte sich kampfbereit, und sein betagtes Gesicht legte sich in Falten. »Ihr habt selbst gesagt, daß sie uns zehnfach überlegen sind. Welchen Sinn hätte es, einen Kampf zu erzwingen?«

»Es würde uns den Vorteil verschaffen, daß wir uns den Zeitpunkt und den Ort und die Umstände des Kampfes nicht diktieren lassen müssen«, erwiderte sie. Sie stand noch immer und behielt diese Haltung auch bei, damit sie weiterhin auf sie hinabsehen konnte und sie zu ihr heraufsehen mußten. »Und ich habe nichts davon gesagt, daß wir einen Kampf erzwingen sollen.«

Erneut entstand Schweigen. Barsimmon Oridio errötete. »Aber Ihr sagtet, daß...«

»Sie sagte, wir könnten hinausziehen und ihnen entgegentreten«, unterbrach Eton Shart ihn. Er hatte sich inzwischen interessiert vorgebeugt. »Sie hat nichts davon gesagt, daß wir sie bekämpfen sollen.« Sein Blick blieb auf Wren gerichtet. »Aber was würden wir tun, wenn wir dort draußen wären, Mylady?«

»Ihnen die Hölle heißmachen. Sie ablenken. Zuschlagen und davonlaufen. Was auch immer nötig sein wird, um ihr Vorankommen zu verzögern. Sie bekämpfen, wenn wir eine Gelegenheit bekommen, sie ernstlich zu verletzen, aber eine direkte Konfrontation vermeiden, wenn wir verlieren würden.«

»Ihr Vorankommen verzögern«, wiederholte der Erste Verwalter nachdenklich. »Aber früher oder später werden sie sich uns widersetzen – oder Arborlon erreichen. Was dann?«

»Es wäre besser, wenn wir unsere Zeit damit verbringen würden, Fallen aufzustelllen, die Stadt zu befestigen und Vorräte zu horten«, schlug Perek Arundel vor. »Wir haben den Dämonen widerstanden, als der Ellcrys vor zweihundert Jahren versagt hat. Wir können auch der Föderation widerstehen.«

Barsimmon Oridio grunzte und schüttelte den Kopf.

»Betrachtet doch die Geschichte, Perek. Die Tore der Stadt wurden eingenommen und wir wurden überrannt. Wenn das Mädchen Chosen sich nicht erneut in den Ellcrys verwandelt hätte, wäre es für uns vorbei gewesen.« Er wandte seinen schweren Kopf ab. »Außerdem hatten wir in diesem Kampf Verbündete – nicht viele, aber einige Zwerge und das Legionsfreikorps.«

»Vielleicht werden wir wieder Verbündete haben«, erklärte Wren plötzlich und zog damit wieder aller Augen auf sich. »In den Bergen nördlich von Callahorn sammeln sich die Geächteten, eine beträchtliche Anzahl. Es gibt den Zwergenwiderstand im Ostland und die Trollvölker im Norden. Einige von ihnen könnten vielleicht davon überzeugt werden, uns zu helfen.«

»Das ist nicht sehr wahrscheinlich«, sagte der Hauptmann ihrer Heere schroff und schneidend, um der Angelegenheit ein Ende zu setzen. »Warum sollten sie das tun?«

Wren hatte die Diskussion dahin gebracht, wo sie sie hatte haben wollen. Sie hatte das Konzil dazu gebracht, ihr zuzuhören und nach einer Lösung für ein scheinbar unlösbares Dilemma zu suchen.

Sie richtete sich auf. »Weil wir ihnen einen Grund geben werden, Bar.« Sie gebrauchte seinen Kosenamen so ungezwungen und vertraulich, wie Ellenroh es getan hatte. »Weil wir ihnen etwas geben werden, was sie zuvor nicht gehabt haben. Einheit. Wir können die Rassen zu einem gemeinsamen Zweck gegen ihre Feinde vereinen. Das ist eine Chance, die Schattenwesen zu vernichten.«

Eton Shart lächelte zaghaft. »Worte, Mylady. Was bedeuten sie?«

Sie sah ihn an. Er war das größte Hindernis in dieser Angelegenheit. Sie mußte seine Unterstützung erringen. »Ich werde Euch sagen, was sie bedeuten, Eton. Sie bedeuten, daß wir zum ersten Mal seit drei Jahrhunderten eine Chance haben, sie zu besiegen.« Sie legte nachdrücklich eine Pause ein. »Erinnert Ihr Euch, was mich dazu gebracht hat, die Elfen zu suchen, Erster Verwalter? Laßt mich die Geschichte noch einmal erzählen.«

Und das tat sie, die ganze Geschichte von ihrer Reise zum Hadeshorn und dem Schatten Allanons bis zu der Suche nach Morrowindl und Arborlon. Sie wiederholte Allanons Aufgaben für die Ohmsfords. Sie hatte bisher niemandem außer Triss die Elfensteine gezeigt, aber sie nahm sie jetzt, nachdem sie ihre Erzählung beendet hatte, hervor, schüttete sie in ihre Hand und hielt sie gut sichtbar vor sich.

»Dies ist mein Vermächtnis«, sagte sie und ließ alle ihre Hand betrachten. »Ich wollte es nicht. Ich habe nicht darum gebeten, und mehr als einmal habe ich mir gewünscht, es loszuwerden. Aber ich habe meiner Großmutter versprochen, es zum Nutzen der Elfen zu gebrauchen, und das werde ich auch. Magie, um Magie zu bekämpfen. Die Schattenwesen müssen mit mir rechnen und mit den anderen, die der Schatten Allanons berufen hat – in manchen Augenblicken meine Verwandten –, und mit jedem, der dazu bestimmt ist, das Schwert von Shannara und die Druidenmacht zu gebrauchen. Ich denke, daß alle Talismane zurückgebracht wurden, nicht nur die Elfensteine – alle Formen von Magie, die die Schattenwesen fürchten. Wenn wir ihre Macht verbinden und die Männer und Frauen der Geächteten und des Widerstands und vielleicht sogar die Trolle des Nordlands vereinen können, haben wir die Chance, die wir brauchen, um diesen Kampf zu gewinnen.«

Eton Shart schüttelte den Kopf. »An all das sind viele Bedingungen geknüpft, Mylady.«

»Das Leben ist voller Bedingungen, Erster Verwalter«, erwiderte sie. »Es gibt keine Garantien. Nichts ist sicher. Besonders für uns. Aber erinnert Euch an folgendes: Die Schattenwesen kommen aus unseren Reihen, und ihre Magie ist unsere. Wir haben sie geschaffen. Wir haben ihnen durch unsere fehlgeleiteten Bemühungen, etwas wiederzuerobern, was besser in der Vergangenheit geblieben wäre, Leben gegeben. Ob es uns gefällt oder nicht, sie liegen in unserer Verantwortung. Ellenroh wußte das, als sie entschied, daß wir in die Vier Länder zurückkehren müßten. Wir sind hier, Erster Verwalter, um die Dinge ins rechte Licht zu rücken. Wir sind hier, um das zu Ende zu führen, was wir begonnen haben.«

»Und natürlich werdet Ihr uns dabei anführen?«

Er betonte die Frage gerade ausreichend, um seine Zweifel an ihrer Kraft und Fähigkeit für diese Aufgabe erkennen zu lassen. Wren unterdrückte ihre Verärgerung.

»Ich bin die Königin«, erklärte sie ruhig.

Eton Shart nickte. »Aber Ihr seid sehr jung, Mylady. Und Ihr habt noch nicht lange regiert. Ihr müßt einiges Zögern von jenen, die schon länger bei den Regierungsgeschäften geholfen haben, erwartet haben.«

»Was ich erwarte, ist Eure Unterstützung, Erster Verwalter.«

»Bedingungslose Unterstützung für irgend jemanden wäre Narrheit.«

»Ein Widerwille, zuzugeben, daß in der Jugend vielleicht auch Weisheit liegt, wäre ebenfalls Narrheit. Werdet deutlicher.«

Eton Sharts sanftes Gesicht spannte sich an. Überall rund um den Tisch war unbehagliche Bewegung zu spüren. Niemand sah ihn an. Er stand in dieser Angelegenheit genauso allein wie Wren.

»Ich will Euch nicht in Frage stellen…«, begann er.

»Doch, das tut Ihr, Erster Verwalter«, fauchte sie.

»Ihr müßtet daran denken, daß ich nicht dabei war, als Ihr zur Königin ernannt wurdet, und ich…«

»Haltet genau jetzt ein!« Jetzt war sie wirklich zornig, und sie machte sich nicht die Mühe, es zu verbergen. »Ihr habt recht, Eton Shart. Ihr wart nicht dabei. Ihr wart nicht da, um Ellenroh

Elessedil sterben zu sehen. Oder Gavilan. Oder die Eule. Oder Eowen Cerise. Ihr wart nicht da, um sehen zu können, wie Garth uns bei unserem Kampf gegen den Wisteron sein Leben geopfert hat. Ihr mußtet ihm nicht sterben helfen, Erster Verwalter, wie ich es tun mußte, denn ihn am Leben zu lassen, hätte ihn dazu verdammt, eines der Schattenwesen zu werden!«

Sie brachte sich mühsam wieder unter Kontrolle. »Ich habe alles aufgegeben, um die Elfen zu retten – meine Vergangenheit, meine Freiheit, meine Freunde, alles. Ich bereue es nicht. Ich habe es getan, weil meine Großmutter mich darum gebeten hat und weil ich sie geliebt habe. Ich habe es getan, weil die Elfen mein Volk sind, und obwohl ich lange Zeit fortgewesen bin, bin ich dennoch immer noch eine von ihnen. Eine von Euch, Erster Verwalter. Damit ist meine Erklärung beendet. Ich bin weder Euch noch jemand anderem Rechenschaft schuldig. Entweder bin ich Königin oder nicht. Ellenroh glaubte, ich sei es. Das hat mir genügt. Es sollte auch Euch genügen. Damit endet die Diskussion.«

Sie ließ ihren Blick bedeutungsvoll auf Eton Shart ruhen. »Wir müssen Freunde und Verbündete sein, Eton Shart, wenn wir eine Chance gegen die Föderation und die Schattenwesen haben wollen. Es muß zweifelsfreies Vertrauen zwischen uns bestehen. Das wird nicht immer leicht sein, aber wir müssen daran arbeiten, einander zu verstehen. Wir müssen uns Unterstützung und Ermutigung geben, nicht Herabsetzung und Verachtung. Es gibt in unserem Leben keinen Platz für weniger. Obwohl wir es uns vielleicht anders wünschten, müssen wir akzeptieren, was das Schicksal für uns bestimmt hat.«

Sie atmete tief durch und sah die anderen an. »Wie auch Ellenroh es einst getan hat, bitte ich Euch jetzt um Eure Unterstützung. Ich denke, wir sollten hinausziehen, um der Föderationsarmee entgegenzutreten und ihr das Leben so schwer wie möglich zu machen. Ich denke, wir werden feststellen, daß es andere gibt, die uns helfen werden. Uns zu verbergen, das wird uns nichts nützen. Wenn wir uns isolieren, ist es genau das, worauf die Föderation hofft. Wir dürfen ihnen nicht die Befriedigung geben, uns ängstlich und allein vorzufinden. Wir sind das älteste Volk auf Erden, und diese Rolle müssen wir erfüllen. Wir müssen die Mitglieder der anderen, jüngeren Rassen anführen. Wir müssen ihnen Hoffnung geben.«

Sie sah sie an. »Wer steht hinter mir?«

Triss erhob sich sofort. Tiger Ty erhob sich mit ihm, aber er wirkte entschieden unbehaglich. Dann stand zu Wrens freudiger Überraschung auch Fruaren Laurel auf, die die ganze Zeit über kein Wort gesagt hatte.

Sie wartete. Vier waren aufgestanden, vier waren sitzengeblieben. Von den Vieren, die sich erhoben hatten, waren nur drei Mitglieder des Hohen Konzils. Tiger Ty war nur ein Abgesandter seines Volks. Wenn sich nichts änderte, würde es Wren an der Unterstützung mangeln, die sie brauchte.

Sie wandte ihren Blick Eton Shart zu, streckte ihm dann ihre Hand hin. Es war eine gleichzeitig versöhnliche, wie auch herausfordernde Geste, und er sah sie mit fragendem Blick überrascht an, zögerte einen Moment unentschlossen und streckte dann seinerseits die Hand aus, um die ihre zu ergreifen. Und dann erhob er sich. »Mylady«, sagte er und verbeugte sich. »Wie Ihr bereits sagtet: Wir müssen zusammenhalten.«

Auch Barsimmon Oridio erhob sich. »Besser ein Kampfhahn als ein gerupftes Huhn«, grollte er. Er schüttelte den Kopf und sah Wren dann mit beinahe bewunderndem Blick aus seinen betagten Augen an. »Eure Großmutter hätte uns auf die gleiche Weise beraten, Mylady.«

Jalen Ruhl und Perek Arundel standen widerwillig auf, wobei sie einander hilflose Blicke zuwarfen. Sie waren nicht überzeugt, aber sie wollten sich ihr nicht allein entgegenstellen. Wren nickte ihnen freundlich zu. Sie würde nehmen, was sie bekommen konnte.

»Danke«, sagte sie ruhig. Sie drückte Eton Shart die Hand und ließ dann los. »Dank Euch allen. Wir sollten uns in kommenden Zeiten daran erinnern, daß nur unser Glaube und unser gegenseitiges Vertrauen uns erhalten kann.«

Sie blickte in die Runde und betrachtete jedes Gesicht, genauso wie die Augen der anderen auf sie gerichtet waren. Zumindest für den Moment war sie wahrhaft ihre Königin.

13

Walker Boh dachte zwei Tage lang nach, bevor er erneut versuchte, der Belagerung Paranors durch die Schattenwesen zu entkommen.

Vielleicht hätte er es auch dann nicht versucht, aber er merkte, daß er in einen gefährlichen Bewußtseinszustand hinüberglitt. Je mehr er über verschiedene Fluchtmöglichkeiten nachdachte, desto mehr hatte er das Gefühl, noch weiter darüber nachdenken zu müssen. Jeder Plan hatte seine Fehler, und jeder Fehler wurde verstärkt, wenn er zur Überprüfung um und um gewendet wurde. Nichts, was er ersann, schien genau das Richtige, und je härter er daran arbeitete, eine todsichere Methode für eine erfolgreiche Flucht zu ersinnen, desto mehr begann er an sich zu zweifeln. Schließlich wurde es offensichtlich, daß er alles Vertrauen verlieren und schließlich gänzlich handlungsunfähig werden würde, wenn er sich erlaubte, so weiterzumachen.

Es war alles Teil eines Spiels, das die Schattenwesen mit ihm spielten, fürchtete er.

Seine erste Begegnung mit den Vier Reitern hatte ihn physisch zerschlagen zurückgelassen, aber es waren nicht jene Verletzungen, die ihn besorgt machten. Es war der psychische Schaden, der nicht heilen wollte und der in ihm verblieben war wie ein Fieber. Walker Boh hatte sein Leben immer unter Kontrolle gehabt und war immer in der Lage gewesen, die Ereignisse um sich herum zu beeinflussen und Zwänge im Zaum zu halten. Er hatte dies überwiegend dadurch erreicht, daß er sich innerhalb der vertrauten Grenzen des Darklin Reach isoliert hatte, wo die zu erwartenden Gefahren und Probleme, die zu lösen waren, bekannt und innerhalb seiner außergewöhnlichen Fähigkeiten überschaubar blieben. Er hatte Gewalt über die Magie, Intelligenz, gekoppelt mit außerordentlichem Einblick, und andere verschiedenartige Fähigkeiten, die von der Erfahrung durch unmittelbare Erkenntnis bis zum Erlernten reichten – und den Fähigkeiten eines jeden, gegen den er sie einsetzte, weit überlegen waren.

Aber das hatte sich geändert. Er hatte den Darklin Reach verlassen und war in die Außenwelt gekommen. Dies war jetzt seine Heimat. Die Hütte am Hearthstone war zu Asche zerfallen, das Leben, das er gekannt hatte, war in einer anderen Zeit verschollen. Er hatte einen Weg beschritten, der sein Dasein so sicher wie der Tod verwandelt hatte. Er hatte Allanons Aufgabe angenommen und sie bis zum Schluß verfolgt. Er hatte den Schwarzen Elfenstein wiederentdeckt und Paranor zurückgebracht. Er war der erste der neuen Druiden geworden. Er war ein völlig anderer als der Mensch, der er noch vor wenigen Wochen gewesen war. Diese Verwandlung hatte ihm neuen Einblick gewährt, Kraft, Wissen und Macht. Aber sie hatte ihn auch neuen Verantwortlichkeiten, Erwartungen, Herausforderungen und Feinden überantwortet. Es würde noch zu entscheiden sein, ob ersteres ausreichte, letzteres zu bewältigen. Zumindest im Moment war diese Angelegenheit noch nicht entschieden. Walker Boh könnte scheitern und für immer verloren sein – oder er könnte einen Weg finden, wieder in Sicherheit zu gelangen. Er war ein Mensch, der am Abgrund hing.

Die Schattenwesen wußten das. Sie hatten ihn bedrängt, seit sie entdeckt hatten, daß Paranor zurückgebracht worden war. Walker war in seiner Rolle als Druide noch immer ein Kind, und jetzt war der Zeitpunkt, an dem er sicherlich am verwundbarsten war. Ihn zu belagern, ihn zu bedrängen, seine Entwicklung zu behindern, ihn wenn möglich zu töten, ihn aber auf alle Fälle zu schwächen – das war der Plan.

Und der Plan funktionierte. Walker war nach seinem ersten, mißlungenen Fluchtversuch nach Paranor zurückgekehrt und war sich mehrerer, sehr unerfreulicher Wahrheiten bewußt geworden. Erstens besaß er nicht genug Macht, um sich in einer direkten Konfrontation zu befreien. Die Vier Reiter waren ihm mehr als gewachsen, und ihre Magie entsprach der seinen. Zweitens konnte er nicht unentdeckt an ihnen vorbeigelangen. Drittens, und als schlimmster Punkt, besaßen sie weitaus mehr Erfahrung als er – und sie fürchteten ihn nicht. Sie hatten ihn gesucht. Sie hatten dies offen, ohne jede Verstellung getan. Sie hatten ihn bedroht und hatten ihn dazu herausgefordert, herauszukommen und sie zu bekämpfen. Sie umkreisten Paranor in offenkundiger Geringschätzung dessen, was er tun könnte. Er war ein Gefangener in seiner eigenen Festung, reduziert auf den Versuch, einen Plan zu ersinnen, der ihm die Freiheit bescheren würde, und die Vier Reiter wetteten darauf, daß ihm dies nicht gelingen würde. Und er sah sich gezwungen, zuzugeben, daß sie möglicherweise recht hatten.

»Du denkst zuviel darüber nach«, riet Cogline ihm schließlich, als er ihn wieder auf den Mauern vorfand, wo er auf die Geister hinabstarrte, die unter ihm kreisten. Er sah hager und blaß aus, abgezehrt und ausgelaugt. »Sieh dich an, Walker. Du schläfst kaum. Du achtest nicht auf deine Erscheinung – du hast seit deiner Rückkehr nicht mehr gebadet. Du ißt nicht.«

Mit einer schwachen Bewegung rieb sich der alte Mann über die Barthaare am Kinn. »Denk nach, Walker. Das ist es doch, was sie bezwecken. Sie haben Angst vor dir! Wenn dem nicht so wäre, würden sie einfach die Tore durchbrechen und diese Angelegenheit beenden. Aber das wird nicht nötig sein, wenn sie dich dazu bringen, daß du an dir selbst zweifelst, in Panik gerätst und Vorsicht und Vernunft außer acht läßt, die dich so weit gebracht haben. Wenn das geschieht, werden sie gewonnen haben. Früher oder später, denken sie, wirst du etwas Dummes tun, und dann werden sie dich haben.«

Es war die längste Rede, die Cogline seit seiner Rückkehr gehalten hatte. Walker sah ihn an, musterte das uralte, wettergegerbte Gesicht, den spindeldürren Körper, die Arme und Beine, die wie Stöcke aus seinen Gewändern herausragten. Cogline hatte ihn bei seiner Rückkehr mit beruhigenden Worten empfangen, aber er hatte ansonsten weitgehend in sich gekehrt und entfernt gewirkt – genauso wie er es jene wenigen Tage lang gewesen war, bevor Walker das erste Mal einen Ausbruch versucht hatte. Etwas war mit Cogline vorgegangen, ein geheimer Konflikt, aber Walker war damals, wie auch jetzt, zu sehr mit seinen eigenen Problemen beschäftigt gewesen, als daß er ihn dazu aufgefordert hätte, zu offenbaren, was es war.

Dennoch ließ er sich von dem alten Mann von den Brustwehren ins Innere der Festung und zu einer warmen Mahlzeit führen. Er aß mit Begeisterung, trank ein wenig Bier und beschloß, daß ein Bad immerhin eine gute Idee war. Er saß in dem dampfenden Wasser, das ihn innerlich und äußerlich reinigte und spürte, wie die Hitze seinen Körper und Geist tröstete und entspannte. Ondit leistete ihm Gesellschaft. Er hatte sich neben der Wanne zusammengerollt, als wolle er an der Wärme teilhaben. Während

Walker sich abtrocknete und wieder anzog, dachte er über die außergewöhnliche Ruhe der Moorkatze nach, jene Maske, die alle Katzen kennzeichnete, wenn sie die Welt um sich herum betrachteten und auf ihre eigene, unergründliche Weise abwogen. Ein wenig von dieser Ruhe könnte nützlich sein, dachte er.

Dann schweiften seine Gedanken plötzlich ab.

Was stimmte mit Cogline nicht?

Er ließ seine eigenen Sorgen in dem Badewasser zurück und ging hinaus, um den alten Mann zu suchen. Er fand ihn in der Bibliothek, wo er erneut die Druidengeschichten las. Cogline schaute auf, als er hereinkam. Er schien erschreckt durch sein Erscheinen oder durch das, was es bedeuten mochte – Walker konnte nicht sagen, was von beidem es war.

Walker setzte sich neben ihn auf eine geschnitzte, gepolsterte Bank. »Alter Mann, was beunruhigt dich?« fragte er leise. Er streckte die Hand aus, um sie beruhigend auf die dünne Schulter des anderen zu legen. »Ich sehe die Sorge in deinen Augen. Erzähle es mir.«

Cogline zuckte übertrieben die Achseln. »Ich mache mir Sorgen um dich, Walker. Ich weiß, wie seltsam dir alles erscheint, seit… nun, seit all das begann. Es kann nicht leicht sein. Ich denke immer, daß es etwas geben muß, was ich tun kann, um dir zu helfen.«

Walker schaute fort. *Seit dem Schwarzen Elfenstein*, dachte er. *Seit Allanon ein Teil von mir geworden ist, in mich eingedrungen ist durch die Magie, die verblieben war, um Paranor in Sicherheit zu halten, bis die Druiden zurückkehren würden. »Seltsam« ist kaum das richtige Wort dafür.*

»Du brauchst dir keine Sorgen um mich zu machen«, antwortete er mit ironischem Lächeln. *Zumindest nicht darüber.* Die in die Vergangenheit und in die Gegenwart eingebundenen Kämpfe waren vergangen, als Walker Allanon in sich aufgenommen hatte, und das Leben und das Wissen der Druiden war zu seinem eigenen geworden. Er dachte daran, wie die Magie durch ihn hindurchgepeitscht war und allen Widerstand verbrannt hatte, bis er keine andere Wahl mehr gehabt hatte, als sie als seine eigene zu akzeptieren.

»Walker.« Cogline sah ihn jetzt konzentriert an. »Ich glaube nicht, daß Allanon dir das alles zugemutet hätte, wenn er nicht geglaubt hätte, daß du mit genügend Macht daraus hervorgehst, um dich der Schattenwesen erwehren zu können.«

»Du hast mehr Vertrauen als ich.«

Cogline nickte ernst. »Das war schon immer so, Walker. Wußtest du das nicht? Aber mein Vertrauen wird eines Tages auch das deine sein. Es braucht einfach Zeit. Mir wurde diese Zeit gewährt, und ich habe sie dazu genutzt, zu lernen. Ich lebe jetzt schon eine lange Zeit, Walker. Eine lange Zeit. Vertrauen ist ein Teil dessen, was mir die Kraft verleiht, weiterzumachen.«

Walker nahm seine Hand fort. »Ich hatte Vertrauen in mich selbst. Ich hatte es, als ich wußte, wer und was ich war. Aber das hat sich geändert, alter Mann. Ich bin jemand und etwas völlig anderes, und du verlangst von mir, Vertrauen zu einem Fremden zu haben. Das ist schwer für mich.«

»Ja«, stimmte Cogline zu. »Aber es wird geschehen – wenn du ihm die Zeit gewährst.«

»Ich kann die Zeit gewähren«, sagte Walker Boh schließlich.

Er ging wieder hinaus. Ondit folgte ihm, ein schwarzer Schatten, der in der Dämmerung von Lampenschein zu Lampenschein huschte, den Kopf rhythmisch schwingend, den Schwanz hin- und herschwenkend. Walker war sich seiner bewußt, ohne an ihn zu denken, denn seine Gedanken waren erneut auf die Schattenwesen außerhalb der Festung gerichtet.

Es mußte einen Weg geben.

Kraft allein war nicht genug. Die Macht der Druidenmagie

war beeindruckend, aber sie war selbst für die Druiden, die gekommen und gegangen waren, in sich selbst niemals genug gewesen. Wissen war ebenfalls notwendig. Geschicklichkeit. Verstand. Unvorhersagbarkeit. Dieses letztere vielleicht mehr als alles andere – etwas nicht Greifbares, das das besondere Wirkungsfeld Überlebender war. Hatte er sie? fragte er sich plötzlich. Was hatte er außer dem, was die Druidenmagie ihm gegeben hatte, auf was er sich berufen konnte? Er hatte viel aus der Tatsache gemacht, daß nichts von dem, was ihm von den Druiden angetan worden war, etwas daran ändern würde, wer er war. Aber war das so? Und wenn es so war, auf welchen Teil von sich selbst konnte er sich denn jetzt berufen, um wieder an sich zu glauben?

Und war das nicht der Schlüssel zu allem? Daß er fest genug an sich selbst glaubte, um nicht zu verzweifeln?

Er stieg wieder auf die Festungsmauern, und Ondit folgte ihm auch dorthin. Die Nacht war klar und sternenhell, und die Luft roch sauber und frisch. Er atmete sie tief ein, während er auf den Mauern entlangging und nicht auf das hinabschaute, was dort wartete, sondern seine Gedanken frei und unbelastet entgleiten ließ. Er merkte, daß er über Quickening nachdachte, die Tochter des Königs vom Silberfluß, jenem Elementargeist, der alles gegeben hatte, um einem Land aus Stein das Leben wiederzugeben, um der Erde eine Chance der Heilung zu geben. Er stellte sich ihr Gesicht vor und lauschte in seiner Erinnerung auf ihre Stimme. Er spürte ihr leichtes Gewicht, als er sie dieses letzte Mal zum Rande des Eldwist getragen hatte, das Gefühl der Sicherheit, das von ihr ausgegangen war, das Gefühl der Macht. Im Sterben hatte sie ihr Versprechen eingelöst. So hatte sie es gewollt. Und sie hatte ihm einen Teil ihres Lebens hinterlassen, einen Sinn für Zweck und Bedürfnis, einen Vorsatz, daß er in seinem Leben das tun würde, was sie nur im Tod hatte tun können.

Er blieb stehen und schaute hinaus in die Nacht. Wie weit war er gereist, dachte er in wahrem Erstaunen. Welch eine lange Reise war es gewesen. Alles zu dem Zweck, diesen Punkt zu erreichen, an diesem Ort und in dieser Zeit anzukommen.

Er unterbrach seine Überlegungen, wandte sich dem Inneren der Festung zu, den Mauern und Türmen, die über ihm aufragten und sich dunkel in die Nacht erhoben. Sollte hier sein Leben enden, fragte er sich plötzlich. Sollte hier schließlich die Reise enden?

Es wäre ein nutzloser Kampf gewesen, wenn es so sein würde.

Er wandte sich um und schaute über die Mauer hinab. Einer der Reiter ritt unmittelbar unter ihm vorbei, eine schwache Lumineszenz vor dem Dunkel. Tod, dachte er, aber es war schwer, das genau zu sagen. Es machte ohnehin keinen Unterschied. Namen ungeachtet, Identitäten außer acht gelassen, sie bedeuteten alle in der einen oder anderen Form Tod. Schattenwesen, Mörder, denen über ihre Fähigkeit, zu vernichten, hinaus jeglicher Sinn und Zweck fehlte. Warum hatten sie es zugelassen, daß sie so werden konnten? Welche Wahl hatte sie so werden lassen?

Er beobachtete, wie dieser Reiter verschwand und wartete auf den nächsten. Jede Nacht patrouillierten sie und versammelten sich in der Dämmerung wieder vor den Toren, um ihre Herausforderung erneut zu verkünden…

Er fing sich. Alle zusammen. Vor den Toren.

Ein Hoffnungsschimmer flammte in seinem Geist auf. Was wäre, wenn er dieser Herausforderung annahm?

Mit grimmigem Gesicht stieß er sich von der Mauer ab und stieg auf der Suche nach Cogline in die Festung hinab.

Die Dämmerung kündigte sich mit einem Silberschimmer des Himmels im Osten an, was Nebel und Hitze versprach. Die Luft war sogar schon so früh still und drückend, ein Überbleibsel der gestrigen Hitze, ein Versprechen, daß dieser Sommer nicht die Absicht hatte, dem Herbst schnell zu weichen. Vögel ließen ihre Rufe in mürrischem, müdem Ton erschallen, als seien sie nicht gewillt, den Tagesanfang zu verkünden.

Die Vier Reiter hatten sich vor den Toren versammelt und in dem Grau auf ihren Alptraumreittieren aufgereiht. Die Schlangen scharrten erregt auf dem Boden, während ihre Reiter stumm vor Paranors hohen Mauern saßen. Geister ohne Stimme, Leben ohne Gleichgewicht. Als das Licht hinter den Spitzen der Drachenzähne hervordrang, drängte Krieg sein gräßliches Tier vorwärts, hob seine Hand und schlug mit hohlem Donnern gegen das Tor. Der Klang verweilte in der Stille, die folgte, ein Widerhall, der in den Bäumen und der Dämmerung verklang. Das Tor wurde erschüttert und blieb dann wieder still.

Krieg begann sich abzuwenden.

Walker Boh wartete. Er befand sich bereits außerhalb der Mauern, denn er war durch eine verborgene Tür in einem Turm kaum fünfzig Fuß entfernt hervorgetreten. Er wurde durch einen Unsichtbarkeitszauber seiner Magie umhüllt, verborgen in der Berührung und dem Aussehen und dem Geruch uralten Gesteins, so daß er einfach wie ein weiterer Teil von Paranor wirkte. Sie hatten nicht nach ihm Ausschau gehalten. Und selbst wenn sie es getan hätten, wäre er wohl nicht entdeckt worden.

Er hob seinen gesunden Arm. Die Magie war bereits heraufbeschworen und innerlich versammelt, bis sie weißheiß war. Und jetzt schleuderte er sie auf die Schattenwesen zu.

Die Magie brach Krieg explosionsartig auf und zerfetzte ihn. Das Schlangenreittier machte einen Satz und verschwand.

Walker schlug erneut zu. Die Magie prallte in die verbliebenen Reiter hinein und erwischte sie völlig unvorbereitet. Feuer brach überall auf und hüllte sie ein. Die Schlangen bäumten sich auf, schlugen entsetzt um sich und wirbelten in dem Versuch zu entkommen herum. Walker sandte das Feuer vor ihre Augen, damit sie nichts sehen konnten, und in ihre Nüstern, damit sie nichts riechen konnten, damit es ihre Sinne außer Gefecht setzte und sie in den Wahnsinn trieb. Geblendet und verwirrt prallten die Schattenwesen gegeneinander.

Ich habe sie! dachte Walker freudig erregt.

Seine Kraft ließ schnell nach, aber er gab nicht auf. Er ließ den Unsichtbarkeitszauber fallen, sparte seine Kräfte soweit wie möglich auf und setzte den Angriff heftig fort, zwang die Magie, zu Feuer zu werden, und zwang das Feuer, zu verschlingen. Einer der Reiter brach aus, dampfend und spuckend wie fortgetretene, glühende Kohlen. Es war Seuche. Der seltsame Körper war in einem summenden Schwarz der Dunkelheit zerrissen und hatte alle Gestalt und Kontur verloren. Hungersnot war zu Boden gegangen, Pferd und Reiter wanden sich auf der Erde, in dem verzweifelten Versuch, die Flammen zu löschen, die sie verschlangen. Tod wirbelte in reinem Wahnsinn unkontrolliert umher.

Dann geschah das Unvorstellbare. Durch Rauch und Flammen, von dort zurückgekommen, wohin er getroffen und vernichtet geflohen war, erschien Krieg auf seinem Schlangenreittier erneut.

Und Krieg war wieder eins geworden.

Walker betrachtete die Szene ungläubig. Er hatte den Körper des Reiters in der Mitte zertrennt, hatte die obere Hälfte herunterfallen sehen, und jetzt war Krieg als Ganzes wieder da, als sei überhaupt nichts mit ihm geschehen.

Er griff an. Rasch verringerte er die Entfernung zwischen ihnen, den geschützten Körper eifrig vorgebeugt, Metall im schwachen Licht der Dämmerung schimmernd. Walker konnte das Donnern der klauenbewehrten Füße hören, das Kratzen des

Atems, das Quietschen der Rüstung und das Pfeifen von Luft, die auswich, als er herankam.

Es war nicht möglich!

Instinktiv verlagerte Walker die Magie und sammelte sie zu einem letzten Ausbruch. Sie erwischte den Reiter und sein Tier in einem Feuerwirbelwind und schob sie beiseite, stieß sie von dem Weg, der die Festung umgab, hinunter und in die Bäume hinab, wo sie krachend verschwanden.

Aber es war keine Zeit, den Angriff weiter zu verfolgen. Die anderen Reiter hatten sich ebenfalls erholt. Tod wandte sich ihm in seinem grauen Umhang zu, die schimmernde Sense hielt er gesenkt. Seuche folgte ihm und zischte dabei wie ein Sack voller Schlangen. Sein Körper nahm Gestalt an, während er herankam. Walker schnitt die Beine der Schlange Tods unter ihr weg, wodurch beide übereinanderfielen. Zu diesem Zeitpunkt war Seuche bereits fast über ihm. Er sprang katzenschnell beiseite. Aber die ausgestreckten Finger des Reiters streiften ihn dennoch, als er vorbeiging.

Sofort wogte eine Welle der Übelkeit durch Walker hindurch. Schwach und benommen fiel er auf die Knie. *Nur eine Berührung war alles gewesen!* Er fuhr zu Seuche herum und schoß eine neuerliche Feuerlanze auf den dunklen Rücken des Schattenwesens ab. Seuche brach in einem Schwarm schwarzer Fliegen auseinander.

Alles schien Walker Boh zu langsam abzulaufen. Er beobachtete, wie Hungersnot schwer und träge taumelnd heraneilte. Er versuchte zu reagieren, aber seine Kraft schien ihn verlassen zu haben. Er war sich des Tagesanbruchs bewußt, eines neuen Lichts, das den östlichen Horizont erhellte und sich in dichten, klebrigen Bahnen über die schleppenden Gewänder der weichenden Nacht ergoß. Er konnte die Luft spüren, konnte sie schmecken und riechen, die Gerüche frischer Blätter und Gräser, die sich mit Staub und Hitze vermischten. Paranor war ein scheußlicher Steinschatten an seinem Ellenbogen, so nah, daß er ihn berühren konnte, und doch unerreichbar weit entfernt.

Er hätte seinen Umhang aus Unsichtbarkeit nicht fallenlassen sollen. Er hatte jeden Vorteil verloren, den er besessen hatte.

Er sandte Feuerlanzen auf Hungersnot und wehrte seinen Angriff damit ab. Der skelettartige Körper des Reiters wurde gebeugt und brach durch den Stoß auseinander.

Tot, aber nicht wirklich, dachte Walker, und fühlte sich fiebrig und heiß werden.

Die Reiter schwärmten aus allen Richtungen zurück, Schlangen erhoben sich und kamen auf ihn zu. Warum wollten sie nicht sterben? Wie konnten sie erneut auf ihn zukommen? Die Fragen rollten unbeholfen von seiner Zunge, und er war sich plötzlich bewußt, daß er sie laut ausgesprochen hatte, daß sich eine Art Delirium in ihm ausbreitete. Er war unglaublich schwach, als er wieder auf die Mauer zustolperte, während er all seine Kraft sammelte, um dem erneuten Angriff entgegenzutreten. Sein Plan zerfiel. Er hatte etwas falsch eingeschätzt. Was war es?

Er hob seinen Arm und sandte das Feuer in alle Richtungen. Er schmetterte es auf seine Angreifer in dem verzweifelten Versuch, sie in Schach zu halten. Aber seine Kraft war jetzt erschöpft, bei seinem ersten Angriff verausgabt, von Seuche ausgelaugt. Die Magie erreichte kaum, daß das Schattenwesen, das durch ihre Wand hindurchbrach und auf ihn zukam, seinen Schritt verlangsamte. Krieg warf eine Keule mit gezackten Kanten nach ihm, und er beobachtete, wie sie auf ihn zuwirbelte, aber fühlte sich unfähig zu handeln. Im letzten Moment sammelte er genug Energie, um sie abzuwenden, aber dennoch traf ihn das Eisen blitzartig und wirbelte ihn mit solcher Wucht rückwärts gegen das Gestein Paranors, daß ihm der Atem ausging.

Der Schlag rettete ihm das Leben.

Als er sich an das Gestein der Mauern Paranors klammerte, um sich abzufangen, fand er die Fuge der verborgenen Tür. Einen Moment lang klärte sich sein Geist, und er erinnerte sich daran, daß er sich einen Fluchtweg gelassen hatte, falls die Dinge schlecht stünden. Er hatte es im Kampfgetümmel, im Griff des Fiebers und des Deliriums vergessen. Er hatte noch immer eine Chance. Die Vier Reiter steuerten auf ihn zu. Sie kamen jetzt unglaublich schnell näher. Die Finger seiner Hand eilten taub und blutig die Fuge der verborgenen Tür entlang. Wenn er nur zwei Hände, zwei Arme hätte! Wenn er nur gesund wäre! Der Gedanke war im Handumdrehen da und wieder fort, die Verzweiflung, die ihn hervorgerufen hatte, wurde von seinem Zorn gebannt.

Ein Kreischen von Metall und Klauen erklang.

Seine Finger schlossen sich um den Türring.

Die Tür schwang nach innen auf und trug ihn mit sich wie ein gestaltloses Bündel Gewänder. Während sie dies tat, warf er Feuerfragmente in den Spalt hinter ihm, die so scharf waren wie Rasiermesser. Er hörte sie gegen seine Verfolger prallen und glaubte die Schattenwesen irgendwo in seinem Geist schreien zu hören.

Dann befand er sich in modriger, kühler Dunkelheit. Die Geräusche und der Zorn wurden mit dem Zufallen der Tür ausgeschlossen, der Kampf war vorüber.

Cogline fand ihn in dem Gang unter den Brustwehren der Festung, zu einer Kugel zusammengerollt und so erschöpft, daß er ihn nicht dazu bringen konnte, sich zu bewegen. Mit erheblicher Anstrengung brachte der alte Mann Walker zu seinem Bett und legte ihn hinein. Er zog ihn aus, benetzte ihn mit kühlem, sauberem Wasser, gab ihm Medizin und wickelte ihn zum Schlafen in Decken. Er sagte Worte zu Walker, aber Walker konnte sie anscheinend nicht entschlüsseln. Walker erwiderte etwas, aber was er sagte, war undeutlich. Er wußte, daß er lebte, daß er überlebt hatte, um einen weiteren Tag zu überstehen, und das war das einzig Wichtige.

Zitternd, schmerzerfüllt und bis auf die Knochen ermüdet von seinem Kampf, ließ er sich umsorgen, bis Cogline ihn in der Dunkelheit zum Ausruhen zurückließ. Er war sich bewußt, daß Ondit sich neben ihm zusammenrollte und Wache hielt, was auch immer ihm drohen mochte. Die Moorkatze war bereit, Cogline zu rufen, wenn es nötig sein würde. Er schluckte gegen die Trockenheit in seiner Kehle an, und sagte sich, daß die Krankheit vergehen würde, daß er wieder gesund sein würde, wenn er erwachte. Er war entschlossen, daß es so sein müßte.

Er schloß die Augen, und während sie sich schlossen, klammerte sich sein Geist an einen letzten, heilenden Gedanken.

Der Kampf war an diesem Tag verloren worden. Die Vier Reiter waren erneut über ihn gekommen. Aber er hatte etwas aus seiner Niederlage gelernt – etwas, was sich letzten Endes als ihr Verderben erweisen würde.

Er atmete tief und ruhig ein und ließ den Atem wieder ausströmen. Schlaf rauschte in warmen, entspannenden Wellen durch seinen Körper.

Wenn er den Schattenwesen das nächste Mal gegenübertreten würde, versprach er sich, bevor er entglitt und seinen Schwur mit Schichten eiserner Entschlossenheit umgab, würde er ihnen ein Ende bereiten.

14

Während Walker Boh darum kämpfte, sich von den Vier Reitern vor Paranor zu befreien, überzeugte Wren Elessedil das Hohe Konzil der Elfen davon, daß sie sich um die Föderationsarmee kümmern mußten, die nach Norden kam, um sie zu vernichten. Gleichzeitig führte Morgan Leah Damson und eine kleine Gruppe Geächteter an, um Padishar Creel aus Tyrsis zu befreien und folgte Par Ohmsford seinem Bruder Coll.

Es war eine beschwerliche, mühselige Unternehmung. Nachdem Damson und er sich getrennt hatten, hatte Par seine Suche sofort aufgenommen. Er war sich der Tatsache bewußt, daß Coll nur Minuten Vorsprung hatte und sagte sich, daß er ihn sicherlich erreichen würde, wenn er schnell genug wäre. Die Morgendämmerung hatte eingesetzt und Dunkelheit, die seine Unternehmung hätte hemmen können, verblaßte zu verstreuten Schatten und Flecken von Dunst, die in den Bäumen verweilten. Coll floh in unbekümmerter Nichtbeachtung alles anderen außer der Vision, die ihm das Schwert von Shannara gezeigt hatte. Er war verwirrt und erschreckt, und sein Schmerz war greifbar gewesen. Wie stark würde er sich in einem solchen Zustand bemühen, seine Flucht zu verbergen? Wie weit würde er laufen können, bevor ihn die Erschöpfung überwältigte?

Die Antwort war nicht die, die Par erwartet hatte. Obwohl er den Spuren seines Bruders ziemlich leicht folgen konnte und die Fährte inmitten eines Durcheinanders von Gestrüpp und Gräsern deutlich zu sehen war, stellte er fest, daß er nicht näher an ihn herankam. Trotz allem – oder vielleicht auch wegen allem – schien Coll unerwartete Kräfte in sich entdeckt zu haben. Er lief vor Par davon, beeilte sich nicht nur, sondern blieb nicht einmal stehen, um zu rasten. Und er lief auch nicht in gerader Linie. Er rannte hierhin und dorthin, begann in einer Richtung und wandte sich dann in der nächsten Sekunde um, aus keinem erkennbaren Grund, sondern scheinbar aus einer Laune heraus. Es war, als sei er wahnsinnig geworden, als würden Dämonen ihn verfolgen oder wären in seinem Kopf eingeschlossen, so daß er nicht bestimmen konnte, woher sie kamen.

Ja, tatsächlich, dachte Par, während er ihm folgte, so mußte es für Coll wohl sein.

Bei Einbruch der Nacht war er erschöpft. Sein Gesicht und seine Arme waren von Staub und Schweiß überzogen, sein Haar war glanzlos und verklebt und seine Kleidung schmutzig. Da er fast alles Gepäck zurückgelassen hatte, um weniger zu tragen zu haben und schneller zu sein, trug er jetzt nur das Schwert von Shannara, eine Decke und einen Wasserschlauch bei sich. Dennoch konnte er kaum noch gehen. Er fragte sich, wie es Coll gelungen war, vor ihm zu bleiben. Seine Angst hätte ihn schon vor Stunden erschöpfen müssen. Das Spiegeltuch und die Schattenwesenmagie trieben seinen Bruder offenbar an wie eine Peitsche ein Tier. Der Gedanke ließ Par verzweifeln. Wenn Coll nicht langsamer wurde, wenn er nicht wenigstens einen kleinen Teil seines gesunden Menschenverstandes wiedererlangte, würde ihn die Anstrengung töten. Oder wenn die Anstrengung es nicht täte, dann würde es ein Fehler tun, wie er viele in der sorglosen Nichtbeachtung seiner persönlichen Sicherheit machte. Es gab Gefahren in diesem Land, die einen Mann sogar dann töten konnten, wenn er ein gesundes Maß an Vorsicht und gesundem Menschenverstand einsetzte. Im Moment besaß Coll Ohmsford anscheinend von beidem nichts.

Als er schließlich stehenblieb, befand sich Par unmittelbar westlich der Stelle, an der sich der Mermidon teilte und von wo aus ein Arm als Nebenfluß östlich zum Rabb hin verlief und der andere südwärts auf Varfleet und den Runne zu. Folgte man dem zweiten Arm weit genug, so konnte man den Regenbogensee erreichen. Und dann auch die Südwache. Das war die Richtung, die Coll eingeschlagen hatte, als es zu dunkel geworden war, daß er seine Spur weiter verfolgte. Je länger Par über diese Angelegenheit nachdachte, desto wahrscheinlicher schien es, daß sein Bruder schon die ganze Zeit über diesem Weg gefolgt war – wenn auch auf Umwegen. Zurück zur Südwache und den Schattenwesen. Das war wahrscheinlich, denn es war die Magie des Umhangs, die Coll zerrüttete.

Par wickelte sich in seine Decke und lehnte sich gegen einen alten Hickorybaum, um die Dinge zu überdenken. Das Schwert von Shannara lag auf dem Boden neben ihm, und seine Finger zogen die Umrisse des geschnitzten Hefts nach. Wenn die Schattenwesenmagie seinen Bruder kontrollierte, wußte Coll vielleicht gar nicht, was er tat. Er hatte vielleicht nach Par gesucht, ohne zu wissen, warum. Er floh jetzt vielleicht in demselben Zustand. Nur, daß das Schwert Coll die gleiche Vision gezeigt hatte, die es Par gezeigt hatte, und das bedeutete, daß Coll die Wahrheit über sich selbst gesehen hatte. Par hatte in jenen Momenten eine Verbundenheit verspürt. Coll und er standen sich so lange nahe, daß sie es beide hatten erkennen können. Hatte das die Dinge auf irgendeine Weise geändert? Versuchte Coll sich etwa von der Schattenwesenmagie zu befreien, nachdem er die Wahrheit über sich selbst gesehen hatte?

Par schloß gegen die drohende Müdigkeit fest die Augen. Er mußte schlafen, war aber nicht eher bereit dazu, bevor er nicht herausgefunden hatte, was vor sich ging. Damson hatte ihn gewarnt, daß ihn die Verfolgung in eine Art Falle führen könnte. Coll war nicht zufällig zu ihnen gekommen. Er war von den Schattenwesen gesandt worden. Warum? Um ihn zu verletzen? Oder um ihn zu töten? Par war sich nicht sicher. Wie war es Coll gelungen, ihn zu finden? Wie lange hatte er bereits gesucht? Die Fragen summten durch seinen Geist wie wütende Hornissen. Eindringlich und fordernd und mit giftigen Stacheln. *Denk nach!* Vielleicht hatte die Magie des Umhangs Coll geholfen, ihn zu finden – hatte Coll vielleicht angetrieben, daß er ihn fand. Die Magie hatte seinen Bruder infiziert und verwandelte ihn in ein Schattenwesen, während Coll die ganze Zeit glaubte, daß sie ihm half, seinen Gefangenenwärtern zu entkommen. Sie hatte ihn überlistet, daß er den Umhang anzog, damit sie mit ihrer Arbeit beginnen konnte, verführerisch...

Par atmete tief ein. Er konnte überhaupt kaum atmen, wenn er sich Coll als eines jener Wesen vorstellte, eines der Wesen in der Grube, jener Wesen, die selbst dann lebten, wenn sie bereits tot waren.

Er trank etwas Wasser, denn Wasser war alles, was er hatte. Wie lange war es her, seit er etwas gegessen hatte? Morgen würde er sich Nahrung suchen oder jagen müssen. Er mußte seine Kräfte wiedergewinnen. Keine Nahrung und nur wenig Ruhe, das würde ihn schließlich lahmlegen. Er konnte es sich nicht leisten, etwas zu riskieren, wenn er seinem Bruder auf irgendeine Weise nützen wollte.

Er zwang seine Gedanken wieder zurück zu Coll und wickelte seine Decke in der sich verdichtenden Nacht enger um sich. Es war kühl in den Bäumen am Fluß, die Sommerhitze war hier in andere Reiche verbannt. Wenn Coll nicht gekommen war, um ihn zu töten, warum war er dann gekommen? Sicherlich aus keinem guten Grund. Coll war jetzt nicht Coll.

Par blinzelte. Vielleicht, um das Schwert von Shannara zu stehlen?

Der Gedanke war interessant, aber er ergab keinen Sinn. Warum sollte Felsen-Dall das Schwert Par übergeben, wenn er später Coll entsandte, um es zurückzuholen? Es sei denn, Coll wäre das Werkzeug eines anderen. Aber das ergab sogar noch weniger Sinn. Es gab hier nur einen Feind. Trotz all der Beteuerungen des Ersten Suchers. Felsen-Dall hatte sich eine Menge Ärger damit eingehandelt, Par glauben zu machen, er hätte seinen Bruder getötet. Die Schattenwesen hatten Coll aus einem bestimmten Grund gesandt, aber der bestand nicht darin, das Schwert von Shannara zurückzuholen.

Par dachte einen Moment lang darüber nach, wie seltsam es war, daß das Schwert sich ihm doch noch offenbart hatte. Er hatte alles versucht, um die Magie auszulösen, und bis dahin hatte nichts funktioniert. Er hatte immer geglaubt, daß es wirklich der Talisman war und keine Fälschung, trotz aller Zweifel, warum Felsen-Dall es ihm freiwillig überlassen hatte. Er hatte seine Macht gespürt, selbst als es nicht auf ihn reagiert hatte. Aber die Zweifel hatten weiter bestanden, und mehr als einmal hatte sein Mut ihn verlassen. Jetzt plötzlich, völlig unerwartet, war die Magie zum Leben erweckt worden, und das alles nur wegen dieses Kampfes mit Coll.

Und es gab keinerlei Hinweis darauf, warum es so war.

Par glitt den Baumstamm hinab, bis er auf dem Rücken ruhte, und schaute durch die belaubten Zweige des Hickorybaums hinauf in den klaren, sternenerleuchteten Himmel. Er mußte es sich nur bequem machen, sagte er sich. Er mußte dem Schmerz in seinem Körper nur ein wenig Erleichterung verschaffen. Er konnte besser denken, wenn er dies tat. Er wußte, daß es so war.

Und während er sich das sagte, schlief er schon ein.

Als er erwachte, war es bereits dämmrig, und Coll schaute auf ihn herab. Sein Bruder saß keine zwanzig Meter von ihm entfernt zusammengekauert auf einem Wall aus Steinen, verdreht und gebeugt wie ein Käfer. Er war in das Spiegeltuch gehüllt, dessen Falten in dem schwachen, silbernen Licht bösartig schimmerten, als sei Tau in den Stoff eingewoben. Colls Gesicht wirkte hager und verzerrt, und sein sonst immer so ruhiger und stetiger Blick irrte voller Angst und Widerwillen umher.

Par war so verblüfft, daß er sich nicht rühren konnte. Es war ihm niemals in den Sinn gekommen, daß sein Bruder auf seinem Weg einen Kreis zurück beschreiben könnte – daß er überhaupt die Geistesgegenwart dazu haben würde. Warum war er gekommen? Um ihn erneut anzugreifen, um vielleicht zu versuchen, ihn zu töten? Er sah Coll an, sah in sein müdes Gesicht und seine eingesunkenen Augen. Nein, Coll war aus einem anderen Grund da. Er sah aus, als wolle er sich annähern, als wolle er sprechen oder Par nach etwas fragen. Und vielleicht ist das auch so, dachte Par plötzlich. Das Schwert von Shannara hatte Coll seinen ersten flüchtigen Blick auf die Wahrheit verschafft, seit er das Spiegeltuch umgelegt hatte. Vielleicht wollte er mehr.

Er erhob sich langsam und begann seine Hand auszustrecken.

Sofort war Coll fort, war von den Felsen in die dahinterliegenden Schatten gesprungen und eilte in den Wald.

»Coll!« schrie Par hinter ihm her. Das Echo wurde schwächer und erstarb. Der Klang von Colls Schritten verschwand in der Stille, während sich die Entfernung zwischen ihnen erneut ausdehnte.

Par suchte nach Beeren und Wurzeln. Während er das karge Frühstück aß, sagte er sich, daß er in ernsthafte Schwierigkeiten geraten würde, wenn er bis zum Einbruch der Nacht keine wirkliche Nahrung gefunden hätte. Er aß schnell und dachte dabei die ganze Zeit an Coll. In den Augen seines Bruders war solches Entsetzen zu sehen gewesen – und solcher Zorn. Auf Par, auf sich selbst, auf die Wahrheit? Er würde es nicht erfahren. Aber Coll war sich seiner noch immer bewußt, er suchte ihn von sich aus auf, und daher gab es noch immer eine Chance, ihn zu erreichen.

Aber was würde er tun, wenn dies geschehen wäre? Par hatte

daran noch nicht gedacht. Das Schwert von Shannara erneut gebrauchen, antwortete er sich selbst, fast ohne zu denken. Das Schwert war sicherlich Colls größte Hoffnung, sich von dem Spiegeltuch befreien zu können. Wenn er Coll dazu bringen konnte, die Natur der Magie, die ihn in ihrer Gewalt hatte, zu erkennen, dann konnte er vielleicht eine Möglichkeit finden, den Umhang und seine Magie abzuwerfen. Vielleicht würde es Par gelingen, ihn fortzuziehen, wenn nichts anderes möglich war. Aber das Schwert war der Schlüssel! Coll hatte nichts erkannt, bis die Magie des Schwerts ihm Erkenntnis gewährt hatte, und dann hatte sich die Wahrheit in seinen Augen gezeigt. Par sagte sich, daß er es erneut einsetzen mußte. Und dieses Mal würde er nicht innehalten, bevor Coll befreit war.

Er nahm seine Decke an sich und brach erneut auf. Der Tag war schwül und still, und die Wärme verwandelte sich schnell in stickige Hitze, die Pars Kleidung vor Schweiß dampfen ließ. Er nahm Colls Spur auf und folgte ihr zum Mermidon und darüber hinweg nach Norden und dann erneut gen Süden. Dieses Mal zog sein Bruder mehrere Stunden lang in direkter Linie weiter und bewanderte das östliche Ufer bis ins Runnegebirge. Par überquerte den Fluß seitab von Varfleet, sah Schlepper und Fährschiffe träge auf der weiten Fläche manövrieren, dachte, daß es gut wäre, ein Boot zu haben, dachte eine Sekunde später, daß ein Boot nutzlos wäre, wenn er Fußabdrücken auf trockenem Boden folgen mußte. Er erinnerte sich daran, wie Coll und er vor Wochen aus Varfleet geflohen und den Mermidon entlang nach Süden gezogen waren. Das war der Anfang von allem gewesen. Er erinnerte sich daran, wie nah sie sich zu dem Zeitpunkt gewesen waren, trotz ihrer Auseinandersetzungen, welche Richtung ihr Leben nehmen sollte und wofür Par seine Magie einsetzen sollte. Das schien alles vor sehr langer Zeit geschehen zu sein.

Am späten Nachmittag erreichte Par mehrere Meilen flußabwärts von Varfleet einen kleinen Anlegeplatz mit einem Fischereidock und Handelsposten. Das Kontorgebäude war baufällig und chaotisch, und seine Pächter wortkarg, ein störrischer Haufen mit vernarbten, schwieligen Arbeiterhänden und sonnengebräunten Gesichtern. Er konnte seinen Ring gegen eine Angelleine und Angelhaken, einen Feuerstein, Brot, Käse und geräucherten Fisch eintauschen. Er brachte alles nur außer Sichtweite des Anlegeplatzes, setzte es dort gleich ab und aß die Hälfte der Lebensmittel auf, ohne sich eine Atempause zu gönnen. Als er sein Mahl beendet hatte, nahm er seine Reise gen Süden wieder auf. Er fühlte sich jetzt entschieden wohler in seiner Haut. Die Leine und die Haken würden es ihm erlauben, Fische zu fangen, und der Feuerstein würde ihm Feuer geben. Er begann einzusehen, daß die Jagd nach Coll länger dauern konnte, als er erwartet hatte.

Er stellte fest, daß er erneut darüber nachdachte, warum Coll ihn gesucht hatte – oder genauer gesagt, warum er geschickt worden war. Wenn nicht deshalb, weil er getötet werden sollte oder um das Schwert von Shannara zu stehlen, dann blieb nicht viel übrig. Vielleicht sollte Colls Erscheinen irgendeine Art Reaktion von ihm herausfordern. Damsons Warnung summte erneut in ihm – die Jagd führte wahrscheinlich zu einer Falle der Schattenwesen. Aber wie hatten die Schattenwesen wissen können, daß ihr Treffen die Magie des Schwerts von Shannara auslösen und die Wahrheit darüber, was Coll war, enthüllen würde und Par in der Lage sein könnte, in Coll etwas anderes zu sehen als ein Schattenwesen? Coll war vielleicht als Köder gesandt worden, um Par anzulocken – das klang sicherlich nach Felsen-Dall –, aber dennoch, wie hatten die Schattenwesen wissen können, daß Par die Identität seines Bruders entdecken würde?

Es sei denn, es war nicht beabsichtigt gewesen, daß er es herausfand...

Par blieb abrupt stehen. Er befand sich gerade unter einer riesigen, alten Eiche. Dort war es schattig und kühl. Er konnte eine Brise vom Mermidon heranwehen spüren. Er konnte das Geräusch der trägen Bewegungen des Flusses hören. Er konnte das Wasser und die Wälder riechen.

...bis es zu spät war.

Er spürte, wie sich seine Kehle verengte. Wie wäre es, wenn diese ganze Angelegenheit umgekehrt gedacht gewesen war? Wie wäre es, wenn Coll ihn gar nicht töten sollte? Wie wäre es, wenn er Coll töten sollte?

Warum?

Weil...

Er kämpfte um eine Antwort. Sie war am Rande seiner Gedanken beinahe greifbar. Ein Flüstern von Worten, das bestrebt war, erkannt zu werden, bestrebt war, verstanden zu werden.

Er konnte sie nicht ganz erreichen.

Enttäuscht ging er weiter. Er war auf der richtigen Spur, wenn er auch noch nicht alle Einzelheiten klar erkannte. Es war Coll dort draußen, der ihn führte, der floh, ohne zu wissen warum er floh, der bei Nacht zurückkam, um sicherzugehen, daß Par ihm folgte. Was Par trug, war das Schwert von Shannara, und seine Magie hatte ihm die Wahrheit gezeigt. Es waren die Schattenwesen, die dies alles inszeniert hatten, die mit ihnen spielten wie mit Kindern, die zum Vergnügen anderer agieren sollten.

Es hat etwas mit der Magie des Wunschgesangs zu tun, dachte Par plötzlich. Es hat damit zu tun.

Es würde ihm noch einfallen, das wußte er. Er mußte nur weiterhin darüber nachdenken. Er mußte nur weiterhin alles durchdenken.

Bei Sonnenuntergang des zweiten Tages hatte er Coll noch immer nicht gefunden, und er errichtete sein Lager in einer von Felsen umgebenen Nische, die ihn von hinten schützte, während er sehen konnte, was auch immer sich von vorn näherte. Er entzündete kein Feuer. Ein Feuer würde sein nächtliches Sehvermögen schwächen, wenn es dunkel wurde. Er aß noch ein wenig von seinen Vorräten, wickelte sich in seine Decke und lehnte sich zum Warten gegen die Felsen.

Die Nacht vertiefte sich, und die Sterne kamen hervor. Par beobachtete, wie sich Schatten abzeichneten und in dem fahlen Licht Gestalt annahmen. Er lauschte auf das träge Aufschlagen des Flusses gegen die Felsen und auf die Schreie der Nachtvögel, die über dem Wasser kreisten. Er atmete die kühle, feuchte Luft und erlaubte sich das erste Mal seit zwei Tagen, an Damson Rhee zu denken. Nach all der Zeit, in der sie sich in Tyrsis zusammen versteckt und beide darum gekämpft hatten, frei zu bleiben, war es seltsam, daß er ohne sie war. Er sorgte sich um sie, beruhigte sich dann aber, indem er sich sagte, daß es ihr wahrscheinlich besser ging als ihm. Sie hatte inzwischen sicherlich die Geächteten erreicht und war mit dem Versuch beschäftigt, Padishar zu befreien. Sicherlich war sie inzwischen längst in Sicherheit.

Zumindest so sicher, wie einer von ihnen beiden sein konnte, bis alles erledigt war.

Gedanken an Damson, Padishar, Morgan Leah, Wren und Walker Boh bevölkerten seinen Geist, Fragmente seiner Erinnerungen an jene, die er auf dem Weg verloren hatte. Manchmal schien es ihm, als sei ihm bestimmt, alles zu verlieren. So viel hatte er eingesetzt und so wenig gewonnen – das Gewicht dieses Gedankens drückte ihn nieder.

Er zog die Knie schützend zu seiner Brust herauf und rollte sich fest zusammen. Das Schwert von Shannara drückte gegen seinen Rücken, denn er hatte vergessen, es abzunehmen. Das Schwert, seine ihm von Allanon übertragene Aufgabe, seine Lebenschance, seine einzige Hoffnung darauf, sich eines Tages von den Schattenwesen befreien zu können – so vieles war dafür aufgegeben worden. Er fragte sich erneut, welchem Zweck der Talisman wohl diente. Sicherlich etwas Phantastischem, denn Magie wie diese war für nichts anderes geschaffen. Aber wie sollte er diesen Zweck entdecken – besonders hier, irgendwo im Runne verloren, auf der Jagd nach dem armen Coll? Besser war, er suchte Walker Boh und Wren, die anderen beiden, denen Allanon Aufgaben übertragen hatte.

Aber das war natürlich falsch. Er mußte genau das tun, was er tat. Er mußte seinen Bruder suchen, damit er ihm helfen könnte. Wenn er Coll verlor, der ihm in so vielem beigestanden hatte, der alles aufgegeben hatte, der ihn verloren hatte, nachdem er ihn bereits einmal verloren hatte, nachdem er ihn wiedergefunden hatte...

Er schüttelte den Kopf. Er würde Coll nicht verlieren. Das konnte er nicht zulassen.

Die Minuten vergingen, und Par Ohmsford wartete noch immer. Coll würde kommen. Dessen war er sich sicher. Er würde kommen, wie er auch in der vorangegangenen Nacht gekommen war. Vielleicht würde er nur dasitzen und Par ansehen, aber zumindest würde er dasein, nahe bei ihm.

Er griff in seine Tunika und nahm die abgebrochene Hälfte des Skree hervor, das Damson ihm gegeben hatte. Er hatte ihn mit einem Lederband festgebunden und um seinen Hals gehängt. Wenn Damson in der Nähe war, würde das Skree leuchten. Er betrachtete es nachdenklich. Das Metall reflektierte dumpf das helle Sternenlicht, aber es leuchtete nicht. Damson war weit entfernt.

Er betrachtete das Skree noch eine Weile und ließ es dann wieder in seine Tunika gleiten. Noch ein Stück Magie, das ihm Sicherheit geben sollte, dachte er betrübt. Der Wunschgesang, das Schwert von Shannara und das Skree. Er war gut mit Talismanen ausgerüstet. Er schwamm in ihnen.

Aber Verbitterung half nichts, und so versuchte er, sie beiseite zu schieben. Er nahm das Schwert ab und legte es neben sich auf den Boden. Irgendwo draußen auf dem Mermidon klatschte ein Fisch auf dem Wasser auf. Aus den Bäumen hinter ihm drang plötzlich und zwingend der tiefe Schrei einer Eule.

Ein Vermächtnis der Magie, dachte er. Er war unfähig, sich selbst zu helfen, denn die Düsterkeit seines Gemüts war unerbittlich. *Und alles, was es bewirkt ist, daß ich mich frage, ob Felsen-Dall nicht vielleicht recht hat – ob ich nicht tatsächlich ein Schattenwesen bin.*

Der Gedanke blieb, während er in die Nacht hinausschaute.

Das Wesen, in dem sich ein Schattenwesen und Coll Ohmsford mischten, starrte aus einem Versteck in den Bäumen hervor. Es lauerte gut hundert Schritt von der Stelle entfernt, wo derjenige, der es verfolgte, darauf wartete, daß es erschien.

Aber das werde ich nicht, nein, dachte es bei sich. *Ich werde hierbleiben, in der Sicherheit der Dunkelheit, wo ich hingehöre, wo die Schatten mich beschützen vor...*

Wovor? Es konnte sich nicht erinnern. Vor diesem anderen Wesen? Vor der seltsamen Waffe, die es trug? Nein, vor etwas anderem. Vor dem Umhang, den es trug? Es befingerte das Material unsicher und spürte, daß sich etwas Unerfreuliches an seinen Fingerspitzen rührte, während es dies tat. Es wurde sich wieder der Vision bewußt, die es gesehen hatte, als es mit dem anderen gekämpft hatte, mit demjenigen, der war... der war... Es konnte sich nicht erinnern. Jemand, den es gekannt hatte. Früher einmal, vor langer Zeit. Verwirrung machte sich in ihm breit. Die Verwirrung verging scheinbar niemals.

Das Wesen, das halb Schattenwesen und halb Coll war, rührte sich leise, den Blick unverwandt auf die Gestalt gerichtete, die in den Felsen kauerte.

Es denkt, es kann mich von dort aus sehen, aber es irrt sich. Es kann nur dann etwas sehen, wenn ich will, daß es etwas sieht – aber es sieht nichts, solange ich den Umhang trage, nichts, solange ich die Magie habe. Ich komme zu ihm, wenn ich es will, und ich gehe fort, wenn ich es will. Es kann mich nicht sehen. Es kann mich nicht fangen. Es jagt mich, aber ich führe es dahin, wohin ich es bringen will. Ich führe es nach Süden, nach Süden zu, zu…

Aber es war nicht sicher. Die Verwirrung umwölkte seine Gedanken erneut und quälte es. Manchmal schien es ihm, es würde besser denken, wenn es den Umhang ablegte. Aber nein, das war sicher töricht. Der Umhang beschützte es, das Spiegeltuch, das ihm gegeben von – nein, gestohlen, genommen von – nein, durch List von jemandem genommen… jemand Gefährlichem…

Die Gedanken bruchstückhaft und flüchtig kamen und gingen wieder. Sie wirbelten umher wie Strudel in einem Fluß, die einen Moment lang auf Sand und Fels auftreffen, bevor sie weiterziehen.

Tränen der Enttäuschung traten ihm in die Augen, und es hob eine schmutzige Hand, um sie wegzuwischen. Manchmal erinnerte es sich an Dinge von früher, von der Zeit, als es den Umhang noch nicht getragen hatte, von der Zeit, als es ein anderer war. Die Erinnerungen stimmten es traurig, und es schien, daß ihm etwas Böses zugefügt worden war, daß es die Erinnerungen waren, daß es sich so fühlte.

Ich sah, einen Moment lang, in dem Licht in meinem Geist, in jener Vision, ich sah etwas über mich selbst, darüber, wer ich war, bin, sein könnte. Ich möchte es erneut sehen!

Es floht jetzt vor dem Wesen, das es einst gejagt hatte, und fürchtete es, ohne zu wissen warum. Der Umhang verlieh ihm Sicherheit, aber selbst der Umhang schien nicht zu genügen, um ihn vor diesem anderen zu schützen. Und die Flucht vor seinem

Verfolger schien es immer wieder zu dem Punkt zurückzuführen, wo dieser Verfolger wartete, ein Kreislauf, den es nicht verstehen konnte. Wenn es doch vor seinem Verfolger davonlief, warum brachte das Davonlaufen es dann immer wieder zurück? Manchmal tröstete der Umhang es wegen des Verfolgers und der Erinnerungen, aber manchmal fühlte es sich so an, als wäre der Umhang Feuer auf seiner Haut und als brenne es seine Identität weg und verwandle es in etwas Furchtbares.

Nimm den Umhang ab!

Nein, Narr, Narr! Der Umhang schützt dich!

Und so tobte der Kampf in dem gepeinigten Wesen, das sowohl Coll als auch ein Schattenwesen war, trieb es hierhin und dorthin, drückte es nieder und richtete es wieder auf, zog und stieß es gleichzeitig, bis nichts mehr an Vernunft und Frieden in ihm übrigblieb.

Hilf mir, bat es schweigend. *Bitte, hilf mir.*

Aber es wußte nicht, wen es um Hilfe bat oder was eine Hilfe sein konnte. Es schaute hinab in die Dunkelheit zu demjenigen, der es verfolgte, und dachte, daß sein Verfolger bald schlafen würde. Was sollte es dann tun? Sollte es dort hinuntergehen, kriechend, kriechend, so leise wie am Himmel dahinziehende Wolken, und es berühren, berühren...

Der Gedanke kam zu keinem Ende. Der Umhang schien sich fester um es herumzulegen und es zu quälen. Ja, vielleicht hinabkriechen, seinem Jäger zeigen, daß es keine Angst hatte (aber es hatte Angst!), daß es in der Nacht, in seinem Umhang, in der Sicherheit der Magie tun konnte, was es wollte...

Hilf mir.

Es würgte an den Worten und versuchte, sie laut hinauszuschreien, aber es gelang ihm nicht. Es schloß seine Augen gegen den Schmerz und zwang sich, nachzudenken.

Nimm dir etwas von ihm, etwas, was es braucht, was es schätzt.

Nimm dir etwas, was es... verletzt, wie ich verletzt bin. Der Verstand riß eine vertraute Erinnerung auf. *Ich kenne es, weiß auch woher, als wir... wir... Brüder waren! Es kann helfen, es kann einen Weg finden...*

Aber das Wesen, das halb Coll und halb ein Schattenwesen war, war sich dessen nicht sicher, und der Gedanke schwebte mit den anderen davon, verloren in den unzähligen Fragmenten, die sich umeinanderdrängten und in dem verwirrten Geist um Bestand kämpften. Es wurde von demjenigen, den es beobachtete, sowohl angezogen als auch abgestoßen, und dieser Widerspruch würde sich nicht auflösen lassen, egal wie sehr es sich auch bemühte.

Erneut stiegen Tränen in ihm auf, ungebeten und unerwünscht. Die schmutzige, zerkratzte Hand verkrampfte sich. Das entstellte Gesicht kämpfte darum, sich in etwas Erkennbares verwandeln zu können. Eine Sekunde lang war Coll wieder da, aus den Spinnweben der schwarzen Magie, die ihn gefangenhielt, errettet.

Muß handeln, etwas tun, was den anderen wissen lassen wird! Muß mir etwas nehmen! Ich muß!

Par war eingeschlafen, als er das Ziehen an seinem Hals spürte. Er schrak hoch und schlug in dem Versuch, diesem Ziehen Einhalt zu gebieten, wild um sich, ohne zu wissen, was es war oder wer es verursachte. Etwas würgte ihn, drückte seine Kehle zu, so daß er nicht atmen konnte. Ein Gewicht lag auf ihm, kletterte auf ihn hinauf und wickelte ihn ein.

Ein Schattenwesen.

Doch der Wunschgesang hatte ihn nicht gewarnt, also konnte es das nicht sein. In dem verzweifelten Bemühen, sich zu retten, beschwor er die Magie jetzt herauf. Er spürte, wie sie sich in betäubender Langsamkeit in ihm aufbaute. Irgend etwas atmete auf sein Gesicht und seinen Hals. Ein Aufblitzen von Zähnen war zu sehen, und er spürte grobes Haar, das an seiner Haut rieb. Er streckte seine Hand aus, um sich abzustützen, damit er sich seinem Angreifer entgegenstemmen könnte. Seine Hand streifte das Heft des Schwertes von Shannara, und das Metall verbrannte sie.

Dann ließ der Druck auf seiner Kehle abrupt nach, das Gewicht gab seinen Körper wieder frei, und durch einen Nebel aus farbigem Licht und Düsterkeit sah er eine zusammengeschrumpfte, gebeugte Gestalt in die Nacht davoneilen.

Coll! Es war Coll gewesen!

Erschreckt und ängstlich sprang er auf und kämpfte um Haltung und Gleichgewicht. Was ging hier vor? War Coll gesandt worden, um ihn nun doch zu töten? Hatte er versucht, ihn zu ersticken? Er beobachtete, wie die dunkle Gestalt in den Schatten verschwand und in den Felsen und Bäumen fast augenblicklich verloren war. Da war kein Irrtum möglich. Es war Coll gewesen. Dessen war er sich sicher.

Aber was hatte sein Bruder tun wollen?

Er dachte plötzlich an das Schwert, schaute schnell hinab und sah es unberührt neben sich auf dem Boden liegen. Nicht das Schwert, dachte er. Was dann?

Er griff sich an den Hals und wurde sich plötzlich eines neuen Schmerzes bewußt. Seine Hand war naß von Blut. Er tastete noch einmal seinen Hals ab. Er fand einen Streifen gequetschter, aufgerissener Haut und berührte ihn, ohne jede Vorsicht, weil er der Sache auf den Grund gehen wollte.

Und dann erkannte er, daß das Skree fort war.

Sein Bruder hatte es gestohlen. Offenbar hatte er, während er sich dort draußen in der Dunkelheit versteckt gehalten hatte, gesehen, wie Par es hervorgeholt hatte. Sicherlich war er herabgekommen, nachdem Par eingeschlafen war, auf ihn zugekrochen und hatte ihn am Boden festgehalten. Dann hatte er offenbar an dem Lederband um seinen Hals gezogen, so daß Par würgen mußte, hatte es durchgebissen, als nichts anderes funktionierte, und Damsons Talisman davongetragen.

Warum?

Natürlich damit Par ihm folgen würde. Damit Par gezwungen war, ihm nachzujagen.

Der Talbewohner stand da und schaute wie betäubt seinem Bruder hinterher, dem Wesen, zu dem sein Bruder geworden war. In der Stille seines Geistes schien es, als könnte er den anderen etwas rufen hören.

Hilf mir, sagte Coll.

Hilf mir.

15

Als es so hell wurde, daß er sehen konnte, folgte Par seinem Bruder. Die Sonne ging früh auf, der Tag war klar und strahlend, und die Spur, die Coll hinterließ, war wieder leicht zu erkennen. Par verdoppelte seine Bemühungen und strengte sich stärker an als zuvor. Er war entschlossen, Coll dieses Mal nicht entkommen zu lassen.

Sie befanden sich jetzt tief im Runnegebirge, waren von den Wänden seiner Schluchten umgeben, während sie dem Mermidon in südlicher Richtung folgten, und es war wenig Raum zum Ausweichen. Dennoch wich Coll immer wieder vom Ufer des Flusses ab, als suche er nach einem Weg hinaus. Manchmal kam er fast eine halbe Meile weit, bevor die Berge ihm wieder den Weg versperrten. Einmal gelang es ihm, einen niedrigen Grat zu erklettern und ihm mehrere Meilen weit zu folgen, bevor er an einer Klippe endete und Coll erneut seitwärts ausweichen mußte. Par war jedesmal gezwungen, ihm zu folgen, damit er seine Spur nicht verlor, denn er befürchtete, daß Coll vielleicht kehrtmache, während er einfach weiter am Ufer entlangwanderte. Die Anstrengung dieser Verfolgung kostete ihn alle Kraft, und die schwüle, windstille Luft machte ihn benommen. Der Tag verging, die Sonne begann unterzugehen, und er hatte Coll noch immer nicht gefunden.

Für seine Abendmahlzeit ging er fischen. Er benutzte den Haken und die Angelleine aus dem Handelskontor, kochte und aß seinen Fang und ließ das, was übriggeblieben war – eine mehr als großzügige Portion – auf einem Felsen liegen, der mehrere Dutzend Meter von seinem Schlafplatz entfernt war. Er war den größten Teil der Nacht wach, hörte und sah Dinge, die nicht da waren, und döste selten und unregelmäßig ein. Er sah Coll nicht einmal. Als er erwachte, war der Fisch fort – aber wahrscheinlich war er von wilden Tieren gefressen worden. Er glaubte es nicht, aber er hatte keine Möglichkeit, sich darüber Gewißheit zu verschaffen.

Während der nächsten drei Tage setzte er die Verfolgung fort, bahnte sich seinen Weg flußabwärts und kam dem Regenbogensee und der Südwache beständig näher. Furcht beschlich ihn, daß er Coll nicht erreichen würde, bevor es zu spät war. Irgendwie gelang es seinem Bruder, ihm immer ein Stück voraus zu sein, selbst mit seiner verminderten Fähigkeit, planvoll zu überlegen, selbst in seinem halben Schattenwesenzustand. Coll dachte nicht klar, suchte sich auch nicht den leichtesten oder schnellsten Weg aus und machte sich nicht die Mühe, seine Spuren zu verwischen. Er tat nichts anderes, als gerade außer Reichweite zu bleiben. Es war frustrierend und besorgniserregend zugleich. Es schien unvermeidbar, daß er zu spät zu Coll gelangte, um ihm noch helfen zu können – oder vielleicht auch zu spät, um sich selbst helfen zu können, wenn die Schattenwesen ihn entdeckten. Wenn Felsen-Dall Coll zuerst fand, was konnte Par dann tun? Das Schwert von Shannara benutzen? Er hatte dies bereits einmal getan, ohne daß es etwas genützt hätte. Die Magie des Wunschgesangs einsetzen? Er hatte auch das schon versucht und festgestellt, daß sie auf gefährliche Weise unberechenbar war. Dennoch würde er vielleicht keine andere Wahl haben. Er würde den Wunschgesang benutzen müssen, wenn das die einzige Möglichkeit war, seinen Bruder zu befreien. Welchen Preis er dann bezahlen mußte, spielte keine Rolle.

Er dachte jetzt oft darüber nach, wie sich der Wunschgesang entfaltet hatte und was anscheinend mit ihm geschah, wenn er ihn heraufbeschwor. Er versuchte darüber nachzudenken, was er tun konnte, um sich zu schützen, um die Magie unter Kontrolle zu halten, um zu verhindern, daß sie ihm ganz entglitt. Die Macht baute sich in einer Weise auf, die er nicht verstehen konnte, und entwickelte sich wie schon vor Jahren bei Wil Ohmsford, manifestierte sich auf vielfältig erschreckende Art, was vermuten ließ, daß sich etwas Fundamentales auch in Par ändern würde. Als er das Ausmaß dieser Entwicklung überdachte, erschrak er. Es war einst die Magie Jair Ohmsfords gewesen, ein Wunschgesang, der Bilder aus der Luft formen konnte, Bilder, die real schienen, aber doch nur im Geiste jener existierten, die zuhörten. Jetzt schien es eher die Magie von Jairs Schwester Brin zu sein, eine Magie, die Dinge in Wahrheit verwandeln konnte, die sie unwiderruflich verändern konnte. Aber bei Par konnte sie auch etwas schaffen. Sie konnte Dinge aus dem Nichts zaubern; das Feuerschwert in der Grube oder die Splitter aus Metall und Wind im Wachturm in Tyrsis. Wo war eine Macht wie diese hergekommen? Was konnte die Ursache dafür sein, daß sich die Magie so drastisch verändert hatte?

Aber am meisten ängstigte ihn die Tatsache, daß die Antwort

auf alle seine Fragen über den Ursprung der Magie immer dieselbe war: ein schwaches und heimtückisch selbstsicheres Flüstern in seinem Geist, die Worte von Felsen-Dall, als er dem Ersten Sucher in dem Gewölbe mit dem Schwert von Shannara gegenübergestanden hatte.

Du bist ein Schattenwesen, Par Ohmsford. Du gehörst zu uns.

An einem Nachmittag, sechs Tage nachdem die Verfolgung begonnen hatte, vier Tage nach dem Diebstahl des Skree war die Nachmittagshitze so gewaltig, daß sie die Luft zu färben und die Lungen zu verbrennen schien. An diesem Nachmittag führte Colls Spur abrupt in den Fluß hinein und verschwand.

Par blieb am Ufer des Flusses stehen und untersuchte ungläubig den Boden. Er verfolgte die Spur zurück, um sicherzugehen, daß er nicht irregeführt worden war, und setzte sich dann auf einen schattigen Fleck unter einer weit ausladenden Pappel, um seine Gedanken zu sammeln.

Coll war in den Fluß gegangen.

Par starrte über das Wasser hinweg, über den trägen, breiten Fluß zu dem gegenüberliegenden, von Bäumen gesäumten Ufer hinüber. Der Mermidon wand sich an der Stelle, wo sie sich jetzt befanden, aus dem Runne heraus, und floß dem Regenbogensee zu. Die Berge erstreckten sich am Ostufer weiter gen Süden, aber die Westseite flachte sich zu dem hügeligen Grasland und einzelnen Hartholzhainen hin ab. Wenn Coll klar hätte denken können, hätte er sich vielleicht entschlossen, den Fluß dort zu überqueren, wo man leichter hinübergelangte. Aber Coll stand unter dem Zwang des Spiegeltuchs. Par gelangte zu der Erkenntnis, daß es nichts gab, worin er sich sicher sein konnte. Auf jeden Fall mußte er ebenfalls hinübergelangen, nachdem Coll den Fluß überquert hatte.

Er legte seine Kleidung ab, nahm die Angelleine und etwas totes Holz, um sich ein Behelfsfloß zu bauen, band seine Kleidung, die Decke, das Gepäck und das Schwert von Shannara darauf fest und glitt auf den Fluß. Das Wasser war kalt und tröstend. Er stieß sich vom Ufer ab und ließ sich in einem Winkel zum entgegengesetzten Ufer mit dem Fluß treiben. Er beeilte sich und legte ungefähr eine Meile flußabwärts wieder an. Er kletterte ans Ufer, trocknete sich ab, zog sich an, band sich das Schwert und seine Ausrüstung auf den Rücken und machte sich daran, Colls Spur wiederzufinden.

Aber die Spur war nirgendwo zu sehen.

Er suchte flußaufwärts und flußabwärts, bis es dunkel war, und entdeckte nichts. Coll war verschwunden. Par saß im Dunkeln, schaute über die Fläche des Flusses hinweg, über seine glitzernde Oberfläche und fragte sich, ob sein Bruder ertrunken war. Coll war unter normalen Umständen ein guter Schwimmer, aber vielleicht hatte ihn schließlich die Kraft verlassen. Par zwang sich, etwas zu essen, nahm einen Schluck aus dem Wasserschlauch, rollte sich in seine Decke und versuchte zu schlafen. Der Schlaf wollte nicht kommen. Gedanken an Coll und Erinnerungen an die Vergangenheit zerrten an ihm und peinigten ihn. Das Gewicht von allem, was seit Beginn der Träume auf ihn zugekommen war, lastete auf ihm, und Par wurde von widersprüchlichen Gefühlen bedrängt. Was sollte er jetzt tun? Was war, wenn Coll wirklich fort war?

Der Sonnenaufgang kam als ein tiefes, rotes Glühen im Osten herauf, wurde aber überschattet von einer Wolkenansammlung im Westen. Die Wolken rollten über den Horizont und kamen auf Callahorn zu wie eine Wand. Das Tageslicht war fahl und schwach, und die Luft wurde totenstill. Par erhob sich und brach erneut auf. Er eilte am Fluß entlang gen Süden und suchte noch immer nach seinem Bruder. Er war müde und entmutigt und nahe daran, endgültig aufzugeben. Er fragte sich noch immer, was er tat, ob er einem Geist nachjagte, ob er ein Schattenwesen jagte, ob er vorgeführt wurde wie ein stummes Tier. Woher wußte er, daß es wirklich Coll war? Vielleicht hatte Damson recht. War es nicht denkbar, daß das Schattenwesen ihn in irgendeiner Weise getäuscht hatte? Was war, wenn Felsen-Dall ihn mit dem Schwert betrogen hatte oder seine Magie so verändert hatte, daß es ihn täuschte? Angenommen, dies alles war nur eine Art wohldurchdachter Falle. Wie konnte er das feststellen?

Nach einer Weile gab er alles Denken auf, denn es gab nichts mehr, was er nicht bereits erwogen hatte, und es hatte keinen Sinn, daß er sich verausgabte. Er ging einfach weiter und folgte dem Fluß, der sich südwärts durch die Hügellandschaft wand. Mechanisch untersuchte er den Boden, und in seinem Innern begann sich alles in schwarzem Schweigen zu verschließen.

Im Westen verdunkelten sich plötzlich die herannahenden Wolken und ein heftiger Wind eilte ihnen warnend voraus. Vögel flogen schreiend in die Berge im Osten.

Vor ihm, nur wenige Meilen flußabwärts, tauchte die Südwache auf, deren schwarzer Obelisk sich von dem Horizont abhob. Par beobachtete, wie sie ständig größer wurde, während er sich ihr näherte, eine Festung, die dem herannahenden Sturm standhielt. Sein Blick glitt über ihre Mauern und Türme, während er sich einer Ansammlung von Bäumen und Felsen näherte, um dort Deckung zu finden. Nichts zeigte sich. Nichts bewegte sich.

Und dann stieß er plötzlich und unerwartet erneut auf Colls Spur. Er fand sie am Ufer des Flusses, mindestens sieben oder acht Meilen südwärts der Stelle, wo Coll verschwunden war. Er war sich sicher, daß es Coll war, bevor er noch einen Schuhabdruck gefunden hatte, der ihm dies bestätigte. Die Spur führte westlich in die Berge und in den aufkommenden Sturm hinein.

Aber die Spur war bereits Stunden alt. Coll war gestern ans Ufer gekommen und sofort weitergegangen. Par lag mindestens einen Tag zurück.

Dennoch begann er der Spur zu folgen. Er war dankbar, daß er überhaupt eine Spur gefunden hatte und erleichtert, daß sein Bruder noch lebte. Mühsam schleppte er sich vom Fluß landeinwärts. Das Licht schwand jetzt schnell, als sich der Sturm näherte, die Luft wurde glänzend und feucht, und die Gräser peitschten wild gegen seine Beine. Wolken tobten aufgewühlt über ihm und füllten den Himmel vollständig aus. Par schaute zurück zu der Stelle, von der aus er die Südwache zuletzt gesehen hatte, aber der Turm der Schattenwesen war in der Dämmerung verschwunden.

Regen begann in dicken Tropfen zu fallen, sie trafen erst kühl auf seiner erhitzten Haut auf, dann aber bald stechend, als der Wind scharf herabfegte und sie ihm ins Gesicht blies.

Nur Momente später hatte er den Kamm eines Hügels überschritten und sah Coll.

Sein Bruder lag bewegungslos mit dem Gesicht nach unten auf einem Fleck staubigen Grases unter einer kahlen, sturmgeschüttelten Eiche, die in einem flachen Tal aufragte. Auf den ersten Blick schien er tot zu sein. Par eilte mit schmerzendem Herzen vorwärts. *Nein*, war alles, was er denken konnte. *Nein.* Dann sah er, daß Coll sich rührte, sah, wie er seinen Arm leicht bewegte und seine Lage veränderte. Ein Bein folgte, wurde hochgezogen, dann wieder heruntergenommen. Coll war nicht tot, er war nur erschöpft. Er hatte sich völlig verausgabt.

Par kam von dem Hügel herab in die Gewalt eines Sturms, der heulte und sich aufbäumte, während er aus dem alles umhüllenden Schwarz herausschoß. Der Klang seiner Schritte wurde von einem Schrei übertönt. Er senkte den Kopf und stolperte vorwärts. Coll war wieder ruhig geworden. Er hörte Par nicht. Par würde ihn erreichen, bevor Coll wußte, daß er da war.

Und was dann, fragte Par sich plötzlich. Was würde er dann tun?

Er griff wohlüberlegt über seine Schulter und zog das Schwert von Shannara aus der Scheide. Irgendwie mußte er eine Möglichkeit finden, die Magie des Talismans erneut heraufzubeschwören und seinen Bruder festzuhalten, um sich seinen Weg zu ihm hindurch bahnen zu können und ihn zu zwingen, die Wahrheit zu sehen, den Umhang der Schattenwesen zu zerreißen und ihn zu seinem eigenen Besten zu befreien.

Zumindest hoffte er, daß das gelänge. Er atmete den Geruch und den Geschmack des Sturms ein. Jetzt würde er seine Gelegenheit bekommen. Coll war sicherlich nicht mehr so stark wie zuvor. Und er selbst würde nicht unvorbereitet sein.

Als er sich Coll näherte, unter die windgepeitschten, skelettartigen Zweige der Eiche gelangte, polterte ein Donnern – das erste dieses Sturms – aus dem Schwarz. Coll schrak bei seinem Klang hoch, rollte sich auf den Rücken und schaute nach oben in das Gesicht seines Bruders.

Par blieb verunsichert stehen. Coll sah ihn aus den Schatten der samtschwarzen Kapuze des Spiegeltuchs heraus an, doch seine Augen waren leer und ohne Verstehen. Eine Hand hob sich schwach, um den Umhang enger um den zusammengekauerten Körper zu ziehen. Er wimmerte und zog seine Knie hoch.

Par hielt den Atem an und näherte sich Coll noch einen Schritt und noch einen. Der Wind fuhr gegen ihn, fuhr unter seine Kleidung und peitschte sein Haar von einer Seite zur anderen. Er hielt das Schwert von Shannara so ruhig, wie er konnte, an seinen Körper gepreßt, konnte es jetzt aber nicht mehr verbergen und hoffte, daß Coll sich nicht nur darauf konzentrierte.

Ein gezackter Blitzstrahl schoß über den Himmel, gleich gefolgt von einem ohrenbetäubenden Donnerschlag, der von Horizont zu Horizont widerhallte.

Coll kam auf die Knie. Seine Augen waren vor Erschrecken weit aufgerissen. Eine Sekunde lang lockerten seine Hände ihren

Griff um den Umhang, ließen ihn zurückfallen, und sein Gesicht nahm fast wieder sein altes Aussehen an. Coll Ohmsford war auf einmal wieder da, schaute zu seinem Bruder herüber, als sei er niemals fortgewesen. Erkennen lag in seinem Gesicht, eine wie betäubte, dankbare Erleichterung, die Schmerz und Verzweiflung beseitigte. Par spürte eine Woge der Hoffnung in sich aufsteigen. Er wollte seinen Bruder rufen und ihm versichern, daß alles wieder gut würde. Er wollte ihm sagen, daß er jetzt in Sicherheit war.

Aber im nächsten Moment war Coll fort. Sein Gesicht verschwand wieder in dem Schattenwesen, das von dem Spiegeltuch geschaffen worden war, und ein verzerrtes, verschlagenes Gesicht nahm seinen Platz ein. Mit entblößten Zähnen kauerte sich sein Bruder zusammen und knurrte.

Er wird erneut fliehen, dachte Par bekümmert.

Aber statt dessen eilte Coll auf ihn zu. Er war aufgesprungen und hatte die Entfernung zwischen ihnen überwunden, fast bevor Par zur Abwehr das Schwert von Shannara heben konnte. Colls Hände schlossen sich über Pars, packten das Heft des Schwerts und zogen daran, um es freizubekommen. Par hielt es fest. Er wankte vor und zurück, während er mit seinem Bruder um die Kontrolle über die Klinge kämpfte. Unterdessen strömte Regen auf sie herab, ein Wolkenbruch von solcher Wildheit, daß Par fast nichts mehr sehen konnte. Coll kämpfte aufrecht gegen ihn und drängte sich so nahe heran, daß Par den Herzschlag seines Bruders spüren konnte. Ihre Hände waren über ihren Köpfen ineinander verschlungen, während sie an dem Schwert zogen, es hierhin und dorthin schwangen, daß das Metall naß glitzerte.

Ein Blitz traf im Norden mit einem Aufflammen intensiven Lichts, dem ein gewaltiger Donnerschlag folgte. Der Boden wurde erschüttert.

Par versuchte, die Magie des Schwerts anzurufen, aber er

konnte es nicht. Sie war zuvor ziemlich leicht hervorgekommen – warum rührte sie sich jetzt nicht? Er versuchte an dem Wahnsinn seines Bruders vorbeizukämpfen, an dem Zorn seines Angriffs vorbei. Er versuchte, seine Angst auszuschließen, daß nichts helfen würde, daß die Macht geheimnisvoll wieder verloren worden war. Über das rutschige, windgepeitschte Gras hinweg kämpften die Ohmsfordbrüder und stritten um den Besitz des Schwerts von Shannara. Ihr Stöhnen und Schreien ging im Geräusch des Sturms unter. Wieder und wieder versuchte Par erfolglos, die Magie heraufzubeschwören. Verzweiflung packte ihn. Er würde auch diesen Kampf verlieren, denn Coll war größer als er, und seine Größe und sein Gewicht würden ihn überwältigen. Schlimmer noch, sein Bruder schien stärker zu werden, während seine eigene Kraft nachließ. Coll war ihm vollständig überlegen, trat und kratzte und kämpfte, als sei er völlig wahnsinnig geworden.

Aber Par wollte nicht aufgeben. Er klammerte sich verzweifelt an das Schwert und war entschlossen, es um keinen Preis loszulassen. Er ließ sich von seinem Bruder zurückschieben, ließ sich rücksichtslos abdrängen, ließ sich hierhin und dorthin stoßen und hoffte dabei, daß die Anstrengung Coll ermüden würde, so daß er langsamer wurde, daß sie ihn soweit schwächen würde, daß er eine Möglichkeit finden konnte, Coll bewußtlos zu schlagen. Wenn ihm das gelang, hatte er vielleicht eine Chance.

Schnell und erschreckend flammten erneut Blitze auf. In ihrem kurzen Aufleuchten erblickte Par einen Moment lang schattenhafte Gestalten, die sich auf dem Hügel über dem Tal versammelten. Es waren Dutzende, und alle waren verzerrt und gekrümmt und gebeugt, und ihre Augen schimmerten wie Blut.

Dann waren sie wieder fort, von der dunklen Sturmnacht verschluckt. Verwirrt blinzelte Par den Regen fort, der ihm in die Augen lief und versuchte, hinter Colls kämpfender Gestalt etwas zu erkennen. Was hatte er gerade dort draußen gesehen? Erneut flammte ein Blitz auf, gerade als Coll wie wild zuschlug und ihn auf das nasse Gras warf. Dieses Mal sah er nichts, sondern kämpfte darum, den Atem in seinen Lungen zu halten, als er auf dem Boden auftraf. Coll warf sich heulend auf Par, aber der nutzte den Schwung seines Bruders gegen ihn selbst, indem er den anderen über seinen Kopf schleuderte und sich freiwand. Benommen stand er auf und sah sich suchend um. Die Dunkelheit war so dicht, daß er kaum die verwüstete Eiche sehen konnte. Und von dem Hügel war überhaupt nichts zu sehen.

Coll griff ihn erneut an, aber dieses Mal war Par vorbereitet. Er durchbrach die Abwehr des anderen und schlug Coll mit dem Schwertheft fest auf den Kopf. Coll fiel wie betäubt auf die Knie und tastete suchend vor sich in der Luft, als greife er nach etwas, was nur er sehen konnte. Rote Tropfen liefen sein Gesicht von der Stelle hinab, an der der Schlag seine Haut hatte aufplatzen lassen. Es war Blut, das ausströmte und sich hellrot färbte, als es sich mit dem Regen vermischte. Seine Gesichtszüge begannen sich zu verändern, er verlor das Aussehen eines Schattenwesens und wurde wieder menschlich. Zitternd vor Verzweiflung und Erschöpfung wollte Par zuschlagen, aber er hielt inne, als er sah, wie sich der Blick des anderen plötzlich fragend auf ihn richtete.

Es war sein Bruder, der ihn ansah. Es war Coll.

Er fiel in dem nassen Gras und Schlamm auf die Knie und sah Coll an. Die Lippen seines Bruders bewegten sich, doch die Worte, die er sprach, gingen im Heulen des Windes und im Regen verloren. Er zitterte vor Kälte, begann unter der schimmernden Decke des Spiegeltuchs langsam den Kopf zu schütteln und wand sich in den dunklen Falten, als sei es das Schwerste, was er jemals hatte tragen müssen. *Coll.* Par sprach seinen Namen aus. Colls Hände hoben sich, packten die Falten seines Umhangs, zerrten daran und fielen dann hinab. *Coll.*

In dem verzweifelten Versuch, seinem Bruder zu helfen, bevor die Chance vertan war, stieß Par das Schwert von Shannara in die Erde und griff daran vorbei nach Colls Händen. Coll widersetzte sich nicht, aber seine Augen waren noch immer leer und stumpf. Par führte Colls Hände zum Knauf des Schwerts, legte die kalten zitternden Finger an ihren Platz und hielt sie mit seinen eigenen Händen zusätzlich fest. *Bitte, Coll. Bitte bleib bei mir.* Coll sah ihn an, sah ihn wirklich und schaute doch gleichzeitig durch ihn hindurch. Das Schwert von Shannara verband sie und hielt sie fest, hielt ihre Finger ineinander verschlungen, gegen die in das Heft eingeschnitzte erhobene Fackel und gegeneinander gepreßt.

Par sah in der regenüberströmten Oberfläche der Klinge, welche Verwirrung sich in seinem Gesicht spiegelte. »Coll!« schrie er.

Die Augen seines Bruders öffneten sich ruckartig. *Bitte laß die Magie kommen*, betete Par. *Bitte!*

Colls Blick war auf ihn gerichtet und suchte nach mehr.

»Coll, hör mir zu! Par! Dein Bruder Par!«

Coll blinzelte. Eine Spur des Erkennens war zu sehen. Ein helles Schimmern. Unter seinen eigenen Händen konnte Par fühlen, wie sich Colls Finger um das Schwertheft krampften.

Coll!

Licht flackerte schnell und blendend die Länge der glatten Klinge hinab, eine weiße Raserei, die im Handumdrehen alles umhüllte. Feuer folgte kühl und strahlend, während es aus dem Schwert in Pars Körper brannte. Er spürte, wie es sich ausbreitete und wirkte, ihn aus sich hinaus und in den Talisman hineinzog, wo er Coll wartend vorfand und dann mit ihm zu einer Einheit verbunden wurde. Er spürte, wie er sich durch das Metall hindurch und wieder hinaus zu irgendeinem weit dahinterliegenden Ort bewegte. Die Welt, aus der er herausgezogen worden war, verschwand – die Nässe und der Schlamm, die Dunkelheit und die Geräusche. Es gab Reinheit, und es gab Stille. Es gab nichts anderes.

Da waren nur Coll und er selbst. Nur sie beide.

Auf einmal wurde er sich der schimmernden, schwarzen Fläche des Spiegeltuchs bewußt, das Kopf und Schultern seines Bruders umhüllte und sich wand wie eine Schlange. Der Umhang lebte. Er wand sich hierhin und dorthin und wehrte sich heftig gegen das Ziehen von etwas Unsichtbarem, von etwas, das es zu zerreißen drohte.

Par konnte es zischen hören.

Das Schwert von Shannara. Die Magie des Schwerts.

Er ließ seine Gedanken tief in den Geist seines Bruders hineinfließen, hinunter in die Dunkelheit, die sich dort breitgemacht hatte und jetzt darum kämpfte, bleiben zu können. *Hör mir zu, Coll. Lausche der Wahrheit.* Er zwang den Geist seines Bruders, sich zu öffnen und schlug die Magie der Schattenwesen, die er dort wartend vorfand, zurück, ungeachtet seiner eigenen Sicherheit, nur getrieben von dem Bedürfnis, seinen Bruder zu befreien. Die Magie des Schwerts beschützte und unterstützte ihn. *Hör mir zu.* Seine Stimme drang wie eine Peitsche in den Geist seines Bruders. Er sammelte seine Worte und gab ihnen Gestalt und Form, Bilder, die der Intensität des Wunschgesangs entsprachen, wenn der die Geschichten der dreihundert vergangenen Jahre erzählte. Die Wahrheit, wer und was er geworden war, stürmte auf Coll ein, wurde weder verlangsamt noch abgelenkt, als sie in ihn hineinfloß. Coll sah, wie er zugrunde gerichtet worden war. Er sah, was der Umhang ihm angetan hatte. Er sah, wie er gegen seinen Bruder aufgehetzt worden war, wie er gesandt worden war, um eine düstere Absicht zu erfüllen, deren sich keiner von ihnen bewußt war. Er sah alles, was durch die Magie der Schattenwesen so sorgfältig verborgen worden war.

Er sah auch, was notwendig war, um sich davon zu befreien.

Die Qual dieser Enthüllungen war intensiv und eindringlich. Par konnte sie durch seinen Bruder hindurchhallen spüren, und Wogen dieser Qual wurden auf ihn selbst zurückgeworfen. Das Leben seines Bruders wurde vor ihm bloßgelegt, eine strenge und unerbittliche Reihe von Wahrheiten, die ihn bis ins Mark trafen. Par kämpfte gegen seinen Schrecken und seinen Schmerz an und stellte sich ihnen unerschütterlich entgegen, weil es für seinen Bruder notwendig war, daß er ungebeugt blieb. Er konnte Colls stummen Schrei der Qual darüber, was ihm offenbart wurde, hören und sah diese Qual in Colls Augen gespiegelt. Diese Erfahrung war tief und hart. Er wandte sich nicht ab. Er wurde nicht weich. Die Wahrheit war das weiße Feuer des Schwerts von Shannara, das brannte und reinigte und das ihre einzige Hoffnung war.

Coll wich zurück und schrie auf einmal, und das Geräusch brachte sie aus der weißen Stille heraus in die Schwärze zurück, in den heulenden Zorn des Sturms, wo sie beide in Schlamm und Gräsern unter der uralten Eiche knieten, während sich über ihnen dunkle, aufgewühlte Wolken auftürmten. Eine wirbelnde, verschwommene Düsternis war überall um sie herum zu spüren, als wäre das letzte bißchen Tageslicht ausgelöscht worden. Regen blies in ihre Gesichter, so daß sie nicht mehr sehen konnten als jeweils einen Schimmer des anderen, während sie vereint die schimmernde Länge des Schwerts umklammerten. Hell und versengend schossen Blitze heran, und dann brach der Donner mit ungeheurer Wucht herein.

Coll Ohmsfords Hand wand sich von dem Schwert frei und zog damit auch Pars Finger fort. Coll erhob sich mit einem Ausdruck der Betroffenheit auf dem Gesicht. Aber Par sah *sein* Gesicht, das Gesicht seines *Bruders*, und nichts von der Schauerlichkeit der Schattenwesen, die es hatten beanspruchen wollen.

Coll griff hastig hinter sich und löste das Spiegeltuch. Er riß es fort und warf es zu Boden. Der Spiegeltuch landete inmitten der Nässe und des Schmutzes und begann sofort zu dampfen. Es erschauerte und wand sich und begann dann Blasen aufzuwerfen. Grüne Flammen entsprangen seinen schimmernden Falten und brannten lichterloh. Das Feuer breitete sich unerbittlich aus, und innerhalb von Sekunden war das Spiegeltuch zu Asche zerfressen.

Par stand mühsam auf und sah seinen Bruder an, sah in Colls Augen, wonach er gesucht hatte. Coll war zu ihm zurückgekehrt. Das Schwert von Shannara hatte ihm die Wahrheit über das Spiegeltuch offenbart: daß es von Schattenwesen verhext worden war, daß es geschaffen worden war, um ihn zu zerrütten, daß die einzige Möglichkeit, sich jemals davon zu befreien, darin bestand, den Umhang abzulegen und fortzuwerfen. Das alles hatte Coll getan. Das Schwert hatte ihm die Kraft dazu gegeben.

Aber selbst in diesem Moment freudigster Erregung, als der Kampf gewonnen und Coll zu ihm zurückgekehrt war, spürte Par, wie sich etwas Quälendes in ihm rührte. Es hätte mehr dort sein sollen, flüsterte eine Stimme. Die Magie hätte mehr tun können. Erinnerst du dich an die Geschichten von vor fünfhundert Jahren? Erinnerst du dich an den ersten Ohmsford? Erinnerst du dich an Shea? Die Magie hatte für Shea etwas anderes getan, als er sie angerufen hatte. Sie hatte ihm die Wahrheit über sich selbst gezeigt, hatte zuerst alles offenbart, was er zu verbergen, zu verschleiern versucht hatte. Was er vergessen wollte, und was er für nicht existent erklärt hatte. Es hatte Shea Ohmsford die Wahrheit über sich selbst gezeigt, die härteste Wahrheit von allen, damit der in der Lage war, danach jede andere Wahrheit zu ertragen, die verlangt wurde.

Warum war ihm selber nichts von dieser Wahrheit gezeigt worden? Warum hatte alles nur Coll allein betroffen?

Blitze flammten erneut auf, und Pars Gedanken ließen die Bewegung der dunklen Gestalten auf den Hügeln um sie herum ein, Gestalten, die dieses Mal so deutlich sichtbar waren, daß kein Irrtum darüber möglich war, was sie waren. Par wandte sich um, sah sie zusammengekauert, verzerrt und dunkel überall warten und sah ihre roten Augen glühen. Er spürte, wie Coll näher herankam, spürte, wie sein Bruder seinen Rücken schützte. Coll sah sie jetzt auch.

Eine seltsame Mischung aus Verzweiflung und Zorn überwältigte Par Ohmsford. Die Schattenwesen hatten sie gefunden.

Bald darauf stieg Felsen-Dall von den Hügeln herab. Seine groben, harten Gesichtszüge hoben sich dem Regen entgegen, doch seine Augen blieben so kalt wie Stein und so rot wie Blut. Ein Dutzend Schritte vor ihnen blieb er stehen. Wortlos hob er seine behandschuhte Hand und winkte. Die Geste sagte alles. Sie mußten mit ihm kommen. Sie gehörten ihm. Sie waren jetzt sein Eigentum.

Par hörte die Stimme des Ersten Suchers in seinem Geist, hörte sie so deutlich, als hätte der andere gesprochen. Er schüttelte kurz den Kopf. Er würde nicht mitkommen. Weder er noch Coll. Niemals wieder.

»Par«, hörte er seinen Bruder sanft seinen Namen aussprechen. »Ich bin bei dir.«

Ein plötzliches Kratzen der Klinge erklang, als Coll das Schwert von Shannara langsam aus der Erde zog. Par sah sich um. Coll hielt den Talisman in beiden Händen und wandte sich den Schattenwesen zu.

Wild entschlossen, daß nichts sie wieder trennen sollte, rief Par Ohmsford die Magie des Wunschgesangs herauf. Sie reagierte sofort, denn sie war bestrebt, freigelassen zu werden, war eifrig bedacht, eingesetzt zu werden. Es war etwas Erschreckendes in der unersättlichen Intensivität ihres Kommens. Par erschauerte unter den Gefühlen, die sie durch ihn hindurchsandte, unter dem Hunger, den sie in ihm auslöste. Er mußte sie kontrollieren, warnte er sich, und begann zu zweifeln, daß ihm das gelingen würde.

Über die sie trennende Dunkelheit hinweg konnte Par Felsen-Dall lächeln sehen. Überall auf den Graten der Hügel konnte er die Schattenwesen herabsteigen sehen, hörte das Kratzen von Klauen und durch das schnelle Heulen des Windes das Knirschen der Zähne und sah das Schimmern roter Augen, die den Regen zum Dampfen brachten. Wie viele waren es, fragte er sich. Zu viele. Sogar für die lebhafte Magie des Wunschgesangs zu viele. Verzweifelt sah er sich um und suchte nach einer Stelle, an der sie durchbrechen konnten. Sie würden irgendwann davonlaufen müssen. Sie würden versuchen müssen, den Fluß oder die Wälder zu erreichen, irgendeinen Ort, an dem sie eine Chance hatten, sich zu verbergen.

Als ob es einen solchen Ort gäbe! Als ob es überhaupt eine Chance für sie gäbe!

Vor Zorn überschäumend sammelte sich die Magie als weißes Glühen in seinen Fingerspitzen. Par spürte, wie sich Coll an ihn drängte, und sie standen Rücken an Rücken den Schattenwesen gegenüber, deren Kreis sich um sie schloß.

Blitze flammten auf, und Donner rollte durch die Dunkelheit und prallte in das Tosen des Windes. In der Ferne schwankten Bäume, und Blätter, die von ihren Zweigen gerissen worden waren, und zerstreuten sich wie erschreckte Gedanken. Lauf, dachte Par. Lauf jetzt, solange du es noch kannst.

Und dann flammte am Fuß der uralten Eiche ein Licht auf, eine sichere und stetige Helligkeit, die aus der Luft zu wachsen schien. Sie drang in die Dunkelheit vor, schwang sanft hin und her, und drang durch den Vorhang aus Regen doch kaum mehr als das Flackern einer Kerze. Die Bewegung der Schattenwesen gefror in der Stille. Der Wind wurde zu einem dumpfen Wehen. Par sah, wie das Lächeln von Felsen-Dalls Gesicht verschwand. Der Blick aus seinen kalten Augen wanderte zu der Stelle, von der her sich das Licht näherte, wo es allmählich die kleine, schmale Gestalt preisgab, die das Licht mit sich führte.

Es war ein Junge, der eine Lampe trug.

Der Junge kam auf Par und Coll zu, ohne seinen Schritt zu verlangsamen. Er hielt die Lampe vor sich, um den Weg zu beleuchten. Seine Augen waren dunkel und eindringlich, das Haar feucht an die Stirn geklebt und die Gesichtszüge glatt und eben und ruhig. Par spürte die Magie des Wunschgesangs vergehen. Er fühlte sich von diesem Jungen nicht bedroht. Er hatte keine Angst. Er schaute eilig zu Coll hinüber und sah Verwunderung in den dunklen Augen seines Bruders.

Der Junge erreichte sie und blieb stehen. Er hatte für die Monster, die in der Dunkelheit außerhalb des Lichtkreises seiner Lampe unheilvoll knurrten, keinen einzigen Blick übrig. Seine Augen blieben fest auf die Brüder gerichtet.

»Ihr müßt jetzt mit mir kommen, wenn Ihr in Sicherheit gebracht werden wollt«, sagte er ruhig.

Felsen-Dall erhob sich wie ein dunkler Geist, warf den Schutz seiner Gewänder ab, so daß seine Arme frei waren, und der schwarze Handschuh wurde sichtbar, als sollte er das Licht fortziehen. »Du gehörst nicht hierher!« zischte er mit seiner unbewegten Stimme. »Du hast hier keine Macht!«

Der Junge wandte sich ein wenig ab. »Ich habe Macht, wo immer ich es will. Ich bin der Träger des Lichts der Welt, jetzt und für immer.«

Felsen-Dalls Augen glühten. »Deine Magie ist alt und verbraucht! Verschwinde, solange du es noch kannst!«

Par schaute von einem Gesicht zum anderen. Was ging hier vor? Wer war dieser Junge?

»Par!« hörte er Coll seufzen.

Und er sah, wie sich der Junge plötzlich in einen alten Mann verwandelte, der zerbrechlich und vom Alter gebeugt war und die Lampe weit von sich hielt, als könnte sie ihn verbrennen.

»Und deine Magie«, flüsterte der alte Mann Felsen-Dall zu, »ist gestohlen und wird dich schließlich verraten.«

Er wandte sich erneut an Par und Coll. »Kommt jetzt, laßt uns fortgehen und habt keine Angst. Es gibt kleine Dinge, die ich noch immer für Euch tun kann, und dies ist eines davon.« Aus faltigem Gesicht musterte er sie. »Ihr habt doch keine Angst, nicht wahr? Vor einem alten Mann? Vor einem alten Freund so vieler Mitglieder eurer Familie? Kennt Ihr mich? Ihr kennt mich, nicht wahr? Natürlich. Natürlich kennt Ihr mich.« Er streckte eine Hand aus und streifte sie. Seine Haut fühlte sich an wie altes Papier oder trockene Blätter. Und irgend etwas funkelte, während er dies tat. »Sprecht meinen Namen aus«, sagte er.

Und plötzlich wußten sie es. »Ihr seid der König vom Silberfluß«, flüsterten sie gemeinsam, und das Lampenlicht streckte sich aus und umschloß auch sie.

Im selben Augenblick griffen die Schattenwesen an. Sie kamen als schwarze Flut von dem Abhang herab, und ihre Schreie und ihr Geheul erschütterten die seltsame Stille, die der König vom Silberfluß mit sich gebracht hatte. Sie kamen zähneknirschend und mit ausgestreckten Klauen heran und zerrissen wütend Luft und Erde. Noch vor ihnen kam Felsen-Dall heran, in etwas Unbeschreibliches verwandelt, und er kam so schnell, daß er den Abstand zwischen sich und den Ohmsfords in Sekundenschnelle überbrückt hatte. Eisenbänder wickelten sich um Pars Kehle und Colls Brust, zogen sich fest zu und drohten sie zu ersticken. Sie hatten ein Gefühl, als würden sie gänzlich in die Schwärze eingesogen, als würden sie in eine Grube versinken, die zu tief war, um gemessen werden zu können. Einen Augenblick lang waren sie verloren, und dann erreichte sie die Stimme des Königs vom Silberfluß wieder und sammelte sie ein, barg sie wie die Hände einer Mutter, die ihr Kind umfaßt, befreite sie von den Eisenbändern und trug sie aus der Schwärze hinauf.

Felsen-Dalls Stimme war das Kratzen von Eisen auf Stein, und die Stimme des Königs vom Silberfluß verklang wieder. Erneut schloß sich die Dunkelheit um sie, und die Bänder packten sie. Par kämpfte verzweifelt darum, freizukommen. Er konnte das furchtbare Schwanken der Magien spüren, die beide Gegner losgelassen hatten, die Kräfte des Ersten Suchers und die des uralten Geists, während sie um die Kontrolle über ihr Leben kämpften, um Coll und ihn. Sein Bruder war von ihm getrennt worden, denn er konnte nicht mehr spüren, daß er sich an ihn drängte. Einen Moment lang konnte er Coll sehen, konnte die vertrauten Gesichtszüge erkennen, und dann war auch das fort.

»Par, ich muß dir sagen...« hörte er seinen Bruder aufschreien.

Die Magie des Wunschgesangs baute sich in ihm auf, und die Worte seines Bruders verklangen in deren Ansturm.

Die Lampe des Königs vom Silberfluß schnitt in die Dunkelheit der Schattenwesen und zwang sie fort. Par griff nach dem Licht, streckte seine Hände danach aus. Aber die Dunkelheit wogte wieder heran wie ein Schrei der Verzweiflung und der Verärgerung. Sie trennte Par von dem Licht und schloß ihn aus.

Erschreckt ließ Par seine Magie frei. Sie drang aus ihm heraus wie eine Flut im Frühlingssturm, wie ein reißender Strom, der nicht gebremst werden kann. Par spürte die Magie weißheiß und wild überall ausbrechen und alles verbrennen. Sie fegte wütend über ihn hinweg, und Par konnte nichts mehr tun, um ihr Einhalt zu gebieten.

Er spürte, wie er sich veränderte, spürte, wie er seinen Körper verließ, wie er sein Gesicht zur Seite wandte und verbarg, wer und was er war. Die Veränderung war erschreckend und real. Es war, als würde er seine Haut abstoßen.

Er sah die Lampe des Königs vom Silberfluß verschwinden. Er sah, wie sich die Dunkelheit um ihn schloß.

Dann gaben seine Kräfte nach, er verlor das Bewußtsein und sah überhaupt nichts mehr.

16

Barsimmon Oridio mußte Wren Mitteilung machen. Er richtete sich nach der Entscheidung des Hohen Konzils, sich der herannahenden Föderationsstreitmacht zu stellen, anstatt sie in Arborlon zu erwarten, aber er mußte ihr melden, daß es mindestens eine Woche dauern würde, die gesamte Armee zu versammeln und auszurüsten. Daher beschloß sie, mit so vielen Männern, wie er in zwei Tagen bereitstellen konnte, auszuziehen, um als Vorhut in die Auseinandersetzung zu ziehen. Wie es vorauszusehen gewesen war, wehrte sich der alte Krieger dagegen und zweifelte den Sinn dieses Vorhabens an, eine kleine Streitmacht gegen so viele zu führen. Er stellte die Frage, was geschehen würde, wenn sie in eine Falle geraten würden und kämpften müßten. Sie hörte ihm geduldig zu und erklärte dann, daß der Zweck dieser Vorhut nicht sei, sich dem Feind zu stellen, sondern der, ihn auszukundschaften und vielleicht zu behindern, indem sie ihn die Anwesenheit einer anderen Armee auf dem Feld entdecken ließ. Es gab keinen Grund, sich Sorgen zu machen, versicherte sie ihm. Bar sollte den Befehlshaber der Vorhut auswählen, und sie würde an dessen Entscheidungen gebunden sein. Bar war erregt und wütend, aber schließlich lenkte er ein und gab sich mit ihrem Versprechen zufrieden, daß sie warten würde, bevor sie irgendeine Art von Offensive ergriffe, bis er mit dem Hauptteil der Armee nachkommen würde.

Die Nachricht von dem Herannahen der Föderationsarmee und von der Gefahr, die sie darstellte, machte die Runde unter den Elfen, die sich in der Umgebung niedergelassen hatten. Wer wollte, konnte nach Arborlon kommen, das als Festung für das Elfenvolk dienen würde. Wer bleiben wollte, wo er war, sollte darauf vorbereitet sein, zu fliehen, falls die Föderation durchbrach. Flugreiter wurden zu den entferntesten Punkten und zum Wing Hove ausgesandt, und außerdem wurden Läufer eingesetzt. Familien aus den Ansiedlungen in der Nähe der Stadt begannen bald darauf, in die Stadt zu strömen. Wren brachte sie in Lagern unter, die über die Klippe verteilt lagen und von den Schutzwällen, die gerade errichtet wurden, ein Stück entfernt waren. Dieses Mal war die Stadt nicht hinter Mauern geborgen. Der Elfitch war zu Elventine Elessedils Zeiten bei dem Angriff der Dämonen zerstört worden, und den Keel hatten sie auf Morrowindl zurücklassen müssen. Sie würden Bollwerke errichten, aber diese würden weder groß, noch hoch, noch unüberwindbar sein. Die Klippen des Carolan und die Wasser des Rill Song boten einen gewissen natürlichen Schutz vor einem Angriff von Westen, und im Norden und im Süden befanden sich hohe Berge. Aber die Föderation würde sehr wahrscheinlich von Osten, durch das Tal von Rhenn, angreifen. Welche Schutzwälle auch immer zu errichten waren, sie würden dort errichtet werden müssen.

Wren sprach mit ihren Verwaltern und den Befehlshabern ihrer Armee lange darüber, in welcher Form diese Schutzwälle errichtet werden sollten. Im Osten der Stadt gab es bis zu den Ebenen überall riesige Wälder, und viele von ihnen waren unpassierbar für eine Streitmacht von der Größe derjenigen, die sich näherte. Alle waren sich einig, daß die Föderationsarmee versuchen würde, ihre geballte Kraft einzusetzen, um die Elfen zu vernichten, und zwischen den Bäumen auszuschwärmen würde seinen Befehlshabern sicher nicht als erwägenswerte Alternative erscheinen. Daher würde die Armee sicher durch den Rhenn kommen und dem Hauptweg von Westen bis an die Stadt folgen, um dort auszuschwärmen. Aber selbst diese Annäherung würde den Angreifern nicht leicht werden. Es war viele Jahre her, seit der Weg regelmäßig benutzt worden war, wenn er überhaupt benutzt worden war, seit die Elfen aus dem Westland verschwunden waren. Große Teile des Weges hatte der Wald zurückgefordert. Er gab in jenen Tagen eigentlich mehr einen Pfad als einen Weg. Er war eng und gewunden, und es gab Stellen, an denen sich eine kleine Streitmacht eine Zeitlang gegen eine weitaus größere Armee würde behaupten können. Befestigungsanlagen sollten an so vielen dieser Stellen errichtet werden, wie die Zeit es zuließ, wobei Fallgruben und andere Arten von Fallen eingesetzt werden sollten, um jegliches Vorankommen zu behindern. Gleichzeitig sollte die Elfenarmee versuchen, die Föderationsstreitmächte auf dem Grasland im Osten zu behindern, wobei sie sich auf ihre Kavallerie, ihre Bogenschützen und die Flugreiter verlassen mußte, wenn sie der Übermacht der Südlandinfanterie entgegentreten wollte. Wenn das fehlschlug, mußten sie am Rhenn einen letzten Versuch unternehmen. Ein Bautrupp wurde ausgesandt, der die Arbeit an einer Verteidigungsanlage gegen die Annäherung von Osten her beginnen sollte, während ein zweiter sich daranmachte, am Carolan Befestigungen zu errichten. Ein Angriff von Westen war zwar unwahrscheinlich, aber es gab auch keinen Grund, irgend etwas dem Zufall zu überlassen.

Inzwischen schritt die gewaltige Aufgabe, die Elfenarmee auszurüsten und mit Proviant zu versorgen, unter der Leitung von

Barsimmon Oridio voran. Wren ging dem alten Soldaten aus dem Weg. Sie war zufrieden, daß er eifrig mit etwas beschäftigt war, anstatt sie auszufragen. Ohne daß jemand anderes es hören konnte, informierte sie Triss, daß sie ein großes Kontingent der Bürgerwehr auf ihrer Reise dabeihaben wollte, und Tiger Ty, daß sie zudem ein Dutzend Flugreiter an ihrer Seite brauchte. Diese beiden Streitmächte sollten unter ihrem persönlichen Kommando stehen. Es war gut, eine Taktik für den Kampf auf dem Schlachtfeld von Männern wie Bar ersinnen zu lassen, aber eine größere Konfrontation war das letzte, was sie wollte. Sie hatte die Angelegenheit sehr sorgfältig durchdacht. Ständige Belästigungen und Verfolgung, so daß sich der Marsch der Angreifer verzögerte, so hatte sie es dem Konzil gesagt – und das war etwas, was die Elfen zu erreichen hoffen konnten. Garth hatte sie alles gelehrt, was es über diese Art des Kämpfens zu wissen gab. Sie hatte dem Konzil nichts davon gesagt, aber die Woche, die nötig war, um die Elfenarmee zu versammeln, konnte sich als zu große Verzögerung erweisen. Die Vorhut war in Wahrheit einfach ein Schild, der es ihr ermöglichen würde, schneller zu handeln. Die Föderationsarmee mußte jetzt aufgehalten werden. Sofort. Unkonventionelle Taktiken waren dafür nötig, und die Bürgerwehr und die Flugreiter waren für diese Aufgabe hervorragend geeignet.

Am Morgen des dritten Tages brach sie mit einer Streitmacht auf, die aus wenig mehr als tausend Mann bestand – aus achthundert Infanteristen, die sich überwiegend aus Bogenschützen zusammensetzten, und dreihundert Kavalleristen, aus einhundert Angehörigen der Bürgerwehr unter dem Kommando von Triss und einem Dutzend Flugreiter, wie sie es von Tiger Ty gefordert hatte. Die Flugreiter wurden von einem erfahrenen Veteran namens Erring Rift angeführt, aber Tiger Ty war auch dabei, denn er hatte darauf bestanden, daß niemand außer ihm die Königin gen Himmel führen sollte, wenn sie den Wunsch äußern sollte, weitere Erkundungen zu unternehmen. Barsimmon Oridio hatte einen hageren Veteran namens Desidio dazu ernannt, die Expedition anzuführen. Wren kannte ihn als zuverlässig, zäh und klug. Es war eine gute Wahl. Desidio war erfahren genug, um tun zu können, was getan werden mußte, aber er würde auch nicht mehr tun. Das war für Wren in Ordnung. Die Bürgerwehr unterstand ihr, und die Flugreiter waren unabhängig und konnten folgen, wem immer sie wollten. So waren ihre Kräfte sehr ausgewogen.

Die Tatsache, daß sie überhaupt mitziehen wollte, war ein Streitpunkt unter den Verwaltern gewesen, aber sie hatte vom ersten Abend an klargemacht, daß eine Elfenkönigin immer die Führung übernehmen muß, wenn sie erwarten will, daß irgend jemand ihr folgt. Sie hatte von Anfang an die Absicht gehabt, mit dem Heer hinauszuziehen, daran hatte sie die Verwalter erinnert, und es gab keinen Grund, damit zu warten. Sie hatte ein Leben damit verbracht, zu lernen, wie man überlebt, und sie besaß die Macht der Elfensteine, die sie beschützen würde. Sie hatte weniger Grund denn je, sich Sorgen zu machen. Und sie hatte nicht die Absicht, Ausreden zu ersinnen.

Schließlich setzte sie sich durch, denn es war niemand darauf vorbereitet, in dieser Angelegenheit gegen sie anzutreten. Einige, so dachte sie wenig liebevoll, als sie den düsteren Ausdruck auf den Gesichtern von Jalen Ruhl und Perek Arundel sah, hofften vielleicht sogar, daß ihre außergewöhnliche Beharrlichkeit ihr endlich zum Schaden gereichen würde.

Sie überließ Eton Shart die Verantwortung für das Konzil und die Stadt. Die Verwalter würden ihm nicht in die Quere kommen, und die Elfen kannten und respektierten ihn. Er würde sich auf jede notwendige Art entscheiden können, und sie vertraute darauf, daß er wissen würde, was zu tun wäre. Ihr erster Verwalter war vielleicht noch nicht völlig davon überzeugt, daß sie die Königin war, die ihr Volk brauchte, aber er hatte ihr Unterstützung zugesagt, und sie glaubte nicht, daß er dieses Versprechen brechen würde. Bei den anderen war sie sich weniger sicher, obwohl Fruaren Laurel ihr jetzt gewogen zu sein schien. Eton Shart jedenfalls würden sie alle die Treue halten.

Barsimmon Oridio kam, um sie zu verabschieden, erklärte, er werde in wenigen Tagen folgen, und erinnerte sie an ihr Versprechen, auf ihn zu warten. Sie lächelte und zwinkerte ihm zu, was ihn so zermürbte, daß er davonstolzierte. Sie war sich bewußt, daß Triss mit steinernem Gesicht an ihrer Seite saß, und Desidio sie von der anderen Seite her heimlich betrachtete. Tiger Ty war bereits aufgebrochen. Er war bei Tagesanbruch mit Spirit davongeflogen, um den augenblicklichen Aufenthaltsort der Föderation zu erkunden. Die restlichen Flugreiter würden bei Sonnenuntergang aufbrechen, um sich in ihrem Lager in der Nähe des Rhenn mit ihnen zu treffen. Die Elfenjäger zogen unter dem Winken und Hurrarufen der Stadtbewohner hinaus. Jung und Alt, alle waren herabgekommen, um sie zu verabschieden. Banner und Bänder wurden geschwenkt und gute Wünsche gerufen. Wren sah sich zweifelnd um. Es fühlte sich alles sehr seltsam an. Ihr Aufbruch wurde von fröhlicher Festtagsstimmung begleitet, und er verriet nichts von Verletzungen und Tod, die unweigerlich folgen würden.

Sie schritten an diesem ersten Tag schnell voran, liefen auf dem engen Pfad weit auseinandergezogen, um sich nicht gegenseitig zu behindern. In regelmäßigen Abständen verteilten sich Fährtensucher im Wald, um vor drohenden Gefahren zu warnen. Sie bewegten sich in ihrem eigenen Land und schenkten daher den Vorsichtsmaßnahmen, die sie anderweitig vielleicht beachtet hätten, weniger Aufmerksamkeit. Wren ritt mit Triss und der Bürgerwehr und wurde vorn und hinten abgeschirmt von Jägern, die sie sorgfältig gegen alles schützten, was vielleicht drohen könnte. Darüber mußte sie lächeln und sie dachte daran, wie anders die Dinge doch gewesen waren, als sie noch eine einfache Fahrende gewesen war. Hin und wieder mußte sie das Verlangen unterdrücken, von ihrem Pferd zu springen und in die kühle, grüne Stille der Bäume hineinzulaufen, zu dem Leben zurückzukehren, aus dem sie gekommen war, zu seinem Frieden zurückzufinden.

Faun hatte sie zu Hause zurückgelassen, eingeschlossen in Wrens Zimmer im zweiten Schloß des Elessedilheimes. Der Streleheim war kein Ort für ein Waldwesen, hatte sie erklärt. Aber der Baumschreier machte sich seine eigenen Gedanken und war nicht immer von dem überzeugt, was Wren für das beste für ihn hielt. Daher war Faun plötzlich da, als die Vorhut am Mittag haltmachte, um sich auszuruhen und die Pferde zu tränken. Er schoß als schwarzer Fleck aus dem dunklen Blätterwerk hervor, um sich auf seine verblüffte Herrin zu stürzen. Innerhalb von Sekunden hatte sich das kleine Wesen in den Falten von Wrens Reitkleidung verborgen und es sich dort bequem gemacht. Wren zuckte nur die Achseln und akzeptierte, was sie offensichtlich nicht würde ändern können.

Die späte Sommerhitze war stickig und feucht, und am Ende des Tages waren Männer und Pferde gleichermaßen verschwitzt. Sie lagerten mehrere Meilen vom Rhenn entfernt auf einer geschützten Lichtung zwischen Eichen und Hickorybäumen, nahe an einem Fluß und einem Teich, so daß sie sich waschen und trinken, aber auch in die Schatten und die Verborgenheit des Waldes zurückweichen konnten. Desidio sandte eine Patrouille von Reitern auf den Paß vor ihnen, um sicherzustellen, daß alles in Ordnung war, und setzte sich dann mit Wren und Triss zusammen, um darüber zu beraten, wie sie weiter vorangehen wollten. Tiger Ty würde bei seiner Rückkehr Neuigkeiten über den Standort der Föderationsarmee bringen, aber wenn man annahm, daß die Armee noch immer auf dem Vormarsch durch den Tirfing war, würden die Elfen südwärts über die freien Ebenen ziehen und sich dabei darauf verlassen können, daß die Kundschafter verhindern konnten, daß sie in einen Hinterhalt liefen. Sie würden aber auch unter den Bäumen bleiben können, wo sie nicht so leicht zu sehen wären. Wren hörte geduldig zu, sah dann Triss an und erklärte, sie zöge es vor, im Freien weiterzuziehen, damit sie mehr Zeit gewännen. Wenn sie erst einmal in Sichtweite der Föderation gelangt wären, würden sie den Wald als Versteck benutzen, während sie darüber entschieden, was dann als nächstes zu tun sei. Desidio sah sie bei den Worten »entscheiden, was als nächstes zu tun ist«, scharf an, nickte dann aber zustimmend und ging davon.

Sie hatten gerade ihre Mahlzeit beendet, als Tiger Ty staubig und erhitzt und müde durch die Bäume herabschwebte. Er ließ Spirit in einiger Entfernung landen, damit der riesige Rock die Pferde nicht aufstörte, und marschierte dann selbstbewußt zum Lager. Wren und Triss gingen ihm entgegen, um ihn zu begrüßen, und Desidio schloß sich ihnen an. Der Flugreiter gab einen kurzen Bericht über das Wichtigste. Die Föderationsarmee hatte den Mermidon erreicht und bereits begonnen, ihn zu überqueren. Irgendwann morgen würden sie gen Norden weiterziehen können. Sie kamen sehr zügig voran.

Wren nahm die Neuigkeiten mit einem Stirnrunzeln entgegen. Sie hatte gehofft, die Föderierten auf der anderen Seite des Flusses erreichen und dort aufhalten zu können. Aber die Ereignisse schritten schneller voran, als ihr lieb war.

Sie dankte Tiger Ty für den Bericht und schickte ihn fort, um etwas zu essen.

»Ihr denkt, daß die Elfenarmee zu spät eintreffen wird«, sagte Desidio leise, und sein hageres Gesicht war grübelnd verzogen.

Sie nickte. »Sie wird diesen Punkt hier erst in einer Woche erreichen.« Ihre grünen Augen richteten sich auf ihn. »Ich glaube nicht, daß wir die Föderation so nahe an Arborlon herankommen lassen dürfen, bevor wir sie aufzuhalten versuchen.«

Sie sahen einander an. »Ihr habt den Befehlshaber gehört«, sagte Desidio. »Wir müssen auf die Hauptarmee warten.« Sein Gesicht zeigte keinerlei Regung.

Sie zuckte die Achseln. »Ich habe es gehört. Aber Hauptmann Oridio ist nicht hier. Aber Ihr seid es.«

Die dunklen Brauen hoben sich fragend. »Ihr habt etwas im Sinn, Mylady?«

Sie hielt seinem Blick stand. »Vielleicht. Wäret Ihr bereit zuzuhören, wenn es soweit ist?«

Desidio erhob sich. »Ihr seid die Königin. Ich muß stets zuhören.«

Als er gegangen war, lächelte sie Triss zweifelnd an. »Er weiß, was ich vorhabe, meint Ihr nicht auch?«

Triss bewegte seinen geschienten Arm ein wenig und legte ihn dann wieder bequem an. Am nächsten Tag würde die Schiene abgenommen werden. Triss wartete ungeduldig darauf, daß dies endlich geschah. Er dachte über ihre Frage nach und schüttelte dann den Kopf. »Ich glaube nicht, daß irgend jemand weiß, was Ihr im Sinn habt, Mylady«, sagte er weich. »Darum haben sie Angst vor Euch.«

Sie nahm diese Beobachtung kommentarlos zur Kenntnis. Triss konnte ihr alles sagen. Was sie auf ihrer Flucht von Morrowindl zusammen erlebt hatten, erlaubte es. Ihr Blick schweifte in die Bäume ab. Die Dämmerung breitete in dunklen Teichen Schatten aus, die das Licht auffraßen. Seit Garth gestorben war, stellte sie manchmal fest, daß sie sich fragte, ob sie versuchen würden, auch sie zu verschlingen.

Nur Momente später lenkte das Geräusch von Pferdehufen

ihre Aufmerksamkeit wieder dem Lager zu. Die zum Rhenn entsandten Kundschafter waren zurückgekehrt, und sie hatten jemanden mit sich gebracht. Sie kamen donnernd zum Halten, rissen an den Zügeln ihrer schnaubenden, schaumbedeckten Tiere. Die Pferde waren hart geritten worden. Triss stand schnell auf, und Wren ging mit ihm. Die Reiter und der Mann, den sie mitgebracht hatten, waren abgestiegen und bahnten sich ihren Weg durch eine Gruppe von Elfenjägern zu der Stelle, an der Desidio als hagerer Schatten vor dem Feuerschein wartete. Worte wurden ausgetauscht, und dann wandten sich Desidio und der unbekannte Mann um und kamen auf sie zu.

Sie konnte mehr erkennen, als sich die beiden näherten, und sah, daß es keineswegs ein Mann war, der da mit Desidio herankam. Es war ein Junge.

»Mylady«, sagte ihr Hauptmann, als er eintraf. »Ein Bote von den Geächteten.«

Der Junge trat ins Licht. Er war blond und blauäugig und unter der Bräune durch Sonne und Wind sehr hellhäutig. Er war klein und wirkte flink und kompakt, ohne sehr muskulös zu sein. Er lächelte und verbeugte sich eher unbeholfen.

»Ich bin Tib Arne«, verkündete er. »Padishar Creel und die Geächteten haben mich entsandt, um dem Elfenvolk Grüße zu entrichten und ihre Unterstützung in dem Kampf gegen die Föderation anzubieten.« Seine Worte klangen sehr einstudiert.

»Ich bin Wren Elessedil«, erwiderte sie und reichte ihm die Hand. Er nahm sie, hielt sie einen Moment lang unsicher fest und ließ sie dann wieder los. »Wie hast du uns gefunden, Tib?«

Er lachte. »Ihr habt mich gefunden. Ich kam von Westen aus dem Callahorn, um die Elfen zu suchen, aber Ihr habt es mir leicht gemacht. Eure Kundschafter warteten bereits am Eingang des Tales, als ich es betrat.« Er sah sich um. »Es scheint, als wäre ich gerade rechtzeitig angekommen.«

»Welche Art von Hilfe bieten die Geächteten uns an?« fragte sie und ignorierte seine Bemerkung. Er war zu gewitzt.

»Mich, für den Anfang. Ich soll Euer bereiter und williger Diener sein, Euer Verbindungsglied zu den anderen, bis sie ankommen. Die Geächteten versammeln sich in den Drachenzähnen zum Marsch nach Westen. Sie werden innerhalb einer Woche hier sein. Fünftausend oder mehr mit ihren Verbündeten, meine Königin.«

Wren sah, wie Triss die Augenbrauen hob. »Fünftausend Mann stark?« wiederholte sie.

Tib zuckte die Achseln. »So hat man es mir gesagt. Ich bin nur ein Bote.«

»Und ein ziemlich junger noch dazu«, bemerkte sie.

Sein Lächeln kam schnell und selbstsicher. »Oh, nicht so jung, wie ich aussehe. Und ich reise nicht allein. Ich habe Gloon zum Schutz bei mir.«

Wren lächelte zurück. »Gloon?«

Er nickte, steckte dann die Finger in die Mundwinkel und stieß einen schrillen Pfiff aus, der alles andere ringsum zum Schweigen brachte. Sein rechter Arm kam hoch, und jetzt sah Wren, daß er einen dicken Lederhandschuh trug, der ihm bis zum Ellenbogen reichte.

Plötzlich stieß ein Schatten aus der Dunkelheit herab, der noch dunkler war als sie, ein pfeifendes Geräusch und ein Zorn, der durch die Luft schnitt wie ein schwarzer Pfeil. Er landete mit einem hörbaren, dumpfen Schlag auf dem Handschuh des Jungen, die Flügel ausgebreitet und den Kopf schiefgelegt, die Federn gesträubt, daß sie wie Dornen hervorstanden. Wider Willen wich Wren zurück. Es war ein Vogel, aber einer, wie sie noch nie einen gesehen hatte. Er war größer, riesiger als ein Falke oder sogar eine Eule, seine Federn waren schiefergrau mit roter Stirn, und sein Kamm war drohend aufgerichtet. Sein Schnabel war gelb und scharf gebogen, und seine Klauen waren gewaltig groß an seinem Körper, der gedrungen und klotzig wirkte, ganz Sehnen und Muskeln unter den Federn. Der Vogel zog den Kopf zwischen die Schultern wie ein Kämpfer und starrte Wren aus harten, bösartigen Augen an.

»Was ist das?« fragte sie den Jungen und überlegte plötzlich, wo sich Faun verbarg – sie hoffte, daß er sich gut versteckt hielt.

»Gloon? Er ist ein Kampfhaubenwürger, eine Jagdvogelzüchtung, die aus dem Trollgebiet kommt. Ich habe ihn als Baby gefunden und aufgezogen. Und ich habe ihn zur Jagd abgerichtet.« Tib schien stolz auf ihn zu sein. »Er sorgt dafür, daß mir nichts geschieht.«

Wren glaubte ihm. Sie mochte den Anblick des Vogels überhaupt nicht. Sie zwang ihren Blick von ihm fort und richtete ihn auf den Jungen. »Du mußt etwas essen und dich die Nacht über hier ausruhen, Tib«, bot sie ihm an. »Aber solltest du morgen früh nicht zurückgehen und die Geächteten wissen lassen, wo wir sind? Es ist wichtig für uns, daß sie so schnell wie möglich herkommen.«

Er schüttelte den Kopf. »Sie kommen bereits, und nichts, was ich tun kann, würde ihren Marsch beschleunigen. Wenn sie näherkommen, werden sie eine Botschaft senden – einen weiteren Vogel. Dann werde ich Gloon fortschicken.« Er lächelte. »Sie werden uns finden, keine Sorge. Aber ich soll bei Euch bleiben, meine Königin. Ich soll Euch hier dienen.«

»Du kannst vielleicht am besten dienlich sein, indem du zurückgehst«, bemerkte Desidio unerbittlich.

Tib blinzelte und wirkte verwirrt. »Aber... aber ich will nicht zurückgehen!« brach es impulsiv aus ihm heraus. Plötzlich schien er so jung zu sein, wie er aussah. »Ich möchte hierbleiben. Es wird etwas geschehen, nicht wahr? Ich möchte daran teilhaben.« Er schaute schnell zu Wren. »Ihr seid Elfen, meine Königin, und niemand hat jemals zuvor Elfen gesehen! Ich... ich war nicht die erste Wahl für diese Reise. Ich mußte lange argumentieren, um diese Aufgabe übertragen zu bekommen. Schickt mich nicht sofort weg. Ich kann auf irgendeine Weise helfen, ich weiß, daß ich es kann. Bitte, meine Königin? Ich bin einen langen Weg hierhergekommen, um Euch zu finden. Laßt mich eine Weile bleiben.«

»Und Gloon vermutlich auch?« Sie lächelte.

Er lächelte augenblicklich zurück. »Oh, Gloon wird im Verborgenen bleiben, bis er gerufen wird.« Er warf seine Hand hoch und der Kampfhaubenwürger schoß aufwärts und verschwand. Tib sah ihm nach und sagte: »Er sorgt überwiegend für sich selbst.«

Wren sah Desidio an, der zweifelnd den Kopf schüttelte. Tib schien es nicht zu sehen, denn sein Blick war noch immer zum Himmel gerichtet.

»Tib, warum gehst du nicht etwas essen und dann zu Bett«, rief Wren. »Über alles andere werden wir morgen früh reden.«

Der Junge sah sie an, blinzelte, unterdrückte ein Gähnen, nickte und trottete pflichtgemäß hinter Desidio her davon. Tiger Ty kam an ihnen vorbei, als er mit einem Teller mit Essen vom Herdfeuer herannahte, und warf einen scharfen Blick auf den Jungen zurück, als er Wren erreicht hatte.

»War das ein Kampfhaubenwürger, den ich da gesehen habe?« grollte er. »Ekelhafte Vögel sind das. Kaum zu glauben, daß dieser Junge einen abrichten konnte. Die meisten von ihnen würden jedem den Kopf abreißen, sobald sie ihn erspäht haben.«

»So gefährlich?« fragte Wren interessiert.

»Mörder«, antwortete der Flugreiter. »Jagen alles, sogar eine Moorkatze. Ich weiß nicht, wie ihnen jemand entkommen kann, wenn sie ihn erst aufgestöbert haben. Es kursiert das Gerücht, daß sie in früheren Zeiten dazu benutzt wurden, Menschen zu jagen – ausgesandt wie gedungene Mörder. Klug und grausam.« Er schüttelte den Kopf. »Ekelhaft, wie ich bereits sagte.«

Sie sah Triss an. »Vielleicht sollten wir ihn dann nicht um uns haben wollen.«

Tiger Ty wandte sich zum Gehen. »Ich würde es nicht wollen.« Er streckte sich. »Zeit zu schlafen. Die anderen sind vor einer Stunde gekommen, falls Ihr es nicht gesehen habt. Wir werden die Lage morgen früh erneut auskundschaften. Gute Nacht.«

Er schlenderte in die Dunkelheit davon, gebeugt, krummbeinig, von einer Seite zur anderen schaukelnd wie ein altes Möbelstück, das im Vorübergehen angestoßen wurde. Wren und Triss schauten ihm schweigend nach. Als er fort war, sahen sie einander an.

»Ich werde Tib zurückschicken«, sagte sie.

Triss nickte. Danach sprachen sie beide nicht mehr.

Wren schlief am Rande des Feuerscheins. Sie war in ihre leichte Wolldecke eingerollt und träumte von Dingen, die so schnell vergessen wurden, wie sie vorbei waren. Zweimal wachte sie von den Geräuschen der Nacht auf, von leisem Zwitschern und Summen, leichten Bewegungen im Gestrüpp und dem Rascheln von unsichtbaren Wesen in den Zweigen der Bäume weit über ihr. Es war warm, und die Luft war still, und das sorgte nicht gerade für einen erholsamen Schlaf. Die Bürgerwehr schlief um sie herum, und Triss war weniger als ein Dutzend Fuß entfernt. Am Rande ihres Sichtfelds sah sie andere patrouillieren, vage Schatten vor der Dunkelheit. In ihrer Armbeuge rührte sich Faun unruhig. Die Nacht schlich sich davon, und sie schwamm träge durch den Schlaf und das Erwachen.

Sie richtete sich gerade auf einen weiteren Versuch ein, tiefen Schlaf zu finden, denn der tiefste Teil der Nacht war erreicht, als direkt vor ihr ein stacheliges Gesicht auftauchte. Sie sah erschrocken hoch.

»Hssst! Ruhig, Wren Elessedil!« sagte eine vertraute Stimme.

Eilig richtete sie sich auf einen Ellenbogen auf. »Stresa!«

Faun quietschte, als er ihn wiedererkannte, und der Stachelkater zischte ihm zu, er solle ruhig bleiben. Er kam nahe heran, setzte sich zurück und sah sie mit seinen seltsamen, blauen Augen an. »Es schien keine phhttt gute Idee, dich allein hinausziehen zu lassen.«

Sie lächelte wider Willen. »Du hast mich fast zu Tode erschreckt! Wie bist du denn an den Wachen vorbeigekommen?«

Die Zunge des Stachelkaters fuhr heraus, und sie hätte schwören können, daß er lächelte. »Nun aber wirklich, Elfenmädchen. Sie sind nur Menschen. Sssstt! Wenn du mir eine Herausforderung stellen willst, phfftt, dann bring mich wieder nach Morrowindl.« Seine Augen blinzelten schimmernd. »Wenn ich noch mal darüber nachdenke, dann tu es lieber nicht. Es gefällt mir hier in deiner Welt.«

Wren barg Faun an ihrem Körper, als der Baumschreier sich fortzuwinden versuchte. »Ich bin froh, daß du hier bist«, sagte sie zu Stresa. »Ich mache mir manchmal Sorgen um dich.«

»Sorgen um mich! Phaagg! Warum denn? Nach Morrowindl kann mich nichts mehr erschrecken. Dies ist eine gute Welt, in der du lebst, Wren von den Elfen.«

»Aber dort, wo wir hingehen, ist es nicht so gut. Weißt du davon?«

»Hssstt. Ich habe davon gehört. Noch mehr von den dunklen Wesen, dieselben wie die auf Morrowindl. Aber wie böse sind diese, Elfenmädchen? Sind es Wesen wie der rrowwwll Wisteron?«

Die Nase des Stachelkaters war feucht und glitzerte im Sternenlicht. »Nein«, antwortete sie. »Zumindest noch nicht. Dieses sind Menschen, aber sie sind so viele mehr als wir, und sie sind entschlossen, uns zu vernichten.«

Stresa dachte einen Moment darüber nach. »Dennoch, besser als die Monster.«

»Ja, besser.« Sie atmete seufzend die heiße Nachtluft ein. »Aber einige von diesen Menschen sind auch Monster.«

»Also ändert sich nichts, nicht wahr?« Der Stachelkater schüttelte seine Stacheln und erhob sich. »Ich werde dir nahe sein, hssttt, aber du wirst mich nicht sehen. Wenn du mich brauchst, werde ich jedoch, phhfftt, da sein.«

»Du könntest bleiben«, schlug sie vor.

Stresa spie aus. »Im Wald bin ich glücklicher. Und auch sicherer. Rowwlll. Du wärst auch sicherer, aber du wirst nicht gehen. Deine Augen, das werde ich sein müssen. Hssstt! Was ich sehe, wirst du als erste erfahren.« Die Zunge fuhr heraus. »Paß auf dich auf, Wren Elessedil. Vergiß die Lektionen von Morrowindl nicht.«

Sie nickte. »Das werde ich nicht.«

Stresa wandte sich zum Gehen. »Schick mir den Baumschreier, ssttt, wenn du mich brauchst«, flüsterte er zurück, und dann war er fort.

Sie sah ihm in der Dunkelheit eine Weile lang nach, und hielt Faun in ihren Armen klein und warm geborgen. Schließlich legte sie sich erneut zurück, lächelte und schloß die Augen. Sie fühlte sich besser, seit sie wußte, daß der Stachelkater für sie da war.

Innerhalb von Sekunden war sie erneut eingeschlafen. Erst am Morgen wachte sie wieder auf.

17

Bei Tagesanbruch machte sich die Vorhut der Elfenarmee zum Aufbruch bereit. Wren rief Tib Arne zu sich und teilte ihm mit, daß sie ihn zu den Geächteten zurückschicken wollte, um sicherzustellen, daß diese erfuhren, daß er sie gefunden hatte, und damit er sie dazu drängte, so schnell wie möglich zu kommen. Sie versicherte, daß es wichtig sei, daß er zurückginge, denn sonst wäre sie seiner Bitte, zu bleiben, sicher nachgekommen. Sie sagte ihm, er könne gern zurückkehren, wenn die Botschaft überbracht sei. Tib schmollte ein wenig und zeigte deutlich seine Enttäuschung, aber schließlich stimmte er zu, daß sie recht hätte, und versprach, sein Bestes zu tun, damit die Geächteten bald zu Hilfe eilten. Desidio gab ihm zwei Elfenjäger als Eskorte mit – trotz seiner wiederholten Einwände, daß er niemanden brauche –, und das Trio machte sich durch das Tal auf den Weg zu den Streleheimebenen. Gloon zeigte sich nicht, und Wren war recht froh darüber.

Fast zwei Tage dauerte es, bis die Elfen die Entfernung zwischen sich und der Föderation überwunden hatten. Sie zogen über das freie Grasland schnell und stetig voran; sie wollten schnell sein und verließen sich darauf, daß die Flugreiter und die Kavalleriekundschafter ihre Entdeckung verhindern würden. Die Flugreiter erstatteten regelmäßig Bericht über das Vorankommen der Südlandarmee, die langsamer geworden war. Sie hatte einen Tag gebraucht, um den Mermidon zu überqueren, und einen weiteren für das Instandsetzen der Ausrüstung, die vom Wasser beschädigt worden war. Die Föderation war noch nicht allzu weit über das nördliche Ufer des Mermidon hinausgekommen, als sich die Elfen, am Nachmittag des zweiten Tages, ihr soweit genähert hatten, daß ein Schlagabtausch möglich war.

Die Flugreiter überbrachten diese Nachricht. Zwei von ihnen schossen an der Stelle aus der Sonne hervor, wo sie in sengender, weißer Hitze vor dem Himmel hing. Die Elfen waren an den Rändern der Westlandwälder ausgeschwärmt, nicht weit von der Stelle, an der der Mermidon, aus dem Pykon hervorgehend, eine Kehre machte. Als Wren darüber informiert wurde, daß das herannahende Heer nur noch weniger als fünf Meilen entfernt war und beständig näherkam, wies sie Desidio an, er sollte den Elfen befehlen, in den Schutz der Bäume zurückzuweichen und dort auf den Einbruch der Nacht zu warten. In der Kühle der Schatten rief sie dann die Befehlshaber der Expedition zusammen.

»Wir müssen uns entscheiden«, erklärte sie.

Sie waren zusammen fünf; Triss, Desidio, Tiger Ty, Erring Rift und sie selbst. Rift war ein großer Elf mit gebeugten Schultern, einem struppigen, schwarzen Bart, sich lichtendem Haar und Augen wie Obsidiansplitter. Er war Anführer der Flugreiter, und daher war seine Anwesenheit unabdinglich. Tiger Ty war aus Höflichkeit da und weil Wren seinem Urteil vertraute. Sie waren in lockerer Runde unter einem alten Hickorybaum versammelt und spielten mit ihren Fußspitzen mit Nußschalen und Zeigen, während sie ihr zuhörten.

»Wir haben sie gefunden«, fuhr sie fort, »aber das genügt nicht. Jetzt müssen wir entscheiden, was wir weiterhin tun wollen. Es ist eine gewaltige Armee, und sie bewegt sich sehr viel schneller vorwärts als wir angenommen hatten. Fünf Tage, und sie haben bereits den Mermidon überquert und sind hierhergelangt. Unsere eigene Armee ist mindestens eine Woche von diesem Punkt entfernt. Die Föderation wird nicht auf uns warten. Wenn sie in Ruhe gelassen werden, werden sie den Rhenn noch in dieser Woche erreichen. Dann werden wir unseren ersten Versuch dort unternehmen müssen, wo wir eigentlich unsern letzten unternehmen wollten.«

»Die Hitze läßt sie hier auf dem freien Grasland vielleicht ein wenig langsamer werden«, warf Desidio ein.

»Ein Feuer würde sie noch wirkungsvoller verlangsamen«, schlug Rift vor. Er rieb seinen Bart. »Geschickt angelegt, würde der Wind es genau auf sie zutreiben.«

»Und auch genau auf die Westlandwälder«, sagte Triss.

»Oder der Wind treibt es auf einmal auf uns zu«, sagte Wren kopfschüttelnd. »Das ist zu gefährlich, außer als letzte Rettung. Nein, ich denke, wir haben eine bessere Wahl.«

»Ein Gefecht«, erklärte Desidio ruhig. »Wie Ihr es die ganze Zeit geplant hattet, Mylady. Was mir aber durch den Befehl des Hauptmanns verboten ist.«

Wren lächelte und sah ihn direkt an. »Ich habe Euch gesagt, daß die Zeit kommen könnte, wo es notwendig ist, daß Ihr mir zuhört. Jetzt ist die Zeit, Truppenführer. Ich weiß, wie Eure Befehle lauten. Ich weiß, was ich Hauptmann Oridio versprochen habe. Ich weiß aber auch, was ich ihm nicht versprochen habe.«

Sie verlagerte ihr Gewicht und beugte sich vor. »Wenn wir hier sitzenbleiben und nichts tun, wird die Föderation den Rhenn vor uns erreichen und uns einschließen. Arborlon wird verloren sein. Es wird für niemanden mehr Zeit sein, uns zu Hilfe zu kommen, weder für die Geächteten noch für sonst jemanden. Wir müssen diese Armee aufhalten, damit wir selbst genug Zeit bekommen, wirkungsvoll handeln zu können. Befehle sind Befehle, Truppenführer, aber auf dem Schlachtfeld bestimmen die Ereignisse, inwieweit man sich an diese Befehle halten muß.«

Desidio sagte nichts.

»Wir haben beide versprochen, daß die Vorhut nicht in den Kampf gegen die Föderationsarmee geführt wird, bis Hauptmann Oridio angekommen ist. Sehr gut, wir werden dieses Versprechen halten. Aber nichts bindet die Bürgerwehr, die ich befehlige, oder das der Flugreiter, die frei nach ihrem eigenen Willen handeln können. Ich denke, wir sollten Möglichkeiten überlegen, wie sie vielleicht gegen diesen Feind eingesetzt werden können.«

»Ein Dutzend Flugreiter und einhundert Angehörige der Bürgerwehr?« Desidio hob fragend die Augenbrauen.

»Mehr als genug für das, was sie, meiner Meinung nach, im Sinn hat«, schaltete sich Tiger Ty ein. »Wir sollten sie zu Ende anhören.«

Desidio nickte. Erring Rift rieb sein Kinn stärker, und sein Blick war gespannt. Triss machte den Eindruck, als sprächen sie über das Wetter.

»Wir sind zu wenige, um die Föderationsarmee offen angreifen zu können«, sagte sie, und ihr Blick schweifte über ihre Gesichter. »Aber wir haben Geschwindigkeit und Schnelligkeit und das Überraschungsmoment auf unserer Seite, und das könnten wertvolle Waffen während eines Nachtangriffs sein, wenn er dazu gedacht ist, sie zu zersprengen und zu verwirren. Die Flugreiter können von überallher angreifen, und die Bürgerwehr ist darin geübt, dazusein, ohne gesehen zu werden. Was wäre, wenn wir sie im Dunkeln angreifen, wenn sie es nicht erwarten? Was wäre, wenn wir sie dort treffen, wo sie verwundbar sind?«

Triss nickte. »Ihr Wagen und der Proviant.«

Erring Rift klatschte in die Hände. »Ihre Sturmböcke!«

»Wir könnten sie anzünden«, flüsterte Tiger Ty eifrig. »Sie in Grund und Boden brennen, während sie schlafen!«

»Mehr als das«, schaltete sich Wren schnell wieder ein und zog die Aufmerksamkeit damit wieder auf sich. »Wir können sie verwirren und ängstigen. Nachts können sie nicht sehen. Daraus sollten wir unseren Vorteil ziehen. Tut alles, was Ihr vorgeschlagen habt, aber laßt sie denken, daß eine ganze Armee dort draußen ist. Greift sie ganz plötzlich aus einem Dutzend Richtungen an und seid wieder verschwunden, bevor sie feststellen können, was geschehen ist. Hinterlaßt bei ihnen den Eindruck, daß sie von allen Seiten belagert werden. Danach werden sie nicht mehr so schnell vorrücken. Selbst wenn sie den Schock überwunden haben, werden sie uns verstärkt suchen, und das wird sie langsamer werden lassen.«

Erring Rift lachte. »Wie eine wahre Fahrende gesprochen!« rief er begeistert aus und fügte dann hastig hinzu: »Mylady.«

»Und was soll ich dabei tun?« fragte Desidio ruhig. »Und was die Vorhut?«

Wren mochte sich irren, aber sie glaubte, ein Anzeichen von Anerkennung in Desidios Stimme wahrgenommen zu haben, als hoffte er, daß sie etwas geplant hatte. Sie wollte ihn nicht enttäuschen.

»Der Proviant und die Sturmböcke werden der Nachhut der Armee unterstellt sein. Die Flugreiter und die Bürgerwehr werden aus dieser Richtung kommen. Wenn Ihr seht, daß der Weg frei ist, Truppenführer, wird ein Angriff von Euren Bogenschützen und der Kavallerie entlang der Vorderseite und der Flanke der Föderationsarmee ein nicht unerhebliches Maß an zusätzlicher Verwirrung bewirken.«

Desidio dachte darüber nach. »Sie sind vielleicht wachsamer, als Ihr glaubt. Sie sind vielleicht darauf vorbereitet.«

»Innerhalb der Grenzen ihres eigenen Protektorats? Wo sie während ihres gesamten Marsches nach Norden keinen einzigen Elf gesehen haben?« Sie schüttelte den Kopf. »Inzwischen werden sie sich fragen, ob sie überhaupt jemanden vorfinden werden.«

»Vielleicht gibt es Schattenwesen«, sagte Triss ruhig.

Wren nickte. »Aber die Schattenwesen werden als Menschen verkleidet sein und sich der Armee nicht offenbaren wollen. Erinnert Euch, Triss – sie manipulieren, indem sie im Verborgenen bleiben. Wenn sie sich zeigen, verlieren sie ihre Anonymität und versetzen ihre eigene Armee in Panik. Ich glaube nicht, daß sie das riskieren werden. Ich glaube nicht, daß sie auch nur Zeit haben werden, darüber nachzudenken, wenn wir sie in einem unbewachten Moment erwischen.«

»Das werden wir nur einmal tun können.«

Sie lächelte schwach. »Also sollten wir lieber das beste daraus machen, nicht wahr?« Sie sah Desidio an. »Könnt Ihr uns helfen?«

Er sah sie trübselig an. »Was Ihr wissen wollt ist doch, ob ich gegen die Befehle von Hauptmann Oridio handeln werde?« Er seufzte. »Sie sind deutlich, aber andererseits ist einem Befehlshaber auf dem Schlachtfeld ein gewisses Maß an unabhängigem Denken erlaubt. Außerdem habt Ihr recht mit Eurer Beurteilung dessen, was geschieht, wenn wir nichts tun.«

Er sah die anderen an. »Ihr seid alle dabei?« Sie nickten, jeder von ihnen. Dann schaute er erneut zu Wren. »Dann muß ich tun, was ich kann, um Euch vor Euch selbst zu retten, selbst wenn das bedeutet, die Offensive zu ergreifen. Der Hauptmann wird die Logik des Ganzen erkennen, wie ich hoffe. Er weiß, daß ich keine Befehlsgewalt über die Flugreiter oder die Bürgerwehr habe und sicherlich keine über Euch, Mylady.« Er hielt inne und fügte dann trübselig hinzu: »Ich gestehe, ich bin überrascht, wie leicht Ihr mich überzeugen konntet.«

»Die Vernunft hat Euch überzeugt, Truppenführer«, korrigierte sie ihn. »Das ist ein Unterschied.«

Sie sahen einander noch einmal ruhig an. »Ist die Angelegenheit damit geklärt?« fragte Tiger Ty mürrisch.

»Bis auf die Strategie«, erwiderte Wren. »Ich überlasse sie Euch. Aber denkt daran, daß ich Euch begleiten werde. Nein, Tiger Ty, keine Diskussion. Seht Triss an – er macht sich nicht einmal mehr die Mühe, es zu versuchen.«

Der Flugreiter sah sie finster an und verkniff sich jeglichen Einwand, den er gerade hatte vorbringen wollen.

»Wann werden wir beginnen, Mylady?« fragte Erring Rift. Seine schwarzen Augen funkelten.

Wren erhob sich. »Heute nacht natürlich. Sobald sie schlafen.« Sie machte einige Schritte von ihnen fort. »Ich werde mich waschen und etwas essen. Laßt mich wissen, wenn Euer Plan steht.«

Sie lächelte zufrieden über die Stille, die folgte, und schaute nicht zurück.

Der Tag verging und färbte den westlichen Horizont rot und purpurn und die Wolken formierten sich und veränderten sich dann langsam wieder. Die Hitze blieb, als die Sonne verschwand und die Farben verblaßten, und hinterließ eine übelriechende Feuchtigkeit in der windstillen Luft, durch die die Kleidung klebte und die Haut juckte. Die Elfen aßen früh und versuchten dann zu schlafen, aber selbst im Schatten der Wälder war wenig Erleichterung zu finden. Als die Mitternacht herannahte, wurden Desidios Elfen-Jäger geweckt, zogen sich an und bewaffneten sich, bewegten sich dann aus den Bäumen hervor über das Grasland und glitten leise auf die Erhebung im Norden zu, die die schlafende Föderationsarmee überragte.

Wren ging mit ihnen, denn sie wollte sich erst einmal einen Überblick vom Boden aus verschaffen, bevor sie mit den Flugreitern hinaufflog. Sie zog mit einer Abordnung der Bürgerwehr hinaus, die von Desidio und Triss angeführt wurde. Zur Tarnung waren alle in grüne und braune Waldfarben gekleidet und trugen hohe Stiefel, Gürtel und Handschuhe, um sich gegen Dickicht und Gestrüpp zu schützen. Sie trug einen Rucksack, um Faun mitnehmen zu können (der nicht hatte zurückbleiben wollen), und hatte sich einen Lederbeutel um den Hals gebunden, um die

Elfensteine nahe bei sich zu haben. Ein Riemen mit langen Messern war um ihre Taille geschlungen, und ein Dolch steckte in einem ihrer Stiefel. Für alles gewappnet, dachte sie. Sie ritten ein kurzes Stück auf die Ebenen hinaus, stiegen dann ab und bahnten sich zu Fuß ihren Weg zu den vordersten Linien der Elfen-Jäger, die in der Dunkelheit kauerten.

Mit Triss und Desidio kroch sie dann allein vorwärts bis zu einer Stelle, von der aus sie auf das Lager der Föderation hinabsehen konnte.

Die Armee war gewaltig. Obwohl sie es mit Tiger Ty aus der Luft gesehen hatte, war sie nicht darauf vorbereitet, wie riesig sie jetzt wirkte. Sie breitete sich in einem Gewirr von Hunderten von Herdfeuern so weit aus, wie man blicken konnte, und überschwemmte die Ebene mit soviel Licht, daß es die Sterne mit ihrer Helligkeit verdrängte. Gespräche und Gelächter schwebten so deutlich herüber, als kämen die Stimmen nur aus wenigen Metern Entfernung heran. Vor dem Himmel zeichneten sich die riesigen Sturmböcke durch den Feuerschein ab, große, skelettartige Massen hölzerner Knochen und eiserner Gelenke, die wie mißgebildete Riesen aufragten. Wagen drängten sich in Gruppen zusammen. Sie waren vollgeladen mit Vorräten und Waffen, und der Geruch von Öl und Pech schwebte auf dem Wind heran. Obwohl es inzwischen nach Mitternacht war, gab es viele, die noch immer nicht schliefen, die von Feuer zu Feuer wanderten, von dem Zusammenklingen von Gläsern und Zinnbechern angespornt, angezogen von dem Rufen und Schreien und dem Versprechen von Getränken und Gesellschaft.

Wren sah Triss an. Die Föderation verhielt sich ganz ungezwungen und war offenbar überzeugt davon, daß ihre Größe und Stärke sie vor jeder Gefahr schützen würde. Sie formte mit ihren Lippen fragend das Wort »Wächter«. Triss zuckte die Achseln, deutete nach links und dann nach rechts und wies auf die

Wächter hin, die die Befehlshaber der Föderation aufgestellt hatten. Es waren nur wenige, und sie standen weit verstreut. Sie hatte recht gehabt mit ihrer Vermutung. Die Südländer erwarteten keine Schwierigkeiten.

Sie glitten den Hang wieder hinab, bis sie außer Sichtweite des Lagers waren, erhoben sich dann und gingen durch die Linien der Bogenschützen und Kavalleristen den Weg zurück. Als sie in sicherer Entfernung waren, zog sie Triss und Desidio nah zu sich heran.

»Geht so nahe heran wie möglich, Truppenführer«, flüsterte sie Desidio zu. »Wartet auf die Flugreiter, bevor ihr von hinten angreift. Kümmert Euch um die Feuer, und greift dann an. Die Bogenschützen, gefolgt von der Kavallerie, wie geplant, und dann schnell fort. Geht kein Risiko ein. Laßt sie nicht mehr von Euch sehen, als notwendig. Wir wollen, daß sie ihre Phantasie zu Hilfe nehmen, wenn sie bestimmen, wie viele wir sind.«

Desidio nickte. Er konnte seine Aufgabe besser einschätzen als sie, aber sie war die Königin, und es war nicht an ihm, ihr das zu sagen. Sie lächelte schwach, nahm seine Hand in ihre, um ihre Zuversicht auszudrücken, wandte sich dann mit Triss ab und kroch davon. Die Eskorte wartete bereits, und sie stiegen wieder auf und ritten zurück in die Wälder.

Die Flugreiter und der Hauptteil der Bürgerwehr warteten auf einer Lichtung. Ein Dutzend Körbe waren aus Zweigen geflochten und mit Lederriemen zusammengebunden worden. Jeder war groß genug, um ein Dutzend Männer aufzunehmen. Bewaffnet mit Langbögen und Kurzschwertern kletterten die Elfen-Jäger hinein. Jeder Korb würde von einem Rock auf die Ebenen hinter der Föderationsarmee gebracht werden. Wren eilte zu Tiger Ty, der bereits auf Spirit saß, zog sich hinter ihm hinauf und band die Gurte fest, die sie sicher auf ihrem Platz halten würden. Triss kletterte in einen Korb, der vorn befestigt war. Erring

Rift stieß einen leisen Pfiff aus, und einer nach dem anderen erhoben sich die Rocks himmelwärts, die Klauen um Bänder gekrallt, die die Körbe an vier Ecken trugen. Sanft hoben sie diese an, trugen sie vorsichtig von der Erde fort, durch die Bäume hinauf und in den dunkler werdenden Himmel empor.

Der Wind rauschte in kühlen Wogen über Wren Elessedils Gesicht, als Spirit aus den Bäumen aufstieg und ostwärts auf die Ebenen zuschwebte. Die Feuer der Föderationsarmee kamen sehr schnell in Sicht, und ihre Reichweite schien von hier aus sogar noch größer. Erring Rift übernahm mit seinem Rock Grayl die Führung, leitete die Formation südwärts an der Baumlinie entlang und so weit von dem Licht fort wie möglich. Sie flogen leise die Baumlinie hinab, beobachteten, wie sich die Feuer ausbreiteten und dann wieder zusammenzogen, als sie jenseits ihres Scheins wieder in die Dunkelheit gelangten. Als sie weit genug hinabgeflogen waren, führte Rift sie wieder auf das Licht zu, schwang weit über die Ebenen, so daß sie jenseits in der Mitte herankommen würden.

Wren klammerte sich mit einer Hand an Tiger Ty, um Halt und Kontakt zu haben. Der Flugreiter saß sicher und fest auf seinem Platz, blieb während des Fluges vornübergebeugt und hatte das Gesicht abgewandt. Keiner von ihnen sprach.

Als sie so nahe herangekommen waren, wie sie wagen konnten, ohne gesehen zu werden, begannen die Rocks auf die Erde hinunterzugleiten. Die Körbe wurden hinabgelassen und die Bänder gelöst. Die Bürgerwehr strömte aus den Transportbehältnissen aus und verschwand in die Nacht. Die Rocks erhoben sich erneut, Wren noch immer hinter Tiger Ty, und schwebten in weitem Bogen hinaus und davon. Triss blieben wenige Minuten, um sich der Wachen zu entledigen, und dann war es soweit.

Die Rocks beschrieben erneut einen Bogen zurück, richteten sich aus und strebten dann direkt auf das Föderationslager zu.

Immer schneller wurden sie dabei. Dies war der gefährlichste Teil der Aktion – so gefährlich, daß es Tiger Ty verboten war, mehr zu tun, als die Königin der Elfen als Beobachter mit sich zu führen. Was auch immer sonst geschehen würde, sie mußte sicher davonkommen. Sie eilten auf das Lager der Föderation zu und gingen ungefähr fünfzig Fuß über dem Boden, als sie über die ersten der Feuer hinwegflogen, in einen Gleitflug über.

Dann stießen sie abwärts wie dunkle Pfeile aus der Nacht. Alle außer Spirit. Eine Macht von elf Rocks stürzte in das Föderationslager und strich auf die Wachfeuer zu. Sie wurden erst im letzten Moment entdeckt, und überraschtes Heulen stieg von den Männern unter ihnen auf. Aber die Warnung kam zu spät. Mit ausgebreiteten Flügeln löschten die Rocks die Wachfeuer, wobei sie sich jene aussuchten, die schon fast verglüht waren, und ergriffen mit ihren schwieligen Klauen Klumpen der glühenden Kohlen. Warum sollte man Feuer für einen Brand mit sich führen, wenn bereits welches zur Verfügung stand, hatte Erring Rift argumentiert. Schnell verschwanden die Rocks wieder und drehten nach rechts und nach links zu den Sturmböcken ab. Die Föderationssoldaten kamen in Schwärmen aus ihren Decken und Betten hervor und versuchten aus dem Gewirr von Worten, die ihnen von den bereits Wachgewordenen zugerufen wurden, schlau zu werden. Inzwischen hatten die Rocks die Sturmböcke und die Wagen mit den Vorräten erreicht. Sengende Glut stürzte aus ihren Klauen auf das trockene, verwitterte Holz. Der Wind entfachte die Kohlen im Fall, und das Holz brach sofort in Flammen aus. Einige der glühenden Kohlen wurden über staubigem, geteertem Segeltuch abgeworfen, einige über den schindelgedeckten Dächern auf den riesigen Feuertürmen, einige über den Pechbottichen, die dafür bestimmt waren, die Geschosse der Katapulte zu bestreichen.

Feuer brüllte von einem Dutzend Stellen auf und leckte hungrig empor. Die Rufe verwandelten sich in Schreie des Zorns und Schreie nach Wasser, aber die Flammen waren überall gleichzeitig. Die Rocks schossen zu jenen hinab, die die Flammen sofort zu ersticken versuchten und trieben sie fort.

Dann griff die Bürgerwehr aus der Nacht an. Die Langbogen sandten Pfeilhagel in die verwirrten Föderationssoldaten hinein und ließen sie zu Boden gehen, während sie darum kämpften, ihre Waffen zu ziehen. Sie töteten sie, bevor sie wußten, was geschah. Schwertkämpfer erschienen, tauchten plötzlich überall an den Rändern des Lagers entlang auf, schnitten Kampfpferde und Packtiere los und trieben sie in die Nacht hinaus, schütteten säckeweise Getreide aus, kippten Wasserfässer um und erschlugen jeden, der ihnen im Weg stand.

Das Föderationsheer geriet in völliges Durcheinander. Männer rannten wild umher, schlugen auf jeden und alles ein, was ihnen begegnete, häufig auch aufeinander. Offiziere versuchten die Ordnung wiederherzustellen, aber niemand war sich sicher, wer wer war, und die Bemühungen wurden in der aufbrandenden Verwirrung fortgeschwemmt.

Und dann griffen Desidios Elfen-Jäger von vorne an, die Bogenschützen zuerst, und ließen Pfeile auf das Lager regnen, eine Salve nach der anderen. Gleich darauf stürzte die Kavallerie mit erschreckendem Geheul aus der Nacht hervor. Von hoch über ihnen beobachtete Wren, wie die Elfenpferde eine Schneise in die vorderen Reihen der Föderation schlugen, tief in das Lager vordrangen und dann wieder hinausstürmten, Wachfeuer und Männer verstreuten und Soldaten und Zwangsverpflichtete in die Dunkelheit fliehen ließen.

Aber die Föderationsarmee war riesig, und die Angriffe berührten kaum ihre Ausläufer. In ihrer Mitte, wo noch Ruhe vorherrschte, formierten sich bereits Reihen von Männern und begaben sich auf den langsamen, stetigen Marsch nach außen, auf die Quelle der Schwierigkeiten zu. Hunderte von Fußsoldaten mit Schilden und Kurzschwertern strömten durch den Tumult. Ihre eigenen Männer schoben sie beiseite oder trampelten sie nieder, denn sie suchten die Eindringlinge. Im Handumdrehen waren sie an den Rand des Lagers gelangt, und der Schein der brennenden Wagen und Sturmböcke strahlte von ihren in Rüstungen steckenden Körpern ab wie Blut.

Wren suchte die Dunkelheit ab, um festzustellen, was aus ihren Elfen geworden war. Die Rocks flogen bereits wieder gen Süden, und Tiger Ty hatte auch Spirit gewendet, um ihnen zu folgen. Sie betrachtete das Lager über ihre Schulter hinweg, während sie in die Dunkelheit davoneilten, aber es war keine Spur mehr von Desidios Jägern oder der Bürgerwehr zu erkennen. Die Föderationssoldaten drangen aus dem Feuerschein vorwärts und suchten vergeblich nach einem Feind. Der war bereits wieder verschwunden. In der Ferne standen alle Kriegsgerätschaften und der gesamte Packzug in Flammen. Ihre Feuerpyramiden brannten Hunderte von Fuß hoch in den Nachthimmel und gaben eine so intensive Hitze ab, daß Wren sie sogar dort spüren konnte, wo sie entlangflogen. Der Geruch von Rauch stieg ihr dicht in die Nase, und die Schreie der Verletzten erfüllten ihre Ohren. Überall lagen Männer, blutbefleckt und still.

Wir haben unseren Sieg, dachte sie, aber sie spürte, daß die Intensität ihrer anfänglichen Befriedigung schwand.

Sie flogen davon, Spirit kurze Zeit hinter den anderen, bis er sie dann einholte. Weit auseinandergezogen, stiegen sie zu den wartenden Körben hinab, fanden die Bürgerwehr bereits an ihrem Platz vor, ergriffen die Halteriemen, hoben die Körbe in die Luft und eilten westwärts auf die Wälder zu. Das alles dauerte nur wenige Augenblicke, und dann glitten sie über die Bäume hinweg, weit von dem Wahnsinn des Föderationslagers fort, wieder hinein in die Sicherheit, aus der sie gekommen waren.

Als sie wieder im Wald gelandet waren, rief Wren ihre Befehlshaber zu sich, um das Ausmaß ihrer eigenen Verluste festzustellen. Die Rocks waren unversehrt aus dem Angriff hervorgegangen, und bis auf einen Angehörigen war die ganze Bürgerwehr sicher zurückgekehrt. Nur drei der Elfen-Jäger waren gefallen, Kavalleristen, die von ihren Pferden gezogen worden waren. Es gab eine Reihe von Verletzungen, aber nur eine war ernster Natur. Der Angriff war ein vollständiger Erfolg gewesen.

Wren dankte Triss, Desidio und Errig Rift und befahl der Vorhut, sich bereitzuhalten. Sie sollten jetzt sofort gen Norden ziehen, bevor die Föderation versuchen konnte, nach ihnen zu suchen, und einen neuen Platz in den Westlandwäldern als Versteck auswählen. Sobald der Morgen graute, würden sie auskundschaften, welchen Schaden sie dem Feind zugefügt hatten und entscheiden, was als nächstes zu tun wäre. Diese Nacht war ein guter Anfang gewesen, aber das Ende war noch immer weit entfernt.

Eilig bereiteten sich die Elfen darauf vor, hinauszuziehen. Zufriedenes Flüstern und Händedrücken eilten von einem Mann zum anderen, während sie arbeiteten. Die Elfen hatten ihren ersten Kampf in ihrer Heimat in mehr als hundert Jahren bestritten und hatten ihn gewonnen. Morrowindls lange Nacht lag endlich hinter ihnen, und ein kleiner Teil des Zorns und der Enttäuschung, die ihr Leben ausgemacht hatte, war erlöst worden. Viele wußten, daß ihre Befreiung einen Sinn gehabt hatte.

Wren Elessedil verstand das. Als Königin der Elfen, in dieser Nacht mehr als nur dem Namen nach, als Hoffnung ihrer Großmutter auf das, was sie sein könnte, und mit Garths Versprechen, was sie sein würde, war auch etwas in ihr selbst freigesetzt worden. Sie konnte es dadurch spüren, wie die Elfen sie ansahen. Sie konnte ihren Respekt fühlen. Sie gehörte jetzt zu ihnen. Sie war eine von ihnen.

Innerhalb einer Stunde war alles bereit. Verstohlen und leise verschmolzen die Elfen aus der Vergangenheit von Morrowindl mit der Nacht.